Arena-Taschenbuch
Band 51143

Kira Gembri
wurde 1990 als zweitältestes von fünf Kindern in Wien geboren. Dieser schönen Stadt blieb sie auch nach dem Abschluss ihres Masterstudiums der Vergleichenden Literaturwissenschaft treu. Wenn sie nicht gerade mit ihr kleinen Tochter auf dem Teppich herumrollt, mehr schlecht als recht Cello spielt, ihrem Kater – einem charakterlichen Doppelgänger von Simon's Cat hinterherjagt oder in einem der Bücher schmökert, die sich in ihrer Wohnu stapeln, gilt ihre Leidenschaft dem Schreiben humorvoller und romantisc Geschichten.

Emilia

Das Klavier scheint misstrauisch auf mich zu lauern. Mit gebleckten Zähnen sieht es mir aus der Mitte des Raumes entgegen, als wäre es ein Ungeheuer, das den Durchgang zu einer anderen Welt bewacht – einer Welt, in die ich nicht gehöre.

Merkwürdig, dass man ein und dasselbe Instrument so unterschiedlich wahrnehmen kann. Natürlich hatte meine Oma keinen riesigen schwarzen Konzertflügel wie diesen, aber ihr Klavier hätte mir trotzdem groß vorkommen müssen. Schließlich war es anfangs noch notwendig, dass ich den Hocker ein Stück nach oben kurble, um die Tasten gut zu erreichen. Trotzdem erinnere ich mich an kein einschüchterndes Gefühl, sondern nur an die warme Vibration von Nanas Stimme neben mir und an die seidig glatten Flächen unter meinen Fingerspitzen.

»Du hast gesagt, dass du keine totale Anfängerin bist, richtig?«, fragt Adrian, während ich auf ihn und den Flügel zugehe. Sein perfekter Seitenscheitel bildet einen interessanten Kontrast zu seinen markanten Gesichtszügen, den großzügig geschwungenen Lippen und dem kantigen Kinn. Hätte er seiner Annonce in dem Klassik-Forum ein Foto hinzugefügt, wäre sein Privatunterricht sicher im Handumdrehen ausgebucht gewesen. Insgeheim frage ich mich, ob er eigentlich dazu berechtigt ist, diesen Raum für einen Ferienjob zu nutzen … aber vermutlich wird die Musikuniversität in den Sommermonaten nahezu ausgestorben sein, sodass es niemanden stört.

»Meine Großmutter hat mich unterrichtet, als ich noch ein Kind war«, antworte ich und hoffe, dass meine Stimme nicht zu piepsig klingt. Der Anblick des glänzenden schwarzen Instruments, die Erinnerung an Nana und der verrückte Plan, den ich gerade verfolge – das alles schnürt mir die Kehle zusammen. »Ist aber schon ein paar Jahre her«, versuche ich es etwas lauter. »Als ich aufhören musste, waren wir gerade bei der *Mondscheinsonate*. Dem Lieblingsstück meiner Großmutter.«

Vorsichtig stelle ich die Noten aufs Pult und lasse Adrian dabei nicht aus den Augen. Seine Stirn hat sich in Falten gelegt. Wahrscheinlich ist es eine Art Frevel zu sagen: »Ich will Klavierspielen lernen, weil meine Oma dieses eine Stück so gerne mochte.« Warum nicht gleich: »Edward Cullen und Mr Grey haben dieses Instrument so sexy gemacht« oder: »Hey, Klavier reimt sich immerhin auf Bier!«? Bestimmt lebt dieser Student für die Musik, und wenn er den eigentlichen Grund erfahren würde – also den tieferen Sinn hinter diesem ganzen Plan –, dann würde er rücklings vom samtbezogenen Polster kippen. Die Sache mit Nana klingt da schon harmloser, und es ist zumindest ein Teil der Wahrheit.

»Na schön, dann wollen wir doch mal sehen, wie viel davon bei dir hängen geblieben ist«, meint er nach einer kurzen Pause und lächelt mir flüchtig zu. Mit einer eckigen Bewegung schiebe ich mich neben ihn auf die Klavierbank. Meine blonden Locken rutschen nach vorne, und es fällt mir schwer, Adrian jetzt noch aus den Augenwinkeln zu beobachten. Seine Lippen bewegen sich ganz leicht, wahrscheinlich zählt er einen Takt vor. Erwartet er, dass ich jetzt einfach loslege, also ohne Aufwärmübung ins kalte Wasser springe?

Zaghaft strecke ich die Hände aus – und zu meiner Überraschung ist das Gefühl ganz genau wie früher. Die glatten Flächen, der leichte Druck, mit dem die Tasten nachgeben. Auf einmal sind es keine schwarzen und weißen Zähne mehr, sondern lauter kleine Schlüssel zur Vergangenheit. Ich erinnere mich an das Grollen der tiefen Töne und an das leichtere Schwingen der Melodie in der rechten Hand. Mein Herzschlag beschleunigt sich, und ich halte instinktiv den Atem an. Wäre der Flügel tatsächlich ein Wächter, hätte er das Tor jetzt wohl einen Spaltbreit geöffnet …

Weit komme ich allerdings nicht, ehe meine Finger zu stolpern beginnen. Verschwommen nehme ich eine Bewegung wahr, und ich drehe mich hastig zur Seite. Adrian zeigt mir mit einem Winken, dass ich jetzt aufhören kann.

Krachend fällt das Tor wieder ins Schloss.

»Danke, das genügt für den ersten Eindruck«, sagt Adrian, den Kopf nachdenklich schief gelegt. »Weißt du, Beethovens Sonate Nr. 14 ist ganz schön anspruchsvoll und eigentlich nichts für Anfänger. Die Triolen der linken Hand dürfen die Melodie niemals übertönen. Da muss man wirklich genau hinhören.«

»Genau hinhören«, wiederhole ich stumpf nickend, ehe ich mich bremsen kann. »Aber … du würdest das doch mit mir üben, oder? Einmal die Woche, bis zum Ende der Sommerferien?«

»Wenn dir dieses Stück so wichtig ist, dann versuchen wir es eben. Ich kann dir nur keinen regelmäßigen Termin anbieten, weil ich in nächster Zeit viel um die Ohren habe.

Am besten, du gibst mir deine Nummer, und wir machen das immer spontan aus.«

Er zieht sein Smartphone aus der Hosentasche, und plötzlich trommelt mein Herz regelrecht gegen meine Rippen. Ich muss mich sehr konzentrieren, um die Zahlen richtig auszusprechen. Diesmal klingt es definitiv piepsig, als ich nachhake: »Du schickst mir dann also eine Nachricht bei WhatsApp, ja? Und ich schreibe dir zurück, ob ich an diesem Termin Zeit habe?«

Quälend langsam speichert Adrian meine Nummer und legt das Smartphone auf dem Flügel ab. Dann schüttelt er den Kopf. »Anrufen ist praktischer.«

»Aber das geht nicht!«, platzt es aus mir hervor. Zu laut, das erkenne ich an seinem Gesichtsausdruck. Mühsam schlucke ich und versuche, meinen Brustkorb zu entspannen. »Weil ich dich nicht hören würde«, schiebe ich hinterher, aber damit kann ich Adrians verwirrte Miene auch nicht vertreiben.

»Dann stell dein Handy eben nicht lautlos«, antwortet er, und seine Augenbrauen ziehen sich zusammen.

»Nein – ich meine, dass ich nicht mit dir telefonieren *kann.*«

»Und wieso nicht, wenn ich fragen darf?!«

Das Tor zur anderen Welt hat sich nicht bloß geschlossen, es ist jetzt völlig verschwunden. Stattdessen sehe ich nur noch eine unüberwindliche Mauer vor mir. *Sag es so klar wie möglich,* kommandiert ein Paar Hände in meinem Kopf. *Sag es so, dass er es versteht.*

»Tut mir leid«, beginne ich trotzdem mit einer Entschuldigung, und meine Gedankenhände flattern empört, »aber Telefonieren geht für mich einfach nicht. Ich bin so gut wie taub.«

Nick

Manchmal sind die Geräusche in den öffentlichen Verkehrsmitteln Wiens schwer zu ertragen.

Auf der Fahrt zum Studentenwohnheim hockt neben mir ein Typ, der jeden Bissen von seinem Döner mit einem nicht jugendfreien Stöhnen begleitet. Schräg vor mir lässt sich ein Nachwuchs-Marilyn-Manson die Trommelfelle von satanischen Bässen aus seinem iPod zerschreddern, und irgendwo telefoniert eine Frau in den schrillsten Tönen mit ihrer Freundin: »Aber so einen Blödsinn macht der kein zweites Mal! In Zukunft, das sag ich dir, da wird er auf mich hören! Und soll ich dir sagen, wieso? Willst du wissen, wieso …?!«

»Weilst a Stimm' wie a Fabriksirene hast, du Schreckschraub'n?«, schlägt ein alter Mann im Wiener Dialekt vor.

Der Döner-Typ prustet los, wobei ihm ein Stück Tomate aus dem Mund fällt.

Mini-Manson dreht mit empörtem Blick seine Höllenmusik lauter.

Ich rutsche etwas tiefer in meinen Sitz und gebe mein Bestes, mich in Gedanken auf eine einsame Insel zu beamen. Außerdem balanciere ich den Geigenkoffer so auf meinen Knien, dass er mir als Sichtschutz gegen die Freakshow um mich herum dient. Dabei weiß ich ganz genau, dass die Leute im Bus keine Schuld an meiner miesen Laune haben. Nicht mal die schrille Braut, die jetzt in ihr Handy kreischt, was für ein »G'sindel« heute wieder unterwegs ist. In Wirklichkeit bin ich einfach noch vom harten Drill der letzten Stunden auf 180 und das Adrenalin zischt ungenutzt durch meinen Körper. Das wird nicht gerade besser, als mich kurz vor meiner Zielstation eine SMS von Dad erreicht: WIE IST ES HEUTE GELAUFEN? JETZT DAUERT ES JA WIRKLICH NICHT MEHR LANGE. MELDE DICH MAL, DEINE MUTTER MACHT SICH SORGEN.

Mein Vater ist echt der Beethoven der Kurznachrichten. Mit nur drei Sätzen schafft er eine perfekte Komposition aus Anteilnahme, Druck und Vorwurf. Als ob mir nicht selber klar wäre, dass die Zeit verflucht knapp wird. Und was die Sorgen betrifft – erzähl das mal dem Zucken an meinem rechten Auge oder dem ständigen Gezappel meiner linken Hand. Meine Finger formen ununterbrochen Doppelgriffe auf einem imaginären Geigenhals, und ich schaffe es einfach nicht, sie zu stoppen. Vermutlich wirke ich sogar in diesem Bus wie der seltsamste Kauz von allen.

An der nächsten Haltestelle schiebe ich mich ins Freie, schwinge mir den Geigenkoffer auf den Rücken und lege den restlichen Weg bis zum Wohnheim fast im Sprint zurück, um mich wenigstens ein bisschen abzureagieren. Im Eingangsbereich werde ich von ein paar Leuten gebremst, die alle in irgendeiner Form Alkohol mit sich herumzuschleppen scheinen: entweder in bunten Pappbechern oder – nach ihrem Getorkel und Gelächter zu schließen – bereits in ihrem Blut. Einer von ihnen drückt mir einen Flyer in die Hand und grölt: »Eskalation im Partykeller, bitte weitersagen! Auch Neulinge wie du sind herzlich willkommen!«

Einen Moment lang starre ich auf das zerknitterte Stück

Papier zwischen meinen Fingern und denke daran, dass ich noch vor wenigen Wochen keine Sekunde gezögert hätte. Ich wäre wahrscheinlich unter den Ersten gewesen, die bei dieser Party aufkreuzen, und unter den Letzten, die wieder gehen. Aber so etwas kann ich mir jetzt nicht mehr erlauben. Jedenfalls nicht, wenn ich den Karren, der sich *mein Leben* schimpft, noch irgendwie aus dem Dreck ziehen will.

»Ja, mal sehen«, sage ich ausweichend zum selbst ernannten Party-Promoter und setze mich wieder in Bewegung. Ich behalte den Flyer in der geballten Faust, bis ich mein Zimmer im ersten Stock erreicht habe. Dort lege ich ihn zusammen mit meiner Geige auf dem Bett ab und lasse mich daneben fallen. Während ich ein paarmal tief durchatme, bilde ich mir ein, die Bässe aus dem unteren Stockwerk bis hierher hören zu können. Ansonsten ist es auf dieser Etage erstaunlich still. Eigentlich wäre das die perfekte Gelegenheit, um in Ruhe ein paar Fingerübungen zu machen, vielleicht noch mal die verflucht schwierige Pizzicato-Stelle zu probieren ... doch allein beim Gedanken daran, jetzt weiterzuarbeiten, bekomme ich Kopfschmerzen. Irgendwie fühle ich mich nach dem Training erschöpft und aufgedreht zugleich und kann ganz einfach nicht mehr.

Morgen, sagt eine reichlich unvernünftige Stimme tief in mir drin. *Morgen wirst du alles wieder aufholen, aber das Einzige, was du heute Abend wirklich brauchst, sind ein paar Becher voll Billigbier.*

Zwischen dieser Erkenntnis und meiner Ankunft im Partykeller liegen nur wenige Minuten. Obwohl ich im Bus wegen all der nervigen Geräusche am liebsten meinen Schädel gegen die Wand geschmettert hätte, scheint mich der Lärm nun magisch anzuziehen. Vielleicht ist das hier ja tatsächlich das beste Rezept gegen mein aktuelles Tief: so lauter Drum and Bass, dass ich meine eigenen Gedanken nicht mehr hören kann, und schon gar nicht die Erinnerung an Volkovs Stimme: *»Schneller! Präziser! Was ist denn los mit dir – Gelenke verrostet, Blei in den Knochen?«*

Nach den ersten paar Bechern lässt das Zucken meines Auges endlich nach. Ich entferne mich einige Schritte vom Tresen und checke die Lage. Soweit man das im flackernden blauen Licht erkennen kann, platzt der Raum vor lauter trinkenden, rauchenden und wild gestikulierenden Studenten aus allen Nähten. Am stärksten ist das Gedränge auf der Tanzfläche. Ein Mädchen in Hotpants, das sich gerade von dort in Richtung Bar durchkämpft, fängt meinen Blick auf und lächelt mir zu. Ein paar dunkelbraune Strähnen kleben verschwitzt an ihrem Hals, wahrscheinlich hat sie sich schon eine ganze Weile zu den wummernden Bässen verausgabt.

»Toller Sound, oder?«, ruft sie mir strahlend entgegen.

Ich grinse zurück – in Wirklichkeit finde ich den Sound hier zum Kotzen, aber wenn sie auf so einen Krach steht, kann ich mich gefahrlos mit ihr unterhalten. Schließlich muss ich dann nicht befürchten, dass sie mich erkennt und ein Thema mit etwas mehr Substanz zur Sprache bringt. Meine Vergangenheit, zum Beispiel. Das, was vor zwei Jahren durch die Klatschpresse ging. Oder vielleicht den Wettbewerb …

Aber nachdem ich sie auf ein Bier eingeladen habe und ihre Hand längst an meiner Hüfte liegt, kommt es dann doch, so unvermeidlich wie das Amen im Gebet: »Sag mal, kenn ich dich nicht irgendwoher?«, fragt sie und schaut mit großen Augen zu mir hoch. »Ich glaube, ich hab dich schon mal gesehen.«

»Muss ein Fehler in der Matrix sein«, gebe ich zurück.

»Nein, im Ernst, du kommst mir wahnsinnig bekannt vor«, beharrt sie, und ihre Finger spielen mit dem Saum meines Shirts. »Vielleicht aus einem Video. Bist du … ein YouTuber oder so?«

Nur mit Mühe kann ich mich davon abhalten, eine Grimasse zu schneiden. »Hey, weißt du, was«, sage ich, während ich nach ihrer Taille fasse und sie an mich heranziehe. »Lass uns das lieber nicht machen.«

»Was, miteinander reden?«, fragt sie in einem neckenden Tonfall. Sie ist mir jetzt so nahe, dass ich ihr Parfum riechen kann – Pseudo-Erdbeeren oder Kirschen oder sonst irgendetwas übertrieben Süßes. »Also, eigentlich finde ich, das macht Spaß.«

»Aber ich wüsste da noch etwas viel Spaßigeres, als zu reden.«

Lachend wirft sie den Kopf nach hinten, und im selben Moment fällt mein Blick auf ein Mädchen mit wirren blonden Locken, das einige Schritte entfernt am Tresen steht. Bei dem Lärm, der auch abseits der Tanzfläche herrscht, kann sie meine letzte Bemerkung unmöglich gehört haben. Trotzdem verdreht sie die Augen, aber das ist mir so was von egal. Eine zweite Hand wandert an meine Hüfte, schiebt sich unter mein T-Shirt, streicht über meine Haut. Miss Hotpants geht auf Tuchfühlung, und der Lockenkopf wendet sich ab.

Schon klar: Ich benehme mich gerade wie ein oberflächlicher, biergetränkter, von miesem D 'n' B betäubter Idiot. Aber damit bin ich bloß einer unter vielen – und das ist ein verdammt gutes Gefühl.

Emilia

Den ganzen Tag lang werde ich Adrians Worte nicht mehr los.

Wieder und wieder sehe ich die Bewegungen seiner Lippen vor mir, sozusagen kein Ohr-, sondern ein Augenwurm: »Ich finde es ja bewundernswert, wie du mit deiner Behinderung umgehst, aber … tut mir leid, das hat einfach keinen Zweck.«

Als es draußen finster wird, bin ich drauf und dran, mich für den restlichen Abend einfach nur zu verkriechen. Dabei habe ich den Party-Flyer schon vor Tagen an die Korktafel über meinem Schreibtisch gepinnt – direkt neben meine ganz spezielle To-do-Liste. Das Zimmer des Studentenwohnheims ist so klein, dass ich auch von meinem Bett aus beides genau sehen kann. Allerdings sind es nicht die bunten Lettern auf dem Flyer, sondern meine eigenen, sorgfältig geschriebenen Buchstaben, an denen mein Blick haften bleibt.

Ich bin sicher, die meisten neuen Bewohner dieses Heims müssen in den Sommerferien jede Menge erledigen, und viele von ihnen haben diese guten Vorsätze bestimmt auch notiert. Allerdings stehen auf ihren Listen wohl eher solche Punkte wie: Skripte kaufen, ein U-Bahn-Semesterticket besorgen, einen Uni-Sportkurs aussuchen und so weiter. Was *ich* mir für die nächsten freien Monate vorgenommen habe, hängt überhaupt nicht mit den beiden Studienrichtungen zusammen, auf die meine Wahl nach längerem Überlegen gefallen ist. Klar, Germanistik und Bildungswissenschaften interessieren mich – wobei ich mich jetzt schon frage, ob ich die Lippen der Professoren werde lesen können. Aber zum Studieren bin ich eigentlich nicht nach Wien gekommen. Oder jedenfalls nicht nur.

Abrupt stemme ich mich vom Bett hoch und gehe zu meiner Anlage hinüber, die auf der Kommode neben dem Schreibtisch steht. Mein Zeigefinger ertastet den richtigen Knopf, ohne dass ich den Blick von meiner Liste abwenden muss. Dann lege ich die flache Hand auf eine der Lautsprecherboxen und lasse die *Mondscheinsonate* auf meiner Haut zittern, während ich jeden der sieben Punkte einen Moment lang fixiere:

1. *Klavierunterricht nehmen.*
2. *Ein Konzert besuchen.*
3. *In die Disco gehen.*
4. *Schreien, so laut ich kann.*
5. *Mich nachts im Bett unterhalten, bis ich einschlafe.*
6. *Herausfinden, wie der Regen klingt.*
7. *Mit einem Hörenden richtig befreundet sein.*

Wie üblich hilft mir das Vibrieren der Lautsprechermembran dabei, mindestens fünf Jahre in die Vergangenheit zurückzureisen – in die Zeit, als Nana noch in meinem Leben war und das Tor zur anderen Welt ein klein wenig offen stand. Aber diesmal hält der Effekt nicht besonders lange an. Widerwillig ziehe ich die Hand zurück, schalte die Anlage aus und greife nach einem wasserfesten Marker. Zentimeter für Zentimeter verschwindet *»Klavierunterricht nehmen«* unter einer dicken schwarzen Linie.

Durchgestrichen statt abgehakt.

Ich werfe den Marker zurück auf den Schreibtisch und nehme einen tiefen Atemzug. Wenn dieser Tag kein totaler Reinfall werden soll, darf ich mich jetzt nicht auf dem Bett zusammenrollen und in eines meiner Bücher vertiefen, wie so oft seit meiner Ankunft in Wien. Wozu habe ich diese Liste überhaupt geschrieben, wenn ich die Sommerferien dann doch nur wie eine Einsiedlerin verbringe? Möglicherweise zählt eine Fete im Keller nicht direkt als Disco, aber es schadet ja nicht, klein anzufangen. Sozusagen ein vorsichtiges Klopfen ans Tor, statt wie heute Nachmittag mit vollem Karacho dagegenzurennen.

Bevor mich die Entschlossenheit wieder verlassen kann, streife ich meine Ballerinas über und schlüpfe aus der Zwei-Zimmer-WG hinaus auf den Flur. Vor der Treppe zum Keller stehen ein paar Jungen und Mädchen herum und rauchen, obwohl das hier strengstens verboten ist. Möglicherweise sind das gar keine regulären Heimbewohner, sondern Urlauber, die während der Sommerferien freistehende Zimmer gemietet haben. Das würde erklären, warum sie keine Angst vor dem Zorn des Heimleiters haben – aber vielleicht genießt Herr Maulbeer auch unter den Studenten keine besondere Autorität. Bei genauerer Überlegung bezweifle ich nämlich, dass er diese Party abgesegnet hat; schließlich habe ich nirgendwo einen offiziellen Aushang gesehen.

Zögernd nähere ich mich dem Grüppchen, nicht sicher, ob ich mich einfach daran vorbeischieben soll. Was, wenn noch niemand im Keller ist und ich mich vor mehreren Zeugen lächerlich mache, indem ich an der verschlossenen Tür rüttle?

»Hey, entschuldige bitte – hat die Party schon angefangen?«, wende ich mich kurz entschlossen an ein brünettes

Mädchen auf der obersten Treppenstufe. Ich glaube, dass ich die Frage richtig ausgesprochen habe, aber irgendetwas muss trotzdem schiefgelaufen sein. Jeder Gehörlose kennt Situationen wie diese zur Genüge: Eigentlich ist man sich keines Fehlers bewusst, aber der Gesichtsausdruck der anderen Leute macht einem deutlich, dass etwas nicht stimmt. Meine um vier Jahre älteren Brüder, Leo und Max, nennen das die *»Wer-hat-hier-gepupst-Miene«:* Alle runzeln die Stirn, ziehen die Nase kraus, wechseln peinlich berührte Blicke. (Und ja, wer sich meine Brüder nun wie gehörlose Versionen von Fred und George Weasley vorstellt, liegt gar nicht so weit daneben.)

»Ob sie schon *angefangen* hat?«, wiederholt die Brünette und hakt ihre Daumen in die ausgefransten Taschen ihrer Hotpants. Ihre knallpinken Lippen bewegen sich seltsam träge, so als würde sie die Worte extra in die Länge ziehen. »Sperr mal die Lauscher auf, wie wär's?« Grinsend dreht sie sich um und läuft die Treppe hinunter. Als sie die Tür öffnet und mir ein Schwall stickige Luft entgegenschlägt, wird mir klar, warum meine Frage völlig daneben gewirkt haben muss: Bestimmt ist die Musik auch von draußen unmöglich zu überhören.

Am liebsten würde ich jetzt gleich wieder kehrtmachen, aber diese Feigheit lasse ich mir selbst nicht durchgehen. Also folge ich dem Mädchen mit einigen Metern Abstand, während ich direkt spüren kann, wie meine Haare sich kräuseln. Im Partykeller muss eine ähnlich hohe Luftfeuchtigkeit herrschen wie am Amazonas. Zum Glück habe ich meine Hörgeräte im Zimmer gelassen, mal abgesehen davon, dass mir die Dinger jetzt sowieso nichts nützen würden. Auch ohne jegliche Störgeräusche kann ich Stimmen damit kaum noch wahrnehmen, und hier dröhnen mir die Bässe beinah schmerzhaft im Magen, seit ich den Raum betreten habe. Ein Blick in die Runde genügt, um zu erkennen, dass ich auf dieser Party nicht das Geringste verstehen werde; weder mit den Ohren noch mit den Augen. Es ist zu laut, zu finster, zu voll. Außerdem bewegen Schreihälse und Betrunkene ihre Münder anders als sonst, und hier ist offenbar jeder am Brüllen oder Bierschlürfen. Genauso gut könnte ich versuchen, ohne Taschenlampe unter der Bettdecke zu lesen – während ich das Buch verkehrt herum halte.

Instinktiv flüchte ich mich an die Bar, wo die Beleuchtung noch am besten ist. Für einen Euro bekomme ich einen biergefüllten Pappbecher ausgehändigt, der während der nächsten halben Stunde als mein Rettungsanker herhalten muss: Wann immer sich Leute dem Tresen nähern, tue ich so, als wäre ich voll und ganz mit Nippen beschäftigt. Dabei versuche ich immer wieder, Gesprächen zu folgen, aber es hat keinen Zweck. Die Worte fliegen wie Pingpongbälle zwischen den Personen hin und her, viel zu schnell, als dass ich sie entziffern könnte. Wenn ich endlich herausgefunden habe, wer gerade an der Reihe ist, hat er seinen Satz schon beendet, jemand anderer fügt etwas hinzu, und die Umstehenden biegen sich vor Lachen.

Vermutlich sehe ich schon aus wie ein begossener Pudel, als irgendwann meine Zimmernachbarin Kris auf mich zukommt. Obwohl wir erst seit einer Woche zusammenwohnen, strahlt sie mir entgegen, als wären wir längst allerbeste Freundinnen. Bei ihrem Anblick wird mir mal wieder bewusst, dass sie in fast jeder Hinsicht das genaue Gegenteil zu mir darstellt: Nicht nur wegen ihrer seidigen schwarzen Haare und ihrer Vorliebe für ausgeflippte Klamotten, während ich meistens in braven Baumwollblusen und Jeans herumlaufe; Kristina scheint sich hier außerdem ganz in ihrem Element zu fühlen. Allerdings studiert sie bereits seit einem Jahr an der Universität für angewandte Kunst und hat sicher schon Hunderte Partys wie diese erlebt.

»Na, machst du die Tanzfläche unsicher?«, ruft sie mir ironisch entgegen, und das Gitarre spielende Kätzchen auf ihrem T-Shirt hüpft bei jedem ihrer Schritte.

Ich merke, wie mir die Hitze in die Wangen steigt. »Die Musik ist irgendwie nicht mein Fall«, behaupte ich und kann nur hoffen, dass es einigermaßen normal wirkt, so etwas zu sagen. Kris kann schließlich nicht ahnen, was für eine gewaltige Lüge ich ihr aufgetischt habe. Es gefällt mir, wie vertraut sie mit mir umgeht, obwohl wir uns noch kaum kennen – und um das nicht aufs Spiel zu setzen, habe ich ihr meine Taubheit bisher verheimlicht.

»Musik? Was für Musik denn?«, gibt sie dennoch so treffend zurück, dass ich zusammenzucke. Es scheint fast, als hätte sie mich durchschaut, doch mit ein paar Sekunden Verspätung begreife ich, dass sie sich nur über die Qualität der Hintergrundbeschallung lustig macht. »Komm schon, wir zwei verschaffen uns jetzt trotzdem mal ein bisschen Bewegung. Oder sollen wir dir vielleicht einen netten Tanzpartner suchen?«

Tanzen. Genau. Und danach spielen wir eine Runde Stille Post.

Angestrengt versuche ich, mir meine Liste wieder vor Augen zu rufen und mich daran zu erinnern, warum ich das alles tue – doch die Entschlossenheit hat mich jetzt endgültig verlassen. »Oh nein. Ich glaub nicht, dass …«, stammle ich und erfinde dann die nächste lahme Ausrede: »Also, da ist keiner für mich dabei.«

»Wieso nicht? Die Jungs hier sind doch …«, beginnt

Kris, aber dann dreht sie sich zur Tanzfläche, und ich bekomme nichts mehr mit. Gespräche sind für mich vorüber, sobald der Blickkontakt abbricht. Meine Zimmernachbarin hat jetzt sowieso etwas ganz anderes im Sinn, oder besser gesagt, *jemand* anderes: Ein Typ im Surferboy-Look hat ihre Aufmerksamkeit erregt, und so zielstrebig, wie Kris auf ihn zumarschiert, kann ich mir das Ende ihres Satzes schon denken.

Tief durchatmend schiebe ich mich wieder in den kleinen Lichtkreis rund um die Bar, lehne mich gegen den Tresen – und mein Blick bleibt an einem Paar Hotpants hängen.

Auch das noch. Meine Bekanntschaft aus dem Treppenhaus steht nur wenige Schritte von mir entfernt, in ein Gespräch mit einem Jungen vertieft. Obwohl sie mir den Rücken zugekehrt hat, erkenne ich an ihrer Haltung, dass sie im Moment *keine* spöttischen Sprüche vom Stapel lässt. Ihre rechte Hand liegt auf der Hüfte ihres Gegenübers, und mit der linken dreht sie eine Strähne ihres braunen Haars um ihren Zeigefinger. Eigentlich witzig, wie deutlich man mit den Händen sprechen kann, ohne auch nur eine einzige richtige Gebärde zu beherrschen. Der Junge scheint ihre Botschaft jedenfalls ganz genau zu verstehen, denn sein rechter Mundwinkel wandert immer weiter nach oben. Mit seinem schiefen Grinsen und den widerspenstigen schwarzen Haaren könnte er wie der typische Held eines Teenie-Films wirken, aber irgendetwas stört dieses Bild.

Vielleicht liegt es daran, wie oft und wie langsam er seine Augen schließt, so als wären seine Lider bleischwer. Als die Discobeleuchtung einmal besonders grell aufblitzt, erkenne ich auch die Schatten über seinen Wangenknochen.

Das ist es: Die beiden Hälften seines Gesichts passen nicht zueinander. Oben sieht er todmüde aus, während seine Lippen allen Ernstes den Satz formen: »Ich wüsste da noch was viel Spaßigeres, als zu reden.«

Nachdem er dann auch noch eine Hand in die hintere Jeanstasche der Brünetten geschoben hat, kann ich mich einfach nicht länger beherrschen: Ich ziehe die Mundwinkel nach unten, verdrehe die Augen … und genau in diesem Moment flackert der Blick des Jungen zu mir herüber.

Für ein paar Schrecksekunden ist der abfällige Ausdruck auf meinem Gesicht festgefroren. Ich erkenne, dass die Augen des Jungen grün sind, ein richtig strahlendes Smaragdgrün, aber das Weiß rund um die Iris ist von zahlreichen Äderchen zerschossen. Sein rechtes unteres Lid zuckt, während er mich fixiert. Erst, als sich das Hotpants-Mädchen praktisch an seinen Hals wirft, wird der Bann gebrochen. Mühsam reiße ich mich von dem Anblick los und drehe den Kopf weg. Auf einmal habe ich wieder das Gefühl, in einer Art überdimensionalem Aquarium zu schwimmen, wo alle stumm die Mäuler auf- und zuklappen und sinnlos herumzappeln. Hier bin ich die Einzige, die nicht weiß, wie sie sich hier verhalten soll. Die keine Ahnung hat, ob die Musik gut oder schlecht klingt. Die … völlig verwirrt ist, als die anderen plötzlich zu tanzen aufhören.

Mehrere Sekunden verstreichen, bis mir klar wird, dass ich keine Bässe mehr spüren kann. Als bei mir endlich der Groschen gefallen ist, flammen bereits die Deckenlampen auf, und drei Gestalten werden oben an der Kellertreppe sichtbar: der Heimleiter und zwei Männer in Uniform.

»Bei uns ist eine Beschwerde wegen nächtlicher Ruhestörung eingegangen, und jetzt haben wir auch noch erfahren, dass die Nutzung des Partykellers gar nicht genehmigt wurde!«, verkündet einer der beiden Polizisten. Um mich herum werden Arme in die Luft gereckt, Köpfe geschüttelt, und viele Münder öffnen sich zu einem Protest.

Damit wäre meine Aufzählung wohl komplett: Ich bin *definitiv* die Einzige, die sich freut, dass diese Party gesprengt wird.

Nick

Der frühe Vogel fängt sich gleich eine.

Diese Worte schießen mir durch den Kopf, als ich von meinem Radiowecker aus dem Schlaf gerissen werde und der Moderator ein paar locker-flockige Sprichwörter vom Stapel lässt. Seine übertrieben muntere Art wirkt auf mich schon fast sadistisch. Es mag ja vielleicht Menschen geben, denen um diese Zeit die Sonne aus dem Arsch scheint, aber bei mir herrscht da momentan noch tiefste Dunkelheit.

Ächzend richte ich mich auf und bewege meine verspannten Schultern. Es kommt mir absolut unmöglich vor, heute das notwendige Pensum zu schaffen. Vielleicht hätte ich meine gestrige Abendgestaltung genauer überdenken sollen. Schließlich habe ich davon nicht mehr gewonnen als einen netten Hang-over und folgende Nachricht auf meinem Handy: SCHADE, DASS WIR SO PLÖTZLICH AUF UNSERE ZIMMER GESCHICKT WURDEN. IST JA WIE IM KLOSTER HIER! VIELLEICHT SIEHT MAN SICH BALD MAL WIEDER? :)

Dummerweise habe ich die Absenderin als *Hotpants-Hottie* eingespeichert, und die Erinnerung an ihren richtigen Namen scheint mit ein paar meiner Gehirnzellen abgesoffen zu sein. Ich schätze, es gibt deutlich bessere Voraussetzungen für ein zweites Date.

Nach einer kalten Dusche und einer Dose lauwarmen Energy-Drinks mache ich mich widerwillig an mein tägliches Training. Das Pochen hinter meiner Stirn ist dabei natürlich wahnsinnig hilfreich. Irgendwann zeigt das Koffein endlich seine Wirkung, aber meine Leistung bleibt trotzdem unterirdisch. Alles, was Volkov mir gestern ungerechtfertigt vor den Latz geknallt hat, trifft heute ganz genau zu. Der Gedanke daran, dass schon in wenigen Stunden die nächste Einheit mit ihm auf dem Programm steht, lässt meinen Magen schlimmer rumoren als das Red Bull zum Frühstück. In diesem Moment beginne ich, meine Teilnahme an der Party ernsthaft zu bereuen – und dann, wie auf Kommando der Karma-Polizei, hämmert es auch noch an der Tür.

»Hier ist Franz Maulbeer«, ertönt eine heisere Stimme, und ich kapiere erst nach ein paar Sekunden, wer damit gemeint ist. Schließlich wird der arbeitsscheue Heimleiter von allen nur *Faulbär* genannt.

»Und hier ist nichts kaputt!«, entgegne ich automatisch.

Faulbär schnaubt. »Ich bin nicht gekommen, weil ich was für dich in Ordnung bringen muss. Umgekehrt wird ein Schuh draus, kapiert? Beweg deinen Hintern in den Veranstaltungskeller, aber pronto!«

Mein Stöhnen bekommt er wohl auch durch die Tür mit, denn er lässt die Faust noch einmal gegen das Holz krachen, um seinem Befehl Nachdruck zu verleihen. Anschließend höre ich ihn brummend davonschlurfen.

Jetzt gibt es keinen Zweifel mehr: Mein Besuch auf dieser Party war eine absolut hirnrissige Idee. Ich habe für so einen Mist jetzt überhaupt keine Zeit. Innerlich fluchend sperre ich meine Geige wieder in den Schrank, werfe ein paar frische Klamotten über und mache mich dann wohl oder übel auf den Weg zum Keller.

Schon auf der Treppe erinnern massenhaft Kippen und

zerdrückte Becher an den vergangenen Abend, und als ich die Tür öffne, bilde ich mir ein, immer noch eine Mischung aus Qualm, Schweiß und Bier riechen zu können. Rein optisch hat sich die Location aber ganz schön verändert: Anstatt von flackernden Discolichtern wird der Raum jetzt von Neonröhren erhellt, die das kahle Gewölbe reichlich trostlos wirken lassen. An den vergipsten Wänden baumeln die Leichen zerplatzter Luftballons, der Boden ist völlig verdreckt, und die Bar entpuppt sich als ein Haufen zusammengenagelter Holzpaletten. Direkt davor stehen der Heimleiter und eine dünne Gestalt, die mir merkwürdig bekannt vorkommt. In meinem verkaterten Hirn scheinen ein paar Zahnräder zu quietschen, bis es endlich die Lösung ausspuckt: Na klar, das ist die zugeknöpfte Blondine von gestern Abend. Obwohl sie auch auf der Party war, sieht sie kein bisschen so aus, wie ich mich gerade fühle – nämlich gut durchgekaut und wieder hochgewürgt –, sondern eher wie aus dem Ei gepellt. Ihre Augen wirken hellwach, und sie trägt eine pastellgrüne, offenbar gebügelte Bluse. Nur ihre blonden Haare kringeln sich immer noch kreuz und quer um ihr Gesicht.

»Hey«, murmle ich, aber sie lässt sich nicht mal zu einem Nicken herab. Ihr Blick ist starr auf den Heimleiter gerichtet, als wäre sie ein Hund, der sich hechelnd auf das nächste Kommando freut. Statt eines Stöckchens wirft Faulbär allerdings ein Paar Gummihandschuhe in meine Richtung, sobald er mich entdeckt hat.

»Na endlich! Morgenstund' hat Gold im Mund!«, posaunt er mir ebenso geistreich wie der Radiomoderator entgegen. Passenderweise entdecke ich in seinem Schnauzbart etwas Gelbliches – vielleicht ein Stückchen Rührei oder Käse.

Oder er hat mit den Handschuhen geknutscht.

Stirnrunzelnd halte ich die Gummidinger eine Armeslänge von mir weg. »Danke, aber die sind so gar nicht mein Stil.«

»Das wirst du dir vielleicht noch anders überlegen, sobald du hier richtig losgelegt hast«, antwortet Faulbär. »Ich gehe doch recht in der Annahme, dass ihr beide an der Verwüstung dieses Raumes beteiligt wart, oder? Also habt ihr bestimmt nichts dagegen, die Spuren dieser unerlaubten Feier zu beseitigen!«

»Wir sollen hier putzen?«, japse ich, während Lockenkopf den Heimleiter immer noch wie hypnotisiert angafft. »Aber warum denn ausgerechnet wir?!«

Inzwischen hat sich Faulbär breitbeinig vor uns aufgebaut und mustert uns so drohend, wie das für einen pummeligen Kerl im Hausmeisterkittel möglich ist. »Jaja, alles Unschuldslämmer, was?«, poltert er. »Tatsächlich habe ich extra zwei Personen ausgewählt, die erstens auf der Party waren und über die sich zweitens in den letzten Tagen jemand bei mir beschwert hat. Wollen doch mal sehen ...« Er kramt einen Zettel aus seiner Kitteltasche hervor und pikt dann mit seinem Salamifinger in Richtung der Blondine. »Emilia Weber, mehrfache Lärmbelästigung durch klassische Musik! Und Nick –«

»Nächtliche Ruhestörung, schon klar«, schneide ich ihm den Satz ab. »Auch wenn ich daran nicht ganz alleine schuld bin.« Vielsagend ziehe ich einen Mundwinkel hoch und schaue wieder zu meiner Leidensgenossin hinüber. Die durchbohrt mich nun mit ihrem Blick, als hätte meine eindeutig-zweideutige Bemerkung sie persönlich beleidigt.

Kein Zweifel: Wäre Humor eine olympische Disziplin, würde Emilia Weber an der Startlinie versauern.

Faulbär räuspert sich übertrieben. »Wie dem auch sei, ich habe jedenfalls sicher nicht die Falschen für diesen Job ausgesucht«, sagt er und wendet sich ab, um hinter den Bartresen zu marschieren. »Nehmt euch jetzt ein Hilfsmittel eurer Wahl, und wenn ich wiederkomme, will ich hier vom Boden essen können, alles klar?«

Sobald er einen voll beladenen Putzwagen hinter dem Tresen hervorgezaubert hat, hellt sich Emilias Gesicht schlagartig auf. Eifrig nickend schnappt sie sich einen Eimer samt Lappen, und es wäre nicht weiter verwunderlich, wenn sie gleich salutieren würde.

Mit diesem Mädel läuft definitiv was verkehrt.

Deutlich weniger begeistert greife ich mir einen Müllbeutel, und Faulbär verlässt händereibend den Keller. Wahrscheinlich macht er es sich jetzt in seinem Büro gemütlich, um seinen Schnauzbart auch noch mit ein paar Kuchenkrümeln zu verzieren. Der Gedanke an sein zufriedenes Grinsen treibt meine Laune immer weiter in Richtung Tiefpunkt.

»Schöne Scheiße, hm?«, sage ich irgendwann, als ich den gefühlt tausendsten Pappbecher eingesammelt habe und vor Langeweile gleich krepiere.

Keine Reaktion. Ich wende mich um und sehe, dass Emilia immer noch den Tresen mit einem Lappen bearbeitet. Ihr angestrengtes Schnaufen ist quer durch den ganzen Raum zu hören.

»Hätte nicht erwartet, dass der Typ so hart durchgreift«, fahre ich etwas lauter fort und schlendere auf den Tresen zu.

Emilia schweigt und putzt.

»Ich bin nämlich erst seit Anfang der Ferien im Wohnheim.«

Emilia putzt und schweigt.

»Und wie lange wohnst du schon hier?«

Emilia antwortet ... *nicht,* und allmählich geht sie mir ganz heftig auf den Zeiger. Ich will ja nicht prahlen oder so, aber dass mich ein Mädchen komplett ignoriert, ist bisher echt noch nie vorgekommen. Dabei hätte die eine oder andere vielleicht sogar einen Grund dazu gehabt. Emilia dagegen scheint mich entweder schon bei unserem ersten Zusammentreffen in die »Arschloch«-Schublade gesteckt zu haben, oder sie ist rekordverdächtig schüchtern.

»Gibt's irgendein Problem?«, frage ich in beiläufigem Tonfall und lehne mich auf der anderen Seite gegen den Tresen. Ohne auch nur ihren Blick zu heben, trägt Emilia den Eimer an mir vorbei zum Waschbecken. Schwungvoll kippt sie das schmutzige Wasser in den Ausguss, ehe sie den Hahn aufdreht.

Was zur Hölle soll das? Wieso behandelt sie mich die ganze Zeit, als wäre ich die allerdünnste Gebirgsluft? Plötzlich habe ich die Schnauze voll, und bevor ich mich zusammenreißen kann, baue ich mich hinter ihr auf. »Aber sicher doch, Nick, danke der Nachfrage«, sage ich mit verstellter Stimme.

Emilia starrt mich im kleinen Spiegel über dem Waschbecken an, als wäre ich total durchgeknallt.

»Hi, ich bin Emilia, so gesprächig wie ein Wischmopp«, mache ich weiter, obwohl mir klar ist, dass ich mich reichlich bescheuert aufführe.

Dann passiert etwas Bahnbrechendes: Die Eiskönigin öffnet tatsächlich den Mund. »Und ich bin Nick, so tiefgründig wie ein Eimer«, gibt sie zurück. Die Antwort kommt so schnell, so unerwartet, dass ich einen Moment lang nur dämlich in den Spiegel glotze. Emilia erwidert meinen Blick, eine Augenbraue ganz leicht erhoben. Ihre Stimme hallt in meinem Gedächtnis nach. Sie hat leise gesprochen, als wäre sie ein bisschen heiser, und mit einem undefinierbaren Akzent. Schwedisch vielleicht oder Niederländisch, keine Ahnung. Fest steht, dass sie nicht etwa verklemmt oder sonst irgendwie auf den Mund gefallen ist – nein, das Mädel scheißt ganz einfach auf mich.

Jetzt widmet sie ihre Konzentration demonstrativ wieder dem Putzeimer, in den noch immer das Wasser strömt. Sie benimmt sich, als dürfte sie dieses Ding keine Sekunde aus den Augen lassen, damit es nur ja nicht überläuft.

»Sag mal, hab ich dir was getan?«, frage ich und wundere mich kaum noch darüber, dass sie nicht antwortet. Trotzdem scheint in der folgenden Stille eine Sicherung bei mir durchzubrennen. Vielleicht liegt es daran, dass ich verdammt müde bin, an dieser Drecksarbeit oder am bevorstehenden Massaker bei Volkov … vielleicht auch an allem zusammen. Jedenfalls schießen meine Hände wie von selbst nach vorne, und ich schwöre, dass ich eigentlich nur den Hahn zudrehen will, um diese dämliche Show zu beenden.

Stattdessen greife ich mir den Eimer und schütte eine Ladung Wasser gegen Emilias Kopf.

Es ist einer von diesen Momenten, in denen man sich selbst von außen betrachtet und dabei denkt: *Fuck, du warst auch schon mal cooler.* Aber jetzt ist es passiert, und zumindest habe ich die Eiskönigin damit aus der Reserve gelockt. Keuchend springt sie nach hinten, stößt gegen meine Brust und taumelt an mir vorbei. So lässig wie möglich stelle ich den Eimer wieder im Becken ab und drehe den Wasserhahn zu, während ich mich auf eine hysterische Schimpftirade gefasst mache. Das wäre wenigstens mal eine normale Reaktion. Als es dann aber wieder ganz still wird, schaue ich mich verwirrt um – und schon im nächsten Augenblick fallen mir die Reste meines spöttischen Grinsens aus dem Gesicht.

Emilia macht gar keinen wütenden Eindruck, sondern wirkt völlig entsetzt. Beim Kontakt mit dem kalten Wasser muss sie sich instinktiv zur Seite gedreht haben, denn vor allem links sind ihre Locken und ihre Bluse klatschnass. Durch den hellen Stoff lässt sich sogar ein rotes BH-Körbchen erkennen, aber das ist es nicht, woran mein Blick hängen bleibt. Stattdessen schaue ich ein paar Zentimeter weiter nach unten, auf Emilias Handfläche, die sie zitternd vor sich ausgestreckt hat. Zwischen mehreren Wassertropfen liegt dort ein gebogenes graues Ding mit einem dünnen Kabel oder Schlauch. Verwirrt mache ich einen Schritt nach vorne, kneife die Augen zusammen – und dann erkenne ich endlich, was sie in der Hand hält.

Es ist ein verdammtes Hörgerät.

Emilia

Nicks Gesichtsausdruck ist unbezahlbar. Der Anblick seiner weit aufgerissenen Augen und seines o-förmigen Munds tröstet mich fast über die Tatsache hinweg, dass mein linkes Hörgerät vielleicht komplett ruiniert ist. Zum ersten Mal heute Morgen wirkt dieser Kerl nicht betont lässig oder genervt, sondern einfach nur völlig verdattert.

»Du … du bist doch nicht etwa …«, beginnt er und fährt sich durch die schwarzen Haare, sodass sie ihm noch widerspenstiger vom Kopf abstehen als sonst. »Ich meine, bitte sag mir, dass du dieses Ding nicht brauchst, um mich zu verstehen.« Ungewohnt linkisch deutet er zuerst auf mein nasses Hörgerät, dann auf sein rechtes Ohr.

Ich lasse ihn absichtlich einen Moment lang zappeln, ehe ich den Kopf schüttle. Vor Erleichterung sackt er ein bisschen in sich zusammen, aber seine fassungslose Miene ist gleich wieder da, als ich antworte: »Ich kann mit meinen Hörgeräten nur sehr laute Geräusche wahrnehmen. Gespräche verstehe ich so oder so nicht.«

Nick hat die Augenbrauen eng zusammengeschoben, und es ist nicht zu übersehen, wie es hinter seiner Stirn arbeitet. »Du bist taub? Aber – du kannst doch reden!«

»Redest du vielleicht mit den Ohren?«

»Häh?«, macht er, und bei aller Sorge und Wut fühle

ich doch ein klein wenig Genugtuung darüber, dass zur Abwechslung mal er derjenige ist, der auf dem Schlauch steht.

»Mein *Gehör* funktioniert nicht, aber meinen Stimmbändern ist das zum Glück egal«, antworte ich übertrieben deutlich. Jetzt nur keinen Fehler machen, sage ich mir. Nur kein R oder CH verschlucken, sonst weiß er gleich, dass es so einfach dann doch nicht ist. »Ich hatte bloß mehr Arbeit beim Sprechenlernen als andere Kinder.«

In meinem Kopf blitzen Erinnerungen an endlose Sprachtherapie-Stunden auf, an elende Plackerei – aber auch an Nanas geduldige Lippen. Und an meine Kinderhand auf ihrem vibrierenden Hals …

Mühsam richte ich meine Aufmerksamkeit wieder auf Nick, der sich zum zweiten Mal durch die strubbeligen Haare fährt. »Sorry, aber ich kapier es einfach nicht«, sagt er dann langsam. »Du trägst Hörgeräte, obwohl es nichts nützt. Und du kannst nichts hören, antwortest mir aber trotzdem, wenn …« Sein Mund erstarrt, während ihm anscheinend ein Licht aufgeht. »Oh.«

»Ich antworte, wenn ich deine Lippen sehen kann«, ergänze ich und bin mir jetzt hundertprozentig sicher, dass ich in der letzten halben Stunde jede Menge verpasst habe. Nicht nur, dass ich den Heimleiter wegen seines Schnurrbarts kaum verstehen konnte – anscheinend hat mich Nick auch noch während des Putzens mit irgendwelchen Kommentaren bombardiert, die mir allesamt entgangen sind.

Schlagartig gewinnen Hilflosigkeit und Zorn in mir wieder die Oberhand. »Und die Hörgeräte nützen mir sehr wohl etwas«, fahre ich heftiger fort. »Findest du es etwa nicht praktisch, wenn man mitbekommt, dass jemand schreit oder ein Auto hupt oder, keine Ahnung, vielleicht ein Feueralarm losgeht?! Aber fürs Erste hat sich das jetzt wahrscheinlich erledigt. Vielen Dank auch!«

Kaum habe ich zu Ende gesprochen, spüre ich entsetzt, dass mir Tränen in die Augen steigen. Es ist, als wäre die Sache mit dem Hörgerät der letzte Tropfen, der ein randvolles Fass zum Überlaufen bringt. Der Klavierunterricht war ein totaler Reinfall, ebenso wie die Party, und jetzt wurde auch noch einer der beiden Fäden gekappt, die mich wenigstens ein kleines bisschen mit der Welt der Hörenden verbunden haben.

Trotzdem werde ich jetzt ganz bestimmt nicht damit anfangen, wie ein Kleinkind zu heulen. Vor allem nicht in Gegenwart von jemandem, der mich ohnehin schon anstarrt wie ein Kalb mit zwei Köpfen.

Nick hat die Stirn in Falten gelegt und reibt sich den Nacken, während er offensichtlich nach den passenden Worten sucht. Egal, welche lahme Entschuldigung jetzt aus seinem Mund kommt, ich will sie auf keinen Fall sehen.

Abrupt wirble ich herum und renne die Treppe zum Erdgeschoss hinauf, stürme den Flur entlang, erreiche keuchend die Tür zu meinem Apartment. Erst in letzter Sekunde fällt mir ein, dass ich lieber versuchen sollte, Kris nicht zu wecken. Morgens leise zu sein – auch das musste mir meine Großmutter erst beibringen, wenn ich bei ihr übernachtet habe. Schließlich hat es bei meinen gehörlosen Eltern und Brüdern nie eine Rolle gespielt, wie laut ich war. »Tu einfach so, als wäre alles aus Glas«, sehe ich die Bewegung von Nanas Lippen in meinem Gedächtnis. Mit gezwungener Langsamkeit schließe ich deshalb auf und betrete das Apartment so vorsichtig, als würde ich über rohe Eier laufen. Die Eingangstür lasse ich wie immer einen Spaltbreit offen, genau wie die Tür zu meinem Schlafzimmer. Auf diese Weise kann ich von meinem Schreibtisch aus sehen, wenn Kris in den kleinen Vorraum vor unseren Zimmern kommt. Nicht gerade hilfreich, um sich geborgen zu fühlen, aber mir bleibt keine andere Wahl. Sehnsüchtig denke ich an die Signalanlage zu Hause … und spüre gleich darauf tief in mir drin einen Stich.

Als ob die Türklingel mit Blinkfunktion das Einzige wäre, was ich vermisse.

Krampfhaft versuche ich, diesen Gedanken zu verdrängen, während ich eine frische Bluse anziehe und meine Haare mit Handtuch und Bürste bearbeite. Die beiden Hörgeräte lege ich zum Trocknen in ihre Box, sodass meine Welt – ohnehin immer sehr leise – jetzt vollkommen still wird. Dafür taucht gleich wieder dieses Paar Hände vor meinem geistigen Auge auf, diese verflixten störrischen Finger, die mir praktisch zuschreien: *Sieh das alles nicht als Rückschritt, sondern als Startschuss! Mach es jetzt! Trau dich endlich!*

Ich kneife die Lider zusammen, bis violette Funken in der Dunkelheit zu tanzen beginnen, aber das hat überhaupt keinen Zweck. So einfach lassen sich meine Gedankenhände nicht vertreiben. Nachdem ich die Augen wieder geöffnet habe, klappe ich mechanisch meinen Laptop auf und will gerade mein Mailprogramm starten – da erreicht mich ein Anruf über Skype.

Mein Herz springt mir fast bis in die Kehle. Wäre ich auf frischer Tat bei einem Einbruch ertappt worden, mein Puls würde wohl kaum noch schneller rasen. Hektisch klicke ich auf den grünen Button, und es erscheint ein doppeltes Grinsen im Video-Fenster. Nicht nur Leo, sondern auch Max schaut mir von meinem Bildschirm entgegen. Ich kenne meine beiden Brüder so gut, dass ich sie problemlos unterscheiden kann, aber in einem Punkt gleichen sie einander wie ein Ei dem anderen: Beide ziehen mich für ihr Leben gerne auf.

»Was treibst du so?«, geht es auch schon los, sobald die Verbindung steht.

»Wie sind die Wiener Männer?«

»Wer versteckt sich da in deinem Schrank?«

Der Tanz ihrer Finger wird von der Kamera ein bisschen verzerrt, aber ich habe trotzdem keine Schwierigkeiten, ihnen zu folgen. Es fühlt sich eher so an, als würde mir eine Last von den Schultern genommen. Jetzt brauche ich nicht krampfhaft auf Lippen und Zungenspitzen zu starren, nicht um Worte zu ringen oder zu befürchten, dass meine Stimme versagt. Ich muss nur aufpassen, dass mir die beiden nichts von meiner Aufregung anmerken. Ohne zu zögern, huscht meine rechte Hand zu meiner Stirn und vollführt eine schnelle Geste.

»Blödiane. Ich bin nicht wegen der Männer hier, sondern zum Studieren, das wisst ihr genau.«

Meine Brüder wechseln einen Blick, und nach dem ersten Fragen-Feuerwerk kommt mir diese Gesprächspause quälend lang vor. Während ihre Hände stumm auf der Tischplatte ruhen, gebärden sie in meiner Vorstellung bereits weiter: *Warum kannst du das nicht in München machen, nur eine kurze Bahnfahrt entfernt? Wolltest du einfach nur weit von uns weg?*

Ich weiß, dass ich ihre Gedanken erraten habe, aber ich werde nicht darauf eingehen. Wie könnte ich ihnen jemals meinen Wunsch erklären, in der »Stadt der Musik« zu wohnen, von der Nana mir so oft vorgeschwärmt hat – oder mein Gefühl, erst die eine Welt verlassen zu müssen, um die andere zu betreten? Zu Hause hätte ich niemals die Freiheit gehabt, die ich brauche, um eine Antwort auf meine Frage zu finden.

Das heißt aber noch lange nicht, dass ich immun gegen Heimweh bin.

Obwohl ich mich dagegen zu wehren versuche, machen sich meine Hände selbstständig: »Erzählt mal, wie geht es Mama und Papa?«

Wieder zögern meine Brüder mit ihrer Antwort – gerade lang genug für einen Gewissensbiss. »Ganz gut«, meint Leo schließlich. »Sie sind sehr aktiv, so wie immer.«

»Momentan machen sie sich für Video-Sprechanlagen bei Nachtapotheken stark«, fügt Max hinzu. »Wir finden, dass sie sich lieber dem Drive-in von McDonald's widmen sollten.«

Der Schmerz in meinem Inneren ist noch nicht abgeklungen, aber ich muss trotzdem lächeln. Seit ich denken kann, entwerfen meine Eltern Petitionen, gehen demonstrieren und schreiben Briefe an Politiker. Den Gehörlosen-Verein in unserer kleinen Heimatstadt haben sie gegründet, als meine Brüder gerade in die Schule kamen, und es sieht nicht so aus, als wollten sie jemals aufhören, für unsere Rechte zu kämpfen.

»Richtet ihnen liebe Grüße von mir aus und … dass ich mich bald melde«, gebärde ich ausweichend.

»Klar, wenn du mal nicht damit beschäftigt bist, die Wiener Jungs zu studieren.«

Frustriert werfe ich beide Hände in die Luft. »Herrgott, würdet ihr bitte damit aufhören? Nur zu eurer Information: Bis jetzt habe ich hier noch überhaupt keine Gehörlosen kennengelernt. Und der einzige Junge, mit dem ich näher zu tun hatte, war total von sich selbst eingenommen.«

»Tja, was erwartest du denn von einem *Hearie?«*, kommentiert Leo und feixt. »Also dann, pass auf dich auf, kleine Schwester.«

Ich grinse den beiden zu, ehe ich das Video-Fenster schließe. Danach bröckelt das Lächeln allmählich von meinem Gesicht. Schwerfällig lehne ich mich auf meinem Schreibtischstuhl zurück, schließe noch einmal die Augen und atme tief durch. Als ich mich wieder näher zum Bildschirm lehne, erscheint mir die Beleuchtung schmerzhaft grell, aber ich wende den Blick nicht mehr ab. Es gibt keinen Grund, mein Vorhaben zum x-ten Mal zu verschieben, nur weil ich mich gerade mit meinen Brüdern unterhalten habe. Ist ja nicht so, als könnten sie mich immer noch beobachten … oder als würde ich etwas Verbotenes tun.

Wie in Trance starte ich mein Mailprogramm und öffne ein neues Nachrichtenfeld. Die Adresse kenne ich mittlerweile auswendig, so oft habe ich sie inzwischen geschrieben.

Geschrieben und wieder gelöscht. Aber nicht heute.

Es ist verrückt, wie stark meine Finger zittern. Verrückt, dass mich das schlechte Gewissen gegenüber meiner Familie fast umbringt, während ich in die Betreffzeile eingebe: *Beratungstermin wegen Operation.*

Nick

Pech gibt es meistens im Doppelpack.

Dieser Satz könnte das Motto meiner Familie sein – und auch jetzt, während ich auf die zerkratzte graue Haustür zulaufe, passt er ganz genau. Ich bin spät dran, unausgeschlafen, schlecht vorbereitet. Falls hinter dieser beschissenen Tür jemals etwas Gutes passieren sollte, dann ganz sicher nicht heute.

Meine Befürchtung scheint sich zu bestätigen, als ich auf den Klingelknopf drücke und erst nach einer gefühlten Ewigkeit der Summer ertönt. Soll mir wohl verklickern, dass ich froh sein kann, überhaupt reingelassen zu werden. Ich betrete den Hausflur und steige langsam die Treppen hinauf, während ich herauszufinden versuche, mit welcher Alarmstufe ich diesmal rechnen muss. Ganz mies wäre irgendein düsteres Stück von Schostakowitsch bis ins Erdgeschoss hinunter, als Entwarnung könnte ich vielleicht etwas Heiteres von Mozart im zweiten oder dritten Stock verstehen. Aber was ich stattdessen höre, sprengt jede Skala: überhaupt keine Musik. Stille.

Ich bin so was von im Arsch.

Im Dachgeschoss wartet eine halb geöffnete Wohnungstür, die für mich aussieht wie eine Falle. Vorsichtig nehme ich meinen Geigenrucksack ab und trete über die Schwelle ins Halbdunkel. Wie immer stinkt es nach Zwiebeln und billigem Rasierwasser und nicht gerade so, als wäre in letzter Zeit mal gelüftet worden. Anscheinend ist das der Duft verlorenen Ruhms. Wenn ich mich frage, ob die ganze Schufterei es wert ist – wenn ich für eine Zehntelsekunde überlege, das alles hinzuschmeißen –, brauche ich nur darauf zu achten, wie es hier riecht. Oder auf die deprimierenden alten Fotos an der Wand. Verdammt, die meisten davon sind ernsthaft in Schwarz-Weiß. So viel Zeit liegt zwischen einer grandiosen Weltkarriere und dem Leben in diesem versifften Apartment, zwischen Höhenflug und tiefem Fall.

Volkov sitzt zusammengesunken in seinem Lehnstuhl, als ich ins Wohnzimmer komme. Stehend erinnert er trotz seiner fast sechzig Jahre an einen Berufsboxer: fast zwei Meter groß, breite Schultern, dazu die Hakennase und der Drei-Millimeter-Haarschnitt. Er sieht aus, als könnte er mich ohne Probleme aufs Kreuz legen, dabei ist sein eigenes Kreuz total hinüber. Mehrere Bandscheibenvorfälle in der Halswirbelsäule waren damals so was wie sein Todesurteil – und ich weiß, dass ich vor zwei Jahren fast mein eigenes unterschrieben hätte.

Nur deshalb schleife ich meinen Hintern täglich hierher, obwohl ich schon beim Gedanken an die bevorstehenden Stunden kotzen könnte. Deshalb haue ich auch nicht gleich wieder ab, als Volkov keine Anstalten macht, mich zu begrüßen. Er hebt nur ganz leicht den Kopf und starrt mich aus blutunterlaufenen Augen an. Ich schätze, er hatte heute schon ein Date mit einer Flasche Wodka oder Wein von der billigsten Sorte.

»Sorry, dass ich zu spät bin«, sage ich und lege meinen Rucksack auf dem Couchtisch voller Wasserränder ab. »Musste im Wohnheim Putzdienst schieben, und dann …«

Er unterbricht mich mit einem Geräusch irgendwo zwischen Lachen und trockenem Husten. »Putzdienst! Ja, das ist genau das Richtige für deine Hände: so richtig schön scharfe Chemikalien.«

»Ich hab Handschuhe getragen.«

Darauf geht er gar nicht erst ein. »Hattest du denn Zeit zum Üben, wenn du doch so viele andere Zerstreuungen im Wohnheim findest?«, ätzt er bloß weiter, das Gesicht zu einer spöttischen Grimasse verzogen.

»Ist ja nicht so, als hätte ich den Vormittag mit Cocktails am Pool verbracht«, gebe ich zurück. »Das war eine Strafarbeit, also hatte ich keine andere Wahl. Und dann hab ich auch noch das Hörgerät von 'ner Mitbewohnerin ruiniert, deswegen musste ich alles ganz alleine …«

»Du hast *was?«* Von einer Sekunde auf die andere ist Volkov auf den Beinen, und der Lehnstuhl rutscht scharrend über den Boden. »Sag mir, dass das nur einer deiner hirnlosen Scherze sein soll.«

»Nein. War ein Versehen.«

»Und war es auch ein Versehen, dass man dich nach der Geburt fallen gelassen hat?!«

Jetzt hefte ich meinen Blick wieder auf eines der Schwarz-Weiß-Fotos, das Volkov als jungen Mann zeigt, im Anzug, neben einem längst verstorbenen Präsidenten. Dieser Mistkerl ist verdammt noch mal eine *Legende,* und deswegen beiße ich mir auf die Zunge, bis ich Metall schmecke. Ich muss einfach die Klappe halten und warten – darauf, dass er sich nicht mehr wie ein Arschloch benimmt, sondern wie das Genie, das ohne Zweifel in ihm steckt.

Im Moment scheint dieses Genie aber nur Bock darauf zu haben, mir seinen gesammelten Pessimismus um die Ohren zu hauen. »Du hättest dir keinen schlechteren Zeitpunkt für so ein Versehen aussuchen können, ist dir das klar? ›Nikolai Andreyev raubt Kommilitonin ihr Gehör, welch tragische Ironie!‹ Die Presse wird sich darauf stürzen, die Konkurrenz wird begeistert sein! Eine besonders effektive Methode, um deine letzten paar Sympathiepunkte –«

»Reg dich ab«, bricht es aus mir heraus, und ich füge schnell hinzu: »Sie wird schon niemandem davon erzählen, schließlich hat sie keine Ahnung, wer ich bin.«

»Aber das *wird* sie, sobald der Wettbewerb startet! Taub oder nicht, eine Show im Hauptabendprogramm wird ihr wohl kaum entgehen – und die Reporter der Klatschblätter stehen schon in den Startlöchern! Du hast doch kapiert, dass im Halbfinale das Publikum entscheidet und erst ganz am Ende die Jury, oder? Willst du deine mangelhafte Leistung auch noch dadurch untergraben, dass du herumläufst und Behinderte fertigmachst?«

Ich hebe beide Hände, als würde Volkov mit einer Knarre auf mich zielen. »Okay, schon gut. Ich klär das mit ihr, zufrieden?«

»Und ob du das tust, *pridurok.«*

»Wie du weißt, ist mein Russisch ziemlich schwach.«

»Oh, ich weiß. Kein Russisch und keine Hingabe. Du ähnelst deiner Mutter wirklich nicht im Geringsten.«

Mit einer eckigen Bewegung wende ich mich zur Seite, um meinen Rucksack zu öffnen. Höchste Zeit, dass wir zur Sache kommen, solange ich mich noch einigermaßen beherrschen kann. An einem bestimmten Punkt reicht es nämlich nicht mehr, den schwarz-weißen, legendären Volkov von früher anzustarren. Dann brauche ich eine stärkere Motivation, damit ich dem Exemplar von heute nicht spontan eins in die Fresse gebe oder ihm seine Tiefschläge wenigstens mit den passenden Worten zurückzahle. Zum Beispiel könnte ich ihn fragen, ob er mich nur deshalb auf den Wettbewerb vorbereitet, weil er in meine Mutter verschossen ist. Bis vor zwei Jahren wäre er damit in bester – oder jedenfalls in großer – Gesellschaft gewesen. *LIDIA ANDREYEVA* prangte in Großbuchstaben auf den Plakaten, Abend für Abend gab es Standing Ovations und so viele Blumen in ihrer Garderobe, dass es für ein Dutzend Beerdigungen gereicht hätte.

Von diesem Interesse ist natürlich nicht mehr viel übrig, seit Mom hauptberuflich zu Hause hockt und die Wand anstarrt.

Hey, Volkov, coole Idee: Setz dich doch einfach daneben. Ihr zwei könntet gemeinsam in geplatzten Träumen schwelgen, und meinem Dad wär's egal. Der spielt lieber aus der Ferne den Sklaventreiber für mich, solange die kleinste Chance besteht, dass aus *meinen* Träumen noch irgendwas wird …

Und da ist sie endlich, meine Motivation: Ich werde alles dafür tun, um nicht so zu enden wie meine Mom oder dieses Häufchen Elend im Lehnstuhl. Außerdem werde ich nicht zulassen, dass mein Dad mich ein zweites Mal so anschaut, als hätte ich jeden Wert verloren. Also mache ich den Reißverschluss auf, klappe den Deckel nach hinten, lüfte den dunkelroten Samt. Der Duft nach Harz und Politur vertreibt sogar den Mief von Volkovs Rasierwasser. Ich strecke die linke Hand aus und streiche über das glatte dunkelbraune Holz meiner Geige. Einmal tief durchatmen, dann bin ich bereit, um mal wieder an meine Grenzen zu gehen.

Emilia

Meine inneren Hürden sind oft wie Staudämme: einmal durchbrochen, wird gleich danach alles überflutet.

So war es zum Beispiel, als ich mich zuerst geweigert habe, Popcorn zu probieren. Nana hatte es zu meinem fünften Geburtstag für mich gemacht, und sie versuchte, mir zu beschreiben, was für einen lustigen Trommelwirbel der Mais im Topf veranstaltete. Mir kam der stumme Tanz der Körner unter dem gläsernen Deckel eher unheimlich vor – bis ich mich endlich dazu bereit erklärte, eines dieser braun-weißen Wölkchen zu kosten. Anschließend hätte ich am liebsten darin gebadet. Auch heute ist eine große Tüte Popcorn das Highlight jedes Kinobesuchs für mich und tröstet mich darüber hinweg, dass es oft nur seltsame französische Kunstfilme mit Untertiteln gibt.

Mit der E-Mail an die Beratungsstelle geht es mir ganz ähnlich. Sobald ich mich dazu durchgerungen habe, um einen Termin zu bitten, macht mich die Ungeduld beinahe rasend. Wieder und wieder aktualisiere ich mein Postfach, bis endlich eine Nachricht erscheint und ich fast einen Herzstillstand erleide … um dann zu erkennen, dass man mir bloß die Verlängerung eines Körperteils anbietet, das ich gar nicht besitze.

Seufzend stütze ich die Ellenbogen auf meinen Schreibtisch und drücke für einen Moment das Gesicht in meine

Handflächen. In Wirklichkeit kann man diese Sache natürlich überhaupt nicht mit der Popcorn-Geschichte vergleichen. Was ich damals riskiert habe, war ein einmaliges negatives Geschmackserlebnis – nun geht es darum, mir *ein Loch in den Schädel bohren zu lassen.*

Ruckartig nehme ich die Hände herunter und starre wieder auf den Bildschirm. So oft ich mich auch schon mit dem Gedanken an diese Operation beschäftigt habe, er jagt mir immer noch einen kalten Schauer über den Rücken. Mechanisch gebe ich *CI* in die Google-Suchleiste ein und wundere mich kaum darüber, dass zuerst Ergebnisse zum Schlagwort *Corporate Identity* angezeigt werden. Ich schätze, nur wenige Menschen haben eine Ahnung, worum es sich bei einem Cochlea-Implantat handelt. Und bestimmt stellen sich die meisten etwas ganz anderes unter einer Operation vor, mit der sich ein künstliches Gehör erzeugen lässt. Schließlich könnte man annehmen, dass dabei etwas repariert wird und nicht zerstört: vielleicht durch eine Spülung des Gehörgangs, eine Straffung des Trommelfells … Aber in Wirklichkeit fräst man dabei eine Öffnung in die Hörschnecke und schiebt Elektroden hinein, um die Nerven zu stimulieren. Die Impulse dafür werden von einer Spule empfangen, die außen magnetisch am Kopf haftet. Ganz ehrlich, das klingt doch wie eine Mischung aus einem schrägen Science-Fiction-Roman und Frankenstein. Ich würde wahrscheinlich selbst nicht glauben, dass diese wahnwitzige Prozedur funktioniert, hätte ich nicht vor einigen Monaten mit einer CI-Trägerin Kontakt aufgenommen. Einen Tag nach meinem 18. Geburtstag, um genau zu sein. Seitdem habe ich ihre Antwort so oft gelesen, dass ich sie Wort für Wort auswendig kenne. Ganz besonders diese Passage: *Mittlerweile kann ich sogar schon telefonieren, und ich bin in der Lage, Musik richtig zu genießen. Mein Leben hat sich seit der Operation komplett verändert.*

Ein komplett verändertes Leben – das klingt abenteuerlich und verheißungsvoll, aber auch ein klein wenig bedrohlich. Mein Unbehagen wird sogar noch stärker, wenn ich an die Skype-Unterhaltung mit meinen Brüdern denke. Oder an meine Eltern …

Ganz langsam kriecht der Zeiger meiner Maus in Richtung *Neue Nachricht*, und es juckt mich regelrecht in den Fingern, die E-Mail-Adresse meiner Mutter einzugeben. Aber was sollte ich ihr denn schreiben? Sie hat meine Erklärungen nicht verstanden, bevor ich ausgezogen bin, oder sie wollte sie nicht verstehen. Keine Gebärde der Welt wäre zu ihr durchgedrungen – da hat es erst recht keinen Sinn, ihr schriftlich von meinen Träumen zu erzählen. Also lasse ich den Mauszeiger am Nachrichtenbutton vorbeigleiten und aktualisiere stattdessen zum gefühlt hundertsten Mal die Seite.

Eine neue E-Mail. Hitze schießt durch meine Adern. Mit wild pochendem Herzen beuge ich mich vor und lese …

Zalando Sale: -10 % auf Taschen!

Das genügt, um mich endlich von meinem enttäuschenden Postfach loszueisen. Ich klappe den Laptop zu und beschließe, mir eine Cola aus dem Automaten im Eingangsbereich zu holen. Vielleicht hilft mir das ja dabei, einen kühlen Kopf zu bekommen.

In einem gezwungen lockeren Schritttempo spaziere ich den Flur entlang, wippe dann aber nervös von einem Bein auf das andere, während der Automat vor sich hin arbeitet. Ruhelos wandert mein Blick über die Anschlagtafel gleich daneben, die hauptsächlich von irgendwelchen Firmen zu Werbezwecken missbraucht wird. Ein neuer

Energydrink, ein Carsharing-Anbieter und ein Theater-Abo für Studierende kämpfen um die Aufmerksamkeit derjenigen, die darauf warten müssen, dass der verflixte altersschwache Getränkeautomat endlich mal was ausspuckt. Ein Plakat wirbt sogar für eine neue Castingshow, mit der anscheinend das Sommerloch im österreichischen Fernsehen gefüllt werden soll: *Klassik rockt,* steht da in fetten Buchstaben, umringt von Instrumenten, fliegenden Noten und Graffiti. Trotz dieser stylischen Aufmachung bezweifle ich, dass sich besonders viele meiner Mitbewohner für klassische Musik interessieren. Deshalb wurde wohl auch ein Großteil des Plakats achtlos mit der Zeichnung eines Walrosses beschmiert, das unserem Heimleiter verblüffend ähnlich sieht.

Gerade versuche ich, den Text unter den dicken Edding-Strichen zu entziffern, als sich eine Gestalt in mein Blickfeld schiebt. Die Statur, die blonden Haare und die blauen Augen erinnern mich einen Moment lang so sehr an meine Brüder, dass mir die Luft wegbleibt. Erst ein paar Sekunden später erkenne ich den Typen als einen der Partygäste – genauer gesagt als den »Surferboy«, der Kris' Interesse auf sich gezogen hat.

»Ist schon da«, sagt er und deutet mit einer lässigen Bewegung neben mich.

Verständnislos schaue ich ihn an. »Wie bitte?«

»Na, dein Getränk. Das ist doch schon längst da runtergepoltert.«

Jetzt begreife ich, dass ich dem Automaten unrecht getan habe. Hastig bücke ich mich und stecke meine Hand hinter die Klappe, wo bereits eine Coladose auf mich wartet. Als ich wieder hochkomme, begegne ich abermals einem Blick aus tiefblauen Augen.

»Also, kennst du sie?«, fragt der Surferboy nach einer etwas unbehaglichen Pause, und ich weiß, dass ein paar seiner Worte über meinem Kopf davongerauscht sein müssen. Mir bleibt keine andere Wahl, als zu kombinieren, aber darin habe ich jede Menge Übung.

»Kristina?«, rate ich auf gut Glück und sehe, wie sich seine Miene aufhellt. »Klar, die ist meine Zimmernachbarin. Wieso, seid ihr zwei denn ... Freunde?«

»Jep, kann man so sagen.« Er zieht die Mundwinkel hoch, und ich muss plötzlich an diesen Nick denken. Zwar sind er und der Surferboy so verschieden wie Tag und Nacht, aber ihr Grinsen ist beinahe gleich: selbstbewusst, spöttisch und sehr oberflächlich. Von dem, was sich hinter dieser Oberfläche verbirgt, habe ich keine Ahnung.

»Was erwartest du denn von einem Hearie?«, sehe ich meinen Bruder wieder gebärden und weiß noch immer nicht, wie ich diese Frage beantworten soll. Mit hörenden Jungs hatte ich bisher kaum zu tun, aber wir leben bestimmt in zwei völlig verschiedenen Welten.

Ich glaube allerdings nicht, dass Kris ein Problem mit dieser Art von Grinsen hat. Eher im Gegenteil – Surferboy ist genau ihr Typ.

»Gut, dann bringe ich dich zu ihr«, sage ich, und er folgt mir bereitwillig den Flur entlang. Im Vorraum unseres Apartments bleibt er mit schief gelegtem Kopf neben mir stehen, während ich an Kris' Zimmertür klopfe. Ich beobachte ihn aus den Augenwinkeln, und sobald er den Mund aufklappt, weiß ich, dass Kris »Wer ist da?« oder »Was gibt's?« gefragt haben muss. Wie schon gesagt: Kombinieren gehört für mich mittlerweile zum Alltag. Wenn ich mich unter Hörenden aufhalte, habe ich das Gefühl, einen niemals endenden Lückentext ergänzen zu müssen.

»Besuch für dich!«, rufe ich, ehe mir der Surferboy zuvorkommen kann. Die Tür geht auf, und da steht Kris – im Pünktchen-Pyjama und einen Ausdruck puren Entsetzens auf dem Gesicht. Mit der Wahl ihrer Klamotten kann ihr Schreck nichts zu tun haben, immerhin habe ich sie vor ein paar Tagen völlig unbekümmert mit einem Pokémon-Shirt und orangefarbenen Leggings im Gemeinschaftsraum angetroffen. Also ist sie von dem Surferboy wohl doch nicht so begeistert wie gedacht.

»Er hat behauptet, ihr wärt befreundet«, erkläre ich zögernd, woraufhin Kris so heftig den Kopf schüttelt, dass ihre schwarzen Haare fliegen.

»Blödsinn, ich kenne ihn doch kaum! Und damit bin ich auch ganz zufrieden!«, protestiert sie. Danach kann ich gerade noch die Reaktion des Surferboys von seinen Lippen erhaschen.

»Schade, dass dir unser Kuss so wenig bedeutet hat.«

»Wir haben uns überhaupt nicht geküsst!«, schießt Kris zurück. »Es sei denn, du bezeichnest es auch als Kuss, wenn zwei Autos frontal gegeneinander krachen. Oder wenn man mit der Zunge an einem Laternenpfahl festfriert …«

An diesem Punkt halte ich es für das Höflichste, mich so schnell wie möglich aus dem Staub zu machen. »Ich, äh, lasse euch mal allein. Ruf mich, wenn du was brauchst, Kris«, sage ich, um nicht den Eindruck zu erwecken, als würde ich meine Zimmernachbarin einfach im Stich lassen. Der Typ soll ruhig denken, dass ich ihn weiterhin im Auge – oder besser gesagt: im Ohr – behalte. In Wirklichkeit würde ich ein Rufen durch die Wand nur dann wahrnehmen, wenn es so laut wäre wie eine Fabriksirene. Und mit einem fehlenden Hörgerät gelingt mir vielleicht nicht einmal das.

Kaum bin ich zurück in meinem Zimmer, fühle ich mich auch schon wie magnetisch von meinem Laptop angezogen. Ich zwinge mich, die Cola in langsamen Schlucken zu trinken; erst danach öffne ich mein Mailprogramm. Diesmal bin ich auf der Hut, als ich die neue Nachricht entdecke, und erlaube meinem Herzen keine unvernünftigen Sprünge. Ich kann mich sogar erstaunlich gut beherrschen, während ich folgende Nachricht lese:

Liebe Frau Weber,

gerne möchten wir Sie über die Implantation einer elektronischen Hörhilfe informieren. Unsere nächste reguläre Sprechstunde ist leider bereits ausgebucht, aber wir können Ihnen einen Sondertermin am kommenden Donnerstag um 17 Uhr anbieten. Wir freuen uns darauf, Sie persönlich kennenzulernen!

Cochlea Implantat Austria

Kommender Donnerstag, das ist in fünf Tagen. Die Worte flimmern vor meinen Augen, während mein Puls weiterhin seltsam ruhig bleibt.

Keine Herzsprünge, dafür ein kaltes Gefühl im Bauch. Ob die Cola schuld daran ist, weiß ich nicht.

Nick

Auf dem Rückweg zum Wohnheim fasse ich einen kurzen, aber trotzdem überaus weisen Entschluss:

Scheiß auf Volkov.

Ja, okay – was Spieltechniken und Trainingsmethoden anbelangt, folge ich ihm wie ein gut abgerichteter Schäferhund, weil ich ohne seine Hilfe komplett aufgeschmissen wäre. In den letzten zwei Jahren bestand mein Leben viel mehr aus Schuleschwänzen und Partys als aus Fingerübungen und Etüden, und es bleibt nur noch verflucht wenig Zeit, um diese Phase wieder auszugleichen. Ich habe mir geschworen, mich endlich wieder voll reinzuhängen … aber Mr Nice Guy für ein taubes Mädchen spielen? Ihr Wiedergutmachung anbieten? Vergiss es.

Woher soll ich denn wissen, wie ich mit einer Tauben umgehen soll? Wenn ich mir vorstelle, dass ich selbst gehörlos wäre und keine Ahnung hätte, was Musik eigentlich ist – oder nein, streichen wir das. Ich kann mir gar nicht vorstellen, gehörlos zu sein. Was auch immer dieses Mädchen denkt und empfindet, es hat nicht das Geringste mit mir zu tun.

Gerade habe ich mich selbst davon überzeugt, dass ich auf Volkovs Rat ganz einfach pfeifen werde, da ertönt mein persönliches Geigencover der Titelmelodie von *Game of Thrones*. Misstrauisch ziehe ich mein Handy aus der Hosentasche – immerhin scheint heute definitiv nicht mein Glückstag zu sein –, und tatsächlich wird das miese Gefühl in meiner Magengegend nur noch schlimmer, als ich sehe, von wem der Anruf kommt.

Ich will das jetzt nicht. Ich kann nicht … ich …

Mühsam hole ich tief Luft, ehe ich abhebe.

»Kolya?«, flüstert meine Mutter in den Hörer, und ich beiße mir auf die Unterlippe. Mom ist echt die Einzige, die mich ungestraft so nennen darf. Andererseits käme wohl auch keine nicht russische Person auf die Idee, meinen Namen auf diese Weise zu verunstalten.

»Ja, hey, wie geht's denn so?«, gebe ich zurück und würde mir dafür am liebsten selbst einen ordentlichen Tritt verpassen. Erstens höre ich mich so fake-fröhlich und überdreht an, als wollte ich den neuesten Abnehm-Shake verhökern, und zweitens war das echt das Blödeste, was ich meine Mutter hätte fragen können. Ich meine, wie wird es einem schon gehen, wenn man die meiste Zeit des Tages bewegungslos auf dem Sofa sitzt?

Zum Glück gibt sie mir darauf keine Antwort, aber was sie stattdessen sagt, ist auch nicht viel besser. »Ich höre gerade unser Bach-Album. Weißt du noch, wie wir das zusammen aufgenommen haben?«

Oh Mann, als ob ich das vergessen könnte! Immerhin war das unser letztes gemeinsames Album, bevor alles – Achtung, Wortwitz – den Bach runtergegangen ist.

Jeder von uns hat eine Hälfte dazu beigetragen: Mom die sechs Partiten für Klavier, ich die Sonaten und Partiten für Solovioline. Obwohl wir keine Duette gespielt haben wie bei den Alben zuvor, waren wir ein richtig gutes Team. Wir sind bis spätnachts im Studio geblieben, haben Pizza bestellt und uns über die korrekte Interpretation der

Stücke in die Haare gekriegt, und am Ende, als wir alles perfekt im Kasten hatten, bekam ich von meiner Mom ausnahmsweise einen Cocktail spendiert. (Dass nur wenige Monate später Fotos von mir im Vollsuff durch die Medien gehen würden, konnte sie zu diesem Zeitpunkt ja noch nicht ahnen.)

Es war anstrengend und hat trotzdem echt Spaß gemacht und ... es ist endgültig vorbei. Auch, wenn meine Mom das nicht wahrhaben will. Bei ihr geht es immer nur um damals, um unsere gemeinsamen Erfolge, um Glanz und Ruhm. Irgendwie scheint der Unfall in ihr einen Knacks hinterlassen zu haben, und sie versucht ständig, ihn mit goldenen Erinnerungen zu stopfen.

»Hör mal, du solltest dir nicht dauernd dieses alte Zeug reinziehen«, sage ich und gebe mir Mühe, es zwar locker, aber nicht nach einem Werbefuzzi klingen zu lassen. »Erzähl mir lieber, wie deine Therapie so läuft!«

»Ach ...«, sagt meine Mom, weiter nichts. Wie so oft muss ich mich fragen, was zur Hölle aus der Frau geworden ist, die mir früher mit einem zusammengerollten Notenheft auf den Schädel gedroschen hat: »Sprich in ganzen Sätzen, mein Sohn, du bist doch kein Höhlenmensch!«

Damals war meine Mutter noch so, wie sich die meisten Leute wohl eine Diva vorstellen. *»Andreyeva beherrscht mit ihrer bloßen Präsenz den Saal«*, hat ein Kritiker mal geschrieben, und das traf auch dann auf sie zu, wenn sie nicht gerade am Klavier saß. Obwohl ich sie schon mit dreizehn um einen Kopf überragt habe und sie bereits vor ihrer Appetitlosigkeit immer ziemlich dünn war, konnte sie mit ihrer Art und ihrem Lachen einen ganzen Raum füllen. Außerdem hat sie Dad und mir mit ihren dramatischen Lampenfieber-Attacken vor wichtigen Konzerten den letzten Nerv geraubt. Einmal hat sie ernsthaft ein Metronom an die Wand gepfeffert, weil sie bei einem schwierigen Stück nicht weiterkam – aber nur wenig später konnte ich sie dabei beobachten, wie sie es ohne Pause geübt hat und dabei zugleich fiebrig und überglücklich aussah.

Mom war es auch, die mir eine winzige Sechzehntelgeige zum dritten Geburtstag geschenkt hat, weil ich mir nichts anderes wünschen wollte … und die mir beigebracht hat, Musik mehr zu lieben als irgendwas sonst. *»Menschen können dich im Stich lassen, aber dein Instrument begleitet dich durch Zorn, Kummer und Freude, und es passt immer perfekt zu dir«*, hat sie mir vor meiner ersten Unterrichtsstunde gesagt.

Ja, ganz recht – ich war damals erst drei und erinnere mich trotzdem noch daran. Vermutlich, weil sich dieser Satz bald als absolut wahr herausgestellt hat: Manchmal habe ich mich vor Wut mit meiner Geige verausgabt, bis die Bogenhaare gerissen sind, ich habe mich von klein auf zu ihr geflüchtet, statt zu heulen, und wenn ich glücklich war, gab es nichts Schöneres, als zu spielen. Das klingt vielleicht bescheuert, aber genau so hat es sich für mich angefühlt, und bei meiner Mom und ihrem Klavier war es dasselbe.

Als sich nach dem Autounfall gezeigt hat, dass sie nie wieder richtig spielen würde, war ich auf alle möglichen Reaktionen gefasst: Wutanfälle, lautes Weinen, sogar Galgenhumor oder das alles im Wechsel, weil sie sich ja nicht wie sonst am Klavier abreagieren konnte. Aber ich hätte niemals mit diesem stummen Dahinwelken gerechnet. Der wortkarge, traurige Klon meiner Mutter ist mir vollkommen fremd. Selbst nach zwei Jahren noch. Ich weiß, das ist scheiße, aber ich kann es einfach nicht ändern.

»Du vergisst doch nicht, uns Karten für die Live-Show zu schicken, oder?«, geht Mom nach einer quälend langen Gesprächspause zum einzigen anderen Thema über, das sie momentan interessiert: der Wettbewerb. »Dein Vater und ich kommen zum Finale. Fest versprochen.«

»Ja, klar«, sage ich gedehnt, während ich aus dem Bus steige. »Eure VIP-Pässe sind schon unterwegs. Aber bist du sicher, dass du dir die Fahrt von Salzburg hierher antun willst?« … *Wenn du es an manchen Tagen noch nicht mal schaffst, zum Kühlschrank zu gehen,* vollende ich in Gedanken den Satz.

Obwohl ich es nicht laut ausgesprochen habe, scheint Mom schon wieder den Tränen nahe zu sein. »Wie bitte? Du hast doch gesagt, wir dürfen kommen, Kolya. Du hast gesagt, wenn du es erst ins Finale geschafft hast, dann …«

»Ja, schon gut, so machen wir das«, unterbreche ich sie schnell. »Wir sehen uns beim Finale, okay? *Do skorogo, Mama.*«

Ich lege sofort auf, damit ich sie nicht weinen höre, und komme mir vor wie der größte Mistkerl aller Zeiten. Dabei hätte ich echt nicht gedacht, heute noch tiefer sinken zu können – immerhin habe ich bereits die Hörgeräte einer Tauben unter Wasser gesetzt, verdammt noch mal. Warum nicht gleich einen Welpen treten oder einem Kind den Teddy wegnehmen?!

Volkov hatte absolut recht: Gerade jetzt kann ich mir wirklich nicht leisten, dass so eine Geschichte über mich die Runde macht. Schließlich beginnt *Klassik rockt* schon in zehn Tagen, oder besser gesagt die Ausstrahlung von drei abendfüllenden Sendungen. Teil eins wurde bereits vor mehreren Wochen abgedreht und bestand aus einer bunten Mischung von Teilnehmern: Einerseits gab es ernst zu nehmende Musiker, andererseits arme Würstchen, die einzig und allein zum Fremdschämen eingeladen worden waren. Die meisten von denen hielten sich für große Virtuosen, verrissen dann aber Anfängerstücke wie *Für Elise* oder sogar den Flohwalzer, während die Kamera sie in Close-ups filmte. Das soll bei den Zuschauern wahrscheinlich für jede Menge Lacher sorgen. Ich selbst habe mich zum Glück mit neun anderen Kandidaten für das Halbfinale qualifiziert, das eine Woche später live gesendet wird. In dieser Runde darf das Publikum seine Lieblinge wählen, aber die Produzenten wollten vermutlich sichergehen, dass am Ende wirklich ein begabter Musiker gewinnt. Deshalb kämpfen diejenigen, die am meisten Anrufe bekommen, in der letzten Sendung vor einer hochkarätigen Jury um den Sieg.

Einen Sieg, der über meine weitere Karriere entscheiden wird, da sind sich Volkov und mein Vater einig. Ironischerweise hätte es Dad früher unvorstellbar gefunden, dass ich an so einer Castingshow teilnehme. *»Klassik für die breite Masse zu spielen, das ist wie Perlen vor die Säue zu werfen«*, hätte er gesagt und nicht mal gemerkt, wie verdammt eingebildet das klingt.

Das Problem ist nur, dass man sich in meiner Lage keine Arroganz leisten kann. Fast zwei Jahre lang habe ich nur hin und wieder Geige gespielt, wenn ich gerade Lust darauf hatte, und ich bin niemals vor einem größeren Publikum aufgetreten. Stattdessen habe ich mir regelmäßig die Kante gegeben und für den einen oder anderen hämischen Artikel in der Klatschpresse gesorgt. Bei meinem beschissenen Ruf würde heutzutage kein namhaftes Orchester mit mir zusammenarbeiten wollen. Deswegen ist eine landesweit ausgestrahlte TV-Sendung die einzige Chance auf ein Comeback, die ich kriegen kann – und vielleicht auch die einzige Chance, meine Mom wieder ein klein wenig aufzuheitern. Dafür muss ich allerdings auch bereit sein, mich vor Emilia zum Deppen zu machen, oder besser gesagt: erst mal das gesamte Heim nach ihr abzusuchen wie ein irrer Stalker. Schließlich habe ich keine Ahnung, wo dieses Mädchen wohnt.

Widerstrebend lade ich die Geige in meinem Zimmer ab, streife dann ziellos durch die Flure und halte Ausschau nach einem blonden Wuschelkopf. Wer mir jedoch im Erdgeschoss begegnet, erinnert weniger an einen Rauschgoldengel als an ein Walross: Zwischen dichten Augenbrauen und einem noch dichteren Bart starren mir die dunklen Knopfaugen des Heimleiters entgegen. Faulbärs Gesichtsausdruck nach zu urteilen, ist seit seiner letzten Kuchenpause schon viel zu viel Zeit vergangen. Obwohl er definitiv nicht in der richtigen Stimmung zu sein scheint, um mir einen Gefallen zu tun, platzen die Worte einfach so aus mir heraus.

»Hey, eine Frage … Emilia, mit der ich heute die Strafarbeit erledigt habe … na ja, die ist ganz plötzlich krank geworden. Hat sich beim Putzen im Keller erkältet, nehme ich an. Deswegen sollte ich dringend mal nach ihr sehen und ihr 'ne Hühnersuppe vorbeibringen. Könnten Sie mir bitte sagen, welche Zimmernummer sie hat?«

Der Heimleiter zögert so lange mit seiner Antwort, dass ich inzwischen Gelegenheit habe, mir alternative Styles für seinen Schnäuzer auszudenken. Gerade zerbreche ich mir den Kopf darüber, ob ihm wohl ein gezwirbeltes Adeligen-Bärtchen besser stehen würde als eine Ami-Cop-Rotzbremse, da brummt er endlich: »Weber und Yagami, Apartment Nr. 7.«

»Okay, danke«, sagte ich, und meine Füße setzen sich wie von selbst in Bewegung.

Ich bin schon fast beim nächsten Flur angelangt, als Faulbär noch spöttisch hinter mir herruft: »Wo hast du denn die Hühnersuppe, vielleicht in der Hosentasche?«

Sein heiseres Gelächter begleitet mich fast bis zur Tür des genannten Doppelapartments, die aus irgendeinem Grund offen steht. Durch den Spalt erkenne ich einen dämmrigen kleinen Vorraum und zwei weitere Türen, von denen die rechte ebenfalls nicht geschlossen ist. Damit wäre wohl die Frage geklärt, wie ich mich Emilia bemerkbar machen soll: Offenbar bleibt mir nichts anderes übrig, als einfach in ihr Schlafzimmer zu spazieren.

Und das Thema *Stalking* lassen wir jetzt lieber aus.

Mit angehaltenem Atem betrete ich das Apartment und schleiche über den zerkratzten Laminatboden, bis mir einfällt, dass ich genauso gut hier herumtrampeln könnte wie Godzilla in Holzpantoffeln. Die Tatsache, dass Emilia nicht das kleinste bisschen hören kann, hat sich noch nicht in meinen Hirnwindungen verankert. Das ist einfach viel zu abgedreht, und es wird noch schräger, als plötzlich Musik aus dem rechten Schlafzimmer dringt – genauer gesagt Beethovens Klaviersonate Nr. 14 in der Lautstärke eines Heavy-Metal-Konzerts.

Ungläubig drücke ich die Tür weiter auf und spähe in den Raum dahinter. Emilia steht mit gesenktem Blick neben ihrem Schreibtisch, beide Hände auf eine Lautsprecherbox gelegt. Sie bewegt sich überhaupt nicht, hält vielleicht sogar den Atem an. Es sieht gruselig aus, irgendwie leblos … aber dann dreht sie den Kopf zur Seite, und ich erkenne endlich ihr Gesicht.

Emilia ist gar nicht erstarrt – sie wirkt vielmehr, als wäre sie in Trance. Ihre Augen sind halb geschlossen, und sie scheint auf etwas zu lauschen, das nicht einmal ich höre.

»Ähm, hallo?«, rufe ich über den Lärm hinweg, bevor mir klar wird, wie bescheuert das ist. *Alter, benutz endlich mal dein Gehirn.* Nach kurzem Überlegen strecke ich mich zum Lichtschalter und lasse die Deckenlampe zweimal flackern.

Sofort bricht die Musik ab, und Emilia fährt zu mir herum. »Was machst du denn hier?«, japst sie, und es klingt undeutlicher als heute Morgen. Vielleicht hat der Schreck ihren Akzent verstärkt.

Ich hebe die Hände und hoffe, dass das als beschwichtigende Geste durchgeht. Was wäre wohl das richtige Zeichen in der Gehörlosensprache? Peace? Time-out?

»Jetzt warte doch mal, ich will nur mit dir reden«, sage ich, während ich die ganze Zeit daran denke, dass sie das jetzt ernsthaft von meinen Lippen ablesen muss. Das *kann* doch überhaupt nicht funktionieren, oder? Sicherheitshalber zeige ich auf meine Ohren und frage dazu extra langsam: »Deine Hörgeräte … wirklich kaputt?«

Emilia schaut mich eine Weile stumm an. Ich bilde mir ein, irgendwo einen Sekundenzeiger ticken zu hören, und unser Atmen klingt viel zu laut. Wahrscheinlich hat dieses Mädel keinen Schimmer, wie krampfig so ein langes Schweigen ist, sonst würde sie jetzt endlich mal den Mund aufmachen. Gerade will ich die Frage wiederholen, da nickt Emilia ein paarmal ernst mit ihrem Lockenkopf. »Ich … Beerdigung vorbereitet.« Sie hebt das Kinn in Richtung eines schwarz-weißen Kästchens auf ihrem Schreibtisch, und ich bin einen Moment lang dermaßen neben der Spur, dass mir dieses Ding echt so vorkommt wie ein winziger Sarg.

»Oh fuck«, stöhne ich und reibe mir mit beiden Händen über das Gesicht. *Nikolai Andreyev attackiert Behinderte*, flammt es in meinen Gedanken auf. Die Schlagzeile beginnt erst zu verblassen, als erneut Emilias etwas heisere Stimme ertönt.

»Herrje, das ist doch bloß eine Trockenbox. Das linke Hörgerät ist wohl nicht mehr zu retten, aber dem rechten gebe ich noch eine Chance.«

Meine Hände fallen herunter wie zwei nasse Lappen. Fassungslos starre ich Emilia an, und da ist es wieder, genau wie heute Morgen im Spiegel: ein Zucken ihrer Augenbraue, ein leichter Anflug von Spott. »Und du brauchst nicht mit mir zu reden wie Tarzan mit Jane«, fährt sie fort. »Ich kann am besten von deinen Lippen ablesen, wenn du in ganz normalen Sätzen sprichst.«

Tja, wie es aussieht, bin ich tatsächlich noch tiefer gesunken: Soeben wurde ich von einem gehörlosen Mädchen verarscht. Diese Erkenntnis muss ich erst mal verarbeiten, dann stoße ich lautstark die Luft aus. »Mann, du hast vielleicht Nerven. Also ist der Schaden vielleicht gar nicht so groß?«, frage ich und spüre, wie sich Erleichterung in mir breitmacht.

Emilia hebt die Schultern. »Pro Gerät – gut zweitausend Euro.«

Damit ist meine Erleichterung Geschichte. Wieder schnellt mein Blick zu der schwarzweißen Box hinüber, und nun wirkt sie auf mich nicht mehr wie ein Sarg, sondern eher wie ein Tresor. »Ist nicht dein Ernst! Dann bist du doch ganz bestimmt versichert, oder?«

»Schon. Aber was spielt das für eine Rolle?« Ein misstrauischer Ausdruck schleicht sich auf Emilias Gesicht, und mir dämmert, dass ich hier kein leichtes Spiel haben werde. Normalerweise würde ich jetzt einen einschmeichelnden Ton anschlagen, aber diese Mühe kann ich mir wohl sparen. Dafür versuche ich es wenigstens mit einem schiefen Grinsen.

»Pass auf«, fange ich an (und kann mich gerade noch zurückhalten, *Hör mal* zu sagen), »so viel Kohle hab ich nicht, und ich darf meinen Eltern auf keinen Fall von dieser Sache erzählen. Die waren sowieso nicht begeistert, als ich in ein Wohnheim gezogen bin, weil ich in der Vergangenheit ein paar … disziplinäre Probleme hatte. Wenn sie jetzt erfahren, dass ich hier auf Partys gehe, Strafdienst kriege und abartig teure Geräte demoliere, wäre das eher weniger gut. Und damit meine ich: absolut beschissen.«

Während ich rede, lässt mich Emilia nicht mal für den Bruchteil einer Sekunde aus den Augen. Klar, sie will vermutlich sichergehen, dass sie nichts verpasst, aber irgendwie fühle ich mich trotzdem wie auf dem Präsentierteller. Nein, schlimmer: als könnte Emilia geradewegs in mich hineinsehen. Und als wüsste sie, dass ich nur die halbe Wahrheit sage …

Um diesem Röntgenblick nicht länger standhalten zu müssen, bringe ich meinen Vorschlag hastig zu Ende: »Also, vielleicht schaffst du es ja, meinen Namen da rauszuhalten, sodass deine Versicherung die Kosten übernimmt?«

Einen Moment lang glaube ich, dass das jetzt zu schnell für sie war, aber ihr Gesichtsausdruck beweist mir sofort das Gegenteil. »Du willst, dass ich für dich lüge?«, fragt sie, und nun ist ihr Akzent fast vollständig verschwunden. Das letzte Wort kommt so scharf heraus, dass es in meinem Gedächtnis widerhallt.

Mein Grinsen fällt in sich zusammen. »Hey, nun stell dich mal nicht so an.«

»Wie bitte?! Das wäre ja Betrug!«

»Als ob du noch nie kurz davor gewesen wärst, mit den Dingern unter die Dusche zu steigen«, sage ich und spüre, dass mein rechtes Auge wieder zu zucken beginnt.

Emilia hebt das Kinn, als könnte sie so den Größenunterschied zwischen uns ausgleichen. Ihre Locken sind ein bisschen nach hinten gerutscht, und mir fällt auf, dass ich jetzt zum ersten Mal ihre Ohren sehen kann. »Stell dir vor, das ist mir tatsächlich noch nie passiert. Immerhin hatte ich schon seit dem Kindergarten Zeit, mich an Hörgeräte zu gewöhnen.«

»Dann solltest du verdammt noch mal nicht verheimlichen, dass du welche trägst!«, kontere ich, aber nur einen Augenblick später wird mir klar, dass ich einen Fehler gemacht habe. Emilias Hände huschen zu ihren Ohren, und sie streicht hektisch wieder ihre Haare nach vorne. Von ihrer trotzigen Haltung ist jetzt nichts mehr übrig.

»Was soll ich denn deiner Meinung nach tun?«, fragt sie, wieder mit diesem seltsamen Akzent, und ihre Stimme klingt irgendwie gepresst. »Vielleicht ein Schild hochhalten, auf dem steht: *Achtung, ich bin taub?!* Oder … oder vielleicht …« Sie spricht immer undeutlicher, gerät ins Stammeln und bricht schließlich ab. Na klasse – wie es aussieht, habe ich alles nur noch schlimmer gemacht.

Nikolai Andreyev bringt Gehörlose zum Weinen.

Nikolai Andreyev: der größte Arsch auf diesem Planeten.

Aus einem Reflex heraus strecke ich eine Hand in Emilias Richtung, und sie weicht sofort zurück. Dabei will ich nur an ihr vorbei zum Schreibtisch. Ich greife mir ein Stück Papier und einen Kuli, die dort herumliegen, und beginne zu schreiben. Emilias Blick spüre ich dabei wie ein Kribbeln im Nacken. Schließlich halte ich den Zettel mit beiden Händen vor meine Brust als wäre er das Schild auf einem Verbrecherfoto. Schweigend warte ich ab, während Emilias Augen über die Buchstaben huschen.

ACHTUNG, ICH BIN EIN IDIOT.

Einige endlose Sekunden lang passiert überhaupt nichts. Emilia hält den Kopf weiterhin gesenkt, sodass ich nicht viel mehr sehen kann als ihre wirren Locken und ihre Nasenspitze. Dann ertönt ein hohes, kratziges Geräusch, das ebenso gut von einer erkälteten Maus stammen könnte. War das jetzt ein Schluchzen oder … Ich beuge mich ein bisschen hinunter, um durch diesen blonden Vorhang zu spähen, und da erkenne ich endlich die erhobenen Mundwinkel.

Emilia hat tatsächlich gelacht.

»Okay, zugegeben«, sagt sie und richtet sich wieder auf. »Du konntest nicht ahnen, dass ich für spontane Duschen nicht geeignet bin.«

»Und es tut mir ja auch ehrlich leid. Wenn die offizielle Geschichte lauten könnte, dass dir ein kleines Missgeschick passiert ist, dann mach ich es wieder gut. Im Ernst, such dir irgendwas aus, und die Sache ist geritzt.«

Emilia zögert einen Moment. »Egal, was?«, fragt sie schließlich und dreht sich halb um, als wollte sie etwas auf oder über ihrem Schreibtisch in den Blick bekommen. Dann schaut sie mich wieder direkt an, die blauen Augen ein bisschen geweitet.

»Na ja, es sollte schon legal sein«, erwidere ich gedehnt. Hoffentlich habe ich mir jetzt nicht ein ganz neues Problem eingehandelt.

»Damit ist mein Traum von einem Banküberfall wohl geplatzt.« Emilia atmet hörbar durch, ehe sie die Schultern strafft. Auf einmal wirkt sie wild entschlossen. »Ich würde gerne ein klassisches Konzert besuchen«, sagt sie übergangslos, »vielleicht im Wiener Konzerthaus oder im Musikverein. Denkst du, dass du für Montagabend noch Restkarten auftreiben kannst?«

Mit einem Schlag fällt die Nervosität von mir ab. »Ja klar, aber wozu? Ich meine, nix für ungut, aber die würden dir ja nicht besonders viel bringen.«

»Das lass mal meine Sorge sein.« Erneut streicht Emilia mit einer schnellen Handbewegung ihre Haare über die Ohren, wie um die Hörgeräte zu verstecken, die sie im Moment gar nicht trägt. Scheint eine Art Tick von ihr zu sein, wenn sie einem Thema ausweichen will. Natürlich bin ich nicht so blöd, jetzt weiter nachzubohren – immerhin lässt sie mich echt billig davonkommen.

»Na schön, abgemacht. Dann suche ich irgendwas aus und bringe dir am Montag zwei Karten vorbei.« Nur mit Mühe kann ich ein erleichtertes Grinsen unterdrücken, bis ich mich von Emilia abgewandt habe. Volkov wird tatsächlich zufrieden mit mir sein, und dabei dachte ich, eher friert die Hölle zu.

Ich bin schon fast bei der Tür, da berührt mich Emilia plötzlich an der Schulter. Verwirrt drehe ich mich um – normalerweise hat es was zu bedeuten, wenn Mädchen einem aus heiterem Himmel so auf die Pelle rücken, aber mit etwas Verzögerung wird mir klar, dass Emilia einfach nur meine Aufmerksamkeit zurückerobern wollte. Jemandem hinterherzurufen, käme ihr sicher total unnatürlich vor.

»Damit, dass du die Karten vorbeibringst, ist es aber nicht getan«, sagt sie, sobald wir wieder Blickkontakt haben.

»Bitte was?«

Seufzend zieht sie ihre Hand weg und verschränkt die Arme vor der Brust. »Ich kenne in Wien bisher nur meine Zimmernachbarin, und die hat keine Ahnung, dass ich taub bin«, erklärt sie. »Bei meinem ersten Konzertbesuch hätte ich aber gern jemanden dabei, der hören kann. Nur für den Fall, dass ich … irgendetwas falsch mache oder verpasse. Ich hoffe also, du hast Zeit, mich zu begleiten.«

Diesmal schaffe ich es nicht, meine Gesichtsmuskeln unter Kontrolle zu halten. Vermutlich wirke ich gerade ähnlich begeistert wie *Grumpy Cat* in der Badewanne. Bevor ich mich bei einem klassischen Konzert zeige, tanze ich lieber mit nichts als einer Papiertüte und einer Socke bekleidet über einen hoch frequentierten Flughafen, und das wäre noch nicht mal halb so peinlich.

Verdammt, ich würde sogar die Socke weglassen.

»Nimm das jetzt nicht persönlich, aber darauf hab ich echt keine Lust«, sage ich und hänge die fetteste Lüge dran, zu der ich fähig bin: »Klassische Musik ist einfach nicht mein Ding.«

Emilias hoffnungsvolle Miene verschwindet so schnell, als hätte man sie mit einem Schwamm weggewischt. Von einer Sekunde auf die andere wird sie sehr, sehr ernst. »Nicht dein Ding. Aha.«

»Hey, sorry, aber …«

»Nein, schon gut«, fällt sie mir ins Wort und geht mit schleppenden Schritten zu ihrem Schreibtisch. »Wenn du mir diesen Gefallen nicht tun willst, ist das ganz allein deine Entscheidung. Ist ja nicht so, als wärst du mir etwas schuldig.«

Immer noch mit tieftraurigem Gesichtsausdruck greift sie nach meinem Idioten-Warnschild, dreht es um und beginnt zu schreiben. Dann legt sie den Zettel vorsichtig auf die Trockenbox. Ich muss etwas näher herankommen, um die Aufschrift lesen zu können:

REST IN PEACE.

Als sich unsere Blicke treffen, hebt Emilia zum dritten Mal leicht ihre Augenbraue, dann ist ihr winziges Lächeln wieder da. Ich habe keinen Ton gesagt, und trotzdem hat sie mich ganz genau verstanden.

Nikolai Andreyev gegen taubes Mädchen: Diese Runde geht an sie.

Emilia

Setze einen Gehörlosen vor einen Horrorfilm, und die Chancen stehen gut, dass er noch vor der Hälfte einschläft.

Diese Theorie habe ich schon mehrmals zusammen mit meinen Brüdern getestet. Dazu haben wir uns Videos rausgesucht, die laut den Bewertungen furchtbar schaurig sein sollten. Allerdings sind solche Filme ja oft so aufgebaut, dass bis zum blutigen Finale nicht viel passiert: Leute stolpern ewig lange durch den Wald oder durch ein seltsames Haus, während es in den Untertiteln heißt: *»Ferne Schritte«*, *»Lautes Atmen«* oder *»Eine Tür knarrt«* – und davon soll man eine Gänsehaut bekommen?

Mir ist natürlich klar, dass uns die Geräusche und vor allem die unheimliche Musik im Hintergrund gefehlt haben. Manchmal ist es aber auch genau umgekehrt: Dann sorgt meine Gehörlosigkeit dafür, dass ich von einer einfachen Berührung mindestens ebenso sehr erschreckt werde wie andere von Jack Nicholsons Grinsen in *Shining.*

Als die Hand ohne jede Vorwarnung auf meinem Rücken landet, krampfen sich meine Muskeln jedenfalls instinktiv zusammen. Ich wirble herum und starre verdattert in ein Paar Mandelaugen, während sich mein Herzschlag nur langsam wieder beruhigt. Ich habe überhaupt nicht mitbekommen, wie Kris mein Zimmer betreten hat. Vielleicht sollte ich die Sache mit meiner ständig offenen Tür noch einmal überdenken.

»Ach, du bist's«, keuche ich, beide Hände auf mein Brustbein gepresst.

»Und *du*«, antwortet meine Zimmernachbarin mit einem breiten Lächeln, »hast ein Date.« Ihr Blick huscht über das schimmernde graue Blusenkleid, für das ich mich nach langem Grübeln entschieden habe. Genau wie meine üblichen Oberteile lässt es sich weit genug aufknöpfen, dass ich es problemlos über meine Hörgeräte ziehen kann, doch abgesehen davon ist es wohl das edelste Stück in meinem Kleiderschrank. Ich schätze, damit biete ich für Kris ein mehr als eindeutiges Bild.

»Nein, Unsinn«, entgegne ich trotzdem und zupfe an einer widerspenstigen Locke herum. »Ich gehe heute Abend bloß in ein Konzert.«

»Mit einem Typen?«, fragt Kris wie aus der Pistole geschossen, als wollte sie meinen Brüdern Konkurrenz machen.

Die Locke scheint sich wütend zu sträuben, und ich ziehe meine Hand wieder zurück. »Äh, ja.«

»Ist er mit dir verwandt?«

»Nein.«

»Über fünfzig, schwul oder hässlich wie die Nacht?«

Ein schiefes Grinsen taucht in meiner Erinnerung auf, flankiert von zwei halbmondförmigen Grübchen. »Auch nicht«, räume ich widerwillig ein.

»Dann, meine Liebe«, sagt Kris feierlich und breitet die Arme aus, »hast du ein Date. Ist doch super, ich freu mich sehr für dich.« Schwungvoll lässt sie sich auf meinem Bett nieder und kreuzt ihre Beine, die von schwarz-weiß geringelten Leggings umhüllt sind. Dazu trägt sie abgeschnittene Jeans und ein himmelblaues Shirt mit Bambi-Aufdruck. In ihren Augen wirke ich sicher noch um einiges aufgetakelter, als ich mich selbst fühle.

»Du verstehst das völlig falsch«, beharre ich. »Der Junge, der mich begleiten wird, ist überhaupt nicht mein Typ.« *Kein Gehörloser,* füge ich in Gedanken hinzu, aber das kann ich vor Kris nicht aussprechen. Selbst, wenn sie von meiner Taubheit wüsste, würde sie das nicht begreifen. Hörende scheinen zu glauben, dass es nur für *sie* problematisch wäre, sich mit jemandem von *uns* einzulassen. Dass wir Gehörlosen umgekehrt auch gerne unter uns bleiben, ist für sie wohl unvorstellbar.

Dabei liegt das doch auf der Hand: In meiner Gemeinschaft haben wir denselben Blick auf die Welt, wir können uns über ähnliche Dinge amüsieren oder aufregen und wurden durch vergleichbare Erlebnisse geprägt. Ganz zu schweigen davon, dass wir uns füreinander nicht verbiegen müssen. Ich stelle es mir schrecklich vor, ständig zu befürchten, dass mein Partner auf mich herabblickt oder mich bemitleidet, nur weil er ein Paar funktionierende Ohren hat. Schon allein deswegen käme eine Beziehung mit einem Hörenden für mich nicht infrage.

Jedenfalls nicht vor der Operation. Aber so weit traue ich mich noch gar nicht zu denken.

Leider sieht Kris trotz meiner Antwort dermaßen verzückt aus, als hätte sie mich persönlich unter die Haube gebracht. Hastig kratze ich alles andere zusammen, was mir an Nick bisher negativ aufgefallen ist – und wie sich zeigt, ist das sogar eine ganze Menge.

»Anscheinend steckt er in irgendwelchen Schwierigkeiten«, sage ich in Erinnerung daran, wie dringend er die Sache mit meinem Hörgerät vertuschen wollte. »Er wechselt die Mädchen sicher noch öfter als seine Socken, und ... und er *hasst* klassische Musik.«

»Oh Gott, was für ein Unhold!« Kris reißt mit gespieltem Entsetzen die Augen auf, dann strahlt sie mich wieder an. »Wie es der Zufall will, beschäftigt mich gerade ein ganz ähnliches Exemplar. Du weißt schon, dieser heiße Kerl von der Party – Alex. Wir wollen uns heute Abend treffen, und ich hab zwar keine Ahnung, wohin das mit ihm führen soll, aber eines wird es ganz bestimmt nicht: nämlich langweilig.«

»Ja, vermutlich eher nicht«, murmle ich, allerdings ohne dabei an Nick oder an Kris' blonden Surferboy zu denken. Stattdessen frage ich mich, ob mein Plan für diesen Abend womöglich eine totale Schnapsidee war. Immerhin habe ich noch nie einen Konzertsaal von innen gesehen. Nana wollte mich zwar einmal zu einer Aufführung mitnehmen, aber das war, kurz bevor zwischen ihr und meiner Mutter alles in die Brüche ging. Ich habe also keinerlei Erfahrung, die mich davor bewahren könnte, ein ähnliches Desaster wie beim Klavierunterricht oder im Partykeller zu erleben. Klar, diesmal werde ich nicht auf mich alleine gestellt sein, aber Nick ist wohl kaum der richtige Kandidat für moralische Unterstützung.

»Lass es einfach auf dich zukommen«, rät mir Kris, und obwohl sie damit ganz bestimmt nicht das Konzert meint, reagiere ich mit einem tapferen Nicken. Plötzlich würde ich ihr nur zu gerne den wahren Grund für meine Nervosität verraten, aber wie schon so oft scheue ich vor diesem Geständnis zurück. Dabei werde ich so vermutlich niemals Punkt 7 auf meiner Liste abhaken können: *mit einem Hörenden richtig befreundet sein.* Einerseits befürchte ich, Kris könnte mich wie eine Kranke behandeln, sobald sie von meiner Taubheit erfährt, andererseits halte ich sie mit meiner Heimlichtuerei auf Abstand.

»Viel Spaß, und – du solltest die Haare hochgesteckt tragen«, fügt meine Zimmernachbarin augenzwinkernd hinzu, ehe sie nach draußen flitzt.

Mir bleiben nur noch ein paar hektische Minuten vor dem Spiegel, dann erkenne ich durch den Türspalt, dass das Licht im Vorraum zweimal flackert. Eines muss man Nick lassen: Die Sache mit dem Anklopfen bei Gehörlosen hat er erstaunlich schnell begriffen. Mir fällt die Bürste aus der Hand, und mein Herzschlag beschleunigt sich, so als wäre das hier wirklich ein Date. Dabei schnellt mein Blick wie von selbst zu der Liste über meinem Schreibtisch, die heute um eine Zeile gewachsen ist.

Um ein Datum, genauer gesagt. Für das Beratungsgespräch zur Operation.

Kurz entschlossen schnappe ich mir die Liste und stopfe sie in meine Handtasche, als könnte sie mir Glück bringen. *Was auch immer heute passiert, das ist es wert.* Dann taucht auch schon eine hochgewachsene Gestalt am Rand meines Blickfelds auf.

Nick hat sich über den Dresscode für diesen Abend ganz offensichtlich weniger Gedanken gemacht als ich. Seine schwarzen Jeans und der Pullover sind wenigstens unauffällig, doch auf dem Kopf trägt er allen Ernstes eine graue Wollmütze, und als wäre seinem Coolness-Faktor damit nicht Genüge getan, hängt im Kragen des Pullis auch noch eine Sonnenbrille. Einen Moment lang starren wir einander bloß schweigend an, ehe Nick kurz die Lippen zusammenpresst – vermutlich war das ein Räuspern.

»Du siehst irgendwie anders aus«, sagt er dann.

»Ich hab mir die Haare hochgesteckt.«

»Das wird es sein.«

Mit diesem Dialog haben wir uns bestimmt je eine Medaille verdient: Ich für die größte Originalität, er für das charmanteste Kompliment aller Zeiten. Wahrscheinlich schießt Nick ein ganz ähnlicher Gedanke durch den Kopf, denn er zieht mit einer schnellen Bewegung zwei Karten aus der hinteren Tasche seiner Jeans hervor.

»Ich hatte echt Glück, da waren noch ziemlich gute Plätze frei. Die Wiener Symphoniker spielen im Konzerthaus. Wie klingt das?«

»Wenn ich das bloß wüsste«, entgegne ich mit einem künstlichen Lachen und beiße mir dann verlegen auf die Zunge. Viele Gehörlose machen sich gerne über sich selbst lustig, aber solche Bemerkungen werden vermutlich nicht dabei helfen, die Stimmung zwischen uns beiden aufzulockern.

»Blöde Wortwahl, mein Fehler«, formen Nicks Lippen, während er die Karten wieder in seiner Hosentasche verstaut. Danach bleibt sein Mund erst mal für lange Zeit geschlossen. Auf dem Weg zum Bus werfe ich ihm immer wieder Seitenblicke zu, um sicherzugehen, dass ich nichts verpasse, aber in Nicks Gesicht scheint sich kein einziger Muskel zu regen. Es ist, als würde seine Miene immer mehr versteinern, je näher wir unserem Ziel kommen. Da schadet es auch nicht mehr, dass ich gegenüber vom Konzerthaus ein Beethoven-Denkmal entdecke und mich zu dem lahmen Witz hinreißen lasse: »Hey, warum ist auf dieser Statue kein Vogeldreck? – Ganz klar: Die Tauben müssen zusammenhalten!«

Ein wahrer Schenkelklopfer, ich weiß. Immerhin hätte ich von Nick ein halbherziges Grinsen erwartet, doch seine Augen richten sich nur starr auf das Gebäude mit dem hell erleuchteten Eingangsbereich.

»Du weißt schon, weil Beethoven am Ende seines Lebens ja auch gehörlos war …«, erkläre ich schwach, aber es folgt keine Reaktion. Eindeutiger könnte es gar nicht sein, dass Nick diesen Abend als absolute Zumutung empfindet. Er muss nicht nur seine persönliche Hassmusik über sich ergehen lassen – dabei hat er auch noch ein Mädchen an der Backe, das scheinbar einen Clown gefrühstückt hat.

Sobald wir durch eines der drei Haupttore getreten sind, bin ich allerdings ganz froh, dass ich mich nicht auf ein Gespräch zu konzentrieren brauche. Stattdessen versuche ich, so viele Eindrücke wie möglich von meiner Umgebung aufzunehmen: das gigantische Foyer mit seinem glänzenden Marmorboden, die Säulen und die schick gekleideten Menschen, die sich an den Garderoben zusammendrängen. Ich male mir aus, dass hier bereits eine Art aufgeregtes Summen in der Luft liegt, weil sich alle über das bevorstehende Konzert unterhalten. Ob man wohl auch schon einzelne Töne aus den Sälen hören kann? Oder werden sämtliche Klänge von den roten Teppichen verschluckt?

Mit zitternden Knien folge ich Nick eine breite Treppe hinauf, den Geruch nach edlem Parfum in der Nase. Gemessen an den übrigen Besuchern erscheint es mir nun richtig, mich so gut wie möglich herausgeputzt zu haben. Nick dagegen kommen vermutlich gerade Zweifel an seinem coolen Look, denn er fummelt im Gehen immer wieder an seiner Sonnenbrille herum. Die bräuchte er hier nur, wenn er den Anblick von Gold nicht ertragen könnte.

Als wir den »Großen Saal« betreten, raubt mir die reich verzierte Decke mit ihren Kronleuchtern einen Moment lang den Atem. Wenn die Zuhörer sich von all diesem Prunk nicht ablenken lassen, muss die Musik einfach unglaublich sein.

Mit einem seltsamen Ziehen in der Brust schlängle ich mich hinter Nick in unsere Sitzreihe und nehme auf dem dunkelroten Polster Platz. Die Bühne ist bis auf die Stühle und Notenpulte noch leer, deshalb lasse ich meinen Blick erst mal zur Seite wandern. Ich will alles ganz genau sehen: die Vorfreude auf den Gesichtern der Leute, die Neugier und den Moment der Verzückung, wenn es losgeht.

Ich will … ich will wissen, was mir entgeht.

Als die Lichter gedimmt werden und die Spannung im Raum spürbar ansteigt, nimmt Nick endlich seine Mütze ab. Mit einer fahrigen Bewegung wuschelt er sich durch die schwarzen Haare und löst die Strähnen, die verschwitzt an seinen Schläfen haften. Es ist wirklich ganz schön heiß hier drin, aber meine Finger fühlen sich trotzdem klamm an. Gerade will ich sie zwischen meine Knie schieben, um sie ein bisschen zu wärmen, als die ersten Musiker auf der Bühne erscheinen. Reflexartig hebe ich beide Arme und drehe die geöffneten Hände ein paarmal hin und her … bis ich begreife, dass mir ein dummer Fehler unterlaufen ist.

Zwischen all diesen klatschenden Menschen habe ich ernsthaft so applaudiert wie eine Gehörlose.

Nun schießt mir doch die Hitze ins Gesicht, und meine Kehle schnürt sich zusammen. Hastig öffne ich meine Handtasche und gebe vor, irgendetwas zu suchen, nur um möglichen Blicken auszuweichen. Die anderen Leute haben bereits zu klatschen aufgehört, als meine Finger ein Pfefferminzbonbon ertasten. Automatisch mache ich mich daran, es aus seiner Folie zu schälen, da wendet sich eine Frau zwei Plätze weiter mit einem Ruck zu uns.

Sofort erstarre ich, das halb ausgepackte Bonbon zwischen den Fingern. Das darf doch nicht wahr sein – erzeugt so ein kleines Stück Einwickelpapier wirklich einen derartigen Krach? Die Frau hat sich immer noch nicht wieder nach vorne gedreht, sondern durchbohrt mich regelrecht mit ihrem Blick. Dann stößt sie ihrer Sitznachbarin den Ellenbogen in die Seite und nickt in meine Richtung. Aufgeregt beginnen die zwei, miteinander zu tuscheln. Die Beleuchtung ist zu schwach, als dass ich jedes Wort von ihren Lippen ablesen könnte. Nur Bruchstücke kommen bei mir an, aber das ist schon genug.

»Meinst du wirklich …?«

»… genau erkannt …«

»… ausgerechnet hier?!«

Diesmal trifft mich die Erkenntnis nicht mit einem Schlag, sondern kriecht ganz langsam in mich hinein. Mir wird klar, dass ich niemals auf Kris hätte hören dürfen. Unter den hochgesteckten Haaren muss mein noch funktionsfähiges Hörgerät ganz deutlich sichtbar sein und mich als genau das outen, was ich hier nun mal bin: ein Fremdkörper, Eindringling, Muggel im Hogwarts-Express.

Was Nick jetzt wohl denkt? Schämt er sich? Ich traue mich gar nicht, zu ihm zu schauen.

Inzwischen glühen meine Wangen, und ich bin mir sicher, dass ich am Tiefpunkt angelangt bin. Dann aber, während die übrigen Menschen wieder zu klatschen beginnen und der Dirigent die Bühne betritt, verändert sich allmählich der Ausdruck auf den Gesichtern der beiden Frauen. Ihre Stirnen legen sich in Falten, die Mundwinkel wandern nach unten, und sie neigen die Köpfe zur Seite, bis sie etwas noch viel Schlimmeres ausstrahlen als Irritation: Mitleid. Bedauern. *Armes taubes Mädchen, wenn du nur wüsstest …*

Ich fahre so plötzlich von meinem Sitz hoch, dass Nick merklich zusammenzuckt.

»Tut mir leid, ich … ich muss noch mal zur Toilette«, stoße ich hervor, wahrscheinlich mit viel zu viel Druck und so laut, dass es jeder um uns herum hören kann. Aber das spielt jetzt auch keine Rolle mehr. Unsanft dränge ich mich an den sitzenden Leuten vorbei, falle einem dicken Mann fast auf den Schoß und finde erst im Mittelgang mein Gleichgewicht wieder. Von nun an halte ich den Blick starr auf den Boden gerichtet. Ich sehe Parkett bis zum Ende des Saals, die Füße eines Platzanweisers, dann die rot-samtenen Stufen und das schimmernde Grau im Foyer. Zuletzt springe ich durch das Tor auf dunklen Asphalt, als wäre das Konzerthaus ein fahrender Zug. Nach Luft ringend lande ich in meiner eigenen, stillen Welt, und der Hogwarts-Express braust ohne mich davon.

Nick

Beethoven sieht aus, als müsste er sich gleich übergeben.

Ich weiß nicht, ob das an den Straßenlaternen liegt, die das Gesicht der Statue nur schwach beleuchten. Jedenfalls scheint der Typ seine Lippen so fest zusammenzupressen, als fände er alles um sich herum einfach nur zum Kotzen. Aber vielleicht wundert er sich auch bloß über die fetten Engelsfiguren, die anscheinend vor seinem Sockel eine Party schmeißen. Oder über das Häufchen Elend im Blusenkleid, das eine Stufe tiefer sitzt …

Obwohl Emilia sich ganz klein zusammenkauert, sehe ich sie schon, sobald ich aus dem Konzerthaus ins Freie trete. Langsam überquere ich die Straße und gehe auf sie zu, aber sie entdeckt mich erst im allerletzten Moment. Ich bleibe einen Schritt von den Stufen entfernt stehen, die zum mies gelaunten Beethoven hinaufführen, und breite die Arme aus.

»Was ist Indisches Roulette?«

»Wie bitte?«, kommt es leise zurück, aber an Emilias Gesichtsausdruck erkenne ich, dass sie mich sehr wohl verstanden hat.

»Ein Mann, der vor sechs Schlangen Flöte spielt«, beantworte ich meine eigene Frage, »und eine davon ist taub.«

Jetzt lasse ich mich neben sie fallen, den Kopf so zur Seite gedreht, dass sie meine Lippen trotzdem im Blick behält. »Sorry, aber der musste sein. Ich wollte dir nur beweisen, dass es noch flacher geht als dein Witz vorhin.«

Mal wieder macht Emilia ein Geräusch, bei dem ich mir nicht ganz sicher bin, ob es ein Schluchzen ist oder ein Kichern. Hat sie wenigstens eine ungefähre Ahnung, wie ihr Lachen klingt? Und wäre mein eigenes Lachen anders, wenn ich es nicht hören könnte?

»Es geht mich ja nichts an«, sage ich, als das Schweigen zwischen uns schon viel zu lange dauert, »aber kann es sein, dass du den Dirigenten echt abturnend gefunden hast? Der steht nämlich die meiste Zeit mit dem Rücken zum Publikum, weißt du. Gab also keinen Grund, gleich vor ihm davonzurennen.«

Emilia fasst nach oben und beginnt, ihre Hochsteckfrisur zu lösen. »Nein, ich war nur …« Ruckartig zieht sie die letzte Haarnadel heraus, dann lässt sie ihre Locken nach vorne schwingen. »Ich war dort so schrecklich fehl am Platz. Schon klar, damit hätte ich rechnen müssen, also ist es meine eigene Schuld. Aber hast du die Blicke unserer Sitznachbarinnen bemerkt?«

Mein Magen sackt eine halbe Etage tiefer. »Was für Blicke denn?«

»Solche, bei denen ich froh sein kann, dass die Frauen mir nicht über den Kopf gestreichelt haben. Dabei hasse ich wirklich nichts mehr, als bemitleidet zu werden.« Emilia drückt die Lippen zusammen, und für einen Moment erinnert sie mich mit ihren wirren Locken an eine Mischung aus Engelsstatue und Beethoven. Nur halt nicht fett und nicht ganz so grimmig.

Mit einem tiefen Atemzug stütze ich die Unterarme auf meine Knie und richte den Blick nach vorne. Keine Ahnung, ob Emilia auch von meinen Lippen lesen kann, wenn sie mich nur von der Seite sieht. Weil ich jetzt aber keinen Bock habe, ihr ins Gesicht zu schauen, lasse ich es einfach drauf ankommen. »Weißt du … wenn diese Frauen jemanden mitleidig angeglotzt haben, dann eher mich.«

Gleich danach würde ich diesen Satz am liebsten wieder zurücknehmen. Wieso zum Teufel musste ich ihr das auf die Nase binden?! Entweder, ich mutiere hier gerade zum absoluten Volltrottel, oder es liegt an Emilias Röntgenblick.

Stirnrunzelnd lehnt sie sich näher zu mir. »Das hab ich jetzt bestimmt nicht richtig verstanden«, meint sie, während sie mich mit ihren blauen Augen abtastet. Ich ziehe meine Wollmütze aus der Tasche und stülpe sie mir wieder über den Kopf. Hätte ich das Scheißding im Saal bloß nicht abgenommen. Am besten, ich hätte mich gar nicht erst auf diesen verfluchten Konzertbesuch eingelassen! Aber jetzt ist es zu spät, und ich reite mich nur immer tiefer in den Schlamassel hinein.

»Doch, hast du«, sage ich gedehnt, während mein Gehirn auf Hochtouren rattert. Irgendwie muss ich mich da wieder rauswinden, so viel steht fest. Ich kann ihr doch jetzt nichts über meine Vergangenheit als musikalisches Wunderkind vorsülzen – nicht nur, weil mir das angesichts ihrer Taubheit reichlich mies vorkäme. Es ist auch immer noch nicht ausgeschlossen, dass sie mit der Hörgeräte-Story zu einem Klatschblatt rennt, sobald sie erfährt, wer ich bin.

»Diese komischen Blicke …«, fahre ich fort, »die hatten nicht mit dir zu tun, sondern mit mir. Oder mit meiner Mom, besser gesagt.«

Der letzte Satz rutscht einfach so hinterher, ohne dass

ich es geplant hätte. Na schön, wenn ich ihr nicht die ganze Wahrheit erzählen kann, versuche ich es eben mit der halben. Das ist vermutlich immer noch besser, als wenn ich ihr eine total erfundene Story auftische.

Emilia scheint angestrengt über meine rätselhafte Antwort nachzudenken, denn es herrscht erst mal einige Sekunden lang vollkommene Stille. Wobei, das ist eigentlich Schwachsinn: Die Autos rauschen an uns vorüber, irgendwo im nächsten Baum zirpt ein nervtötendes Insekt, und ein paar Straßen weiter grölt sich ein Besoffener die Seele aus dem Leib. Genau genommen ist es verdammt laut, auch wenn man die Klappe hält. Seltsam, dass mir das bisher noch nicht aufgefallen ist.

»Wer ist denn deine Mutter?«, dringt schließlich wieder Emilias Stimme durch dieses lärmende Chaos.

»Wer sie war, solltest du lieber fragen.«

»Oh Gott, ist sie etwa ...«

»Nein, nein, keine Panik, sie ist nicht tot«, falle ich ihr ins Wort, und im nächsten Moment trifft mich eine Erinnerung mit der Wucht einer Abrissbirne: daran, wie ich das selbst mal geglaubt habe. Wartend hinter dem roten Vorhang, den Applaus von Hunderten Menschen im Ohr ...

»Sie ist nicht tot«, wiederhole ich etwas langsamer. »Sie ist bloß keine Konzertpianistin mehr, seit sie vor zwei Jahren einen schweren Autounfall hatte. Dabei wurde ihre rechte Hand ziemlich schlimm demoliert. Inzwischen kann sie die Finger wieder einigermaßen bewegen, aber nicht gut genug zum Spielen, und ich hab ... ich hab manchmal das Gefühl, sie bereut es, bei dem Unfall nicht draufgegangen zu sein.«

Kaum habe ich das ausgesprochen, zucken wir beide zusammen. Ich, weil ich diesen Gedanken noch nie laut ausgesprochen habe, und sie, weil ich sie mit dieser Meldung aus heiterem Himmel sicher total überfordere. Wer sagt denn so was zu einer Person, die man kaum kennt? *»Schönes Wetter zurzeit, nicht wahr? Ach übrigens, meine Mom ist ein seelisches Wrack.«* Das ist ja wohl der schlimmste Smalltalk aller Zeiten.

»Du meinst, sie hat Depressionen?«, hakt Emilia nach, als wollte sie diesen Super-GAU noch um einen Tick schlimmer machen.

»Das sagt jedenfalls der Psychodoktor, zu dem mein Dad sie einmal pro Woche schleppt«, antworte ich. »Seit Kurzem bekommt sie von dem auch irgendwelche Tabletten, aber trotzdem hockt sie die meiste Zeit still auf der Couch und zieht sich Aufnahmen von uns … von ihrem Klavierspiel rein. Ich denke, es macht sie einfach fertig, dass sich ihr Leben jetzt nicht mehr um die Musik dreht.«

Scheiße, das erzählst du gerade einem Mädchen, das gar keine Musik hören kann!, blafft der letzte halbwegs vernünftige Teil in meinem Inneren. *Halt einfach die Klappe, verdammt noch mal. Am besten bis übermorgen.*

Um meinen Laberflash zu stoppen, hole ich ein Päckchen Kaugummi aus meiner Jeanstasche und schiebe mir eins der Dragees in den Mund. Das erinnert Emilia wohl daran, wie sie vorhin in maximaler Lautstärke ein Bonbon ausgewickelt hat. »Also … sind die beiden Frauen meinetwegen auf uns aufmerksam geworden, und dann haben sie dich erkannt?«, fragt sie stockend.

»Jep, schätze schon. Die Sache mit meiner Mom war damals ein ziemlicher Schock für Klassik-Fans, und weil ich sie so oft zu ihren Konzerten begleitet habe, wussten sie vermutlich, wer ich …«

»Bitte warte!« Emilias Hand zuckt nach vorne und legt sich kurz auf meinen Unterarm. »Ich kann dich nicht gut lesen, wenn du beim Reden was im Mund hast.«

»Alles klar.« Ich lasse den Kaugummi in hohem Bogen hervorschießen, und Emilia verzieht das Gesicht.

»Eklig.«

»Ist mein zweiter Vorname.« Mit einem schwachen Grinsen wende ich mich wieder zu ihr, froh über den Themenwechsel. »Sag mal, wie machst du das eigentlich? Egal, wie genau ich deine Lippen beobachten würde, für mich sähe das trotzdem nur nach Blabla aus.«

»Ich hab wohl irgendwie ein Talent dafür.« Sie zuckt leicht mit den Schultern, so als wäre ihre ganz spezielle Superkraft kaum der Rede wert. »Du darfst nicht davon ausgehen, dass alle Gehörlosen das beherrschen, aber es ist natürlich auch Übungssache. Dabei achtet man nicht nur auf die Lippen, sondern auch auf Zunge und Zähne, und man muss sehr viel aus dem Zusammenhang erraten. Manche Laute sind leider unmöglich zu unterscheiden. Wenn jemand die Lippen schließt, kann ich zum Beispiel nicht erkennen, ob das jetzt ein B oder ein M gewesen ist.«

»Also sollte man mit Sätzen wie *Die Butter ist zu fett* wohl lieber vorsichtig sein.«

Emilia muss nur eine Sekunde überlegen, dann grinst sie zurück. »Du hast es erfasst.« Das Lächeln bleibt einen Moment lang in ihrem Gesicht hängen, aber ihre Miene wird bald wieder ernst. Offenbar nervös, beginnt sie, an ihrem Rocksaum herumzufummeln. »Jetzt verstehe ich, warum du mit klassischer Musik nichts mehr zu tun haben willst«, murmelt sie. »Entschuldige bitte, dass ich dich dazu gedrängt habe.«

Ich mache eine wegwerfende Geste. »Hab's ja überlebt.

Aber warum wolltest du das überhaupt? Ich meine – du musst doch schon vorher gewusst haben, dass ein Konzertbesuch nicht unbedingt der Burner für dich sein würde. Wozu also der ganze Stress?«

Bevor ich die Frage zu Ende geführt habe, ahne ich bereits, wie Emilia darauf reagieren wird. Tatsächlich streicht sie sich erst mal die Haare nach vorn, als wären sie eine Art Tarnumhang, aber so einfach gebe ich mich nicht geschlagen. Immerhin habe ich selbst gerade einen kleinen Seelen-Striptease hingelegt, da ist es nur fair, wenn sie auch was von sich preisgibt.

»Hm?«, mache ich, und als mir klar wird, dass sie diesen Laut nicht sehen kann, stoße ich mein Knie gegen ihres.

Emilia atmet so langsam aus, als wollte sie mit diesem Seufzer ins Buch der Rekorde. Dann drückt sie plötzlich die Wirbelsäule durch, bis sie kerzengerade auf der Stufe sitzt. »Es gibt da eine bestimmte Operation, und ich überlege, ob ich sie machen lasse«, stößt sie hervor. Die Wörter verschwimmen miteinander, sodass ich erst auf ihr Echo in meinem Kopf lauschen muss, um sie zu kapieren.

»Du meinst, du könntest wieder hören?«, frage ich dann fassungslos. »Was zur Hölle gibt es da noch zu überlegen?!«

»Na ja, eine OP unter Vollnarkose ist keine Kleinigkeit. Am Donnerstag habe ich dazu ein Beratungsgespräch, aber bis dahin möchte ich noch genau überlegen, ob ich das wirklich will. Also habe ich ein paar Dinge notiert, die mir bei der Entscheidung helfen könnten. Auf diese Weise erkenne ich vielleicht, ob ...«, Emilia beißt sich kurz auf die Unterlippe. »... ob es das alles wert ist«, beendet sie danach ihren Satz.

»Zeig her.«

»Wie bitte?« Überrumpelt schaut sie auf meine ausgestreckte Hand, die so schnell nach vorne geschossen ist, dass ich es selbst nicht kontrollieren konnte.

»Diese Liste, ich will sie sehen! Hast du sie auf dem Handy gespeichert?«

Sie schüttelt den Kopf, aber nach kurzem Zögern öffnet sie ihre Handtasche und zieht ein zusammengefaltetes Stück Papier hervor. Ich halte mich nicht lange mit Höflichkeitsfloskeln auf, sondern schnappe ihr den Zettel einfach weg. Der oberste Listenpunkt ist mit einer Zwei beschriftet, darüber prangt ein dicker schwarzer Strich.

»Was stand da?«, frage ich und tippe mit dem Zeigefinger auf diesen Balken.

Es ist Emilia anzusehen, dass sie sich am liebsten irgendwo verkriechen würde. Ein anderes Mädchen würde jetzt wahrscheinlich auf seine Füße starren, doch für Emilia ist ein derartiges Ausweichmanöver nicht drin. Das wäre ja so ähnlich, als hielte ich mir mitten in einem Gespräch die Ohren zu.

»Klavierunterricht nehmen«, antwortet sie mit einem bitteren Unterton in der Stimme und hebt die Hand, bevor ich eine Bemerkung dazu machen kann. »Du musst mir nicht erklären, dass das eine Schnapsidee ist. Das hat Adrian schon erledigt – der Privatlehrer, den ich in einem Wiener-Klassik-Forum entdeckt habe. Anscheinend konnte er sich nichts Schwachsinnigeres vorstellen, als eine Gehörlose im Klavierspielen zu unterrichten.«

»Aber du würdest ja wirklich nie gut darin werden, oder?«

Sie zuckt leicht mit den Schultern. »Vermutlich nicht.«

»Und warum möchtest du es dann?«, bohre ich weiter.

»Ganz einfach, weil es mir Spaß macht«, entgegnet sie,

und ihre Worte kommen mir in diesem Zusammenhang so deplatziert vor, als hätte sie gesagt, dass man in einem Boot-Camp nette Ferien verbringen kann. *Einfach* und *Spaß* – müsste ich meine derzeitige Beziehung zu meiner Geige beschreiben, kämen diese Begriffe wahrscheinlich zuletzt. Ein paar Sekunden lang schaue ich Emilia noch verständnislos an, ehe ich mir einen Ruck gebe.

»Wie du meinst. Dann also weiter bei Punkt zwei: *ein Konzert besuchen …* drittens, *in die Disco gehen …* viertens, *schreien, so laut ich kann?«* Stirnrunzelnd blicke ich von der Liste hoch. »Wo liegt denn dabei das Problem?«

»Na ja, viele Gehörlose benutzen ihre Stimme nur sehr ungern. Wir können schließlich nicht wissen, ob wir vielleicht komisch klingen. Ich selbst hatte zwar schon von früher Kindheit an eine Sprachtherapie, aber dabei ging es immer bloß darum, meine Stimme zu *kontrollieren.* Aus vollem Hals schreien zu wollen und es dann auch zu tun … also, das kann ich mir gar nicht richtig vorstellen. Trotzdem wüsste ich gerne, wie sich das anfühlt.«

»Okay«, sage ich und verkneife mir einen Kommentar. Der normale Nick würde jetzt zwar einen anzüglichen Witz raushauen, aber ich bin mir noch nicht sicher, wie Emilia auf so was reagieren würde. Deshalb befehle ich Normalo-Nick, die Klappe zu halten, und konzentriere mich wieder auf die Liste. »Fünftens, *mich nachts im Bett unterhalten, bis ich einschlafe …* klar, ohne Licht gibt es da einige Schwierigkeiten. Sechstens, *herausfinden, wie der Regen klingt.* Hm, das wird wohl kaum möglich sein. Und was heißt das bei Punkt sieben – *mit einem Hörenden –«*

Das Papier wird mir so plötzlich aus der Hand genommen, dass ich noch einen Moment lang verdattert auf meine Finger schaue. Als ich mich zu Emilia drehe, hat sie die Liste schon wieder zusammengefaltet und in ihre Tasche gestopft.

»Ist auch egal«, sagt sie, und ich glaube, ihre Wangen haben sich ein bisschen verfärbt.

»Mit einem Hörenden *was?*«, hake ich nach, während Normalo-Nick mit aller Kraft an die Oberfläche drängt. »Knutschen vielleicht?«

Emilia schneidet mir eine Grimasse. »Blödsinn.«

»Sagst du's mir, wenn ich nahe dran bin? Mit einem Hörenden in die Kiste steigen, mit einem Hörenden eine überaus leidenschaftliche Affäre …«

Diesmal stößt sie ihr Knie gegen meines, und zwar nicht gerade sanft. »Das hättest du wohl gerne!«

»Ach was, keine Sorge. Ich weiß ja, dass ich nicht dein Typ bin – immerhin wechsle ich die Mädchen häufiger als meine Socken.«

Emilia starrt mich mit riesigen Augen an, während sich allmählich Entsetzen auf ihrem Gesicht breitmacht. »Woher hast du …«, beginnt sie, dann sackt sie in sich zusammen. »Oh nein.«

»Oh ja«, entgegne ich ernsthaft. »Als ich dich heute abholen wollte, warst du gerade in ein Gespräch mit deiner Mitbewohnerin vertieft. Also bin ich wieder gegangen und etwas später zurückgekommen. Nur dass ich vielleicht nicht *sofort* wieder gegangen bin.«

Inzwischen sieht es so aus, als wäre Emilia vor Verlegenheit um mindestens drei Zentimeter geschrumpft. Wenn sie so weitermacht, ist bald nichts mehr von ihr übrig. »Das – das war überhaupt nicht so gemeint, wie es vielleicht geklungen hat!«, stammelt sie.

Mit bekümmerter Miene lege ich den Kopf schief. »Hm,

ich war mir auch nicht ganz sicher, wie ich den Socken-Spruch interpretieren soll. Entweder ich wechsle die Mädels richtig oft, oder ich hab eine grauenvolle Körperhygiene. So oder so bin ich offenbar ein echt widerlicher …«

»NI-ICK!«

Ihr gequälter Aufschrei bringt meine Fassade zum Einsturz, und ich breche in Gelächter aus. Emilia klatscht mir als eine Art hilflos-verzweifelte Rache eine Hand auf den Arm. Das hab ich wahrscheinlich sogar verdient.

»Na bitte«, verkünde ich grinsend, nachdem ich mich halbwegs eingekriegt habe, »jetzt warst du von Punkt 4 auf deiner Liste gar nicht mehr so weit entfernt.«

»Und von einem Nervenzusammenbruch, schönen Dank auch.« Anscheinend gegen ihren Willen muss Emilia ebenfalls lachen. »Was für eine dumme Idee, dir meine Träume-Liste überhaupt zu zeigen.« Möglichst energisch zieht sie den Reißverschluss ihrer Tasche zu, und es ist, als würde dieses kurze, ratschende Geräusch eine Barriere in meinem Kopf niederreißen: *Zzzzipp,* und ein schräger Plan taucht in meinen Gedanken auf. Ein Plan, den ich möglicherweise überdenken sollte – aber dafür bleibt keine Zeit.

Plötzlich weiß ich ganz genau, was ich zu tun habe.

»Machst du Witze? Gleich nach deiner Flucht vor diesen blöden Konzerthaus-Weibern war das die beste Idee des ganzen Abends!«, widerspreche ich, springe auf und werfe mich neben einem der fetten Engel in Pose. »Vielleicht bin ich nicht *dein* Typ, aber ich könnte definitiv der Typ sein, der dich dem Ende dieser Liste näher bringt. Vor allem der Punkt mit der Disco ist kein Problem.«

Verwirrt und vielleicht auch ein wenig misstrauisch blinzelt Emilia zu mir hoch. »Du willst mir dabei helfen?«, fragt sie langsam, irgendwie tastend. »Aber wieso würdest du das tun?«

Mir ist klar, dass ich jetzt auf keinen Fall überlegen darf. »Zum Spaß. Aus Neugier. Oder wegen der unwesentlichen Tatsache, dass ich dir zweitausend Euro schulde, such dir was aus«, sage ich deshalb sofort und stütze einen Ellenbogen auf dem lockigen Schädel des Engels ab. Weil Emilia meinen Tonfall ja nicht mitbekommt, versuche ich, ihn mit der passenden Miene zu untermalen: oberflächlich interessiert, unverbindlich nett. Mr Supercool mit Lust auf 'ne gute Tat – und absolut nichts an meiner Haltung oder meinem Gesichtsausdruck verrät, dass ich echt Schiss habe. Kein Wort davon, was für mich auf dem Spiel steht. Den vierten Grund für mein Angebot höre ich nur ganz leise in meinem Inneren, und seltsamerweise klingt dieses Flüstern genau wie Volkov: *Sie wird dich niemals anschwärzen, wenn ihr das zusammen durchzieht.*

Kein Stress mit meinen Eltern, keine dämlichen Schlagzeilen in den Klatschblättern. Oder vielleicht sogar eine richtig gute Schlagzeile, sobald es losgeht und Emilia mich erkennt. Eine Hand wäscht die andere, so einfach ist das …

… und als ich meine Hand nun ausstrecke, schlägt Emilia, ohne zu zögern, ein.

Emilia

Mein Tag beginnt wie immer mit einem kleinen Erdbeben.

Das Vibrationskissen meines Weckers rüttelt mich so kräftig durch, als wollte es die Erinnerung an gestern Abend aus meinem Kopf schleudern. Trotzdem muss ich sofort an Nicks Versprechen denken, kaum dass ich die Augen aufschlage. Im Schattenspiel der Gardinen sehe ich wieder die schnelle Bewegung seiner Lippen, das Hervorschießen seiner rechten Hand: »Abgemacht?«

Ich habe zugegriffen, bevor ich darüber nachdenken konnte. Dabei hatte ich wirklich nie einen Klassik hassenden Aufreißer-Typen als Begleiter im Sinn, wenn ich mir die Abarbeitung meiner Liste ausgemalt habe. Das Ganze kommt mir total unwirklich vor, bis ich nach meinem Handy taste und auf WhatsApp von einem ganz speziellen Guten-Morgen-Gruß empfangen werde.

DIENSTAGS GIBT ES FÜR WIENER STUDENTEN EIN PFLICHTPROGRAMM, UND DAS NENNT SICH TUESDAYCLUB IM U4: 1. LAUT, 2. DRECKIG, 3. LEGENDÄR. BRING RUHIG DEINE ZIMMERNACHBARIN MIT, DANN HAB ICH WAS »ZUM WECHSELN«. UM MEINE SOCKEN KÜMMERE ICH MICH SELBST. GRÜSSE AUS ZIMMER 16! NICK, DER WIDERLING.

Irgendetwas stimmt wohl um diese Uhrzeit mit meinem Sinn für Humor noch nicht, denn ich spüre an einem Glucksen in meiner Kehle, dass mir ein Kichern entschlüpft. Mein Blick huscht zur Tafel über meinem Schreibtisch, wo ich gestern vor dem Schlafengehen meine Liste wieder angepinnt habe. Punkt 3 scheint vor meinen Augen zu tanzen, und die Aufregung fährt mir mit einem Kribbeln bis in die Fingerspitzen. Vielleicht ist heute der Tag, an dem ich mein erstes Häkchen setzen kann. Vielleicht gelingt es mir bis zu meinem Beratungsgespräch, doch mehr zu erledigen als gedacht. Und vielleicht, ganz vielleicht werde ich dann endlich wissen, was ich will.

Bis zum Abend hält meine Vorfreude an, erst bei Sonnenuntergang werde ich allmählich nervös. Um mich abzulenken, starte ich eine kleine Putzorgie in meinem Zimmer und schlüpfe danach in saubere Jeans und eine schwarze Bluse. Anschließend klappe ich die Trockenbox auf, in der mein linkes Hörgerät seit seiner unfreiwilligen Dusche einen Dornröschenschlaf hält. Ich sollte mir dringend einen guten Akustiker in Wien suchen, aber im Moment kann ich keinen Gedanken daran verschwenden. Etwas fahrig befestige ich das andere Gerät an meinem rechten Ohr, dann bemerke ich, dass im Vorraum das Licht aufflammt. Mit zwei schnellen Schritten bin ich bei der angelehnten Schlafzimmertür, öffne sie weit – und mir wird klar, dass in Nicks Nachricht eine entscheidende Information gefehlt hat: Anscheinend steht vor dem Discobesuch noch eine Reise in die Vergangenheit auf dem Programm. In die schlimmste Phase der 80er-Jahre, genauer gesagt.

»Es ist eine Neonparty«, verkündet Nick mit einem unschuldigen Augenaufschlag, als ich wie angewurzelt stehen bleibe. »Hab ich etwa vergessen, das zu erwähnen?«

Kris, die mittlerweile ebenfalls im Vorraum aufgetaucht ist, gafft Nick mindestens genauso unverhohlen an wie ich. Und das will schon was heißen, weil sie selbst ein Longshirt mit Krümelmonster-Aufdruck und zwei verschiedenfarbige Strümpfe trägt. Ganz offensichtlich können unsere entsetzten Blicke Nick aber nicht im Geringsten verunsichern. Betont langsam dreht er sich einmal um sich selbst, die Arme ausgebreitet, damit wir seine neongrüne Schirmmütze, die knallpinken Hosenträger über dem weißen Muscle-Shirt und die bunt besprühten Sneakers bewundern können. Die Krönung des Ganzen sind wohl die Knicklicht-Armbänder, die sich fast bis zu seinen Ellenbogen hinaufziehen. »Gebt es zu, Ladys«, sagt er feierlich, »dieses Outfit ist doch wie für mich gemacht.«

Endlich pruste ich los, aber das Lachen bleibt mir im Hals stecken, als Kris mich unvermittelt an der Hand packt. »… gleich wieder da«, kann ich gerade noch von ihren Lippen ablesen, ehe sie mich in ihr Zimmer schleppt und die Tür hinter uns zuwirft. Dann wendet sie sich verschwörerisch zu mir.

»Ist er das? Dein Nicht-Date?«, fragt sie, und ich kann nur hoffen, dass sie flüstert.

»Oder sein durchgeknallter Doppelgänger«, sage ich, den extremen Kontrast zwischen dem gestrigen und dem heutigen Nick immer noch klar vor Augen. Schlagartig wird mir bewusst, wie wenig ich bisher über ihn erfahren habe. Ich könnte nicht einmal sagen, ob das »Scheiß-egal«-Outfit von unserem Konzertbesuch oder die momentane Neon-Kostümierung besser zu seinem Charakter passt. Bin ich eigentlich total verrückt, alleine mit jemandem auszugehen, über den ich so gut wie gar nichts weiß – selbst, wenn es sich dabei um ein *Nicht-Date* handelt?

Kris mustert mich immer noch so aufmerksam, als wollte sie geradewegs in mich hineinschauen. Oder … an mir Maß nehmen, was ich nicht weniger beunruhigend finde.

»Ähm, hättest du vielleicht Lust, uns ins U4 zu begleiten?«, frage ich etwas zaghaft und könnte mich selbst dafür ohrfeigen, dass ich Nicks Vorschlag von heute Morgen nicht schon früher in Betracht gezogen habe. Mein Magen scheint um ein paar Zentimeter zu sinken, als Kris den Kopf schüttelt.

»Lust hätte ich schon, aber ich sollte dringend an meinem Kunstprojekt weiterarbeiten. Allerdings habe ich auch keine Bedenken, dich ohne Anstandsdame ziehen zu lassen. Besonders, da ich jetzt weiß, dass der Typ *so* aussieht.« Ihre Lippen verharren etwas länger als notwendig beim Wörtchen *so*, aber ich habe das unbestimmte Gefühl, dass sie sich nicht über Nicks Klamotten lustig macht.

»Und zwar wie?«, hake ich nach.

Kris schenkt mir ein strahlendes Lächeln. »Nett.«

»Ich weiß noch nicht genau, ob er wirklich nett ist.«

»Das hab ich auch nicht gemeint.« Ihr Lächeln wird sogar noch breiter, und ihre mandelförmigen Augen blitzen. »Auf jeden Fall können ihn auch pinkfarbene Hosenträger nicht entstellen. Und ich werde jetzt dafür sorgen, dass du …« Den restlichen Satz bekomme ich nicht mehr mit, weil Kris sich zu ihrem Kleiderschrank dreht. In den folgenden Minuten erlebe ich allerdings am eigenen Leib, *wofür* sie sorgt: Gnadenlos stopft sie mich in ein schwarzes T-Shirt mit Neonaufschrift, einen quietschgelben Tüllrock und ebensolche Beinstulpen. Ich kann gar nicht mehr an mir hinuntersehen, ohne dass es vor meinen Augen flimmert.

»Steht dir super«, versichert mir Kris, ohne auch nur eine Spur von Sarkasmus im Gesicht. »Viel Spaß mit deiner nicht näher definierten Begleitung!« Damit schiebt sie mich wieder in den Vorraum, und mir würden spontan sogar jede Menge Definitionen für Nick einfallen – wenn auch keine besonders schmeichelhaften –, als er bei meinem Anblick vor Lachen sein Käppi verliert.

Auf dem Weg zur Disco gewöhne ich mich glücklicherweise einigermaßen schnell an mein neues Outfit. Schon in der U-Bahn begegnen uns andere schrill kostümierte Gestalten, die ganz bestimmt dasselbe Ziel haben wie wir. Obwohl ihr Gelächter und ihre Wortwechsel für mich nur stumme Grimassen sind, schwappt die ausgelassene Stimmung bald auf mich über. Als bunter Tross ziehen wir von der U-Bahn-Station aus durch die warme Sommernacht, und Nick scheint kein Problem damit zu haben, schweigend neben mir herzulaufen. Nur so ist es für mich möglich, das Treiben um uns herum ganz genau zu beobachten. Erst als wir uns in die gewaltige Schlange vor dem U4 eingereiht haben, wende ich mich mit einem Stirnrunzeln wieder zu ihm.

»Glaubst du, dass überhaupt alle dadrin Platz finden?«, frage ich beunruhigt, aber bevor Nick antworten kann, taucht wie aus dem Nichts eine schlaksige Gestalt neben uns auf.

»Oh, keine Sorge«, sagt der Typ strahlend. »Wir kommen ganz sicher alle rein. Ich bin hier Stammgast, also vertraut mir.«

Einen Moment lang kann ich ihn nur perplex anstarren. Die Worte *»Vertraut mir«* passen mindestens ebenso schlecht zu diesem Jungen wie sein Irokesenstreifen zu der silbergrauen Krawatte um seinen Hals. »Ich heiße übrigens …«, sagt er, und dann folgt irgendein Wort, das ich nicht verstehe. Eigennamen sind besonders schwierig für mich, weil ich die unmöglich aus dem Zusammenhang erraten kann.

»Wie war das?«, erkundige ich mich zögernd, aber der Typ scheint an diese Frage gewöhnt zu sein.

Nach einer komischen kleinen Verbeugung sagt er überdeutlich: »Flocke, so wie die Schneeflocke! Liegt daran, dass ich echt cool bin, alles klar?«

Mein Blick flackert gerade rechtzeitig zu Nick hinüber, um sein Grinsen aufzufangen. »Diesen Spitznamen hast du dir selber verpasst, oder?«

Empört schüttelt der Typ den Kopf, sodass sein Iro hin und her wackelt. »Nein, ehrlich nicht! Aber«, er kratzt sich nachdenklich zwischen den Haarstoppeln, »vielleicht hat er auch ein bisschen was mit meinem Familiennamen zu tun ... na ja, Flockmeier.«

»Das könnte natürlich sein.« Mit interessiert erhobenen Augenbrauen deutet Nick auf den grellroten Hahnenkamm, der Flockes Schädelmitte ziert. »Hast du das extra fürs Motto gemacht?«, will er wissen.

»Heute gibt es ein Motto?« Erstaunt blinzelt Flocke in die neonbunte Menschenmenge und erinnert mich dabei weniger an einen Hahn als an ein frisch geschlüpftes Eulenküken. Am liebsten würde ich ihm über das steifgesprayte Gefieder streicheln, aber bevor ich das – oder sonst irgendetwas total Unangebrachtes – tun kann, kommt plötzlich Bewegung in die Reihe der wartenden Menschen. Es ist so ähnlich wie in dem Moment, als die Wohnheim-Party von der Polizei gesprengt wurde: Einige werfen frustriert die Hände in die Luft, andere verlassen sogar die Schlange und trotten davon. Verwirrt schaue ich zu Nick, traue mich aber nicht, nach dem Grund für die allgemeine Aufregung zu fragen. Jedenfalls nicht, solange uns dieser Flocke keinen Zentimeter von der Seite weicht.

Nick scheint das zu erraten, denn er dreht sich so, dass

unser neuer Bekannter nur noch seinen Hinterkopf sehen kann. Vermutlich ohne dabei seine Stimme zu benutzen, formt er mit den Lippen: »Es wird niemand mehr unter 21 in den Club gelassen, weil sie den Altersdurchschnitt heben wollen.«

»Oh Maaaann«, mault Flocke hinter ihm, doch sein Gesicht hellt sich gleich wieder auf. »Los, wir quatschen mal mit dem Türsteher. Ich hab euch versprochen, dass ihr reinkommt, und darum kümmere ich mich jetzt auch.«

Als wären wir schon seit Ewigkeiten beste Freunde, winkt er uns hinter sich her, bevor er schnurstracks an den wartenden Menschen vorbeimarschiert. Fassungslos schaue ich zu Nick, aber der zuckt nur grinsend mit den Achseln und bedeutet mir, dem Typen zu folgen. Als wir den Clubeingang erreichen, ist Flocke schon dabei, wie wild auf den bulligen Türsteher einzureden. Der schüttelt allerdings nur immer wieder seinen kahlen Kopf.

»Keine Chance«, beharrt er. »Wir kriegen in letzter Zeit oft schlechtes Feedback, weil hier so ein Kindergarten sein soll. Entweder ihr zeigt mir jetzt eure Ausweise, oder ihr verschwindet.«

Anstatt klein beizugeben, quasselt Flocke offenbar nur noch schneller. Ich kann genau beobachten, wie sich die Miene des Türstehers verfinstert, bis er schließlich einen sehr langsamen, sehr bewussten Schritt auf uns zumacht.

Keine Ahnung, ob Flocke meinen Beschützerinstinkt geweckt hat oder ob ich einfach nur von Nervosität gepackt werde. Eigentlich hatte ich absolut nicht vor, mich hier einzumischen. Ich will keinen Streit mit diesem 120-Kilo-Mann provozieren, und schon gar nicht möchte ich in irgendeiner Weise auffallen, aber ich habe auch keine Lust, unverrichteter Dinge nach Hause zu fahren.

Heute werde ich endlich ein verflixtes Häkchen setzen, koste es, was es wolle. Also trete ich ebenfalls einen Schritt nach vorne … und ehe mich der Mut wieder verlassen kann, beginnen meine Hände zu tanzen.

Nick

Der schnellste Geiger der Welt spielt den *Hummelflug* von Rimski-Korsakow mit einer Geschwindigkeit von fünfzehn Noten pro Sekunde. Sein Name ist Ben Lee, und er stieß mit dieser Leistung David Garrett vom Thron (aber hey, David bleibt zumindest der Sieger der Frauenherzen).

Ich weiß das so genau, weil ich diesem Rekord selbst schon mal ziemlich nahe gekommen bin. Aber fünfzehn Noten pro Sekunde richtig zu spielen, ist verdammter Irrsinn. Dafür muss der Typ den *Hummelflug* so lange geübt haben, bis ihm die Melodie schon zu den Ohren rauskam – oder er hat so unfassbar schnelle Finger wie Emilia. Die lässt nämlich meine Kinnlade herunterklappen, als sie in Warp-Geschwindigkeit zu gestikulieren beginnt.

Es ist das erste Mal, dass ich live mitbekomme, wie jemand die Zeichensprache benutzt, und ich bin davon geradezu hypnotisiert.

Der komische Vogel namens Flocke hat dagegen von alldem noch überhaupt nichts gemerkt. Unbeirrt labert er weiter den Türsteher voll, während Emilia hinter ihm ihr eigenes Programm abzieht. Es dauert nur wenige Sekunden, bis der Blick des Türstehers an Flocke vorbeiwandert. Mindestens so bedröppelt wie ich verfolgt er die fließenden Bewegungen von Emilias Händen, die rein gar nichts mit Pantomime zu tun haben. Jedenfalls könnte ich kein einziges dieser Zeichen übersetzen, sosehr ich mich auch bemühe.

»Äh … sorry, ich versteh nur Bahnhof«, spricht der Türsteher schließlich genau das aus, was ich gerade denke.

»FLOCKE«, posaunt der komische Vogel, immer noch mit dem Rücken zu uns. »Ich heiße Flocke! Du kennst mich doch, Alter! Ich war schon eine Million Mal hier, wieso erinnerst du dich denn nicht? Okay, letztens war mein Iro eher dunkelrot … diesmal geht er ziemlich ins Orange, daran wird's wohl liegen …«

Wenn das überhaupt möglich ist, legt Emilia sogar noch einen Zahn zu. Inzwischen sausen ihre Finger dermaßen schnell durch die Luft, dass man sie nur noch als verschwommene Streifen sehen kann.

»Okay, okay!«, ruft der Türsteher und deutet schon fast verzweifelt auf den Eingang. Ganz offensichtlich hat er keine Ahnung, wie er mit dem Kommunikationsproblem zwischen ihm und Emilia umgehen soll. »Von mir aus dürft ihr rein, aber macht hier nicht so einen Aufstand!«

»Bist 'n Guter, Alter. Einer von den Besten!« Flocke hebt die Hand, als wollte er dem Vin-Diesel-Verschnitt den Stiernacken tätscheln, überlegt es sich aber zum Glück doch anders. Mit einem seligen Grinsen dreht er sich zu uns um. »Na, was hab ich euch gesagt, Leute? Ist echt gern geschehen! Wir treffen uns drinnen!« Damit galoppiert er die Treppe hinunter, während Emilia noch den Inhalt ihrer Handtasche kontrollieren lässt. Als wäre überhaupt nichts Besonderes passiert, will sie danach ebenfalls den Club betreten, aber ich halte sie zurück.

»Was um alles in der Welt war *das* denn?«

Emilia hebt die Schultern. »Meine Muttersprache, weiter nichts.«

Aus irgendeinem Grund klingt das für mich so merkwürdig, dass ich es erst mal sacken lassen muss. Soll das etwa bedeuten, Emilia hat diese Zeichen gelernt, noch bevor sie sprechen konnte? Angestrengt versuche ich, mir ein Baby vorzustellen, das ungeschickte Bewegungen mit den Händen macht, anstatt *Mama* und *Papa* zu brabbeln. In welcher Sprache beginnt so ein taubes Kind eigentlich zu denken? Und wie sehen seine Träume aus? Oh Mann, in diesem Bereich klafft bei mir wohl 'ne ganz gewaltige Bildungslücke.

»Was hast du dem Typen denn in Zeichensprache gesagt?«, bringe ich endlich eine der vielen Fragen heraus, die mir gerade durchs Hirn rasen.

»Gebärdensprache«, verbessert Emilia mich schnell, dann huscht ein Lächeln über ihr Gesicht. »Ich habe ihn ausführlich darauf hingewiesen, was für eine Zier du mit deinem grellen Hütchen und den pinkfarbenen Hosenträgern für diesen Club wärst. Kann sein, dass er unter entsetzlicher Geschmacksverirrung leidet – aber wahrscheinlich haben ihn meine Gebärden einfach nur durcheinandergebracht, und er wollte sich nicht länger darüber den Kopf zerbrechen. So oder so hat es jedenfalls funktioniert.« Sie zuckt beiläufig mit den Achseln, aber ihr winziges Lächeln ist immer noch da. Ich bin mir nicht sicher, worüber sie sich gerade freut – dass sie diesen Türsteher drangekriegt hat, dass wir jetzt doch reindürfen, oder vielleicht darüber, dass sie ihre »Muttersprache« benutzen konnte.

Irgendwie werde ich einfach nicht schlau aus ihr, und das ist auch kein Wunder: Zwischen mir und diesem Mädchen, das noch nie in einem Club war und keine Musik hören kann, liegen ganze Welten. Wäre ich vom

Mars, dann wäre Emilia mindestens von der Venus, wenn nicht vom Wüstenplaneten Tatooine aus *Star Wars* oder so.

Weil mir keine halbwegs intelligente Bemerkung zum Thema Gebärdensprache einfällt, ziehe ich schließlich nur mein grelles Hütchen. »Clever.«

»Ist mein zweiter Vorname«, zitiert sie mich ein bisschen spöttisch, ehe sie die Stufen hinunterspringt. Ich folge ihr etwas langsamer, während ich die Sache immer noch verdaue. Eine selbstbewusste Emilia ist mal was ganz Neues, aber dieser Effekt hält nicht besonders lange an. Im Kellergeschoss schaut sie eine Weile unschlüssig zwischen dem Raucherbereich und dem Main Floor hin und her, wo bunte Gestalten im Schwarzlicht herumzappeln wie Regenbogenfische auf Speed – dann steuert sie hastig auf den hell erleuchteten Bartresen zu. Es sieht aus, als könnte sie es gar nicht erwarten, sich was hinter die Binde zu kippen. Zu meiner Überraschung bestellt sie allerdings nur einen Orangensaft.

»Zwei fuffzich«, sagt der Barkeeper, nachdem er einen großen Plastikbecher gefüllt hat.

Emilia zögert, die Finger halb in ihrem Geldbeutel versenkt. »War das zwei Euro und eins-fünf oder fünf-null?«, höre ich sie etwas piepsig fragen.

»Zwei Euro *fünfzig*«, wiederholt der Barkeeper so deutlich, dass man ihn trotz der Musik im Hintergrund unmöglich falsch verstehen kann.

»Also … fünf und zehn oder fünfmal zehn?«

Im selben Augenblick, als der Barkeeper sich mit einem finsteren Stirnrunzeln über den Tresen lehnt, fällt bei mir endlich der Groschen: Die Mundbewegungen für *fünfzehn* und *fünfzig* sehen wohl fast gleich aus.

»Kleine, willst du mich verarschen?«, knurrt der Typ. »Oder hast du irgendwas genommen, das …«

»Geht auf mich«, platzt es aus mir heraus, und meine Hand klatscht wie ferngesteuert einen Zwanziger auf den Tresen. »Und dazu das Neon-Special, bitte. Der Rest ist für dich.«

Mit immer noch etwas angepisster Miene beginnt der Barkeeper, die Bestellung abzuarbeiten. Emilia sieht ihm wie erstarrt dabei zu, und mir ist klar, dass sie meine Worte nicht lesen konnte. Als ein rundes Tablett mit zehn neonfarbenen Bechern vor ihr abgestellt wird, dreht sie sich entgeistert zu mir um. »Was ist denn das für ein Zeug?«

»Extragroße Jello-Shots. Götterspeise mit Wodka, heute im Sonderangebot. Wer kann da schon widerstehen?« Kurz entschlossen greife ich mir eine giftgrüne Portion und lasse sie vor Emilias Nase herumwabbeln.

Sie verzieht das Gesicht, als wäre der Shot ein Becher voll Trollrotz. »Ich glaube, so was trinke ich nicht. Esse ich nicht. Also …«

»Jetzt komm aber«, unterbreche ich sie. »Ich will dich doch nicht abfüllen – hier soll schließlich niemand einen Regenbogen reihern. Aber wenn du heute Abend Spaß haben willst, musst du ein bisschen lockerer werden, okay?«

Um ihr Misstrauen zu verscheuchen, kippe ich mir die Ladung auf einmal in den Mund. Emilia folgt meinem Beispiel nur zögernd, und vielleicht hätte ich es ebenfalls langsamer angehen sollen. Gleich danach verschlucke ich mich nämlich an der süßen Pampe, weil mir jemand eine Hand zwischen die Schulterblätter knallt.

»Was geeeht, Leute«, wird mir ins Ohr trompetet, und ich weiß auch ohne einen Blick nach hinten, wer uns da gerade aufgespürt hat. Der letzte Zweifel verfliegt, als sich ein schlaksiger Arm zwischen Emilia und mir hindurchschiebt und das Tablett plötzlich um einen Shot ärmer ist. »Ihr spendiert mir doch was, oder? Wo ich euch immerhin hier reingebracht hab und so?«

Stirnrunzelnd wende ich mich zu dem hahnenköpfigen Schnorrer um. »Aber klar, Alter. Darf ich dir vielleicht gleich das ganze Tablett überreichen?«

»Wir könnten auch darum wetten«, schlägt Flocke hastig vor. »Oder hey, ich hätte da eine App für ein Trinkspiel. Wie wär's?« Ohne unsere Antwort abzuwarten – oder den geklauten Becher loszulassen –, fummelt er sein Handy aus der Jeanstasche und tippt mit dem linken Daumen darauf herum. »Wir kriegen irgendeinen Satz mit ›*Ich habe noch nie …*‹ vorgegeben, und wer diese Sache doch schon mal gemacht hat, trinkt einen Shot. Gut, oder?«

»Zu gut, um wahr zu sein«, sage ich mäßig begeistert, aber Emilia scheint sich zu amüsieren. Vielleicht braucht sie ja genau so eine Aktion, um ein bisschen aufzutauen. »Meinetwegen, dann schieß mal los«, füge ich deshalb widerwillig hinzu, und Flocke lässt sich das nicht zweimal sagen. Blitzschnell hackt sein Daumen auf einen Button, und wir drei stoßen fast mit den Köpfen zusammen, während wir auf das Display schauen. Nach kurzem Geflimmer spuckt der Zufallsgenerator folgende Worte aus:

Ich habe noch nie etwas Verschimmeltes gegessen.

»Passiert mir *an*-dauernd«, prahlt Flocke und wirkt rundum zufrieden, während er den ersten Shot vernichtet. Allmählich dämmert mir, dass es wohl keine so gute Idee war, das hier ausgerechnet mit einem Typen wie ihm zu spielen. In den folgenden Runden leert er fröhlich einen Becher nach dem anderen, und ich würde ihm ja gerne vorwerfen, dass er uns nur verarscht – aber irgendwie traue ich ihm sowohl das Rauchen von Küchenkräutern als auch die Verfolgungsjagd mit einem Polizisten oder das Baden in einem öffentlichen Springbrunnen absolut zu. Wie ehrlich er tatsächlich ist, zeigt sich spätestens bei der fünften Runde, als auf dem Display seines Smartphones die Behauptung aufleuchtet: *Ich hatte noch nie Sex, während meine Eltern im Nebenzimmer waren.*

»Nicht fair«, mault Flocke und schaut so trübsinnig auf das Tablett, als hätte man ihm seinen Lieblingsteddy weggenommen. »Ich bin mit siebzehn in 'ne betreute WG gezogen, und davor hatte ich noch … ähm … nicht so oft Sex wie jetzt.«

Ich verkneife mir einen Kommentar und genehmige mir stattdessen möglichst unauffällig einen schlumpfblauen Wackelpudding. Ist ja nicht so, als wäre ich sonderlich stolz auf diese Sache mit der Flötistin in der Künstlergarderobe direkt neben meiner Mom. Ich befürchte schon, dass Emilia mich dazu ausquetschen wird … aber das tut sie nicht. Genauer gesagt bleibt es auf ihrer Seite merkwürdig still. Verwundert schaue ich zu ihr hinüber, und dann fällt mir vor Überraschung beinahe ein Stück Schlumpf aus dem Mund.

Emilia saugt gerade den letzten knallgelben Rest aus einem Becher.

»Schmeckt's?«, frage ich schnell, als sie meinen Blick auffängt.

Sie zuckt beiläufig mit den Schultern, aber ihr ist bestimmt nicht entgangen, dass es mir für einen Moment die Sprache verschlagen hat.

Dabei gibt es doch eine ganz logische Erklärung: Vermutlich sind Emilias Eltern ebenfalls taub, also hätte sie im Zimmer neben ihnen richtige Orgien feiern können, und niemanden hätte es gejuckt. Aber vielleicht ist es ja genau das, was mich so überrumpelt – die Vorstellung von Emilia und Orgien. Oder von Emilia und Sex, um mal klein anzufangen. In meinen Augen hat sie immer so unschuldig gewirkt wie die Engel rund um die Beethoven-Statue, doch da habe ich mich wohl gewaltig getäuscht. Während ich noch dabei bin, diese Info zu verarbeiten, fixiert mich Emilia, ohne zu blinzeln. Je länger sie das macht, desto unangenehmer wird mir ihr Röntgenblick.

Ja, stell dir vor, scheinen ihre großen blauen Augen zu sagen, ich bin behindert und trotzdem keine Jungfrau mehr. Kriegst du das irgendwie in dein Weltbild eingebaut?

Um nicht noch länger dazustehen wie der letzte Idiot, genehmige ich mir automatisch einen weiteren Jello-Shot. »Hey, du hattest doch schon einen!«, protestiert Flocke, schrumpft aber ein paar Zentimeter in sich zusammen, als ich eine Augenbraue hebe. »Ich meine, prost, Alter. Lecker, hm?« Seine Hand krabbelt auf den verbliebenen kirschroten Becher zu wie eine überdimensionale Spinne, aber ich schiebe das Tablett aus seiner Reichweite.

»Beim Letzten machen wir es für dich ein bisschen schwieriger. Wie wär's damit: Wer die Sache wirklich noch *nicht* getan hat, kriegt den Shot«, schlage ich vor.

Flocke sieht zwar so aus, als wollte er wieder meckern, aber er kann sich gerade noch beherrschen. Stattdessen zückt er mit wichtiger Miene sein Smartphone und liest vor: *»Ich habe noch nie getanzt, während …«* Dann stockt er, einen ratlosen Ausdruck im Gesicht.

»Was ist?«, fragt Emilia und versucht, auf das Display zu spähen. »Hast du es schon mal gemacht?«

»… während mein Iro lichterloh brannte«, rate ich.

»Nein, Mann, das …«

»… während ich nackt auf einer Bühne stand«, ergänzt Emilia mit einem glucksenden Lachen.

»Verdammt, ich hab einfach keinen Akku mehr!«, ruft Flocke und fuchtelt mit seinem Handy vor unseren Gesichtern herum. Tatsächlich ist der Bildschirm pechschwarz, wenn man mal von ein paar neonbunten Klecksen absieht.

»Tja, dumm gelaufen. Dann werden wir wohl knobeln müssen«, sage ich, aber Emilia schüttelt den Kopf.

»Ist doch okay. Die Vorgabe lautet: *Ich habe noch nie getanzt,* fertig.« Ihre Stimme klingt irgendwie anders als vorher, und als ich zu ihr hinüberschaue, weicht sie meinem Blick aus.

Flocke quasselt natürlich gleich wieder drauflos. »Na ja, mein bester Kumpel sagt immer, dass man meine Moves streng genommen nicht als Tanzen bezeichnen kann. Ich mach nämlich immer so mit dem Kopf und dann halt noch was mit den Armen, schaut mal …«

Aber während er zu zappeln anfängt, behalte ich Emilia ständig im Auge. Ganz langsam, als hätte sie Angst, dass jemand sie stoppen könnte, streckt sie die Hand nach dem letzten Shot aus. Dann schlingt sie mit plötzlicher Entschlossenheit ihre Finger darum und trinkt den Becher in einem Zug leer.

Emilia

Ich habe gelernt, sehr genau auf meine Worte zu achten. Das kommt wohl davon, wenn man sich in einer Sprache unterhält, die sich immer ein wenig sperriger anfühlen wird als die eigene – eine Sprache, die man nicht zusammen mit der Muttermilch eingesogen hat, sondern mühsam erarbeitet und trainiert. In der Sprachtherapie musste ich einzelne Sätze unzählige Male üben, oft sogar einzelne Laute. So habe ich mir angewöhnt, immer einen Moment lang zu überlegen, ehe ich den Mund aufmache. Aber auf eine ganz bestimmte Schwierigkeit konnte ich mich dabei nicht vorbereiten: In der Sprachtherapie gab es keine extragroßen Jello-Shots.

Kaum ist die Sache mit dem Tanzen aus mir herausgeplatzt, spüre ich, dass ich einen wirklich dummen Fehler begangen habe. Aber da ist es bereits zu spät, und Nick starrt mich mal wieder an, als käme ich von einem anderen Planeten.

»Wie bitte?«, fragt er, die Augen zusammengekniffen und den Kopf leicht nach vorne geneigt. Ein solcher Gesichtsausdruck ist für mich normalerweise ein Signal dafür, dass ich die Geräuschkulisse falsch eingeschätzt und zu leise gesprochen habe. Diesmal bin ich mir allerdings sicher, dass meine Worte deutlich genug gewesen sind. Leider.

»Na ja, das kannst du dir doch denken«, sage ich ausweichend, während Flocke mich gutmütig anstrahlt, als hätte ich bloß einen Witz gemacht. »Ist auch nicht so wichtig.«

»Nicht so …?«, setzt Nick an, ehe er mich am Handgelenk packt. Seine Finger legen sich wie ein festes, warmes Band auf meine bloße Haut. Instinktiv zucke ich zusammen, und er lockert ein wenig den Griff. Trotzdem beginnt er, mich unerbittlich von der Bar wegzuziehen. Dabei ruft er Flocke über die Schulter hinweg noch irgendetwas zu, das ich natürlich nicht verstehe. Völlig verdattert stolpere ich ein kleines Stück hinter ihm her, doch als mir klar wird, dass er mich in Richtung Tanzfläche führt, bleibe ich stehen.

»Schon gut, ehrlich! Es ist nicht nötig, dass ich mich hier zum Affen mache«, beteuere ich mit wachsender Nervosität. Wir sind nur wenige Schritte von der Bar entfernt, aber doch weit genug, dass ich Nicks Gesicht nur noch undeutlich wahrnehme. Das schummrige Licht genügt allerdings, um seine wilde Entschlossenheit zu erkennen.

»Und ob das nötig ist! Sich zum Affen zu machen, ist verdammt noch mal der wichtigste Part an einem Discobesuch!«, lese ich mühsam von seinen Lippen ab.

»Auf meiner Liste steht aber nur: in die Disco *gehen.* Nicht: in einer Disco *tanzen«,* versuche ich es noch einmal mit Protest.

Das kostet Nick bloß ein spöttisches Lachen. »Eine dämlichere Ausrede fällt dir nicht ein? Dann warte kurz, ich bin gleich zurück.«

Das warme Band um mein Handgelenk verschwindet, und plötzlich stehe ich ganz allein vor der Menschenmenge. Nick hat sich zwischen die Tänzer gestürzt wie ein mittelalterlicher Krieger ins Schlachtgetümmel. Sofort verliere ich ihn aus den Augen und schaue hilflos auf die zuckenden Neonfarben inmitten der Finsternis. Das Schwarzlicht macht es mir noch schwerer, in diesem Chaos einzelne Personen zu erkennen. Nur das DJ-Pult ist normal beleuchtet – und so entdecke ich dort wenig später auch eine Gestalt mit einem ganz bestimmten grellen Hütchen.

Wild schaukeln die Knicklicht-Armbänder hin und her, als Nick zu gestikulieren beginnt. Mit ausladenden Bewegungen redet er auf den DJ ein, der abwehrend die Hände nach vorne streckt. Endlich scheint der Typ einzulenken, worauf Nick mit zwei erhobenen Daumen reagiert. Mir bleibt gar nicht genug Zeit, um mich zu fragen, was das sollte. Schon ist Nick in der pulsierenden Menge abgetaucht, und einige Augenblicke später hat er mich wieder erreicht.

»Hab mir ein Lied für dich gewünscht«, verkündet er sichtlich zufrieden – oder jedenfalls glaube ich, dass er das gesagt hat.

»Ähm. Nette Geste, aber …«

Nick hält die rechte Hand hoch, um mich zu stoppen, und zeigt mit der linken auf seinen Mund. Seine Lippen bewegen sich weiter, aber nach wenigen Worten verliere ich den Faden. Es ist einfach zu dunkel hier drin. Sobald Nick meine ratlose Miene bemerkt, macht er die Sache noch rätselhafter, indem er sich an zwei Mädchen in unserer Nähe wendet. Die beiden haben ihre Dekolletés großzügig mit Herzen und Sternen bemalt, die vom Schwarzlicht zum Strahlen gebracht werden. Einen Moment lang glaube ich, Nick will sie anbaggern – zuzutrauen wäre es ihm ja –, aber er wechselt nur ein paar Sätze mit ihnen und bekommt schließlich einen kleinen Gegenstand in die

Hand gedrückt. Als er sich wieder zu mir umdreht, erkenne ich eine Art Lippenpflegestift zwischen seinen Fingern. Nur dass dieses Ding verdächtig leuchtet …

»Du wirst doch nicht –!«, fange ich an, doch da hat er auch schon die Kappe abgezogen und seinen Mund mit fluoreszierender Farbe beschmiert.

Ich fasse es nicht, dass er das wirklich getan hat. Nick, der Weiberheld, verwandelt sich, ohne mit der Wimper zu zucken, in eine Mischung aus Clown und Transvestit! Sein breites Lächeln scheint losgelöst von seinem Körper in der Luft zu hängen, wie das Grinsen der Katze aus *Alice im Wunderland.* Dann beginnen sich seine Lippen wieder zu bewegen, und jetzt erkenne ich, dass er den Text des Liedes für mich mitsingt: über ein taubes Mädchen, das Rhythmen zwar nicht hören kann, aber dafür ganz deutlich fühlen. *»Sie mag Musik nur, wenn sie laut ist«*, leuchtet es mir aus der Dunkelheit entgegen – und einfach so springt Nicks Transvestiten-Clown-Grinsen auf mich über. Es spannt richtig in meinen Wangen, während meine Mundwinkel nach oben kriechen. Wie konnte ich nur so dumm sein? Jetzt lausche ich endlich nicht mehr krampfhaft in die Stille hinaus, der mein Hörgerät höchstens mal ein dumpfes Grollen entlockt, sondern nur noch in mich hinein. Die Bässe zittern durch meinen Körper, wuchtiger als die Schwingungen der *Mondscheinsonate,* weniger anschmiegsam, aber genauso intensiv. Auf einmal wirken die Lichter und Bewegungen um uns herum gar nicht mehr chaotisch auf mich. In Wirklichkeit verbinden sie sich perfekt mit dem rhythmischen Beben in meinem Bauch.

Ich hebe den Kopf und erkenne, dass Nick mich abwartend beobachtet. »Na schön, aber lass mich bitte nicht lächerlich aussehen!«, rufe ich ihm zu.

»Lächerlich?!«, wiederholt er. »Ich wollte vor Flocke ja nicht angeben, aber ich bin ein echtes Genie auf der Tanzfläche. Gib dir das!«

Seine nächste Bewegung erinnert vage an die Gebärde für »Roboter«: Ruckartig schiebt er die Arme auf und ab, dreht sich dann halb zur Seite und hält das Gesicht immer noch zu mir gewandt, als wäre sein Hals ein eingerostetes Scharnier. »Wie, nicht gut?«, fragt er mit gespielter Fassungslosigkeit, weil ich ihn nur verdattert anschaue. »Normalerweise fahren die Mädels total darauf ab. Was hältst du dann vom *Rasenmäher?* Oder vom *Busfahrer?* Oder von meiner ganz eigenen Kreation, dem *Ballerina-Hühnchen ...?«*

Spätestens, als er die Arme anwinkelt, seine Hände unter die Achseln steckt und eine schiefe Pirouette dreht, ist es um mich geschehen. Kichernd versuche ich, ihn nachzuahmen, und stolpere dabei gegen eines der bunt bemalten Mädchen. Zu meiner Überraschung wirkt sie nicht genervt, sondern schenkt mir ein belustigtes Grinsen. Anscheinend ist es völlig in Ordnung, lächerlich zu tanzen, solange man es absichtlich tut. Während Nick und ich uns gegenseitig mit verschiedenen Figuren übertrumpfen, stimmen manche der umstehenden Leute sogar in unser Gezappel mit ein. Sie imitieren meine Bewegungen, ohne zu ahnen, dass ich einzelne Wörter des Liedes möglichst übertrieben gebärde. Genau genommen brüllen wir einander entgegen: *Musik! Laut!! Beben!!! TAUB!!!*

Erst als Nick zu dolmetschen aufhört, lasse ich meine Hände sinken. Die Vibration hat sich verändert, fühlt sich jetzt fließender an und irgendwie weicher. Mir wird klar, dass ein neuer Song eingesetzt hat, und der Kreis unserer Nachahmer löst sich auf. Mein Körper schwingt allerdings weiter, als würde er von den Schallwellen getragen wie von Meereswogen. Ich muss nicht einmal darüber nachdenken, auf welche Art meine Schultern, Hüften und Beine zusammenspielen. Eigentlich denke ich an rein gar nichts, sondern spüre einfach nur den Bass, rieche das Parfum der anderen Tänzer und schmecke einen letzten Hauch von Kirscharoma auf der Zunge ... bis sich wieder dieses warme Band um meinen Unterarm legt.

Mit einem Ruck zieht mich Nick etwas näher an sich heran. »Siehst du?«, formt er mit den Lippen. Es sind ganz kleine Bewegungen – wahrscheinlich schreit er mir die Worte nicht über den Lärm hinweg zu, sondern bildet sie lautlos, nur für meine Augen. »Ich wusste doch, dass du tanzen kannst!«

»Das verdanke ich bloß meinem Lehrer«, entgegne ich.

»Muss ja ein geiler Typ sein.« Nick lächelt, und plötzlich wirkt sein fluoreszierender Mund nicht mehr komisch, sondern hat eher etwas Geisterhaftes an sich. Im Aufflackern der Discobeleuchtung sehe ich einen Moment lang das Grün seiner Augen.

Sag etwas, kommandiert eine Hand in meinen Gedanken. Die fünf ausgestreckten Finger schnellen ungeduldig vor und zurück. *Steh nicht da wie eine Idiotin. Na los!* Aber noch ehe ich mir eine halbwegs schlagfertige Antwort zurechtlegen kann, hat sich Nicks Miene schon wieder verändert. Sein Blick wandert an mir vorbei, und seine Augen weiten sich. Als ich mich umdrehe, erkenne ich die Studentin trotz des Schwarzlichts sofort. Dabei trägt sie diesmal gar keine Hotpants, sondern einen weißen Rock, der ihre Körpermitte in einen grellen Lampion verwandelt. Einen Lampion mit perfekten Kurven, um genau zu sein.

»Gibt's dich auch noch?«, fragt sie, nachdem sie und ihre Freundin uns erreicht haben. Instinktiv bin ich einen Schritt zur Seite getreten, und so nimmt sie mich vermutlich gar nicht wahr. Ihre neonblau geschminkten Augen richten sich ausschließlich auf Nick.

Der braucht einen Moment, bis er seinen Mund wieder zuklappen kann. Ich schätze, er hat ihren Minirock ebenfalls bemerkt. »Oh, hey. Eigentlich wollte ich dich echt anrufen, aber dann hab ich vergessen …«

»Wie ich heiße? Oder dass ich existiere?«, ergänzt sie. »Mein Name ist Jessica – nur, falls es dich interessiert. Aber das bezweifle ich.« Sie bewegt die Lippen überdeutlich, genau wie bei unserem ersten Zusammentreffen auf der Kellertreppe, weshalb ich sogar ihren Namen entziffern kann. Anscheinend ist das ihre Art zu sprechen, wenn sie jemanden für bescheuert hält. Noch bevor Nick auf ihren Vorwurf eingeht, wendet sie sich mit wippendem Pferdeschwanz um und marschiert zur Bar, ihre Freundin im Schlepptau.

Nick schneidet eine halb gequälte, halb ironische Grimasse. »Tja, scheiße gelaufen«, kommentiert er trocken.

Statt etwas zu erwidern, schaue ich an ihm vorbei zum Tresen, wo sich Jessica und das andere Mädchen nun aufgeregt miteinander unterhalten. Ich weiß genau, dass es nicht in Ordnung ist, was ich hier mache. Unter Gehörlosen gilt es als unhöflich, ein fremdes Gespräch zu beobachten … also, es zu belauschen. Außerdem möchte ich eigentlich gar nicht sehen, was die beiden sagen, und als ich es dann doch herausgefunden habe, bin ich mir nicht sicher, ob ich es erzählen will. Wozu braucht Nick jemanden wie diese Jessica – perfekte Kurven hin oder her? Aber bevor ich noch weiter mit mir ringen kann, ob ich ihm die Unterhaltung übersetze, trifft schon der kunterbunte, wodkagetränkte Haufen Wackelpudding in meinem Bauch diese Entscheidung für mich.

»Ist es nicht«, platze ich heraus, und Nick legt verwirrt den Kopf schief.

»Was ist was nicht?«

»Scheiße gelaufen. Das ist es nicht«, erkläre ich holprig. »Diese Jessica will dich nur ein bisschen hinhalten, aber anscheinend hast du sie ziemlich beeindruckt ... in eurer ersten gemeinsamen Nacht.«

Nick starrt mich an. »Wie bitte?«, fragt er, und ich spüre, wie mir die Hitze in die Wangen steigt.

»Na ja, sie hat zu ihrer Freundin gesagt, du wärst unheimlich talentiert und ein ...«, inzwischen müsste mein Kopf bereits wie eine Glühbirne leuchten, »... ein richtiger *Star.* Also im Bett, nehme ich an. So etwas will sie sich nicht entgehen lassen. Glaub mir, ich hab's genau gehört.«

Ich mache eine schnelle Geste in Richtung meiner Augen, aber es dauert ein paar Sekunden, bis bei Nick der Groschen fällt. Dann geht ein Strahlen über sein Gesicht, das nichts mit der flackernden Discobeleuchtung zu tun hat. Ich muss daran denken, was mir bei unserem ersten Zusammentreffen an ihm aufgefallen ist – wie fröhlich sein Mund aussehen kann, während sein Blick todmüde wirkt –, und auch jetzt scheint das Grinsen seine Augen nicht zu erreichen. Aber vielleicht bilde ich mir das auch nur ein. Jedenfalls packt er mich überschwänglich an den Schultern und drückt einmal fest zu.

»Verdammt, du bist ja der beste Wing Man – das beste Wing Girl *ever!«* Seine linke Hand bleibt auf meiner Schulter liegen, während er mit der rechten die Farbe von seinem Mund wischt. »Ich geh jetzt mal da rüber und versuche mein Glück. Ist okay, oder?«

»Klar«, murmle ich, und schon hat sich Nick an mir vorbeigeschoben. Zögernd folge ich ihm, obwohl er mich eigentlich nicht dazu aufgefordert hat. Allerdings habe ich auch keine Lust, alleine herumzustehen. Als Kompromiss lehne ich mich möglichst unauffällig an die Bar, einen halben Meter von Nick entfernt, sodass Jessica mich erneut übersieht. Die hat sowieso nur Augen für Nick.

»Was ist denn jetzt noch?«, fragt sie, aber ihre gekräuselten Mundwinkel passen nicht zu diesen Worten. Was Nick erwidert, bekomme ich nicht mit, doch es bringt Jessica zum Kichern. Als er dann einen Arm um ihre Taille legt, zappelt sie so halbherzig, dass sie dabei nur noch näher an ihn heranrückt. Während die beiden weiterflirten, wendet sich Jessicas Freundin mit einem diskreten Lächeln ab – und entdeckt mich, wie ich deutlich weniger diskret in ihre Richtung schaue. Genauer gesagt mache ich wohl Augen wie die Kuh vorm neuen Scheunentor. Das ist die Kehrseite der Medaille: Mit etwas Entfernung kann ich fremde Gespräche ganz unauffällig mitverfolgen, doch aus der Nähe ist das ausgeschlossen.

»Brauchst du was?«, fragt die Freundin, und nun ist ihr Lächeln verschwunden.

»Äh, nein. Ich wollte Nick bloß sagen, dass – dass ich jetzt gehe.«

Dümmstes Ablenkungsmanöver aller Zeiten. Natürlich dreht sich die Freundin sofort zu Jessica, um ihr etwas ins Ohr zu tuscheln. Nur Sekunden später wird Jessica in Nicks Arm steif wie ein Brett.

»Du bist mit der da hier?«, fragt sie, und ihr Kinn zuckt in meine Richtung. »Störe ich euch etwa bei einem Date?!«

»Nope, wir sind nur so zusammen hergekommen«, sagt Nick, dem die originellen Sprüche anscheinend gerade ausgegangen sind. Jedenfalls schafft er es diesmal nicht, die Situation im Handumdrehen zu entschärfen.

Jessica rümpft die Nase und gibt dabei wahrscheinlich einen Laut von sich, der in Film-Untertiteln immer als *verächtliches Schnauben* bezeichnet wird. »Ja, von wegen. Und warum hängt sie sich dann so an dich dran?«

»Ich wusste nicht, dass dieser Job schon vergeben ist.« Der Satz rutscht mir heraus, bevor ich mir auf die Zunge beißen kann. Zu allem Überfluss haftet mein Blick vielsagend auf Jessicas Hand, die sich unter Nicks Shirt geschoben hat. Wie war das noch mal mit dem gründlichen Nachdenken, bevor ich etwas sage …?

Danke, Jello-Shots. Vielen herzlichen Dank.

Als ich den Blick hebe, ist Jessicas Gesicht bereits dunkelrot angelaufen. Ihre Hände haben sich von Nick gelöst und neben ihrem Lampion-Rock zu Fäusten geballt. »Sag mal, was bildest du dir eigentlich ein, mich so dämlich …«

Weiter kommt sie nicht, weil sich Nick blitzschnell zu ihr hinunterbeugt. Sein Mund berührt beinahe ihre Wange, und es sieht aus, als würde er sie küssen. Aber mir ist klar, dass dieser Eindruck täuscht. Ich erkenne die Bewegung seiner Lippen im flackernden Licht, sehe, wie Jessicas Miene sich verändert, und ahne, was gleich passieren wird.

»Oh mein …«, beginnt sie, dann bricht sie ab und wendet sich mit großen Augen zu mir. »Ent-schul-di-ge«, formen ihre Lippen noch übertriebener als zuvor, »das habe ich nicht ge-wusst.« Sie tippt sich mit dem Finger auf ihr rechtes Ohr, lächelt mich ganz lieb an, schaut dann zu Nick hinüber und lächelt sogar noch lieber.

Ich glaube, mir wird schlecht.

»Also, viel Spaß noch«, bringe ich mühsam heraus, bevor ich mich umdrehe und zur Tür dränge. So schnell es geht, schiebe ich mich an den Leuten vorbei, durch den Garderobenbereich und dann die Kellertreppe hinauf. Der Moment, als ich endlich ins Freie stürze, kommt mir vor wie eine Erlösung. Eine Weile stehe ich einfach nur da und atme die frische Nachtluft ein, dann fällt mein Blick auf ein paar Taxis direkt vor dem Club. Ich eile auf das nächstbeste zu, strecke die Hand schon nach dem Türgriff aus – da hält mich jemand am T-Shirt fest.

Hinter mir steht Nick und schaut mich kopfschüttelnd an. »Das ist jetzt schon das dritte Mal, dass du aus heiterem Himmel davonrennst. Ist das vielleicht so was wie deine Masche?«, fragt er, während er meinen Ärmel weiterhin umklammert.

»Blödsinn, ich will einfach nur nach Hause.« Meine Füße verharren wie festgeschraubt am Bordstein, bereit, mich ins Taxi zu befördern.

»Klar, weil's im gammligen Wohnheim ja so viel geiler ist als auf einer Party.« Nick zieht mich ein kleines Stück von der Straße weg, dann lässt er mich endlich los. »Was zum Geier ist denn auf einmal mit dir?«

»Hast du diesem Mädchen gesagt, dass ich taub bin?«, frage ich fast gegen meinen Willen und spüre, wie tief in mir drin etwas anschwillt wie eine heiße, pulsierende Blase.

»Und wenn? Das ist doch kein Geheimnis.«

»Aber eine Entschuldigung ist es auch nicht!«, gebe ich heftig zurück. »Ich habe eine blöde Bemerkung gemacht, sie hat mich dafür angezickt, Ende der Geschichte. Es war nicht notwendig, ihr das auf die Nase zu binden!«

»Hinterher war sie doch netter zu dir«, sagt Nick und sieht dabei – das ist das Schlimmste – ehrlich verwirrt aus.

»Ja, weil man mit ›Behinderten‹ nicht streiten darf, richtig?« Jetzt ist die Wutblase in mir geplatzt, und ich werde von Hitze überflutet. Das Wort hinterlässt einen bitteren Geschmack in meiner Kehle. Ich bin mir sicher, dass ich es ganz schlecht ausgesprochen habe, doch Nick hat mich offenbar trotzdem verstanden.

»Hey, das war bestimmt nicht …«, setzt er an, aber ich kann ihm nicht länger zusehen. Ohne Abschied werfe ich mich herum, reiße die Tür des Taxis auf und lande unsanft auf der Rückbank.

Schon möglich, dass Flüchten so etwas wie meine Masche ist. Die Taubheit macht es mir leicht, mich einem Konflikt zu entziehen: Ich höre nicht, wenn mir jemand etwas hinterherschreit, niemand kann mir befehlen, stehen zu bleiben, und es ist unmöglich, mich danach anzurufen und mit Vorwürfen zu bombardieren. Wenn ich jemanden aus meiner Welt ausschließen möchte, genügt es, dass ich ihm den Rücken zukehre.

Das Problem ist nur: Jemanden wie Nick kann man nicht so einfach ausschließen. Ich höre ihn zwar nicht rufen – aber ich spüre die Erschütterung, als er sich auf der anderen Seite ins Auto fallen lässt. Der Taxifahrer bekommt einen Befehl, der mir entgeht, dann braust er mit uns in die Nacht hinaus.

Nick

Es ist so still im Auto, dass ich hören kann, wie der Fahrer seinen Kaugummi im Mund herumschiebt. Ich schwöre, wenn ich noch eine Minute länger dieses Schmatzen ertragen muss, kommt mir zu guter Letzt doch ein Regenbogen hoch. In diesem Moment beneide ich Emilia fast dafür, dass ihr das erspart bleibt. Wie gesagt: fast. Denn trotz allem muss es absolut scheiße sein, das Rauschen des Verkehrs überhaupt nicht wahrzunehmen und stattdessen dazusitzen wie unter einer Käseglocke.

Als ich zu ihr hinüberschaue, hält sie das Gesicht zum Fenster und starrt regungslos in die Dunkelheit. Selbst wenn ich ihr jetzt ein Ständchen bringe, würde sie es nicht mitkriegen. Kurz entschlossen fasse ich nach oben und schalte die Deckenbeleuchtung ein. Die Message ist eindeutig: *Lass uns reden.* Tatsächlich dreht Emilia den Kopf und – Röntgenblick ahoi. Ist ein verdammt seltsames Gefühl, so intensiv von jemandem gemustert zu werden, der eigentlich im Moment nichts von mir wissen will.

»Eins kapiere ich nicht«, sage ich. »Du hast deine Taubheit genutzt, um den Türsteher zu verwirren. Und es hat dich nicht gestört, als ich mit diesem Grönemeyer-Song eine Anspielung darauf gemacht habe. Wo liegt also das Problem, wenn ich jemandem davon erzähle und dadurch einen unnötigen Bitchfight beende?«

»Einen was?«, fragt sie, und ich bin nicht sicher, ob sie das Wort nicht lesen konnte oder ob sie mir eher die Chance gibt, es zurückzunehmen.

»Einen Streit«, sage ich äußerst weise. »Einen unnötigen Streit zwischen dir und einem Mädchen, das dann auch ganz schnell eingelenkt hat.«

»Ja, aus Mitleid!« Schnell richtet Emilia den Blick auf ihre Hände, was es mir unmöglich macht, sie zu unterbrechen. »Es gibt aber keinen Grund, mich wie ein rohes Ei zu behandeln. Und dann auch noch dieser bedauernde Blick – ich *hasse* so was, das hab ich dir doch schon gesagt! Schließlich bin ich nicht krank, ich kann einfach nur nicht hören. Du beherrschst keine Gebärdensprache, soll ich dich dafür jetzt bemitleiden?«

Endlich wendet sie sich wieder zu mir, und ich nutze die Gelegenheit für einen Protest. »Komm schon, das ist doch was ganz anderes.«

»Meinst du?« Der herausfordernde Tonfall sitzt perfekt, obwohl sie ihn ja kaum kontrollieren kann. »Stell dir vor, manchen Gehörlosen würdest du tatsächlich leidtun. Meinen Brüdern zum Beispiel. Die finden, wir haben eine schönere Sprache und besseren Zusammenhalt in unserer Gemeinschaft, außerdem sehen wir klarer und bekommen mehr Feinheiten mit als die *Hearies,* die ständig von irgendwelchem Krach abgelenkt werden …«

»Wie bitte – *Hearies?!«,* falle ich ihr ins Wort. »Was ist denn das für ein Haufen schwachsinniger Vorurteile?«

Für einen Moment wirkt Emilia verlegen, aber dann hebt sie ein bisschen trotzig das Kinn. »Na ja, gleiches Recht für alle. Hörende haben uns gegenüber schließlich auch jede Menge Vorurteile: Wir sind hilflos, haben keine Handys, sind schwer von Begriff …«

Ich klappe den Mund auf.

»… sind einsam und haben keine richtigen Beziehungen«, beendet Emilia ihre Aufzählung und schaut mich vielsagend an.

Ich klappe den Mund wieder zu. Verdammt, anscheinend hat sie meine Überraschung wirklich ganz genau bemerkt, als beim Trinkspiel die Rede auf ihr Sexleben kam. Vielleicht stimmt es ja, dass sie mehr Feinheiten mitkriegt als andere Mädchen. Dann sollte ich mir definitiv ein besseres Pokerface zulegen.

»Okay, alles klar«, sage ich schnell, um sie abzulenken. »Du bist nicht auf Mitleid angewiesen, hab's verstanden.«

»Ich weiß nicht, ob man das als Hörender wirklich verstehen kann. Aber danke, dass du es wenigstens versuchst.« Inzwischen ist Emilias herausfordernder Gesichtsausdruck verschwunden, und sie schaut eher nachdenklich drein. »Übrigens, dieses Lied … Also, darin ging es ja um eine Person, die beim Musikfühlen vergisst, dass sie taub ist. Aber eigentlich kann man so etwas nicht vergessen. Taub zu sein, ist genauso sehr ein Teil von mir wie – na ja, zum Beispiel, dass ich ein Mädchen bin.«

»Dann ist die OP, die du gerade planst, so was wie eine Geschlechtsumwandlung?«, witzle ich, bereue es aber gleich, als sie sich auf die Unterlippe beißt. »Fuck, hab ich schon wieder was Falsches gesagt?«

»Nein, eigentlich etwas sehr Richtiges.« Einen Moment lang wirkt sie, als wollte sie weiterreden, dann aber dreht sie sich zum Fenster und lässt mich mit diesem rätselhaften Satz alleine. Zum Glück sind wir gleich darauf beim Wohnheim angekommen, sodass ich nicht wieder das Schmatzkonzert des Taxifahrers ertragen muss. Emilia reicht einen Geldschein nach vorne, und ehe der Typ danach greift, zwinkert er ihr übertrieben zu.

»Hey, Hübsche. Schau mal, das hab ich aus 'nem Film gelernt.« Er fuchtelt kurz mit seinen behaarten Händen, dann grinst er, als müsste Emilia vor Begeisterung glatt umkippen.

Die scheint von einer Ohnmacht allerdings weit entfernt zu sein. »Schön«, sagt sie knapp, »aber das ist vermutlich ASL – amerikanische Gebärdensprache. Ich komme aus Deutschland.«

Mit diesen Worten steigt sie aus dem Taxi, während ihr der Fahrer einigermaßen verdattert auf den Hintern glotzt. Genau wie er muss ich mich erst mal von meiner Verblüffung erholen. Dann sprinte ich Emilia hinterher und erreiche sie beim Tor des Wohnheims, wo sie mit zerknirschter Miene auf mich wartet.

»Das war nicht besonders nett von mir«, gibt sie zu. »Eigentlich sollte ich froh sein, wenn sich jemand für meine Sprache interessiert. Auch wenn er – so wie fast alle Hörenden – denkt, Gebärden wären auf der ganzen Welt gleich.«

»Echt, wie doof muss man sein, um so was zu glauben«, entgegne ich und trainiere dabei gleich mein Pokerface.

Emilia zieht die Augenbrauen hoch. Alles klar, ich brauche wohl noch mehr Übung.

»Der Kerl muss dir nicht leidtun, der wollte dich nur angraben«, sage ich, drücke das Tor auf und wende mich dann gleich wieder zu Emilia, sodass sie mein Gesicht sehen kann. »Und wo wir schon mal beim Thema sind – rate mal, wer mir noch schnell seine Handynummer gegeben hat, bevor ich dir aus dem Club nachgerannt bin?«

»Jes-si-ca?«, fragt Emilia, und ich wette, sie spricht den Namen mit voller Absicht so zerhackt aus.

Ich schneide ihr eine Grimasse, während ich rückwärts vor ihr hergehe. »Nope, Jess' Nummer hatte ich schon. Ich rede von Flocke! Du kannst dich gerne mal bei ihm melden, er hat da nämlich gewisse Vibes von dir empfangen, weil du ihm immer so auf die Lippen gestarrt hast.«

»Oh.« Emilias Mundwinkel zucken, aber es wird nur ein kleines Lächeln, kein spöttisches Losprusten. »Also, Flocke ist schon süß, aber leider nicht mein Typ.«

»Tatsächlich? Wie wäre denn dein Typ?«, erkundige ich mich. »Das sollten wir dringend mal klären, nachdem du ja *das hier* bereits ausgeschlossen hast.« Kopfschüttelnd mache ich eine Geste an meinem Körper entlang, was Emilia ein Kichern entlockt.

»Ich glaube, irgendwie ... reifer«, antwortet sie dann gespielt würdevoll.

»Was du nicht sagst.« Inzwischen haben wir den Eingangsbereich durchquert, und ich stoppe abrupt vor einer ganz bestimmten Bürotür. »Etwa so reif wie der gute alte Faulbär?«

»Was? Nein! So hab ich das nicht gemeint!«

»Aber der hat doch einen wirklich schönen Reifegrad«, fahre ich in aller Seelenruhe fort und pirsche mich rückwärts an die Tür heran. »Denk doch mal an die süßen Silberhärchen in seinem Schnauzbart ...«

Verzweifelt zerrt Emilia an meinem linken Hosenträger, um mich zu stoppen. »Ich meinte nicht reif wie *alt*. Eher wie *ernsthaft,* verstehst du?«

»Du solltest mal sehen, was der für ein Gesicht macht, wenn er morgens zur Arbeit kommt. Ernsthafter geht es überhaupt nicht!« Mit affektierter Begeisterung schlage ich mir die Hände auf die Wangen. »Ahh! Weißt du, was, vielleicht ist er ja noch dadrin. Wir sollten ihn dringend mal rufen.«

»Nick, untersteh dich!«, kann sie gerade noch japsen, dann habe ich auch schon die Finger wie einen Trichter um meinen Mund gelegt. »HERR MAULBEEEEER!«, forme ich absolut lautlos mit den Lippen.

Einige Sekunden lang krümmt sich Emilia noch vor Verlegenheit, ehe sie mich durchschaut. Dann verschwindet ihre Panik, und sie schleudert halb belustigt, halb empört eine ziemlich eindeutige Gebärde in meine Richtung.

Ich blinzle sie liebenswürdig an. »Das war bestimmt was Nettes.«

»Ja, so unheimlich nett, dass es sich gar nicht übersetzen lässt«, kontert sie ein kleines bisschen zu laut. In diesem Moment dringt durch die Bürotür ein Poltern, und Emilia versteht meinen erschrockenen Gesichtsausdruck sofort. Eigentlich dürfen wir hier herumlungern, so viel wir wollen, aber aus irgendeinem Grund fühlen wir uns wie auf frischer Tat ertappt. Reflexartig umklammert Emilia meinen Hosenträger noch fester, und wir stürmen Hals über Kopf aus der Eingangshalle. Seite an Seite rennen wir durch den dämmrigen Flur, als wären mindestens zehn besenschwingende Hausmeister hinter uns her. Dann scheint Emilia einzufallen, dass mein Zimmer im oberen Stockwerk ist, und sie lässt mich unvermittelt los.

»Ehrlich, Nick, du hast doch einen Knall«, sagt sie schnaufend.

»Schön, dass es dir aufgefallen ist.« Ich bleibe ganz dicht vor ihr stehen, damit sie meine Lippen ohne Schwierigkeiten lesen kann. Dabei fällt mir auf, dass sie ziemlich gut riecht – und dass sie in ihrem Neon-Outfit eigentlich gar nicht so furchtbar witzig aussieht. Irgendwie finde ich den

Anblick mittlerweile ganz niedlich, besonders in Kombination mit ihren total verwuschelten Locken. »Ich musste mich doch für deine Hilfe von vorhin revanchieren, Wing Girl«, sage ich, als wir uns schon viel zu lange wortlos anstarren.

»Ach ja.« Sie wendet den Blick nach unten, um ihren Zimmerschlüssel hervorzukramen, dann schaut sie wieder zu mir hoch. »Wird Jessica nicht verärgert sein, weil du so plötzlich aus dem Club abgehauen bist?«

»Ach was, die fand es super, dass ich mich um dich kümmere.« Erst nachdem ich den Satz ausgesprochen habe, merke ich, wie bescheuert er klingt: ich, der tolle Hecht, und sie, die Bedürftige …

»Dann hast du ja heute wirklich eine gute Tat vollbracht, was?«, fragt sie, und ihre Augen werden ein bisschen schmaler.

»Allerdings«, bestätige ich, aber noch bevor Emilia das in den falschen Hals kriegen kann, füge ich hinzu: »Indem ich dich in die hohe Kunst des Ballerina-Hühnchen-Tanzes eingeweiht habe. Dafür stehst du jetzt auf ewig in meiner Schuld.«

»Ich sage es dir nur ungern, aber ich glaube nicht, dass ich diese Kunst noch einmal ausüben werde.« Sichtlich erleichtert knufft Emilia mit der Faust gegen meinen Oberarm.

»Das hat mich tief getroffen, du Banausin.« Ich will zurückknuffen, aber Emilia weicht mir geschickt aus.

»Gute Nacht«, höre ich sie noch sagen, dann schlüpft sie durch die Tür zu ihrem Apartment.

»Schlaf gut, Wing Girl«, antworte ich automatisch, ehe mir einfällt, dass meine Worte im Nichts verpuffen. Langsam gehe ich durch den Flur zurück und steige die Treppe in den ersten Stock hinauf, während ich mir wünsche, einfach noch ein bisschen Spaß mit Emilia haben zu können. Seit sie die Tür hinter sich geschlossen hat, kommt mir das Heim nämlich wie ausgestorben vor. Entweder meine Mitbewohner pennen schon, oder sie erreichen gerade in irgendeinem Club den gewünschten Alkoholspiegel. Bei mir ist die Wirkung der Jello-Shots inzwischen verflogen – nach meinen zwei Jahre andauernden Partygängen ist mein Körper etwas ganz anderes gewöhnt –, sodass ich alles völlig ungefiltert wahrnehme: das Geräusch meiner Sneakers auf dem fleckigen Linoleum, das Summen der Neonröhren, dann das metallische Klicken, als ich die Tür zu meinem Ein-Zimmer-Apartment aufsperre.

Mein Bett erwartet mich genauso zerwühlt, wie ich es heute Morgen verlassen habe. Am liebsten würde ich mich einfach zwischen die Kissen werfen, samt Hosenträgern, Hütchen und dem Gestank nach fremden Zigaretten … aber ein besonders quälendes Geräusch macht es mir unmöglich, jetzt zu schlafen. Dabei existiert es eigentlich nur in meinem Kopf. Es ist fast wie in dieser Story von Edgar Allan Poe, in der jemand seinen Mitbewohner umbringt, zerlegt und unter den Dielen versteckt. Danach bildet sich der Mörder ein, das Herz seines Opfers durch den Fußboden schlagen zu hören.

Zu mir dringt aus dem Schrank das Jammern meiner Geige.

Wie ferngesteuert entriegle ich das Schloss und denke daran, wie lächerlich einfach es zu knacken wäre. Glücklicherweise ahnt niemand, dass dahinter ein bisschen Holz im Wert von zigtausend Euro lagert.

Früher hatte ich ein noch viel wertvolleres Modell: eine Guarneri del Gesù, millionenschwer, geliehen von einer

Stiftung – aber die musste ich längst zurückgeben. Wer sich weigert, öffentlich aufzutreten, verdient kein gutes Instrument, sagt mein Dad. Das hat ihn allerdings nicht davon abgehalten, sein Konto leerzuräumen, um mir einen akzeptablen Ersatz zu besorgen.

Tja, die Hoffnung stirbt bekanntlich zuletzt.

Ich spüre, wie die Haut direkt unter meinem rechten Auge zuckt, während ich den Geigenrucksack aus dem Schrank nehme und auf meiner zerknitterten Bettdecke ablade. Er ist eine Spezialanfertigung, und auch ihm sieht man seinen kostbaren Inhalt nicht an. Ich habe den Deckel extra mit allen möglichen Stickern beklebt – Super Mario, eine kiffende Mona Lisa, Hello Kitty im Zombie-Style –, sodass man glauben könnte, ich würde bloß ein Skateboard mit mir herumtragen. Schon witzig, wenn man bedenkt, dass ich nie im Leben auf einem Board stehen werde. Gebrochene Hände kann ich mir ebenso wenig leisten wie eine eigene Guarneri.

Diesmal erinnere ich mich daran, den Dämpfer aus Hartgummi anzubringen, um keine weiteren Beschwerden zu riskieren. Der Ton wird dadurch zwar stumpf, aber das ist trotzdem besser, als ein zweites Mal Putzdienst aufgebrummt zu bekommen. Vielleicht war es nicht meine cleverste Idee, in einem Wohnheim statt in einem Hotel mit dicken Wänden abzusteigen, doch so bekomme ich wenigstens noch ein kleines Stück Normalität geschenkt. Eine Galgenfrist, bevor mein Leben vielleicht die totale Kehrtwende hinlegt – aber daran darf ich jetzt nicht denken.

Während ich den Bogen spanne, seine Haare mit Harz einreibe und danach die Saiten stimme, versuche ich, innerlich ganz leer zu werden. Früher war das mal einer meiner Lieblingsmomente: diese Mischung aus kribbeliger Vorfreude und angenehmer Vertrautheit, ein bisschen wie im Kino, ehe die lang ersehnte Fortsetzung eines tollen Films beginnt. Noch vor ein paar Jahren konnte das Geigespielen echt alles Mögliche für mich sein – Action oder Comedy, spannende Herausforderung oder einfach nur Vergnügen. Ich habe es geliebt. So sehr wie sonst nichts in meinem Leben.

Jetzt bin ich allerdings erwachsen, die »Wunderkind«-Sache ist endgültig vorbei, und ich sollte mich auf einem ganz anderen Level bewegen. Hier geht es nicht darum, möglichst viel Spaß zu haben, sondern verdammt noch mal einen guten Job zu machen.

Mit ein paar schnellen Tonleitern wärme ich meine Finger auf und spüle dabei die Erinnerungen an den vergangenen Abend, an Jessicas weißen Rock und Emilias kleines Lächeln aus meinem System. Ich merke, dass meine Bewegungen immer automatischer werden, immer müheloser, und das ist gut so. Meine Hände müssen arbeiten wie zwei ausgeklügelte Maschinen, nur dann habe ich eine Chance, die folgende Hürde zu meistern. Wäre ich ein Boxer, würde ich jetzt mit Muhammad Ali oder Sugar Ray Robinson den Ring steigen – stattdessen widme ich mich dem anspruchsvollsten Stück, das je für die Violine komponiert wurde.

Keine Ahnung, wer Paganinis *Caprice Nr. 24* dieses Label verpasst hat. Ich bin mir nicht einmal sicher, ob ich dem Urteil zustimme, aber eines steht ohne Zweifel fest: Dieses Vier-Minuten-Stück ist ein geniales, unfassbar kompliziertes, verficktes Folterinstrument.

Lange Zeit glaubte man, es wäre nur für Paganini selbst spielbar, der angeblich einen Pakt mit dem Teufel hatte.

Volkov zufolge gibt es kein besseres Stück, um die Jury im Finale von ihren Stühlen zu hauen. Vorausgesetzt natürlich, ich schaffe es überhaupt bis dorthin. Und vorausgesetzt, diese musikalische Akrobatiknummer wird mir nicht zum Verhängnis …

Damit ich nicht wieder ins Grübeln gerate, stimme ich noch schnell die Saiten nach und mache einen tiefen Atemzug. *Funktioniere.*

Den ersten Durchlauf spiele ich langsam, schleppend, als könnte ich so die Kontrolle bewahren. Trotzdem setze ich ein paar der mörderischen Doppelgriffe in den Sand. Zu schade, dass es für mein Fluchen nicht auch einen Dämpfer gibt. Ich beginne wieder von vorn, werde schneller, kämpfe mich durch absurde Lagenwechsel, irre Sprünge mit dem Bogen und die größte Perversion von allem, das linkshändige Pizzicato. Noch einmal. Und noch einmal. Und dann noch so oft, dass ich schließlich den Überblick verliere. Meine Fingerkuppen brennen, die Muskeln rebellieren, mein Körper füllt sich langsam mit Blei.

Der erste fehlerfreie Durchlauf gelingt mir, als gerade die Sonne aufgeht. Auch mit Dämpfer sind die Töne hart und brillant wie geschliffenes Glas. Ich lasse den Bogen sinken, blinzle durch den Schweiß, der mir über die Augen rinnt, und meine Hände zittern mit meinem Magen um die Wette. Irgendwie schaffe ich es, die Geige im Schrank zu verstauen, dann falle ich aufs Bett. Die Glassplittertöne verfolgen mich bis in meine Träume.

Schluck das, Paganini. Ich tanze im Schwarzlicht auf deinem Grab.

Emilia

Als kleines Kind war ich felsenfest davon überzeugt, dass es Zauberei wirklich gibt. Genauer gesagt hielt ich meine Großmutter für eine Art Magierin oder gute Fee. Wie sonst konnte sie immer wissen, wenn jemand vor der Tür stand, obwohl ich gar kein Blinksignal gesehen hatte? Außerdem schien sie einen übernatürlichen Sinn dafür zu besitzen, wann das Teewasser kochte, und am erstaunlichsten benahm sie sich, wenn sie Besuch hatte: Dann schnitt sie den Kuchen an oder drehte sich zum Herd, während ihre Freundin redete, und verlor trotzdem nicht den Faden. Gespräche ohne Blickkontakt, das hatte in meinen Augen mindestens ebenso viel mit Magie zu tun wie ein Zylinder, der ein weißes Kaninchen ausspuckt.

Am Morgen nach dem Discobesuch kommt es mir allerdings so vor, als wäre *ich* diejenige, die zaubern kann. Gerade habe ich Punkt 3 auf meiner Liste abgehakt – mit einem irgendwie zufriedenen Häkchen, das in einem Kringel endet – und starre nachdenklich auf die schwarze Linie bei Punkt 1, da vibriert mein Handy an meinem Oberschenkel. Ich ziehe es aus der Tasche, halb in Erwartung eines flapsigen Kommentars, der mir das erste Grinsen des Tages beschert …

… doch die Nachricht stammt gar nicht von Nick, sondern von einer mir unbekannten Nummer.

LIEBE EMILIA, BITTE ENTSCHULDIGE MEINE DUMME REAKTION AM VERGANGENEN FREITAG. KEINE AHNUNG, WAS DA IN MICH GEFAHREN IST. SELBSTVERSTÄNDLICH WÜRDE ICH DICH GERNE UNTERRICHTEN! WIE WÄRE ES MIT HEUTE NACHMITTAG UM FÜNF? VIELE GRÜSSE – ADRIAN POKORNY.

Ungläubig lese ich diese förmliche Botschaft drei, vier Mal, ehe ich den Inhalt ganz realisiert habe. Dann beschleunigt sich mein Puls, und das Hämmern wandert von meinem Brustkorb bis in meine Fingerspitzen. Nicht zu fassen – wie es aussieht, könnte ich tatsächlich einen weiteren Punkt auf meiner Liste erledigt haben, wenn ich morgen zum Beratungsgespräch gehe! Mein Daumen schwebt schon über dem Display, um eine Antwort zu tippen, da sehe ich plötzlich Nicks Lippen vor mir.

»Dann ist die OP, die du gerade planst, so was wie eine Geschlechtsumwandlung?«

Es war nur eine leichtfertige Bemerkung, so wie fast alles, was dieser Kerl von sich gibt – aber er hat damit den Nagel auf den Kopf getroffen. Widersprüchlicher könnte ich mich wohl kaum benehmen: Einerseits halte ich ihm einen waschechten *Deaf-Pride*-Vortrag, der ebenso gut von meiner Mutter stammen könnte, und auf der anderen Seite verfolge ich den Plan, mir ein künstliches Gehör basteln zu lassen. Wenn ich ehrlich bin, hat auch meine Liste nicht nur mit harmloser Neugier zu tun, also mit einem »Hineinschnuppern« in die Welt der Hörenden. Genauer betrachtet prüfe ich mich ständig selbst: Was gelingt mir, und wo stoße ich schmerzhaft an meine Grenzen? Eine weitere Klavierstunde wäre nur eine neue Gelegenheit, mich wie eine Versagerin zu fühlen.

Wieso um alles in der Welt tue ich mir das freiwillig an?

Unschlüssig starre ich wieder auf mein Smartphone, aber

während ich noch dabei bin, die Sache typisch Emilia-mäßig zu zerdenken, macht sich meine freie Hand selbstständig. Diese Bewegung habe ich mittlerweile so oft durchgeführt, dass ich gar nicht hinzusehen brauche: Mein Zeigefinger landet zielsicher auf dem Einschaltknopf der Stereoanlage, und dann gleiten wieder die Schwingungen der *Mondscheinsonate* durch meinen Körper. Sie sind wie stetige Meereswogen, die meine Zweifel in Sekundenschnelle davonspülen.

Liste oder nicht, ich habe einfach immer das Gefühl, dass mir irgendetwas fehlt. Vielleicht würden die Dinge anders liegen, wenn meine Mutter mir schon früher einen ihrer glühenden Vorträge gehalten hätte. Stattdessen war sie vollauf damit beschäftigt, ihren Gehörlosenstolz in die Welt hinauszutragen, und hatte jahrelang nicht besonders viel Zeit für mich. Aus diesem Grund war nicht sie die gute Fee meiner Kindheit, sondern Nana.

Dank meiner Großmutter bin ich umgeben von Stimmen und Melodien aufgewachsen, stand sozusagen immer mit einem Fuß in der Welt der Hörenden, und nun habe ich keine Lust mehr zu hinken.

Es wird Zeit, dass ich mich endlich entscheide.

OKAY, BIS SPÄTER, tippe ich, mehr nicht. Adrian kann unmöglich ahnen, wie viel Überwindung hinter diesen drei Worten steckt.

Während der folgenden Stunden gebe ich mein Bestes, mich aufs Lesen zu konzentrieren, obwohl meine Finger ununterbrochen auf den Buchdeckel trommeln. Immer wieder gehe ich die Bewegungsabfolgen für die *Mondscheinsonate* durch, zähle den Takt und weiß doch ganz genau, dass ich mich so nicht wirklich auf die Klavierstunde vorbereiten kann. Auch die Fahrt zur Musik-Universität verbringe ich mit Fingergezappel, doch meine Hände erstarren, als ich schließlich das lang gestreckte Gebäude erreicht habe.

Tief durchatmend stemme ich die Eingangstür auf und betrete die säulengeschmückte Aula. Obwohl es hier vergleichsweise kühl ist, beginne ich zu schwitzen, während ich die breite Treppe erklimme. Danach haste ich an unzähligen Türen vorüber, und meine Umhängetasche klopft einen schnellen Rhythmus gegen meinen Oberschenkel. Beim Unterrichtsraum angekommen, wische ich mir vorsichtshalber die Handflächen an meinen Jeans ab, ehe ich behutsam die Klinke hinunterdrücke.

Wie beim letzten Mal sitzt Adrian am Flügel, als ich das Zimmer betrete. Seine Finger liegen auf den Tasten, und ich befürchte, mitten in sein Klavierspiel geplatzt zu sein.

»Entschuldige bitte, ich bin wohl zu früh«, stammle ich und kämpfe mit dem letzten Wort. Es ist fast, als wäre ich wieder fünf Jahre alt und könnte nur dann ein R aussprechen, wenn ich einen Schluck Wasser zum Gurgeln im Mund habe. Auf einmal kommt es mir so vor, als hätte sich die Erdanziehungskraft mindestens verdoppelt. Ehe ich allerdings im Boden versinken kann, winkt Adrian mich freundlich näher.

»Umso besser, Emilia. Ich bin froh, dass du mir noch eine Chance gegeben hast.«

Ich ihm? Vor Verwirrung gerate ich ins Straucheln, während ich auf den Flügel zugehe. Verlegen stelle ich mein Notenheft auf das schmale Pult und gebe mir Mühe, Adrian ständig aus den Augenwinkeln zu beobachten.

»Also dann, legen wir gleich los«, sagt er, ohne übertrieben zu artikulieren oder gar zu schreien. Dabei ist das die übliche Reaktion von Leuten, die erst seit Kurzem von meiner Gehörlosigkeit wissen. Vielleicht hat er sich ja im Internet dazu schlaugemacht?

Vorsichtig beginne ich zu spielen, und meine Finger stolpern über die Tasten wie ein neugeborenes Fohlen über ein Stoppelfeld. Trotzdem unterbricht Adrian mich diesmal nicht schon bei den ersten Patzern, sondern wartet, bis ich an einem bestimmten Punkt der Sonate gar nicht mehr weiterweiß. Dann verbessert er mich geduldig und zeigt mir den korrekten Fingersatz, bis ich irgendwann tatsächlich am Ende angelangt bin. Vor lauter Freude über diesen Durchbruch beginne ich gleich noch einmal von vorne, nun sehr darauf bedacht, die Tasten nur ganz sanft zu berühren. Erstaunlich, dass ein solch leichter Druck ein Schwirren durch meinen ganzen Körper sendet. Sicher klingt es immer noch nicht besonders schön, aber es fühlt sich toll an – ein bisschen wie der Moment, als ich gestern über meinen Schatten gesprungen bin und einfach angefangen habe zu tanzen. Ich muss mich zusammenreißen, damit mir beim Spielen kein glücklicher kleiner Seufzer entschlüpft.

»Wirklich beeindruckend«, sagt Adrian, als ich schließlich die Hände von den Tasten nehme. »Man merkt kaum, dass du die Töne nicht hören kannst.«

Etwas befangen hebe ich die Schultern. »Ich spüre sie aber. Die tiefen Töne sind wie ein kräftiges Brummen, die hohen vibrieren zart und schnell.«

»Verstehe. Und wie ist deine Großmutter auf die Idee gekommen, dich im Klavierspielen zu unterrichten?«, fragt Adrian, ohne sich auch nur eine Sekunde von mir abzuwenden. Das ist ebenfalls ungewöhnlich – die meisten Hörenden unterbrechen viel zu oft den Blickkontakt, während sie mit mir reden: Sie drehen die Köpfe, schauen auf ihre Handys, fahren sich mit den Fingern über die Lippen und präsentieren mir dabei eine heillos zerlöcherte Botschaft … oder auch *Schweizer-Käse-Gelaber,* wie meine Brüder das nennen. Adrian sieht mich allerdings mit gleichbleibender Aufmerksamkeit an, als wäre er geübt darin, sich mit einer Gehörlosen zu unterhalten.

»Zuerst war es nur Teil meiner Sprachtherapie«, antworte ich. »Als Kind konnte ich noch etwas besser hören, aber es ist mir trotzdem schwergefallen, die richtige Satzmelodie zu lernen. Irgendwann hat mir Nana dann eine Tonleiter beigebracht, um mir zu zeigen, wie ich bei Fragen mit der Stimme nach oben gehen muss. Daran hatte ich so viel Spaß, dass sie mich weiter unterrichtet hat.«

»Beeindruckend«, wiederholt Adrian, und das Wort sickert warm in mich hinein. Kein befremdetes Stirnrunzeln, kein »Wozu der ganze Stress?« wie von Nick und schon gar keine Reaktion wie von meinen Eltern. Adrian scheint es einfach nur gut zu finden, dass ich es versuche – ganz genau wie Nana. Für den Bruchteil einer Sekunde bilde ich mir ein, ihr ermutigendes Lächeln auf seinen Lippen zu sehen, und ich lächle automatisch zurück.

»Danke für die Stunde, und … du schreibst mir, wenn du wieder Zeit hast, okay?« Linkisch platziere ich einen 20-Euro-Schein auf dem Flügel, und meine Verlegenheit wird noch schlimmer, als Adrian mir das Geld zurückgibt.

»Oh nein, nach meinem schlechten Benehmen letzte Woche geht diese Einheit auf mich«, sagt er mit einem so beiläufigen Achselzucken, als wäre es kaum der Rede wert. »Bis zum nächsten Mal, Emilia.«

Immer noch etwas benommen stolpere ich auf den Flur und lege dann den Weg bis zum Eingangstor fast im Laufschritt zurück. Erst als ich ins Freie trete, spüre ich das Spannen in meinen Wangen. Strahlend wie ein Honigkuchenpferd rufe ich in Gedanken meine Liste auf und setze einen schwungvollen Haken hinter den ersten Wunsch – oder jedenfalls hinter die deprimierende schwarze Linie, die den Wunsch verbirgt.

Während ich mit der U-Bahn fahre, bilde ich mir ein, das Summen des Flügels immer noch im ganzen Körper spüren zu können: Es kitzelt und kribbelt und bringt mich immer wieder zum Lächeln. Ich habe das Gefühl, als könnte ich die ganze Welt umarmen – und an der Bushaltestelle, drei Stationen vom Wohnheim entfernt, finde ich schließlich das perfekte Opfer dafür.

»Nick!«, platzt es aus mir hervor, ehe ich kurz die Arme um seine Mitte schlinge. Als ich danach einen Schritt zurückweiche, starren zwei smaragdgrüne Augen perplex auf mich herunter.

»Woah, Wing Girl. Falls du gerade im Lotto gewonnen hast, denk bitte daran: Geteilte Freude ist doppelte Freude.«

Ich schneide ihm eine Grimasse. »Es ist einfach ein netter Zufall, dass wir uns hier treffen, du Charmebolzen. Wo kommst du denn gerade her?« Mein Blick fällt auf einen bunt beklebten, rechteckigen Kasten mit Schultergurten, den Nick gegen sein Bein gelehnt hat und ständig mit einer Hand festhält. Genau dort, wo seine Fingerspitzen enden, prangt ein ziemlich großer Sticker mit der Aufschrift *»Das ist ein ziemlich großer Sticker«*.

Nick macht eine wegwerfende Bewegung mit der freien Hand. »War nur ein bisschen Skateboardfahren mit einem Kumpel.« Er dreht den Kopf, um auf den Busfahrplan zu schauen, und wendet mir dabei die linke Seite seines Halses zu.

Unwillkürlich stoße ich die Luft aus, was anscheinend deutlich zu hören ist. Nick schnellt zu mir herum und erwischt mich mal wieder bei einem Augenrollen. »Komm schon«, sage ich, »du kannst ruhig ehrlich zu mir sein. Dein Skateboard-Ausflug war zugleich ein Date mit Jes-si-ca, hab ich recht?«

»Wie kommst du darauf?«, fragt er zurück, und seine Lippen bewegen sich etwas schleppender als sonst.

Ich hebe mein Kinn in Richtung des Knutschflecks, der schon fast dunkellila auf Nicks Haut leuchtet. »Ihr, ähem, *Stempel* ist nicht zu übersehen.«

»Oh.« Reflexartig legt Nick seine Finger auf diese Stelle, als wollte er das Mal nachträglich verstecken. Irgendwie ist meine Hochstimmung jetzt gedämpft – wenn ich mich schon so mit dem Lippenlesen abplage, kann ich Lügen wirklich nicht gebrauchen. Außerdem verstehe ich einfach nicht, was Nick mit einer wie Jessica will ... obwohl mir das eigentlich egal sein sollte. Ja, wirklich, es ist mir komplett egal.

»Hey, ist doch in Ordnung«, sage ich, und die nächsten Worte purzeln völlig ungeplant hinterher: »Ich hab mich auch gerade mit jemandem getroffen.«

Kaum habe ich den Satz zu Ende gesprochen, würde ich ihn am liebsten wieder zurücknehmen. Vor allem, als Nick vielsagend mit den Brauen wackelt. »Tatsächlich? Mit wem denn – etwa Fauli?«

»Nein! Und es war eigentlich auch kein ... Date im klassischen Sinn.«

»Uuuuh«, macht Nick, womit er mir nur noch mehr Hitze in die Wangen treibt.

»Er hat mich nämlich unterrichtet«, rede ich tapfer weiter.

»Uuuuuuuh«, kommt es abermals von Nick, als wären seine Lippen im Standbild eingefroren.

Verzweifelt werfe ich die Hände in die Luft. »Ja, weil er nämlich mein Klavierlehrer ist, deshalb! Er hat sich überraschend doch dazu bereit erklärt, mir ein bisschen was zu zeigen. Und wehe, du sagst jetzt noch einmal *Uuuh!*«

»Wollte ich gar nicht«, behauptet Nick. »Das wäre ja kindisch.« In der nächsten Sekunde wechselt sein Gesichtsausdruck von falscher Freundlichkeit zu echter Begeisterung, und er grinst mich unternehmungslustig an. »Hey, da fällt mir was ein! Wie wär's mit einem kleinen Ausflug im Dienste deiner Liste? Ich hab keinen Bock, den restlichen Abend im Wohnheim zu versauern.«

»Und das ist dir gerade zum Stichwort *kindisch* eingefallen? Hat vielleicht dein Skateboard damit zu tun?«, frage ich misstrauisch. Immerhin ging es das letzte Mal, als Nick so aufgedreht gewirkt hat, um höchst unseriösen Wackelpudding.

»Nein, den Rucksack will ich eigentlich gar nicht mitschleppen. Bei dem, was ich vorhabe, wäre er uns nur im Weg. Aber jetzt extra dafür zum Heim zurückzufahren, ist auch irgendwie …« Er gerät ins Stocken, doch nach einem Moment des Grübelns hellt sich seine Miene wieder auf. »Ich hab die ultimative Lösung, warte mal kurz.« Mit seinem Smartphone am Ohr wendet er sich von mir ab, und mir bleibt nichts anderes übrig, als ratlos auf seinen Rücken zu starren. Nach wenigen Sekunden dreht er sich allerdings wieder zu mir um und verkündet: »Unser Chauffeur kommt sofort!«

Ich starre ihn an, nicht sicher, ob ich ihn richtig verstanden habe. Meint er damit, dass er ein Taxi bestellt hat, und was um alles in der Welt hat das mit seinem Rucksack zu tun? Meine Verwirrung steigert sich noch, als ein paar Minuten später ein alter schwarzer Volvo direkt neben uns stehen bleibt. Und mit *alt* meine ich schon beinahe antik. Im Kotflügel wölbt sich eine Beule, die aussieht, als hätte der Wagen mit einem Rammbock Bekanntschaft geschlossen, und ein paar Kratzer wurden ernsthaft mit schwarzem Isolierband überklebt. Sobald sich die Fahrertür öffnet, wundert mich allerdings gar nichts mehr – denn wer sich da zu uns nach draußen lehnt und wie wild mit beiden Händen winkt, ist niemand anderer als Flocke.

»Leute, wie cool, dass ihr mich angerufen habt!«, ruft er uns fröhlich entgegen. »Wenn ich etwas nach so 'nem langen Arbeitstag echt gut gebrauchen kann, dann ist das ein Abstecher zum ...«

Blitzschnell schiebt Nick sich vor mich, sodass ich Flockes Lippen nicht mehr sehen kann. »Hör auf, Alter, das ist eine Überraschung!«, sagt er mit dem Gesicht zu mir. Dann öffnet er den Kofferraum, legt seinen Skateboard-Rucksack sorgfältig hinein und zieht mich anschließend zu sich auf die Rückbank. Mittlerweile habe ich es aufgegeben, mir auf all das einen Reim machen zu wollen. Völlig überrumpelt hocke ich zwischen Nick und einem miefenden Pizzakarton und beobachte Flockes Irokesenstreifen beim Wippen, während die Bässe irgendeines Songs durch den Wagen zittern. Mir geht erst ein Licht auf, als ich das Riesenrad, eines der berühmtesten Wahrzeichen Wiens, in unmittelbarer Nähe durch das Seitenfenster erkenne. Meine letzten Zweifel verfliegen, sobald Flocke seine Schrottkarre auf dem Parkplatz abgestellt hat und wir uns zu Fuß einem grün-weiß gestrichenen Eingangsbogen nähern. *PRATER – Herrrreinspaziert!,* steht in goldenen Lettern darüber.

»Der Vergnügungspark? Ernsthaft?«, frage ich kopfschüttelnd und bilde mir ein, den Geruch nach altem Fett und Zuckerwatte bis hierher wahrzunehmen zu können.

»Nicht irgendein Vergnügungspark«, korrigiert mich Flocke mit sichtlichem Stolz, »sondern der älteste Vergnügungspark der Welt! Hier waren schon die alten Römer oder so!«

»Oder so«, wiederholt Nick grinsend. »Auf jeden Fall ist es genau der richtige Ort, um meinen Plan in die Tat umzusetzen.«

»Und worin genau besteht dieser Plan?«, erkundige ich mich, nicht sicher, ob ich das überhaupt wissen will.

Nick strafft die Schultern und nimmt eine würdevolle Haltung an. »Er besteht darin«, sagt er feierlich, ein beunruhigendes Glitzern in den Augen, »dich zum Schreien zu bringen, Wing Girl.« Und wie auf Kommando rast hinter ihm eine Achterbahn in die Tiefe.

Nick

Wäre Flocke ein Hund, würde er jetzt vermutlich vor Aufregung pinkeln.

»Geile Challenge, Mann!«, johlt er und muss sich bestimmt sehr zusammenreißen, um nicht von einem Fuß auf den anderen zu hopsen. »Kann ich als Erster was aussuchen? Ich such was aus, und Emilia muss dann damit fahren, ja?«

»Nur, wenn das für sie okay ist«, bremse ich ihn und schaue zu Emilia hinüber. Inzwischen scheint sie sich von ihrer Überraschung erholt zu haben, und wie es aussieht, findet sie allmählich selbst Gefallen an meiner Idee. Beim Anblick eines überdimensionalen Kraken, der die Leute im Kreis herumschwenkt, kichert sie sogar. Ich brauche einen Moment, um zu kapieren, woran das liegt: Mit ihren weit aufgerissenen Mündern müssen die kreischenden Fahrgäste für Emilia absolut lächerlich aussehen – wie ein Haufen stummer Opernsänger oder so.

»Einverstanden, aber unter einer Bedingung«, sagt sie und zieht die Nase kraus, als wir an einer Popcornbude vorbeikommen. »Ihr dürft nur Sachen auswählen, mit denen ihr selbst fahren würdet. Oder besser noch: Wer es ausgewählt hat, kommt mit.«

»Kein Problem, ich hab einen Magen aus Eisen und Nerven aus Stahl«, behauptet Flocke und meint das anscheinend absolut ernst. »Eigentlich wollte ich auch immer Kampfpilot werden.«

»Und was bist du geworden?«, frage ich.

»Blumenverkäufer.« Flocke lässt sich von meinem Gesichtsausdruck überhaupt nicht beirren, sondern zeigt mit ausgestrecktem Arm auf eine der Attraktionen. »Also, ich wähle das da!«

»Ist nicht dein Ernst«, stöhnt Emilia und schaut ungläubig auf die Monstrosität mit dem Namen *Schwarze Mamba.* Hinter einem riesigen Schlangenkopf ragt eine Art Schaukel sicher vierzig Meter in den Himmel und wartet nur darauf, ein paar großkotzige Passagiere herumzuschleudern. (Wodurch sie dem Wort *großkotzig* wahrscheinlich eine neue Bedeutung verleiht.)

»Beschleunigung auf 80 Kilometer pro Stunde!«, posaunt ein Typ aus dem Kassenhäuschen und hält das offenbar für Werbung. Zu ihrem Glück kriegt Emilia dieses Versprechen gar nicht mit, sonst würde sie bestimmt ihren Mut verlieren. Nachdem sie dem Kassierer fünf Euro überreicht hat, nähert sie sich erstaunlich selbstbewusst der schwingenden orangeroten Bank, auf der insgesamt acht Personen Rücken an Rücken Platz haben. Eine der beiden Reihen ist allerdings schon von tätowierten, bärtigen Kerlen besetzt, die gut und gern aus einer Bikergang stammen könnten. Flocke, der sich ebenfalls auf einen der Sitze fallen lässt, wirkt im Vergleich zu diesen Typen fast wie ein Strichmännchen.

»Das hab ich schon so gut wie gewonnen!«, ruft er mir vergnügt zu, während einer der Betreiber die Sicherheitsgurte über seiner Hühnerbrust festmacht. Emilia, die von der Seite seine Lippen liest, schüttelt kämpferisch den Kopf.

»Einen Moment mal!« Hastig dränge ich mich an ein paar Gaffern vorbei, um die Bikertypen zu erreichen. »Hey, könnt ihr mir einen Gefallen tun? Sagt ihr mir nachher, ob das Mädel hinter euch geschrien hat?«

»Sicher«, grunzt der Bärtigste von ihnen, der beinahe so relaxt aussieht, als würde er im Wirtshaus sitzen. Der Kassierer fuchtelt inzwischen wütend in meine Richtung, und ich verkrümle mich wieder zu den Schaulustigen.

»Viel Spaß«, forme ich mit den Lippen, als Emilia mir einen Blick zuwirft.

Sie streckt mir die Zunge heraus.

Nachdem sich der Schaukelarm in Bewegung gesetzt hat, wird mir schnell klar, dass die *Schwarze Mamba* vor allem eines nicht macht – nämlich Spaß. Jedenfalls stelle ich es mir nicht sonderlich spaßig vor, kopfüber durch die Luft zu fliegen oder in vierzig Metern Höhe zu rotieren. Als ich nach endlos langen Minuten wieder Emilias kleines Gesicht zwischen den Sicherheitsbügeln sehen kann, hab ich ein richtig schlechtes Gewissen.

»Deine Süße hat sich die Seele aus'm Leib gekreischt«, sagt der Bärtige zu mir, nachdem er sich von der Bank befreit hat. Dann kommt Emilia mit Flocke im Schlepptau auf mich zu, die blonden Locken sogar noch zerzauster als sonst.

»Mission erfüllt!«, rufe ich ihr entgegen, fühle mich dabei aber nur halb so gut wie erwartet.

Zu meiner Verblüffung hebt Emilia abwehrend beide Hände. »Wie bitte? Ich hab doch die ganze Zeit keinen einzigen Ton von mir gegeben!«, protestiert sie. »Zugegeben, es war ganz schön heftig – aber meine Brüder haben mich als Kind so oft herumgewirbelt, dass ich abgehärtet bin.«

»Und warum meint dann der Typ da vorne, er hätte ein Mädchen kreischen gehört …?«

Ein paar Sekunden vergehen, dann schnellen wir beide völlig synchron zu Flocke herum.

»Ja, ehhm«, beginnt der und quasselt dann wie aufgezogen drauflos, »das war doch nur, weil ich dachte, mein Sicherheitsbügel wäre locker. Ja, da war nämlich was kaputt, deswegen hab ich mich ein bisschen erschreckt, so war das nämlich.«

Ich klappe den Mund auf, aber Emilia kommt mir zuvor. Ganz schnell hat sie Flocke einen Arm um die Schultern gelegt, und sie schafft es, total ernsthaft zu sagen: »Na, ein Glück, dass dir nichts passiert ist.«

»Find ich auch«, meint Flocke und nickt so heftig, dass sein Hahnenkamm wackelt.

Danach laufen wir eine Weile kreuz und quer über den Prater, testen unsere Fähigkeiten an einem Schießstand (Emilia gewinnt einen Schlüsselanhänger, Flocke behauptet, sein Gewehr hätte einen »Linksdrall«) und teilen uns einen fetttriefenden Lángos. Als wir den Hefefladen gerade verputzt haben, fällt mein Blick auf eine Attraktion in der Nähe, und ich stoße Emilia an.

»Wenn dich Geschwindigkeit nicht zum Schreien bringt … wie wäre es dann mit so was?«

Sie folgt meinem ausgestreckten Zeigefinger mit den Augen und verzieht das Gesicht. Vor uns befindet sich ein heruntergekommenes Haus mit blinden Fenstern, das die leuchtenden Schriftzüge *Jack the Ripper, Action* und *Thriller* trägt. Im Vorgarten entdecke ich ein paar Pseudo-Grabsteine mit den Namen von Jacks Mordopfern und einen Baum mit künstlichen Geiern.

Zögernd geht Emilia auf das Kassenhäuschen zu, in dem

eine gelangweilt wirkende ältere Frau hockt. »Entschuldigen Sie, was genau ist das hier?«, erkundigt sie sich.

»Ein Haus mit beweglichen Figuren rund um die Gräueltaten des berühmtesten Mörders von London«, leiert die Kassiererin herunter, als ginge es um das heutige Mittagsmenü. Dann scheint sie sich einen Ruck zu geben. »Ist *seeehr* gruselig«, fügt sie mit gesenkter Stimme hinzu.

»Gruselig finde ich vor allem Londons Geierpopulation.« Ich deute auf den Baum, und Emilia kichert leise. Kurz entschlossen bezahlt sie den Eintritt und verschwindet durch die Tür, ohne sich noch einmal nach uns umzudrehen.

»Ich … halte hier die Stellung«, höre ich Flocke sagen, bevor ich Emilia hinterhersprinte. Kühle Luft schlägt mir entgegen, und es riecht modrig wie in einer Gruft. Anstatt der erwarteten Grabesstille herrscht hier allerdings ein Höllenlärm: Ständig kreischt und stöhnt es aus den Lautsprechern, und mir dämmert, dass diese Aktion ein totaler Griff ins Klo sein könnte – schließlich kriegt Emilia vom Horror-Soundtrack gar nichts mit. Ohne diese Geräuschkulisse wirken vermutlich auch die Mord- und Folterszenen, die ab und zu neben uns aufleuchten, eher lahm. Je weiter wir kommen, desto spärlicher werden diese Figuren und Blinklichter, bis es irgendwann ganz finster ist. Genauer gesagt so zappenduster, dass ich von den anderen Besuchern nicht einmal mehr die Umrisse erkennen kann. Ich höre bloß, wie eine Gruppe Mädels hysterisch zu kichern anfängt, ein paar von ihnen beginnen zu singen, um sich selbst Mut zu machen, und irgendein Typ reißt Flachwitze über *Jack the Stripper.*

Emilia gibt allerdings keinen Mucks von sich. Hat sie jetzt etwa doch Angst, oder langweilt sie sich bloß? Ich würde sie das echt gerne fragen, aber … im Dunkeln habe ich keine Chance, mich mit ihr zu verständigen. Als ich erkenne, wie hilflos sie sich gerade fühlen muss, wird mir schlagartig flau im Magen.

Fuck, ich habe sie an einen Ort geführt, an dem sie überhaupt nicht kommunizieren kann. Hier hat sie keine Möglichkeit, sich als Ersatz für ihr Gehör auf ihren Sehsinn zu verlassen. Alles, was ihr bleibt, sind die Kälte, der Modergestank und undurchdringliche Schwärze. Instinktiv fasse ich zu ihr hinüber – doch meine Finger greifen ins Nichts.

Emilia ist verschwunden.

Der Schock peitscht so glühend heiß durch meinen Körper, dass mir trotz der Gruft-Atmosphäre der Schweiß ausbricht. Sofort spanne ich meine Muskeln an, drehe mit weit aufgerissenen Augen den Kopf hin und her, will etwas tun, *irgendwas,* aber ich bin total aufgeschmissen. In meiner Nähe beginnen wieder ein paar Typen zu lachen, und dabei steht zwischen ihnen vielleicht ein Mädchen, das komplett die Orientierung verloren hat. Unsanft schiebe ich die Idioten beiseite und taste mit ausgestreckten Händen nach wirren Locken. Das Gelächter wechselt zu Protestgeschrei, als ich stattdessen in glatte, stoppelige oder gelverschmierte Haare packe. Wahrscheinlich halten mich die Leute für einen Arsch, der Spaß daran hat, hier noch zusätzlich Angst und Schrecken zu verbreiten. In Wirklichkeit würde ich sonst was darum geben, dass endlich mal alle die Klappe halten. Bei diesem Lärm würde ich es unmöglich hören, falls Emilia um Hilfe ruft. Ich sehe sie in Gedanken schon irgendwo in einem Winkel kauern, und aus der stillen Finsternis rempeln sie fremde Menschen an, drücken sie gegen die Wand, steigen auf sie drauf …

Okay, jetzt reiß dich zusammen. Reiß dich zusammen und denk verdammt noch mal nach!

Als ich endlich mein Handy hervorhole, kann ich nicht fassen, wie lange ich für diese Idee gebraucht habe. Mein Hirn hat mittlerweile eingespeichert, dass man Emilia nicht anrufen kann, aber vielleicht spürt sie ja die Vibration in ihrer Tasche und versteht, was ich vorhabe.

Ein paarmal lasse ich es läuten, dann lege ich auf und halte mein Handy in die Luft. Ein moderneres Smartphone mit Taschenlampen-App wäre jetzt echt praktisch, aber es muss auch so funktionieren. Immer wieder schwenke ich das leuchtende Display über meinem Kopf, als wäre ich auf einem bescheuerten Popkonzert. Natürlich lassen die Kommentare der anderen Leute nicht lange auf sich warten: »Hey, Licht aus!« – »Du ruinierst ja alles!« – »Ich werde mich über Sie beschweren …«, aber das ist mir scheißegal. Verbissen bewege ich das Handy weiter hin und her – *Hier bin ich, Emilia, ich hab dich angerufen, und jetzt spiele ich den Leuchtturm für dich.*

Fünf Sekunden später stößt ein schmaler Körper gegen meinen Brustkorb. Kalte Hände gleiten über meine Haut, rutschen meine Arme entlang, klammern sich verzweifelt an mir fest. Zuletzt drückt sich Emilias Nase seitlich gegen meinen Hals. Ich merke, dass sie etwas sagt, aber ihre Stimme ist viel zu leise. Klar, sie hat vermutlich keine Ahnung, was für einen Krach sie hier übertönen muss. Mehrmals trifft ihr Atem auf meine Kehle, als würde sie dieselben Worte ständig wiederholen – und dann spüre ich es: Emilias Zittern. Sie schreit zwar nicht, aber ihr ganzer Körper wird geschüttelt vor Aufregung oder Angst. Aus einem Impuls heraus lege ich die Arme um sie und beuge ich mich schräg zu ihr hinunter, bis ihre Lippen mein Ohr berühren.

»Ich will hier raus«, höre ich sie ganz leise durch das

künstliche Gebrüll. »Ich wusste nicht, dass es hier so finster ist, und ich kann … ich kann nicht … Bitte, bring mich hier raus.«

Danach reagiere ich ganz automatisch. Ich packe Emilia am Arm und ziehe sie hinter mir her, bahne mich rücksichtslos durch die folgenden Besucher und erkläre ihnen lautstark, dass meiner Freundin schlecht geworden ist. Wahrscheinlich kriegen ein paar der Leute Schiss, im Dunkeln angekotzt zu werden. Mehrere Hände schieben uns in die gesuchte Richtung, man macht uns bereitwillig Platz, und wir haben bald wieder die hell erleuchteten Nischen erreicht. Von dort aus finde ich problemlos zurück zum Eingang. Seite an Seite stolpern wir durch die Tür, und die Abendsonne kommt mir beinahe heiß vor.

Flocke rast mit flatternden Armen auf uns zu. »Oh Mann, war es zu krass? Gab es Zombies?«, ruft er, und die Alte im Kassenhäuschen meckert, dass wir das Eintrittsgeld ganz bestimmt nicht zurückbekommen.

Das alles bemerkt Emilia allerdings nicht. Sie schaut nur zu mir hoch, die blauen Augen riesig in ihrem blassen Gesicht, und sagt ein bisschen heiser: »Tut mir leid. Ich wollte dir nicht den Spaß verderben, aber blind *und* taub zu sein, war mir einfach zu viel.«

»Du bist taub?!« Flocke schiebt sich in ihr Blickfeld, und nach ihrem Gesichtsausdruck zu urteilen, wird ihr erst jetzt klar, dass er ihre Worte mit anhören konnte. Widerstrebend hebt sie die Schultern und nickt ihm gleichzeitig zu.

Scheiße, das kann ja heiter werden.

Ungläubig reißt Flocke die Brauen hoch, bis sie fast die Stoppeln auf seinem Schädel erreicht haben. »Und wie verstehst du mich dann?«, schickt er gleich die nächste Frage hinterher.

»Ich kann lippenlesen«, antwortet Emilia zögernd, offenbar auf der Hut davor, was dieser komische Vogel jetzt sagen könnte.

Flocke scheint zu überlegen, dann zeigt er ihr den hochgereckten Daumen. »Cool.«

Einige Sekunden lang bleibt es vollkommen still.

»Das ist alles?«, hakt Emilia schließlich nach und klingt dabei ungefähr so fassungslos, wie ich mich gerade fühle. »Sonst hast du keine Fragen?«

Nachdenklich legt Flocke den Kopf schief. »Mmh ... wollen wir uns 'ne Tüte Popcorn teilen?«

Ein Lächeln huscht über Emilias Gesicht – breiter, als ich es jemals bei ihr gesehen habe, und es hat ganz bestimmt nichts mit Popcorn zu tun. Anscheinend hat dieser idiotische Flocke perfekt auf ihr Geständnis reagiert. Mehr noch: Wenn ich daran denke, was für bescheuertes Zeug *ich* wegen Emilias Taubheit schon vom Stapel gelassen habe, gibt es hier in Wahrheit nur einen Idioten, und der bin ich. Ein seltsames Gefühl kriecht in mir hoch, und ich brauche einen Moment, um es einzuordnen. Verdammt, ich bin tatsächlich neidisch auf einen Punk, der beim Gedanken an Popcorn ganz selig wirkt.

»Wartet kurz, ich hol uns was«, sage ich und biege zur nächsten Fressbude ab, um diese Erkenntnis in Ruhe zu verdauen. Als ich etwas später mit einer großen Tüte Popcorn zurückkomme, macht Flocke mit der flachen Hand eine Bewegung vor seinem Kinn.

»Heißt *danke*, hab ich gerade von Emilia gelernt«, verkündet er stolz, ehe er sich die Backen vollstopft wie ein halb verhungerter Hamster.

»Ich schätze mal, unsere Mission ist gescheitert. Wollen wir die Sache dann beenden?«, frage ich, weil mir gerade nichts Besseres einfällt.

Emilia, die nun gar nicht mehr blass wirkt, schüttelt nachdrücklich den Kopf. »Erst will ich dich noch zu einer Fahrt einladen, weil dir meinetwegen das halbe Gruselhaus entgangen ist. Außerdem möchte ich auch einmal wählen dürfen. Probieren wir doch …«, sie dreht sich im Kreis und deutet dann auf etwas weit über unseren Köpfen, »… das da aus!«

Schnurstracks läuft sie auf die Attraktion zu, und so bleibt mir keine Chance, etwas zu erwidern. Dabei hätte ich auf einmal jede Menge zu sagen. Beispielsweise, dass der »Praterturm« über hundert Meter hoch ist. Oder dass die Sitze nur mit verdammt instabil wirkenden Ketten an diesem Karussell befestigt sind. Oder dass ich gerne noch ein bisschen am Leben bleiben würde, vielen Dank auch.

»Das macht bestimmt Spaß!«, ruft Flocke, dieser elende Heuchler, während Emilia unsere beiden Tickets bezahlt. Ich setze eine Miene auf wie Han Solo, kurz bevor er in Karbonit eingefroren wird. *Dann bringen wir diese Scheiße mal hinter uns.*

Anders als bei den meisten Attraktionen bleibt es einem hier selbst überlassen, die Sicherheitsvorkehrungen zu treffen – wobei die Bezeichnung *Sicherheitsvorkehrungen* für einen einzigen dünnen Gurt und einen lächerlichen Querbügel reichlich hoch gegriffen ist. Als alle zwölf Doppelsitze voll sind, beginnt sich das Karussell langsam zu drehen und dabei in die Luft zu steigen. Je höher wir kommen, desto schneller wirbeln wir im Kreis. Der winkende Flocke scheint immer mehr zu schrumpfen, und in meinen Ohren braust der Wind.

»Oh verdammt … verfickte Scheiße … fuck«, murmle ich vor mich hin.

Emilia lehnt sich zu mir herüber. »Irgendwie lese ich von deinen Lippen ständig *beep, beep, beep«*, sagt sie amüsiert. »Wird dir vielleicht schwindelig?«

»Nein, stell dir vor! Ich hab nur grade gedacht, dass wir von hier aus verflucht lange fallen und dann verflucht tot unten ankommen würden«, stoße ich zwischen zusammengebissenen Zähnen hervor.

»Entschuldige, davon konnte ich jetzt bloß *verflucht* und *fallen …«*, beginnt Emilia, dann bricht sie ab und reißt die Augen auf. »Sag mal, hast du etwa Höhenangst?«

»Ach was! Nur Respekt vor dem sicheren Tod!«

»Wenn ich von deiner Höhenangst gewusst hätte, wären wir doch mit etwas anderem gefahren«, sagt sie betroffen.

»Wenn du noch einmal *Höhenangst* sagst, steige ich aus«, gebe ich knurrend zurück.

»Das ist doch keine Schande.«

»Nein, aber Schwachsinn.«

»Wie du meinst.« Als wäre der Plastiksitz ein bequemer Polstersessel, lehnt sich Emilia wieder zurück und baumelt ein bisschen mit den Beinen. »Dann hast du doch bestimmt genauso viel Freude an der schönen Aussicht wie ich. Schau mal, wie winzig diese Achterbahn ist!«, sagt sie und lässt wahrhaftig den Querbügel los, um nach unten zu zeigen.

»Hör auf.«

»Die Buden kann man kaum noch erkennen.«

»Ernsthaft, du sollst die Klappe halten!«

»Ist das da Flocke oder ein Fliegenschiss …?«

»Okay, jetzt reicht's.«

Kreischend lehnt sich Emilia zur Seite, als ich zu ihr

hinüberlange und durch ihre Haare wuschle. In der tief stehenden Sonne wirken ihre Locken fast kupferrot, und ihre Wangen scheinen zu leuchten. Sie sieht echt süß aus, und für einen Moment denke ich, dass dieser Anblick die Fahrt mit dem Horrorkarussell vielleicht sogar wert war. Nach und nach geht ihr Quietschen in Gelächter über, das ein bisschen rau und ein bisschen zu laut ist und gleichzeitig viel ungekünstelter als von jedem anderen – hörenden – Mädchen. Das ist kein Fake, mit dem sie sich nur bei mir einschleimen will oder so. Es platzt ganz einfach aus ihr heraus.

»Worüber grinst du denn jetzt?«, fragt sie, als sie wieder einigermaßen zu Atem gekommen ist und wir bereits den Sinkflug angetreten haben. »Glaubst du vielleicht, du hättest deine *Challenge* gewonnen? Nur damit es hier keine Missverständnisse gibt: Das war kein richtiges Schreien. Jedenfalls nicht so, wie ich mir das vorstelle.«

»Macht nichts, das schaffen wir ein andermal«, sage ich und strecke die Beine, um noch etwas schneller wieder festen Boden unter die Füße zu kriegen. »Ich hab nur den Eindruck, du könntest vielleicht Punkt 7 auf deiner Liste abhaken.«

»Wieso, du weißt doch gar nicht, was Punkt 7 …«, fängt Emilia an, ehe sich Entsetzen auf ihrem Gesicht breitmacht. »Du hast also doch die ganze Liste gelesen! Und ich dachte, ich hätte sie dir rechtzeitig weggeschnappt!«

»Mit einem Hörenden richtig befreundet sein«, zitiere ich übertrieben deutlich.

»Schon gut, mir ist klar, dass das schrecklich klingt. So anbiedernd und, ich weiß auch nicht … bedürftig«, sprudelt Emilia hervor, mit einem noch etwas stärkeren Akzent als sonst. »Aber ich bin nun mal fast komplett unter

Gehörlosen aufgewachsen, kenne nur unsere Kultur und unsere Art zu denken. Da konnte ich mir eben nicht vorstellen, wie es wäre, einen Hörenden als Kumpel zu haben. Vor allem, wenn dieser Hörende von meiner Taubheit weiß und mich deshalb irgendwie mitleidig oder von oben herab behandelt …«

Ihre Worte werden immer verschwommener und leiser, bis sie schließlich ganz verstummt. Inzwischen haben wir die Erde beinahe wieder erreicht. Jetzt bin ich derjenige, der sich gemütlich zurücklehnt, während ich Emilia abwartend anschaue. Im nächsten Moment begreift sie endlich, was ich vorhin gesagt habe, und ihre vom Wind geröteten Wangen werden noch einen Tick dunkler.

»Oh … ach so! Dann, ähm, *check!«* Verlegen lächelnd malt sie ein Häkchen in die Luft, und ich schüttle grinsend den Kopf.

»Ich als dein frischgebackener Kumpel muss dir leider sagen, dass das gerade ziemlich uncool rüberkam.«

»Und ich als deine Kumpeline sollte dir wohl verraten, was ebenfalls ziemlich uncool ist«, antwortet sie prompt.

»Auf seinen Klavierlehrer zu stehen?«, schlage ich vor.

Da ist es wieder, dieses leicht zerkratzte Lachen. »Nein«, sagt Emilia und schiebt den Sicherheitsbügel hoch. »Sondern Höhenangst.«

Emilia

»Ihr seid jetzt miteinander befreundet?!«

Kris' Lippen verziehen sich bei dem Wort, als hätte sie in eine Zitrone gebissen. Obwohl sie mal wieder im Schneidersitz auf meinem Bett hockt – und außerdem ein T-Shirt mit Eiskönigin Elsa im Van-Gogh-Stil und der Aufschrift *Let it Gogh* trägt –, gelingt es ihr, eine strenge Haltung anzunehmen. »Emilia, das ist doch hoffentlich nicht dein Ernst.«

Seufzend schaue ich an ihrem Kopf vorbei zum Vibrationswecker, während ich über meine Antwort nachdenke. Es kommt mir vor, als wäre die Anzeige seit mehreren Minuten eingefroren. Noch nie hat sich ein Nachmittag so entsetzlich in die Länge gezogen wie heute. Am liebsten würde ich mich schon jetzt auf den Weg zur Beratungsstelle machen, aber dann müsste ich dort warten, und meine Nervosität würde wahrscheinlich nur noch schlimmer werden. *Fünf Uhr*, gebärde ich mir zum wiederholten Mal in Gedanken vor. *Noch eine Stunde. Das hältst du durch!*

Um mir so gut wie möglich die Zeit zu vertreiben, stelle ich mich wohl oder übel den bohrenden Fragen meiner Zimmernachbarin. »Wo liegt denn das Problem?«, sage ich und bereue es fast, ihr vom gestrigen Abend erzählt zu haben. »Du findest doch auch, dass er nett wirkt. Warum sollte ich also nicht mit Nick befreundet sein?«

»Süße, hast du zufällig mal *Harry und Sally* gesehen?«, fragt Kris zurück.

»Das ist ein Liebesfilm, oder?«, vergewissere ich mich. »Ich bin mit zwei älteren Brüdern aufgewachsen und habe den Kampf um die Fernbedienung regelmäßig verloren.«

»Ich selbst gucke ja eigentlich lieber Animes«, räumt Kris ein, »aber aus *Harry und Sally* kann man etwas Wichtiges lernen. Es geht um eine Frau, dargestellt von Meg Ryan, die in einer berühmten Szene öffentlich einen Orgasmus vortäuscht …«

»Falls du meinst, dass mir diese Lektion in meinem Leben bisher gefehlt hat: Danke, aber nein danke«, unterbreche ich sie.

Kris rollt mit den Augen. »Jetzt hör doch mal zu!«, verlangt sie, und ich muss mir auf die Zunge beißen, um darauf nichts zu erwidern. »Also, diese Sally diskutiert ständig mit ihrem Kumpel Harry, ob es für Männer und Frauen möglich ist, einfach nur befreundet zu sein. Und rate mal, was am Ende mit den beiden passiert? Sie *heiraten!* Ta-daa!« Triumphierend breitet sie die Arme aus, als hätte sie soeben den Beweis für eine geniale wissenschaftliche Theorie erbracht. Ich schaue in ihre leuchtenden Augen und begreife endlich, woher der Wind weht. Kein Wunder, dass sie gar nicht aufhören kann, von Liebe zu sprechen …

»Du bist in diesen Alex verliebt, hab ich recht? Den Typen von der Party?«, frage ich unvermittelt.

Schlagartig setzt sich Kris kerzengerade auf. »Wa… häh? Pah!«, macht sie, oder jedenfalls glaube ich, diesen Kauderwelsch von ihren Lippen ablesen zu können. »Was soll denn dieser plötzliche Themenwechsel? Okay, ja, Alex ist nicht uninteressant. Und zugegeben, ich bin morgen

Abend auf eine Party in seiner Wohnung eingeladen. Aber das hat überhaupt nichts damit zu tun, dass du Nick voreilig in die Friendzone verbannt hast! Der Typ sieht doch aus, als wäre er einem Filmplakat entsprungen! Tatsächlich erinnert er mich an jemanden, einen heißen Schauspieler oder so, ich komm nur gerade nicht drauf …«

Mein Blick flackert wieder zum Wecker, der jetzt 16:15 Uhr anzeigt. Es reicht, ich kann nicht mehr länger warten. Besser, ich komme viel zu früh als zu spät. »Nick und ich haben Spaß, aber wir sind nicht auf diese Art aneinander interessiert«, sage ich, während ich von meinem Schreibtischstuhl aufstehe. »Es ist einfach schön, dass er so locker und offen mit mir umgeht. Er macht mir nichts vor, und er hat auch keine Hemmungen, mich aufzuziehen, ohne dass ich ihm leidtue …«

»Wieso um alles in der Welt solltest du ihm denn leidtun? Emilia!«, ruft Kris, aber da schnappe ich mir hastig meine Umhängetasche und gehe rückwärts zur Tür.

»Ich muss jetzt los, sorry. Wir reden ein andermal weiter!«

Noch zwei schnelle Schritte, dann habe ich das Zimmer hinter mir gelassen und bin dem Kreuzverhör entwischt. Ein Teil von mir bedauert allerdings, dass ich Kris nicht schon längst reinen Wein eingeschenkt habe. Ich mag sie inzwischen echt gern, und gerade heute könnte ich ein bisschen moralische Unterstützung gut gebrauchen. Es gibt nur eine einzige Person, die von meinem Vorhaben weiß – und diese Person meldet sich zuverlässig, als ich gerade aus dem Bus steige.

HATTEST DU SCHON DIESES ULTRAWICHTIGE GESPRÄCH?, schreibt Nick per WhatsApp und kombiniert seine Frage mit einer absichtlich übertriebenen Sammlung von Emojis: einem Kleeblatt, einer Hand mit gedrücktem Daumen, einem Glücksschweinchen und einer langen Reihe verschiedenster Smileys. Darunter ist auch ein Affe, der sich die Ohren zuhält, was ich auf erfrischende Weise unverschämt finde.

NOCH NICHT, BIN AUF DEM WEG DORTHIN. WAS TREIBST DU DENN GERADE?, schreibe ich zurück. Obwohl es ziemlich schwül ist, fühlen sich meine Finger beim Tippen klamm an.

ICH SCHAUE AUS DEM FENSTER. UND STEHE DABEI AUF DEN ZEHENSPITZEN! VON WEGEN HÖHENANGST!

DEIN ZIMMER IST IM ERSTEN STOCK, erinnere ich ihn und muss trotz meiner Nervosität grinsen.

DAFÜR SIND MEINE ZEHEN EXTREM LANG.

EIN SATZ, DEN JEDE FRAU GERNE VON EINEM MANN LESEN WILL.

UND OB. ICH WETTE, DASS DEIN LAHMER PIANIST DA NICHT MITHALTEN KANN :P

ER IST NICHT **MEIN** PIANIST!

DAS SCHREIBST DU JETZT, WEIL DU DAS VON MEINEN ZEHEN ERFAHREN HAST.

ANGEBER! HEISST ES NICHT IMMER, DIE LÄNGE WÄRE NICHT SO WICHTIG?

TJA, ICH KANN SIE ABER AUCH SEHR GUT EINSETZEN … DENK NUR MAL AN MEIN BALLERINA-HÜHNCHEN.

LIEBER NICHT.

Als Nick danach nicht sofort zurückschreibt, bin ich mir hundertprozentig sicher, dass er lacht. Schon etwas weniger nervös verstaue ich mein Handy in der Umhängetasche und laufe auf das wunderschöne Barock-Palais zu, in dem sich die Beratungsstelle befindet. Der Ort wirkt längst nicht so »krankenhausartig«, wie ich befürchtet hatte, und die junge Frau, die mich wenig später in ihrem Büro begrüßt, verstärkt meine Erleichterung noch zusätzlich: Statt förmlicher Kleidung oder gar eines weißen Kittels trägt sie ein orangefarbenes Sommerkleid, das sich herrlich mit ihren roten Haaren beißt. Das Beste ist allerdings, dass sie mich wie selbstverständlich in Gebärdensprache begrüßt: »Hallo, ich heiße B-R-I-T-T-A«, buchstabiert sie im Fingeralphabet und lächelt mich an.

»E-M-I-L-I-A. Danke, dass du mich eingeladen hast«, gebärde ich zurück.

Britta bewegt wieder die Hände, und ich ahne, dass sie mir freundlich antwortet. Leider unterscheiden sich die österreichischen Gebärden doch stark von den deutschen, sodass ich wohl oder übel auf die Lautsprache umsteigen muss.

»Ich habe noch keinen OP-Termin oder so. Ich … ich wollte nur ganz allgemein …«

»Nun mach es dir erst mal bequem«, sagt Britta mit einer einladenden Geste.

Ich nehme auf dem Stuhl vor ihrem Schreibtisch Platz und gebe mir Mühe, durch ihre wilden roten Locken zu spähen. Ob sie wohl ein Hörgerät hat – oder ist sie gar CI-Trägerin? Anscheinend starre ich zu unverhohlen, denn Britta schüttelt sich immer noch lächelnd die Haare aus dem Gesicht.

»Ich bin ein CODA«, erklärt sie, und ich lehne mich

schnell wieder zurück. *Child Of Deaf Adults,* streng genommen bin ich das auch. Aber diese Bezeichnung wird nur für Hörende verwendet, also werde ich hier keine Implantat-Erfahrungen aus erster Hand bekommen. Angestrengt versuche ich, meine Enttäuschung zu verbergen, doch Britta durchschaut mich erneut. Man merkt, dass sie in der Gehörlosen-Gemeinschaft aufgewachsen ist – offensichtlich hat sie gelernt, ganz genau auf die Mimik ihres Gegenübers zu achten.

»Keine Sorge, ich kenne mich trotzdem aus«, versichert sie mir mit einem Zwinkern. »Meine Schwester hat seit zwei Jahren ein Cochlea-Implantat, und ich habe ihre Erfahrungen hautnah mitbekommen. Deshalb wollte ich auch dieses Praktikum hier machen.« Sie mustert mich kurz, bevor sie weiterredet: »Als meine Schwester operiert wurde, müsste sie ungefähr so alt gewesen sein wie du jetzt. Zu diesem Zeitpunkt hatte sich ihr Gehör so weit verschlechtert, dass sie praktisch taub war.«

»Das ist bei mir genauso«, sage ich, und mein Herz beginnt, schneller zu schlagen. »Geboren wurde ich mit einer mittel- bis hochgradigen Schwerhörigkeit, aber inzwischen liegt meine Hörschwelle bei 110 Dezibel.« Das bedeutet, wenn jemand neben mir eine Motorsäge anwirft, würde ich *beginnen,* ein Geräusch wahrzunehmen. Aber das brauche ich jemandem wie Britta wohl nicht zu erklären.

»Und wie bist du auf die Idee gekommen, dir ein Cochlea-Implantat einsetzen zu lassen?«, erkundigt sie sich und schaut mich so freundlich an, als würden wir uns bloß über unsere Urlaubspläne unterhalten. Trotzdem spüre ich, wie wichtig ihr dieses Thema ist, und ich komme mir vor wie bei einer Prüfung.

»Na ja, ich … ich habe im Internet nach Alternativen

gesucht, weil meine Hörgeräte mir fast nichts mehr bringen«, sage ich stockend. »Seit Jahren habe ich das Gefühl, jede Menge zu verpassen. Dabei hatte ich dank meiner Großmutter immer eine besondere Beziehung zu Klängen und Musik. Sollte ich dann nicht die Chance nutzen, das alles richtig hören zu können?«

Noch während ich die letzten Worte ausspreche, dämmert mir, dass Britta mir keine Antwort darauf geben wird. Das ist genau die Frage, die ich mir selbst beantworten muss.

»Mein Hörnerv ist übrigens intakt«, ergänze ich noch hastig, weil ich weiß, dass das eine Voraussetzung für das CI ist.

»Wie ich sehe, hast du dich schon ein bisschen über die Operation schlaugemacht«, stellt Britta wohlwollend fest. »Dann weißt du vielleicht, dass die OP-Narbe vier bis fünf Wochen verheilen muss, bis der Sprachprozessor angepasst werden kann?«

Ich nicke. Auch das habe ich schon irgendwo gelesen, aber jetzt, da ich es persönlich erklärt bekomme, fühlt es sich viel realer an. Vier Wochen, und ich hätte einen weiteren Sinn – nur vier Wochen, und ich würde in die fremde Welt hinter der Mauer spazieren? Der Zeitraum erscheint mir lächerlich kurz. Mittlerweile schlägt mein Herz so stark, dass ich befürchte, Britta könnte es hören. *Das hier passiert wirklich. Wovon ich so lange geträumt habe, nimmt endlich seinen Lauf.*

Ich muss mich sehr zusammenreißen, um mich trotz des Kribbelns in meinem Inneren auf Brittas nächste Worte zu konzentrieren. »Es ist meine Pflicht, dich über die Risiken einer solchen Operation aufzuklären«, sagt sie, und nun bekommt ihre Miene etwas Geschäftsmäßiges. »Bist du da auch schon informiert?«

»Na ja, die Operation wird unter Vollnarkose durchgeführt, also gibt es die üblichen Gefahren«, antworte ich automatisch, während mein rechtes Knie unter dem Schreibtisch zu wippen beginnt. Die Aufregung fährt mir nun direkt in die Beine, sodass ich kaum noch still sitzen kann. Am liebsten würde ich jetzt einfach drauflosrennen. Oder springen. Oder im Schwarzlicht tanzen, die Bässe nicht nur im Magen, sondern auch in den Ohren …

»Stimmt, aber das meine ich nicht«, holt mich Britta wieder in die Gegenwart zurück. »Die OP wird nahe am Gesichtsnerv durchgeführt, und wenn etwas schiefgeht, könnte er in seiner Funktion gestört werden. Das heißt, die Gesichtsmuskulatur würde auf dieser Seite erschlaffen. Außerdem wird dicht an der Hirnhaut gebohrt, und durch eingeschleppte Bakterien kann es in seltenen Fällen zu einer Entzündung kommen. Möglich sind auch das Auftreten eines Tinnitus, also Pfeifen im Ohr, Schwindel nach der OP sowie Beeinträchtigungen des Geschmack- und Geruchsinns.« Sie schiebt mir ein Informationsblatt entgegen, aber das brauche ich gar nicht. Ich habe auch so jedes einzelne Wort verstanden.

»Du meinst, ich könnte noch zwei weitere Sinne verlieren?« Ein Geräusch dringt aus meiner Kehle, das sich wie ein kurzes Lachen anfühlt, aber ganz bestimmt keines ist. »Ich würde also nicht nur den Feuermelder überhören, sondern auch den Qualm nicht riechen … doch im besten Fall wäre das egal, weil ich das verbrannte Essen ohnehin nicht schmecken könnte?«

Britta greift über den Tisch hinweg nach meiner Hand. »Mit großer Wahrscheinlichkeit wären diese Störungen nur von kurzer Dauer«, beschwichtigt sie mich.

»Aber es ist auch möglich, dass sie bleiben?«, hake ich

nach und merke, wie sich meine Schultern verspannen. »Dann würde ich mein Leben lang bereuen, dass ich mir das alles freiwillig angetan habe!«

»Nun, darin liegt eben die Schwierigkeit, sich für diese OP zu entscheiden: Keine Krankheit und keine Ärzte drängen dich dazu. Oft wird man dabei nicht einmal von den eigenen Familienmitgliedern unterstützt.« Britta schaut mich einen Moment lang abwartend an, bis ich leicht den Kopf schüttle. Dieses Kopfschütteln ist die Untertreibung des Jahrhunderts – trotzdem scheint Britta mich zu verstehen. »Genau dafür gibt es diese Beratungsstelle«, sagt sie und drückt noch einmal meine Hand, ehe sie mich loslässt.

»Ich muss also überlegen, ob ich das CI stark genug will, um diese Risiken in Kauf zu nehmen«, fasse ich zusammen. Das aufgeregte Flattern ist aus meiner Brust verschwunden, plötzlich fühle ich mich seltsam erschöpft.

»So drastisch würde ich es nicht formulieren … aber einen starken Willen wirst du schon brauchen«, meint Britta und wirft einen Blick in die Mappe auf ihrem Schreibtisch – anscheinend geht sie gerade irgendeine Liste mit mir durch. »Bis das Implantat zufriedenstellende Ergebnisse liefert, kann nämlich eine längere Therapie notwendig sein.«

»Wie lange?« Ich bin mir nicht sicher, ob meine gefühllosen Lippen diese Worte richtig geformt haben, also wiederhole ich die Frage in Gebärdensprache. Trotzdem lässt mich Britta noch einen Moment auf ihre Antwort warten.

»Einige Monate«, sagt sie dann mit sichtlichem Unbehagen, »vielleicht auch Jahre.«

»Was«, sage ich. Jetzt sind wohl auch noch meine Stimmbänder müde, denn ich schaffe es nicht, die Frage nach oben schwingen zu lassen.

Es ist Britta anzumerken, dass sie am liebsten wieder nach meiner Hand greifen würde. »Schau mal, Emilia, ich will dir das CI natürlich nicht ausreden – sonst wäre ich ja hier an der ganz falschen Stelle«, meint sie zögernd. Dann gibt sie sich offenbar einen Ruck und redet schneller weiter: »Aber es ist wichtig, dass du realistisch an die Sache herangehst, das habe ich durch die Erfahrung mit meiner Schwester gelernt. In Filmen zeigen sie das immer so: Jemand erwacht aus der Narkose, hört zum ersten Mal die Stimmen seiner Liebsten und bricht vor Rührung in Tränen aus. In Wirklichkeit klang für meine Schwester zu Beginn alles nur nach metallischem Krach, es war ihr sogar ziemlich unangenehm im Kopf. Später konnte sie dann Stimmen wahrnehmen, aber die wirkten eher, als kämen sie von Robotern. Stimmen auseinanderzuhalten und Sprache zu verstehen, war ein hartes Stück Arbeit für sie. Inzwischen kann sie telefonieren, allerdings nur mit ihrer besten Freundin und mir, weil sie an uns so gut gewöhnt ist. Gespräche in Gruppen oder in lauter Umgebung sind leider immer noch schwierig. Das Implantat bewirkt nun mal keine Wunder. Aber es hat ihr Leben schon deutlich vereinfacht, und nach ein paar durchgestandenen Krisen ist sie auch froh, es zu haben …«

»Was ist mit Musik?« Die Frage platzt aus mir heraus, doch Brittas Stirnrunzeln verrät, dass ich trotzdem zu leise gesprochen habe. »Eine CI-Trägerin hat mir geschrieben, dass sie nun auch Musik hören kann«, füge ich mit etwas mehr Druck hinzu. Instinktiv balle ich meine Hände auf der Tischplatte zu Fäusten. Sie lösen sich erst wieder, als Britta zu sprechen beginnt, dann werden sie immer schlaffer, und schließlich fallen sie wie gelähmt herunter.

»Niemand kann voraussagen, wie gut das Implantat beim

Einzelnen funktioniert«, sagt Britta mit einem sanften Ausdruck in den Augen. »Für manche wird dieser Traum wahr – anderen bleibt die Welt der Musik verschlossen.«

Ich spüre ein Scharren, dann eine Erschütterung, als ich ruckartig aufstehe. Hinter mir ist der Stuhl zu Boden gefallen. Mit glühenden Wangen stelle ich ihn wieder hin und murmle: »Tut mir leid, ich hab die Zeit total übersehen ... Das war sehr interessant, aber ich muss jetzt dringend los.«

Gerade habe ich die Tür erreicht, als der Boden vibriert. Britta hat mit dem Fuß aufgestampft, damit ich mich noch einmal umdrehe. Sie sagt nichts, sondern wirft mir nur ein paar Gebärden zu: »Komm gerne wieder vorbei, wenn du willst.«

Mir ist nicht klar, worauf sich dieses *Wollen* bezieht. Weitere Informationen? Das Implantat? So oder so weiß ich nicht, was ich antworten soll. Fluchtartig verlasse ich das Büro und laufe dann die Straße hinunter, ein schmerzhaftes Ziehen ganz tief in meiner Brust. Bei der Bushaltestelle greife ich aus einem Impuls heraus wieder nach meinem Handy und tippe mit bebenden Fingern: BIST DU IN DEINEM ZIMMER? KANN ICH MIT DIR REDEN?

Während der gesamten Fahrt halte ich das Smartphone umklammert wie einen Rettungsanker, doch es folgt keine Reaktion. Nick hat auch dann noch nicht zurückgeschrieben, als ich bereits beim Wohnheim angekommen bin. Ich stürme in die Eingangshalle, zögere nur eine Sekunde vor dem Flur, der zu meinem Apartment führt – dann tragen mich meine Füße wie ferngesteuert in den ersten Stock hinauf. Keuchend erreiche ich Tür Nr. 16 und verzichte auf sinnlose Fragen, deren Antworten ich ohnehin nicht verstehen würde. Stattdessen lasse ich nur zweimal kurz meine Knöchel gegen die Tür prallen und drücke gleich danach die Klinke hinunter.

Sobald ich Nick sehe, wird mir klar, dass ich einen Ausruf von ihm verpasst haben muss – *»Einen Moment«*, *»Ich komme gleich«* oder vielleicht sogar: *»Draußen bleiben.«* Seine Lippen sind noch ein wenig geöffnet, und seine Miene wirkt fremd, beinahe feindselig. Nur langsam verwandelt sich die Abwehr in Erschrecken, als er realisiert, wer da gerade in sein Zimmer gestolpert ist. Ich glaube, er will etwas zu mir sagen, aber das bekomme ich schon nicht mehr mit. Mein Blick hat seine Lippen bereits verlassen und brennt sich jetzt in dunkles Holz.

Holz, das ganz leicht zu zittern anfängt, je länger ich es betrachte – aber ich kann mich einfach nicht davon abwenden.

Wortlos starre ich auf die Geige in Nicks linker Hand.

Nick

Ich habe immer gedacht, ich wüsste, wie verflucht lang sich ein paar Sekunden anfühlen können. Da ist zum Beispiel der Moment, wenn man zusammen mit einem Orchester darauf wartet, dass der Dirigent den Einsatz gibt. Das Gefühlsvakuum nach dem letzten Ton, ehe das Publikum zu klatschen beginnt. Oder die grausame Ewigkeit, wenn man versagt hat, Totenstille herrscht und man weiß, dass die Karriere gerade den Bach runtergegangen ist …

Aber das alles ist nichts im Vergleich zu Emilias Schweigen. Nach und nach scheint sie in Gedanken alle Lügen zusammenzutragen, die ich ihr in den letzten Tagen aufgetischt habe, und ihr Gesichtsausdruck wird immer fassungsloser: dass in meinem Rucksack angeblich ein Skateboard steckt. Dass sich diese Frauen im Konzerthaus nur deshalb das Maul über mich zerrissen haben, weil meine Mutter berühmt ist. Und natürlich die fetteste Lüge von allen: dass ich klassische Musik nicht ausstehen kann.

Sobald Emilia mit dieser Liste durch ist, fällt die Starre von ihr ab, und sie stürmt einfach davon. Ich brauche noch einen Augenblick, um zu schalten, und dann dauert es viel zu lange, bis ich meine Geige verstaut habe.

»Emilia, warte!«, brülle ich, weil sich mein dämliches Hirn einfach nicht merken kann, dass das keinen Sinn hat. Als ich endlich losrenne, ist im Flur nichts mehr von ihr zu sehen. Ich laufe die Treppe hinunter und weiter zu Apartment Nr. 7, wo ich mich ein zweites Mal zum Deppen mache, indem ich an die Tür hämmere. Dann greife ich nach der Klinke, rüttle, will es einfach nicht wahrhaben: Emilia hat die Tür nicht bloß zur Abwechslung geschlossen, sondern sie auch noch versperrt. Obwohl nur wenige Meter zwischen uns liegen, ist sie für mich unerreichbar.

»Hey, du«, blaffe ich einen Typen an, der gerade hinter mir durch den Flur geht. »Hast du mal Stift und Papier?«

Er kramt das Zeug stumm aus seinem Rucksack hervor, und irgendetwas in meinem Gesicht bringt ihn anscheinend dazu, den Kuli als mildtätige Spende zu verbuchen: Anstatt darauf zu warten, dass ich fertig geschrieben habe, hastet er weiter in Richtung Ausgang.

Wing Girl, ich weiß, dass ich Scheiße gebaut habe, schmiere ich quer über das Blatt. *Bitte lass mich rein, damit ich dir das erklären kann.*

Hinter mir höre ich zwei Mädels kichern, als ich auf die Knie gehe und den Zettel unter dem Türspalt durchschiebe. Mein Blick über die Schulter lässt die beiden verstummen. Ich bleibe auf dem Boden hocken und warte, aber die kleine Ecke Papier, die noch unter der Tür hervorragt, bewegt sich keinen Millimeter. Irgendwann gebe ich es auf, ziehe den Brief wieder heraus und trotte zu meinem Zimmer. Als ich die verpasste Nachricht auf meinem Handy entdecke, würde ich mir am liebsten selber eine reinhauen. Fuck, wieso nur musste ich mich nach dem Unterricht bei Volkov weiter mit Paganini foltern?! Andernfalls hätte ich Emilias Message bestimmt nicht überhört, und alles wäre anders gelaufen. Wahrscheinlich wollte sie mir von ihrem Beratungsgespräch erzählen, das aus irgendeinem Grund ein Schuss in den Ofen war. Und da konnte sie bestimmt nichts weniger gebrauchen, als mich mit meiner verfluchten Geige zu sehen …

Gerade will ich mein Handy auf dem Nachttisch ablegen – oder noch besser, es mit einem gezielten Wurf durch die Fensterscheibe pfeffern –, da vibriert es zwischen meinen Fingern. *Dad.* Die Durch-die-Scheibe-pfeffer-Variante erscheint mir auf einmal noch viel verlockender, aber ich nehme den Anruf widerwillig entgegen.

»Sluschaju«, sage ich, obwohl ich weiß, dass mein Vater sich darüber ärgert. Oder vielleicht gerade deswegen. Trotz all der Jahre mit meiner Mutter kann er immer noch schlechter Russisch als ich.

»Nikolai, was ist los?«, entgegnet er gereizt, statt sich mit einer Begrüßung aufzuhalten. »Wir haben seit Tagen nichts mehr von dir gehört!«

»Sorry, war beschäftigt.«

»Das will ich auch hoffen, aber das ist noch lange kein Grund, deine Eltern zu ignorieren!« Ich kann hören, dass er tief durchatmet, und mache unwillkürlich dasselbe. Noch nie hatte ich weniger Bock auf eine Lagebesprechung als jetzt. »Und, wie kommst du voran?«, fragt mein Vater prompt.

»Ganz gut, glaube ich. Das Konzert von Saint-Saëns fürs Halbfinale kriege ich sicher hin, nur die Solonummer …«

»Der Paganini ist eine Herausforderung, ja, aber du hast das Zeug dazu«, fällt mir mein Vater ins Wort. »Du musst dich nur richtig dahinterklemmen und alles beherzigen, was Herr Volkov dir sagt. Wenn du es mit ihm nicht schaffst, dann mit niemandem.«

Für einen kurzen Moment verspüre ich den Drang, ins Telefon zu brüllen: *Okay, und weiter? Was, wenn ich es mit niemandem schaffe?!* Aber natürlich reiße ich mich zusammen. Die Sache mit Emilia zieht mich runter, das ist alles. Mein Vater kann nichts dafür.

»Wie geht's Mom?«, wechsle ich lieber das Thema und bereue es sofort. Das Schweigen am anderen Ende der Leitung ist fast ohrenbetäubend.

»Sie nimmt jetzt eine höhere Dosis«, sagt mein Vater schließlich. »Ihr Therapeut meint, vielleicht wird es dann besser. Aber weißt du, was, Nikolai? Auf dem Weg zur Praxis kommen wir an einem Plakat für die Show vorbei, und immer, wenn deine Mutter das sieht, muss sie ein bisschen lächeln.«

»Ist ja super«, sage ich und hoffe, es hört sich nicht allzu lahm an. Dass sich meine Mutter über so eine dämliche Werbung freut, wirkt auf mich eher deprimierend. Vor nicht allzu langer Zeit war sie es nämlich gewohnt, meinen Namen auf Plakaten und in Musikzeitschriften zu sehen – genau wie ihren eigenen. Meine Mutter hatte ihre erste Welttournee, als sie knapp zwanzig Jahre alt war. Bei dieser Gelegenheit hat sie auch meinen Vater kennengelernt, einen Salzburger Klassikliebhaber mit ziemlich viel Kohle. Er hat nach einer Aufführung der Goldberg-Variationen vor ihrer Künstlergarderobe gewartet, sie war beeindruckt von seiner selbstsicheren Art, und der Rest ist Geschichte. (Eine Geschichte mit meiner Wenigkeit als Ergebnis. Aber ob das ein Happy End ist, weiß ich nicht.)

»Sag mal … was wäre eigentlich aus dir und Mom geworden, wenn sie keine Konzertpianistin gewesen wäre?«, höre ich mich plötzlich selber fragen.

»Was soll denn das bedeuten?«, fragt Dad zurück, und ich weiß genau, dass er die Stirn runzelt.

»Na ja, wenn sie zum Beispiel total unmusikalisch wäre oder so. Wenn sie einfach rein gar nichts von dem verstehen würde, was dir am allerwichtigsten ist … hättet ihr dann wenigstens Freunde werden können?«

Es folgt wieder eine Pause – genug Zeit, um mich zu fragen, was für einen Mist ich da eigentlich verzapfe. Es ist klar, dass mein Vater das in den falschen Hals kriegen muss, und wie erwartet knurrt er schon wenige Sekunden später: »Willst du damit sagen, Lidia wäre mir jetzt nichts mehr wert, weil sie nicht mehr Klavier spielen kann? Oder wie darf ich das verstehen?!«

»Nein, das sollte nicht …«, setze ich an, aber ich habe keine Chance. Selbst schuld, wenn ich so bescheuert bin, dieses Fass aufzumachen.

»Ich sag dir jetzt mal was«, unterbricht mich mein Vater schneidend. »Seit ihrem Unfall bin ich ständig für sie da gewesen. Ich habe versucht, für uns alle stark zu sein.«

»Schon gut, alles kl–«

»Derjenige, der einfach weggebrochen ist, warst *du!*«

Das sitzt wie ein gut gezielter Schlag in den Magen. Falls meine Laune vorhin noch sinken konnte, ist sie jetzt garantiert am Tiefpunkt angelangt. Mir dämmert, dass es nur eine Möglichkeit gibt, der restlichen *Nick-ist-scheiße*-Sinfonie zu entgehen.

»Dad, ich muss weiterüben«, sage ich ausdruckslos.

»Das ist bestimmt eine gute Idee.« Er legt auf, und ich bleibe mit dem Gefühl zurück, um ein paar Zentimeter geschrumpft zu sein. Sicherheitshalber schaue ich bei WhatsApp vorbei, aber Emilia ist nicht online. Mir wird nicht einmal angezeigt, wann sie es das letzte Mal war. Entweder, das liegt am instabilen Wohnheim-WIFI, oder sie hat mich allen Ernstes blockiert. Mein Wunsch, irgendwas gegen die Scheibe zu schmettern, wird mit jeder Sekunde stärker. Gehetzt flackert mein Blick durch den

Raum, bleibt ganz kurz an der Schranktür hängen, dann richtet er sich auf meine linke Hand.

Ich denke an die unzähligen Male, als meine Eltern mich ermahnt haben, vorsichtig zu sein.

An die vielen Entschuldigen für den Sportunterricht.

An ein verstauchtes Handgelenk, das mir vor Jahren mal drei Wochen Pause beschert hat …

Es wäre so einfach, wieder einen kleinen Unfall zu haben und dann eine Weile mit einem Verband herumzulaufen. Oder Scheiße, meinetwegen auch mit einem Gips. Kein Wettbewerb mehr, keine Geige – aber während ich das denke, hole ich sie bereits hervor und beginne mechanisch, die Saiten zu stimmen. Für die Dauer der ersten paar Takte habe ich noch Emilias erschrockenes Gesicht vor Augen, und ich spüre mit einem Bohren tief in mir drin, wie sehr ich es verbockt habe. Doch je länger ich spiele, desto stärker konzentriere ich mich nur auf den Bogen, die Griffe, mein Ziel, und spätestens nach dem zweiten Durchgang spüre ich gar nichts mehr.

Emilia

Im Laufe der nächsten Tage wird Google mein bester Freund – oder mein schlimmster Feind, wie man's nimmt.

Ich muss eine Weile suchen, weil ich Nicks vollen Namen nicht kenne. Nach ein paar Anläufen mit verschiedenen Schlagwort-Kombinationen finde ich allerdings heraus, dass er Nikolai Andreyev heißt, dass er den Familiennamen seiner berühmten Mutter trägt … und noch unendlich viel mehr. Sobald ich meinen Freund Google geknackt habe, erweist er sich als ziemlich gesprächig.

Bald schwirrt mir der Kopf von all den beeindruckenden Informationen rund um einen Jungen, den ich einmal für oberflächlich gehalten habe: erstes Konzert mit Orchesterbegleitung im Alter von neun, erster Plattenvertrag mit zwölf Jahren, zahlreiche gewonnene Preise und ab sechzehn ein Studium an der Juilliard School in New York. Aus seiner Kindheit kursieren wahrscheinlich mehr Fotos im Internet, als es von mir überhaupt gibt. Sie zeigen einen kleinen Jungen mit Pausbacken und niedlichem Wuschelkopf, später einen schlaksigen Teenager, oft an der Seite einer zierlichen dunkelhaarigen Frau – und immer mit einer Geige in der linken Hand. Auf Porträtfotos ist nicht zu übersehen, dass Nick und seine Mutter die gleichen smaragdgrünen Augen haben. Offenbar sind die beiden meistens zusammen aufgetreten, und ich kann mir lebhaft vorstellen, wie das Publikum bei ihrem Anblick dahingeschmolzen ist.

Zwar habe ich YouTube und somit die Konzertaufnahmen absichtlich gemieden – alles, was mit Musik zusammenhängt, tut mir im Augenblick zu sehr weh –, aber auf einer Webseite stolpere ich schließlich doch über ein Video. Gefilmt wurde ein Interview mit dem siebenjährigen Nick, und ich kann mich einfach nicht davon losreißen, obwohl ich keine der Fragen verstehe. Die Kamera bleibt ständig auf Nick gerichtet, der seine Geige im Arm hält, als wäre sie eine Puppe oder ein Teddybär. Wie auch immer die letzte Frage lautet, sie entlockt ihm ein breites, zahnlückiges Grinsen.

»Weil ich der Beste sein will«, sagt er, und am Bildrand wird der Satz eingeblendet: *»Schon jetzt übt Nikolai, der neue Stern am Klassik-Himmel, etwa fünf Stunden pro Tag.«*

Automatisch beginne ich zu überlegen, was ich in diesem Alter so getrieben habe. Ich erinnere mich an Streiche mit meinen Brüdern, an meine Freundinnen in der Gehörlosenschule und an meine Eltern, die abends an meinem Bett saßen und für mich Geschichten gebärdet haben. Kein Wunder, dass mir Nicks kometenhafter Aufstieg komplett entgangen ist: Die Zeit, in der er Fans zu sammeln begann, habe ich fast ausschließlich in der Stille verbracht.

Wie in Trance klicke ich mich weiter durch Nicks Leben, sehe ihn auf dem Schoß von Anne-Sophie Mutter und dann, schon etwas älter, beim High-Five mit David Garrett. Das letzte Foto von ihm und Lidia Andreyeva ist zugleich das Cover ihres neuesten Albums, einer Zusammenstellung mehrerer Werke von Johann Sebastian Bach. Darauf ist Nick etwa sechzehn Jahre alt, er wirkt fröhlich und stolz und – er hat keine Schatten unter den Augen.

Entweder, das Bild wurde bearbeitet, oder dieser ständig erschöpfte Ausdruck in seinem Gesicht kam erst danach. Herausfinden kann ich das nicht, denn so viel ich auch durch die Google-Bildersuche scrolle, ich finde keine aktuelleren Porträtfotos von Nick. Da gibt es nur ein paar merkwürdige Schnappschüsse, die ihn im Anzug auf einer Bühne zeigen, den rechten Arm vor dem Gesicht, als würde er von den Scheinwerfern geblendet. Gerade will ich eines dieser Fotos anklicken, um der Sache auf den Grund zu gehen, da nehme ich aus den Augenwinkeln eine Bewegung hinter dem Türspalt wahr. Das ganze Wochenende lang hat sich Kris nicht eine Sekunde blicken lassen, dabei würde ich ihr so gerne alles erzählen. Ich springe von meinem Schreibtischstuhl hoch, stürze aus dem Zimmer und sprudle gleich drauflos: »Na endlich wagst du dich mal wieder …« Dann bemerke ich, wie blass meine Mitbewohnerin ist, und schlucke den restlichen Satz hinunter. »Kris, du wirkst ja, als hättest du ein Gespenst gesehen. Ist etwas passiert?«

»Nein, schon okay. Ich besuche nur ein paar Freunde«, behauptet sie, für ihre Verhältnisse ungewöhnlich wortkarg. Mit gesenktem Kopf schiebt sie sich an mir vorbei, und ich ahne, dass die Party bei ihrem neuen Schwarm nicht so verlaufen ist wie von ihr erhofft. Normalerweise würde ich sie jetzt aufhalten und versuchen, sie zu trösten, aber dafür geht es mir gerade selbst zu mies. *Nur ein paar Freunde* – wenigstens hat Kris jemanden, bei dem sie sich ausheulen kann. Mir dagegen kommt es so vor, als würde ich meinen einzigen Freund hier gar nicht richtig kennen.

Schwerfällig trotte ich zurück in mein Zimmer und werfe

mich aufs Bett. Plötzlich ist meine Gier nach Informationen verflogen, ich fühle mich wie ausgehöhlt und habe absolut keine Lust, ein weiteres Foto des berühmten Mutter-Sohn-Gespanns zu sehen. Nachdem ich den Laptop zugeklappt habe, flüchte ich mich in einen meiner Lieblingsromane, bis ich die Buchstaben kaum mehr voneinander unterscheiden kann. Verwirrt schaue ich zum Fenster – eigentlich ist es doch noch gar nicht so spät – und stelle fest, dass der Regen gegen die Scheibe peitscht. Wahrscheinlich macht er einen ziemlichen Krach, und ich kann froh sein, davon verschont zu bleiben. Das Kinn in meine rechte Hand gestützt, beobachte ich die dicken Regentropfen, die am Glas hinablaufen. Dabei werden meine Lider immer schwerer, mein Kopf sinkt auf die Matratze …

… und dann fahre ich so ruckartig hoch, als hätte man mir einen elektrischen Schlag verpasst. Mit weit aufgerissenen Augen starre ich in die Dunkelheit, während mir das Herz gegen die Rippen trommelt. Ich dachte, es wäre nur ein Traum – aber da ist sie, eine finstere Gestalt, die sich langsam meinem Bett nähert. Etwas Kratziges wandert durch meine Kehle, ein Stöhnen vielleicht oder ein Schrei. Panisch krabble ich rückwärts, und mein schlaftrunkenes Hirn sucht gerade nach einem Fluchtweg, da leuchtet ein Rechteck in der Schwärze auf.

Ein Smartphone, um genau zu sein. Direkt vor Nicks Gesicht.

»Oh mein Gott«, ächze ich und lasse mich rücklings aufs Bett fallen. Erst als sich mein Herzschlag einigermaßen beruhigt hat, setze ich mich wieder auf und spähe mit zusammengekniffenen Augen in Richtung des Displays. »Sag mal, bist du wahnsinnig geworden?! Du kannst doch nicht einfach hier reinplatzen!«

Nick antwortet irgendetwas, aber es ist zu dunkel, um seine Lippen zu lesen. Hektisch taste ich nach dem Schalter der Nachttischlampe, dann erkenne ich endlich mehr als nur ein paar schemenhafte Umrisse. »Ich wusste nicht, dass du schon schläfst«, wiederholt Nick und sieht dabei so verdattert aus, als wäre er irrtümlich in Faulbärs Zimmer gelandet statt in meinem.

»Das ändert doch überhaupt nichts!«, rufe ich und kümmere mich nicht darum, ob ich vor Aufregung ein paar Buchstaben verschlucke. »Was hast du denn hier zu suchen?«

Nick schweigt, während er das restliche Stück auf mich zukommt. Er geht vor dem Bett in die Hocke, sodass sein Gesicht mit meinem fast auf derselben Höhe ist. »Emilia«, sagt er dann langsam, die Augen ein bisschen geweitet, »mir ist klar, dass ich mich wie ein Idiot benommen habe, okay? Ich hätte dir nichts vormachen sollen, das war scheiße von mir. Aber wie erzählt man einer Gehörlosen, die Sehnsucht nach Musik hat, dass man praktisch für die Musik lebt?«

Darauf gebe ich ihm keine Antwort. Tief in mir drin pocht ein leiser Schmerz, doch ich bin mir nicht sicher, ob er wirklich mit Nicks Lügen zusammenhängt – oder vielleicht eher mit den Wahrheiten, die Britta auf mir abgeladen hat. »Was hast du hier zu suchen?«, frage ich schließlich noch einmal, so leise, dass es in meinem Hals kaum vibriert.

»Ich will dir was zeigen«, sagt Nick, »draußen. Kommst du mit, Wing Girl?«

Wenn es nicht der bittende Ausdruck in seinen Augen ist, der mich fast gegen meinen Willen vom Bett hochzieht, dann liegt es vielleicht an diesem verflixten Spitznamen. Ohne zu überlegen, schlüpfe ich in meine Schuhe, noch benommen vom Schreck oder Schlaf.

Nick verlässt vor mir das Apartment, und ich schnappe mir im Hinausgehen einen Regenschirm aus der Zimmerecke. Schweigend laufen wir hintereinander zum Ausgang des Wohnheims, erst an der Haustür dreht sich Nick wieder zu mir um. Sein Blick wandert zu dem Schirm, den ich einsatzbereit umklammert halte, und er schüttelt den Kopf. »Den wirst du nicht brauchen.«

Ich starre ihn an. »Wie bitte? Da werde ich doch klatschnass!«

»Genau das ist der Punkt.« Nick greift nach der Klinke, drückt sie aber noch nicht hinunter. »Wing Girl, beantworte mir nur eine Frage. Wann hast du dich das letzte Mal so richtig vollregnen lassen?«

»Noch nie«, gestehe ich wahrheitsgemäß. »Ich bin darauf gedrillt, immer einen Schirm parat zu haben. Schließlich sollten meine Hörgeräte nicht nass werden.« Vielsagend schaue ich ihn an, und Nick wirkt tatsächlich ein bisschen verlegen.

»Ähm … das hab ich mir gedacht. Deswegen musst du das ganz dringend mal ausprobieren. Auf deiner Liste steht ja, du würdest gerne herausfinden, wie der Regen klingt – und sehen wir den Tatsachen ins Auge, das ist einfach nicht drin. Aber das Geräusch spielt beim Sommerregen auch längst keine so wichtige Rolle wie das Gefühl.«

Damit stößt er die Tür auf, und ich will eigentlich noch etwas erwidern … aber der Duft, der mir von draußen entgegenweht, verschlägt mir die Sprache. Es riecht irgendwie süß und frisch und zugleich ein kleines bisschen modrig. Das Licht der nächsten Straßenlaterne scheint zu flimmern, so dicht fallen die Tropfen zu Boden. Vor der Türschwelle steht das Wasser schon knöcheltief, und Nick starrt in angespannter Haltung auf diesen kleinen See, als wäre er ein Turmspringer auf dem Zehnmeterbrett.

»Wann hast *du* das denn zuletzt gemacht?«, frage ich ihn. Schnell betätigt er den Türstopper und beugt sich zu mir herunter, um mich zu verstehen. Wie es aussieht, hatte ich recht mit meiner Vermutung: Der Regen ist wirklich ganz schön laut.

»Viel zu lange her«, formt Nick mit den Lippen, immer noch so nahe, dass ich trotz des Moder-Frische-Dufts sein herbes Duschgel oder Aftershave riechen kann. »Die Geige darf genauso wenig nass werden wie deine Hörgeräte. Deswegen wird es jetzt allerhöchste Zeit, dass ich Folgendes tue …«

Und er springt. Mit voller Wucht landet er in der Pfütze, das Wasser spritzt gut einen Meter in die Höhe und durchweicht meine Hosenbeine. Fassungslos schaue ich erst auf den triefenden Stoff, dann in ein Paar blitzende grüne Augen. *»Aaarh!* Wie kindisch kann man bitte schön sein? Das hast du doch bestimmt absichtlich gemacht!«

»Schon möglich«, meint Nick mit einem freundlichen Lächeln, während ihm der Regen über das Gesicht läuft. »Und jetzt?«

Ich schiebe die Augenbrauen zusammen und durchbohre ihn mit einem bitterbösen Blick. »Jetzt«, sage ich und spüre, dass das Wort als Zischen herauskommt, »werde ich mich bei Faulbär über dich beschweren.«

Während der nächsten paar Sekunden kann ich ganz genau mitverfolgen, wie Nicks Grinsen in sich zusammenfällt. Langsam kehre ich ihm den Rücken zu – langsam genug, um noch das Entsetzen in seinem Gesicht zu sehen. Dann schnelle ich wieder herum und lande direkt neben ihm in der Pfütze.

Nick

Hier eine kleine Liste meiner *All-Time-Favorite*-Gefühle:

Der Triumph, wenn mir ein Lauf mit extremen Lagenwechseln und Doppelgriffen erstmals fehlerfrei gelingt.

Die Erleichterung, während ich auf der Bühne den letzten Ton spiele und weiß, dass ich alles richtig gemacht habe.

Ziemlich viel, was sich zu zweit in der Horizontalen anstellen lässt …

… aber nie im Leben hätte ich gedacht, dass es sich so gut anfühlen könnte, von einem Mädchen mit dreckigem Wasser nass gespritzt zu werden. Die Soße schwappt mir das ganze Bein hinauf, sprenkelt auch noch mein T-Shirt, und Emilia kriegt sich fast nicht mehr ein vor Lachen. Sie dreht sich einmal um sich selbst, den Schirm wie eine Fahne in die Luft gereckt, dann lässt sie ihn einfach los. Während er zu Boden segelt, legt sie mit ausgebreiteten Armen den Kopf nach hinten, und ihre nassen Locken scheinen um ihr Gesicht zu fließen wie geschmolzenes Gold.

»Ich hab nicht damit gerechnet, dass die Tropfen so *warm* sind!«, ruft sie mir zu, jetzt laut genug, dass ich sie trotz des prasselnden Regens verstehen kann.

»In der Tat ein außergewöhnliches Phänomen: Wärme im Sommer«, sage ich und bekomme dafür einen leichten Schlag gegen die Schulter.

»Hör auf, du Fiesling! Diesen Moment machst du mir nicht kaputt«, schimpft Emilia, immer noch lachend – und das habe ich auch gar nicht vor. Stattdessen hopse ich während der nächsten Viertelstunde mit ihr in der Gegend herum, lasse keine Pfütze aus und schlucke gefühlt einen halben Liter Wasser. Vermutlich wirke ich dabei ähnlich bescheuert wie Ted Mosby aus *How I Met Your Mother* bei seinem Regentanz, und ich kann nur hoffen, dass kein Heimbewohner aus dem Fenster schaut … aber eigentlich ist mir das auch komplett egal.

Irgendwann rutscht Emilia auf dem nassen Asphalt aus und knallt gegen meinen Brustkorb. Sie stützt sich mit beiden Händen ab, um das Gleichgewicht wiederzufinden, dann schaut sie keuchend zu mir hoch. Ihre Wangen sind vom Herumgehüpfe dunkelrot, und ich frage mich, ob sie sich wohl heiß anfühlen. Automatisch strecke ich die Finger in ihre Richtung, aber zum Glück denke ich noch mal nach, bevor ich einfach in ihr Gesicht grapsche. Stattdessen wische ich ihr lieber nur eine feuchte Locke aus den Augen.

Emilia macht einen besonders tiefen Atemzug. »Ich glaube, ich bin jetzt bereit, es zu wagen.«

»Was denn?«, frage ich überrumpelt.

Sie schenkt mir ein kleines Lächeln, das mindestens so schelmisch ist wie während unserer Fahrt mit dem Kettenkarussell. »Schreien, so laut ich kann.«

»Oh … okay.« Ich muss mich einen Moment sammeln, dann springt ihr Grinsen auf mich über. »Dir ist aber schon klar, dass jetzt Nachtruhe herrscht, oder? Wenn wir direkt vor dem Heim ein Mordsgeschrei loslassen, könnte ein gewisser Gentleman mit Schnurrbart nicht gerade erfreut sein.«

»Dann müssen wir eben gleich danach verschwinden«, sagt Emilia, so voller Tatendrang, als ginge es um eine heldenhafte Rettungsmission. »Darin haben wir ja schon Übung. Also, bist du bereit?«

»Wie ein Brüllaffe mit Megafon.« Ich stelle mich breitbeinig hin, lege die Hände als Trichter um meinen Mund – und dann gibt Emilia auch schon ein Geheul von sich, das meine Trommelfelle zum Flattern bringt. Es sieht total verrückt aus: dieses zierliche Mädchen mit den triefenden Engelslocken, das einfach nur reglos dasteht und aus voller Kehle schreit. Sie hat den Kopf wieder in den Nacken gelegt, und das Wasser fließt über ihre zusammengekniffenen Lider, die gekräuselte Nase, weiter in den aufgerissenen Mund. So ist es also, wenn man nach jahrelanger Sprachtherapie und der ständigen Angst, irgendwie komisch zu klingen, endlich loslässt. Emilia wirkt fast, als würde sie fliegen … und ich kenne dieses Gefühl ganz genau. Dasselbe habe ich früher empfunden, wenn ich vor Publikum gespielt habe.

Irgendwie vergesse ich über diesem Anblick, dass ich eigentlich mitmachen wollte. Ich schaue Emilia einfach nur zu, aber das bekommt sie ja nicht mit. Als dann das Fenster von Faulbärs Büro auffliegt, packe ich sie an der Hand, und wir stürzen zurück ins Wohnheim. Auf quietschenden Sohlen schlittern wir durch die Flure, tropfen alles voll und sind mehrmals kurz davor, uns gemeinschaftlich auf die Fresse zu legen. Ich begleite Emilia in ihr Apartment, ohne darüber nachzudenken. Erst in ihrem Zimmer fällt mir ein, dass sie mich gar nicht dazu aufgefordert hat.

»Und, wie war's?«, frage ich, um diesen Fehler zu überspielen.

»Gut«, sagt sie mit leuchtenden Augen, dann fasst sie

sich lachend an die Kehle. »Furchtbar. Mir tut der Hals weh.«

»Tja, alles hat seinen Preis.«

Anschließend gibt es eine kleine Pause, in der Emilia wohl ebenfalls bemerkt, dass ich mal wieder uneingeladen in ihrem Zimmer stehe. »Also …«, sagt sie verlegen und sieht an ihrer klatschnassen Bluse hinab. »Du möchtest dich jetzt wahrscheinlich auch gerne umziehen, nehme ich an?«

Nachdenklich lege ich den Kopf schief. »Entweder das – oooder ich warte hier, bis ich einigermaßen getrocknet bin. Andernfalls setze ich ja das ganze Treppenhaus unter Wasser.« Und als Emilia den Mund aufmacht, füge ich noch schnell hinzu: »Wir haben den armen Faulbär nun wirklich schon genug geärgert, meinst du nicht?«

In Wirklichkeit habe ich absolut keine Lust, jetzt in mein Zimmer zurückzukehren, wo die Geige vorwurfsvoll auf mich wartet. Ich habe den Paganini heute so mies gespielt wie schon lange nicht mehr und war gerade dabei, die Nerven zu verlieren, als es zu regnen anfing. Meine Aktion mit Emilia war eine Flucht vor der Musik, ein Ausflug in die Stille. Ich will nicht, dass das jetzt schon wieder vorbei ist.

Erstaunlicherweise scheint Emilia tatsächlich Mitleid mit dem grummeligen Heimleiter zu haben. »Na schön«, sagt sie nach kurzem Überlegen, »dann nimm dir bitte ein Handtuch – zweites Fach von oben –, während ich mich umziehe.«

Immer noch ein bisschen linkisch öffnet sie ihren Kleiderschrank, schnappt sich ein paar Klamotten und huscht hinaus. Im Grunde hätte ich ihren Hinweis gar nicht gebraucht, um die Handtücher zu finden, denn alle Fächer sind super ordentlich. Ich entdecke auch gleich den Stapel mit Emilias Schlafsachen und darunter sowohl Boxershorts als auch ein Shirt in Männergröße. Entweder das sind Souvenirs von ihrem Ex, oder Emilia hat sie von ihren Brüdern geklaut. Kurz entschlossen hänge ich mein eigenes Zeug über die Stuhllehne, schlüpfe in die trockenen Klamotten und mache dann schnell den Schrank wieder zu. Emilia soll nicht denken, dass ich in ihrer Unterwäsche stöbere oder so. (Okay, ich habe eine Wette mit mir selbst gewonnen: Natürlich trägt dieses Mädchen pastellfarbene Slips mit kleinen Schleifen am Bund.)

Als Emilia ins Zimmer zurückkommt, jetzt in lockeren weißen Jersey-Shorts und einem himmelblauen Tanktop, sackt ihr erst mal die Kinnlade hinunter. »Äh … aber eingezogen bist du hier noch nicht, oder?«

Ich klatsche übertrieben die Hände zusammen. »Hey, tolle Idee! In deinem Zimmer ist es sowieso viel ordentlicher als bei mir. Und es riecht auch irgendwie besser.«

»Das kommt von einer Sache, die man *Putzen* nennt.« Emilia bemüht sich um ein Lächeln, bleibt aber weiterhin an der Tür stehen, die Arme vor der Brust verschränkt. Mir ist absolut klar, was sie zögern lässt: Unsere Regentanz-Ekstase ist abgeklungen, jetzt hängen wieder unausgesprochene Fragen und vergangene Lügen zwischen uns in der Luft. Ich werde aber garantiert nicht derjenige sein, der über die Geige zu sprechen beginnt. Lieber benehme ich mich weiterhin, als wäre alles beim Alten.

»Könnte eine Weile dauern, bis meine Jeans getrocknet sind. Wie wär's inzwischen mit einem Film?«, schlage ich vor und setze mich auf die Bettkante. »Hast du ein Abo bei Netflix?«

»Nein, *nicht!«* Emilias Schrei lässt mich zusammenzucken, aber da habe ich ihren Laptop schon aufgeklappt. Im ersten Moment denke ich allen Ernstes an Schmuddelfilmchen oder dass Emilia nur aus Versehen zu laut gesprochen hat. Dann fällt mein Blick auf das Foto im Browser.

Das Foto, das vor zwei Jahren durch sämtliche klassikbezogenen Medien gegangen ist.

Ein Symbol für mein Versagen.

Jetzt wird mir klar, warum Emilia noch keine Fragen zu meiner Vergangenheit gestellt hat: Weil sie bereits alles über mich weiß.

»Hattest du wenigstens Spaß mit dem Video?«, sage ich und bin froh, dass sie nicht merkt, wie dumpf meine Stimme klingt.

Emilia schaut mich mit großen Augen an. »Wie bitte?«

»Es hängt natürlich davon ab, ob du eher der Typ fürs Fremdschämen bist oder nicht«, fahre ich fort. Nun gelingt mir wieder ein cooler Tonfall, obwohl ich echt Schiss habe, dass Emilia schlecht über mich denkt. Die macht allerdings eher einen verwirrten Eindruck.

»Ich verstehe nicht, wovon du überhaupt sprichst«, antwortet sie, kommt langsam näher und lässt sich mit etwas Abstand zu mir auf der Bettkante nieder. »Ja, ich habe ein paar Artikel über deine Kindheit gelesen und alte Fotos angeschaut. Aber Videos von deinen Auftritten habe ich ausgelassen. Ich muss nicht noch mehr Konzerte erleben, um zu begreifen, dass ich damit nichts anfangen kann.«

Mein Puls schnellt so plötzlich in die Höhe, dass mir schwindelig wird. »Du kennst das Video gar nicht? *Nikolai Andreyevs letzter Auftritt,* das hast du noch nicht gesehen?«

»Nein. Sollte ich?«, fragt Emilia zurück.

Ein paar Sekunden lang bin ich stark in Versuchung, die

Sache einfach so gut wie möglich herunterzuspielen. *Nein, nicht nötig, ist nur so ein öder Klassik-Scheiß.* Aber das würde sie mir nie im Leben abkaufen. Sobald sie wieder alleine wäre, würde sie sich das Video garantiert reinziehen, und das kann ich ihr nicht mal verübeln. Nach all meinen Lügen hat sie sogar irgendwie das Recht, es zu sehen – und ab morgen, wenn die erste Casting-Folge ausgestrahlt wird, ist die Katze sowieso aus dem Sack. Als ich mich auf den Wettbewerb eingelassen habe, musste ich in Kauf nehmen, dass der Sender dieses Video wieder ausgraben und rauf- und runterspielen würde. Jeder wird meinen *epic fail* sehen können, auch diejenigen, an denen die Angelegenheit damals vorbeigegangen ist.

Mit zusammengebissenen Zähnen greife ich wieder nach dem Laptop, öffne ein neues Fenster und rufe YouTube auf. Während ich den Suchbegriff eingebe, versuche ich, mir selbst weiszumachen, dass diese Sache nur halb so schlimm wird. Immerhin kann Emilia nichts davon hören … aber ich fühle mich trotzdem, als würde ich mir mein eigenes Grab schaufeln, als ich das Video anklicke.

Widerwillig drehe ich mich zur Seite, damit Emilia meine Lippen sieht. »Hier ist der Moment meines Untergangs«, sage ich so ätzend und pseudo-pathetisch wie möglich, während sich mein Magen zusammenzieht. »Viel Spaß dabei.«

Emilia

Zuerst ist da einfach nur ein dunkelroter Vorhang.

Mehrere Sekunden lang passiert überhaupt nichts, und ich glaube schon, das Video hätte sich aufgehängt. Dann wird mir klar, dass es gerade eine Ansage aus dem Off gibt. Fragend schaue ich zu Nick hinüber.

»Das war einer der wichtigsten Wettbewerbe für Nachwuchs-Musiker in Europa«, erklärt er mit völlig ausdruckslosem Gesicht. Es ist immer merkwürdig, jemanden so reden zu sehen – bei der Gebärdensprache spielt Mimik eine unheimlich wichtige Rolle.

Endlich kommt Bewegung ins Video, die Kamera schwenkt einmal über den vollbesetzten Zuschauerraum und kehrt dann zurück zur Bühne, wo gerade eine einsame Gestalt hinter dem Vorhang auftaucht. Der 16-jährige Nick ist etwas schmaler als der heutige, und er wirkt im Anzug irgendwie fremd, aber seine widerspenstigen schwarzen Haare sind unverkennbar. Langsam geht er zur Mitte der Bühne, spannt den Bogen nach und streicht dann ein paarmal flüchtig über die Saiten. Mir ist klar, dass er seine Geige stimmt – das gehört zu den unendlich vielen Dingen, die Nana mir erklärt hat –, auch wenn ich nicht weiß, wie ein Instrument *falsch* klingen kann.

Schließlich drückt Nick die Wirbelsäule durch und hebt den Kopf. Die Kamera zeigt sein Gesicht in Großaufnahme, es wirkt eigenartig leblos – wie aus Wachs. Als er zu spielen beginnt, kann ich aus einem bestimmten Kamerawinkel sehen, dass seine Hände zittern. Einmal gerät der Bogen dermaßen schief, dass er von den Saiten zu rutschen droht, und Nick bringt ihn hastig wieder in Position. Ob das Publikum dieses Manöver ebenfalls bemerkt hat? Und sind die eckigen Bewegungen auf dem Griffbrett irgendwie hörbar? Ich habe den Eindruck, als würden Nicks Finger immer wieder stolpern und aus dem gewohnten Ablauf herausfallen. Vielleicht soll das ja alles so sein, möglicherweise gehört dieses Stocken zur Melodie … aber dann richtet sich die Kamera auf das Publikum, und mir wird klar, dass ich mich geirrt habe.

Da ist kein Staunen in den Gesichtern, keine Verzückung. Stattdessen finde ich Ausdrücke, die eigentlich gar nicht in einen Konzertsaal gehören: Befremdung. Unbehagen. Erschrecken und Spott.

Nick – der Stargeiger Nikolai Andreyev, vielfacher Preisträger, ehemaliges Wunderkind – muss absolut entsetzlich spielen.

Sobald ich das begriffen habe, traue ich mich nicht mehr, den Blick zur Seite zu wenden. Ich will gar nicht wissen, wie Nick aussieht, während ich Zeugin seiner Demütigung werde. Es ist schon schlimm genug, zu beobachten, wie die starre Maske seines früheren Ichs allmählich Sprünge bekommt. Immer hektischer schnellen seine Finger hin und her, immer öfter schlittert der Bogen unkontrolliert über die Saiten. Ganz kurz wird ein Tisch mit vier Personen eingeblendet, wahrscheinlich die Jury, deren Mitglieder synchron mit den Köpfen schütteln. Dann wechselt die Kamera wieder zu Nick und fängt ein paar letzte fahrige Bewegungen ein, ehe das Bild gefriert.

Nick hat den Bogen von den Saiten genommen und steht nun völlig reglos da, sodass ich zum zweiten Mal annehme, das Video hätte gestoppt. Erst nach ein paar Sekunden fällt mir auf, wie sich sein Brustkorb hebt und senkt. Die Kamera bleibt bei ihm, kriecht sogar noch etwas näher an ihn heran. Jetzt bricht Nicks Fassade endgültig in sich zusammen, er reißt den rechten Arm hoch und hält ihn vor sein Gesicht, so wie ich es auf dem Foto gesehen habe. Ich nehme an, dass er sich vor der Kamera verstecken will – doch für das Publikum muss es wirken, als ob er weint. Als er sich abwendet und mit langen Schritten auf den Vorhang zusteuert, sind seine Bewegungen wieder erstaunlich gefasst. Trotzdem kann ich zumindest erahnen, was eigentlich in ihm vorgeht: Jemand, der schon als Kind immer der Beste sein wollte, verlässt nicht mitten während eines Konzerts die Bühne … es sei denn, er hat komplett aufgegeben.

Noch ein kurzer Schwenk über die Köpfe des Publikums, über ungläubige Gesichter und gezückte Handykameras, dann ist es vorbei.

Nick berührt meine Hand, damit ich ihn anschaue. »Einige Wochen lang haben sich alle das Maul darüber zerrissen«, erzählt er, »schlimmer als damals bei diesem Typen, der seine 2,5-Millionen-Stradivari in einem Taxi vergessen hat.« Er verzieht den Mund zu einem schiefen Grinsen – versuchter Spott, der völlig misslingt.

»Und wieso ist das … ich meine, gibt es einen Grund dafür, dass das passiert ist?«, frage ich stockend.

»Ja, kann man so sagen.« Obwohl Nick mir weiterhin das Gesicht zugewandt hält, gleitet sein Blick an mir vorbei und verliert sich im Nichts. »Meine Mutter und ich haben uns direkt vor dem Wettbewerb heftig gestritten.

Die Juilliard School hatte mir ein Stipendium angeboten, aber Mom wollte nicht, dass ich nach New York ziehe. Ich war ziemlich angepisst deswegen und hab ihr vorgeworfen, dass sie mich nur für ihre eigene Karriere benutzen will, weil sie's alleine nicht mehr bringt ...« Er macht eine Pause, und meine Arme überziehen sich mit Gänsehaut. Ich ahne schon, wie diese Geschichte ausgehen wird – es ist wie in meinem immer wiederkehrenden Traum vom Fliegen, bei dem ich die ganze Zeit weiß, dass am Ende der Sturz kommt.

»Als ich mich für meinen Auftritt fertig gemacht habe und sie noch nicht da war, dachte ich, sie wollte mir aus Rache nicht zuhören«, erzählt Nick weiter. »Ich weiß noch, dass ich sie in diesem Moment wirklich gehasst habe. Kurz bevor ich auf die Bühne musste, hat mein Vater angerufen und mir gesagt, dass Mom auf dem Weg zum Wettbewerb einen Autounfall hatte. Er konnte nicht lange telefonieren, und der Empfang in der Künstlergarderobe war ziemlich schlecht. Das Letzte, was ich gehört habe, war: ›*Die Ärzte operieren gerade, aber es sieht nicht gut aus.*‹ Dann ist die Verbindung abgebrochen, und ich hab erst später erfahren, was Dad damit gemeint hat – nämlich dass es nicht sicher war, ob meine Mutter jemals wieder Klavier spielen könnte. Tja, echt dumm gelaufen. Ich bin unter Schock auf die Bühne gegangen und hab die ganze Zeit gedacht, sie wäre fast tot.«

Wieder versucht er, die Sache mit einem sarkastischen Gesichtsausdruck herunterzuspielen, aber er weicht meinem Blick immer noch aus. Gegen meinen Willen stelle ich mir vor, wie ich in dieser Situation reagiert hätte. Wenn es *meine* Mutter gewesen wäre ... Allein der Gedanke bereitet mir Übelkeit.

»Wieso hast du den Presseleuten denn nicht erklärt, warum du so durcheinander warst?«, frage ich vorsichtig. »Dann hätte sich doch bestimmt niemand über dich lustig gemacht. Mal ganz abgesehen davon, dass du auch nicht immer perfekt sein kannst …«

Nick zieht die Schultern hoch und lässt sie wieder fallen. »Meine Mutter wollte ihre Verletzung geheim halten, bis feststand, dass ihre Karriere vorbei war. Aber es hätte sowieso keinen Unterschied gemacht. Ein Profi muss auch in Stresssituationen gut performen können. Alles andere wären nur faule Ausreden.« Gedankenverloren scrollt er mit der Maus abwärts, doch als die Kommentare unter dem Video auftauchen, klappt er den Laptop hastig zu. Trotzdem konnte ich noch einen Blick auf den Spott erhaschen, der sich im Laufe der beiden Jahre angesammelt hat – auf *lol* und *loser* und lachende Smileys. Wie es aussieht, werden Schwächen im Internet nicht verziehen.

Eine Weile spielt Nick mit dem Kabel des Computers herum, bevor er weiterredet. »Kurze Zeit später bin ich dann doch nach New York gezogen, um dort neu anzufangen. Aber ich musste zwei Dinge feststellen – erstens, dass man an der Juilliard natürlich schon von meinem *epic fail* gehört hatte, und zweitens, dass ich nicht mehr vor Publikum spielen konnte. Keine Ahnung, es war einfach nicht drin. Stattdessen hab ich ziemlich viel Mist gebaut, meine Kurse sausen lassen und dafür jede Party in meinem Umfeld mitgemacht. Bald war ich mein Stipendium los, und Dad musste einen irre teuren Anwalt bezahlen, damit ein paar Fotos von mir offline genommen wurden.«

»Was für Fotos denn?«, frage ich, und meine Stimme fühlt sich rau an.

»Solche, die zur Überschrift ›*Ex-Wunderkind total am*

Ende‹ passen«, meint Nick achselzuckend. »Ich auf dem Fußboden, malerisch eingerahmt von Kotze und Scherben.«

Danach bringe ich einen Moment lang kein Wort heraus, und als ich schlucke, scheint Nick das zu hören. Plötzlich schaut er mir wieder in die Augen, wirkt dabei aber noch erschöpfter als sonst.

»Ganz genau«, bestätigt er, als hätte ich irgendeinen Kommentar abgegeben. »Für eine Weile bin ich in New York untergetaucht und hab meine Familie überhaupt nicht mehr besucht. Meiner Mom ging es so schon beschissen genug, da sollte sie nicht auch noch aus der Nähe mitverfolgen, wie ich unsere gemeinsam aufgebaute Karriere in den Sand setze.«

»Aber … jetzt bist du wieder da«, antworte ich, weil mir nichts anderes einfällt, und drücke mein Knie gegen seines. Ich bin mir selbst nicht ganz sicher, was ich damit sagen will – vielleicht: *Es tut mir leid, was dir zugestoßen ist,* aber das werde ich nicht aussprechen. Ich weiß ja, wie mies es sich anfühlen kann, bemitleidet zu werden.

»Ja, bin ich wohl.« Nick lächelt schwach, während er den Druck erwidert. »Ich gebe meiner Geige und mir noch eine letzte Chance und trete bei einer Castingshow im Fernsehen an. *Klassik rockt* heißt die, und morgen wird die erste Folge ausgestrahlt.«

Ich brauche nur wenige Sekunden, um mein Déjà-vu-Gefühl einordnen zu können. »Davon habe ich schon gelesen!«, sage ich aufgeregt. »Beim Getränkeautomaten hängt ein Werbeplakat dazu!«

»Ach, und das konntest du noch lesen, trotz der überaus kunstvollen Zeichnung von Faulbär?«, fragt Nick mit hochgezogenen Augenbrauen.

Ich denke an das Walross, das mit Edding auf das Plakat geschmiert wurde, und lache kurz, obwohl mir gar nicht danach zumute ist. So wird es für Nick wahrscheinlich leichter. »Hätte ich mir ja denken können, dass du das verbrochen hast.«

»Da schlummert ein ungeahntes Talent in mir, stimmt's?«, spottet er, aber seine Miene hat nichts Fröhliches an sich. »Sollte ich das Casting nicht gewinnen, könnte ich wenigstens noch Porträtzeichner in der Fußgängerzone werden.«

»Jetzt hör aber auf«, bremse ich ihn und beuge mich vor, weil er schon wieder am Kabel des Laptops herumfummelt. Dann erst fällt mir ein, dass er mich ja auch ohne Blickkontakt versteht. »Du darfst das doch nicht so verbissen sehen! Machst du deine Karriere etwa von diesem einen Wettbewerb abhängig?«

»Ja, allerdings.« Nick hebt den Kopf, und nun ist er vollkommen ernst. »Wenn ich mich nach so langer Zeit hervorwage und dann wieder Scheiße baue, hab ich meinen Namen endgültig verbrannt.«

Hilflos kaue ich auf meiner Unterlippe herum, während ich nach einer Antwort suche. Diese pessimistische Art hat so gar nichts mit dem leichtfertigen, ständig zum Scherzen aufgelegten Nick zu tun, den ich bisher kennengelernt habe. Ich weiß einfach nicht, wie ich damit umgehen soll, aber er scheint auch gar keine Reaktion von mir zu erwarten. Stumm schauen wir aus dem Fenster, bis mir das Schweigen schon verdächtig lange vorkommt.

»Hey. Bist du noch da?«, wispere ich.

Nick fährt zusammen und richtet sich ein bisschen auf. »Ja … sorry. In letzter Zeit kriege ich nicht besonders viel Schlaf, und der Regen macht verdammt müde.«

»Wie denn?«, frage ich und deute zum Fenster. »Ich

musste draußen mit so viel Druck sprechen, damit du mich verstehst. Ist der Regen nicht unheimlich laut?«

»Schon, aber das Geräusch ist so gleichmäßig, dass es total einschläfernd wirkt.«

»Gleichmäßig ist das Piepsen eines Weckers doch sicher auch«, wende ich verwirrt ein.

Nick stützt sich auf seinen Ellenbogen und mustert mich aufmerksam. »Hast du wirklich gar keine Vorstellung davon, wie so etwas klingt?«, fragt er, und eine winzige Falte taucht zwischen seinen Brauen auf.

»Nein. Lärm konnte ich als Kind noch wahrnehmen, einen Rasenmäher zum Beispiel, aber für so kleine Alltagsgeräusche hat es nicht gereicht. Ich meine – ihr hört ja wirklich permanent irgendwas, oder? Zum Beispiel, wenn deine Klamotten aneinanderreiben, wenn du dich im Bett umdrehst oder durch deine Haare fährst … macht das alles ein Geräusch?«

»Äh, warte mal.« Blitzschnell rubbelt Nick über das alte T-Shirt meines Bruders, das er mir aus dem Schrank geklaut hat, dann rollt er sich einmal im Bett um die eigene Achse wie ein Brathähnchen am Spieß und lässt die Finger durch seine schwarzen Haare gleiten, als würde er Werbung für Shampoo machen. »In der Tat«, sagt er anschließend mit übertrieben ernster Wissenschaftler-Miene, während ich mir das Lachen verkneife. »Aber das ist nicht so nervig, wie du vielleicht denkst. Das Gehirn lernt anscheinend, solche unwichtigen Geräusche auszublenden.«

»Das heißt, du merkst gar nicht richtig, dass es im Moment regnet?«

»Doch, das ist was anderes und auch kein Vergleich zum Wecker. Ein Wecker klingt ungefähr so …«

Einen Moment lang passiert überhaupt nichts, und ich

will gerade nachhaken – da trifft mich Nicks Finger in die Seite. Immer wieder pikt er zwischen meine Rippen, als wüsste er, dass ich genau an dieser Stelle furchtbar kitzelig bin.

»Lass das bleiben!«, flehe ich und kann nur hoffen, dass ich nicht die ganze Etage zusammenkreische.

Nick beugt sich über mich, um mir seinen Mund zu zeigen. »Sonst?«, fragt er, ohne mit der Pikserei aufzuhören.

»Sonst ist das Bett gleich um einiges nasser!«

»Kein Grund, hier gleich in Tränen auszubrechen«, sagt er grinsend, dann nimmt er gnädigerweise den Finger von meinen Rippen.

Erleichtert rolle ich mich auf der Seite zusammen und schiele zu Nick hoch, der wieder den Kopf auf eine Hand gestützt hat. »Und wie klingt im Vergleich dazu der Regen?«, frage ich, als ich mich einigermaßen erholt habe.

Diesmal scheint er noch länger zu überlegen, bevor er auf die Frage eingeht. Dann streckt er sich in meine Richtung, ich wappne mich gegen eine neuerliche Kitzelattacke – doch er fasst um mich herum und legt seine Hand flach auf meinen Rücken. Langsam und mit stetigem Druck fährt er meine Wirbelsäule hinunter, stoppt knapp über dem Bund meiner Shorts, lässt mich los und beginnt wieder von vorn. Ich spüre seine Wärme durch den dünnen Stoff meines Tanktops, und meine Haut beginnt unter der festen Berührung zu kribbeln. Auf einmal fällt es mir schwer, normal weiterzuatmen.

»Merkst du das?«, sehe ich Nick ein bisschen verschwommen fragen. »Das ist genauso gleichmäßig, aber dabei könnte man gut einschlafen, oder?«

Mein Hals fühlt sich irgendwie eng an, ich merke, dass ich schlucken muss, und habe Angst, dass Nick es hören könnte. »Ja«, presse ich an dem Kloß in meiner Kehle vorbei. »Stimmt. Total.«

Wahrscheinlich liegt es an dieser gigantischen Lüge, dass mein Gesicht zu glühen anfängt. In Wirklichkeit könnte ich gar nicht weiter vom Einschlafen entfernt sein. Immer noch streicht mir Nick über den Rücken, als hätte er vergessen, dass er damit bloß etwas demonstrieren wollte. Ich löse meinen Blick von seinem Mund und schaue ihm einen Moment lang direkt in die Augen … dann setze ich mich abrupt auf.

»Ich muss mal ins Bad«, stoße ich hervor und komme ungeschickt auf die Füße. Keine Ahnung, ob Nick etwas dazu sagt, ich schaue ihn nicht mehr an und gebe ihm somit keine Chance, mich zurückzuhalten. Die Haut über meiner Wirbelsäule kribbelt immer noch, während ich aus dem Zimmer stolpere. Im Badezimmer angekommen, versperre ich die Tür hinter mir, stütze mich am Rand des Waschbeckens ab und fixiere mich so streng wie möglich im Spiegel. Meine Gedankenhände übernehmen sofort das Kommando.

Das ist dein hörender Kumpel Nick, der auf ein Mädchen namens Jessica abfährt, erinnern sie mich mit harten, nachdrücklichen Gebärden.

Das ist der Stargeiger Nikolai, dessen Welt kaum weiter von deiner entfernt sein könnte.

Hastig beuge ich mich vor, drehe das Wasser auf und halte die Finger unter den Strahl, bis er eiskalt geworden ist. Dann nehme ich ein paar große Schlucke. Die Hitze sickert ganz langsam aus mir heraus, und nach einer Weile vergeht auch das Kribbeln. Ein paarmal atme ich noch tief durch, dann kehre ich in mein Zimmer zurück.

»Möchtest du jetzt vielleicht doch einen Film …«, beginne ich, ehe ich wie angewurzelt stehen bleibe. Als die Hände in meiner Vorstellung wieder zu gebärden anfangen, haben ihre Bewegungen fast etwas Spöttisches: *Das ist der Junge, der sich einfach so aus dem Staub macht.*

Eine Weile verharre ich an der Türschwelle, die Augen auf mein leeres Bett gerichtet. Wie es aussieht, tut es Nick inzwischen leid, bei mir aufgekreuzt zu sein – oder ich habe ihn mit meiner albernen Flucht in Verlegenheit gebracht. Wer rennt denn schon nach ein klein wenig Körperkontakt wie ein angesengtes Huhn davon?

Mit hängenden Schultern durchquere ich das Zimmer und will mich gerade wieder ins Bett legen, da fällt mein Blick auf die Träume-Liste über meinem Schreibtisch. Offenbar hat Nick sich daran zu schaffen gemacht. Erst im Näherkommen erkenne ich, dass er die Punkte 4 und 7 als erledigt markiert hat – allerdings nicht mit Häkchen, sondern mit dem ausgeschriebenen Wort *»check«*, so wie ich es im Prater gesagt habe. Er hat sogar extra einen pinkfarbenen Fineliner gewählt, um es möglichst affektiert wirken zu lassen. Gegen meinen Willen formen sich meine Lippen zu einem Grinsen, das sogar noch breiter wird, als ich einen neuen Punkt am Ende der Liste entdecke:

8. Die erste Folge einer möglichst dummen Klassik-Show in möglichst kluger Gesellschaft anschauen. Alternativ geht auch: in möglichst gut aussehender Gesellschaft. (Morgen, 20:15, Zimmer 16? Schlaf gut, und träum bloß nicht von deinem Klavierlehrer! Nick, der »Checker«.)

Nick

Am nächsten Tag kommt es mir so vor, als wäre nicht nur ich an einem Wettbewerb beteiligt, sondern auch alle Menschen in meinem Umfeld – und zwar nach dem Motto: *Wer geht Nick am erfolgreichsten auf den Zeiger.*

Ganz vorne dabei ist mein Dad, der mich im Stundentakt mit Nachrichten bombardiert. Er will wissen, ob sich die Presse schon bei mir gemeldet hat. Er will, dass ich mir die Paganini-Aufnahmen von Itzhak Perlman anhöre. Er will, dass ich so spiele wie Perlman, aber halt doch irgendwie anders. Er will mir ganz offensichtlich den letzten Nerv rauben.

Am Nachmittag haut Volkov in dieselbe Kerbe, indem er mich jeden einzelnen Lagenwechsel mehrmals vorwärts und rückwärts üben lässt. Am Ende reißt die Hornhaut an meiner Zeigefingerkuppe, und ich verschmiere das Griffbrett mit Blut. Als ich nur einen einzigen Blick auf die Sauerei werfe, schnauzt Volkov, ich solle mich gefälligst nicht so anstellen – und hängt ein russisches Wort dran, das mit ziemlicher Sicherheit so was Ähnliches wie *Pussy* bedeutet.

Auf dem Heimweg passiert dann das, wovor ich in den öffentlichen Verkehrsmitteln immer Schiss habe: Ein paar schicke ältere Ladys erkennen mich trotz meiner Mütze schon auf den ersten Blick. Sie starren mich an, beginnen zu tuscheln, und eine von ihnen zückt ihr Handy. Sofort steige ich aus und lege den restlichen Weg zu Fuß zurück, während ich mir vorstelle, dass es ab heute Abend wieder ständig so laufen könnte. Wenn ich Glück habe, wollen die Klassik-Tanten dann bloß Autogramme haben. Wenn ich aber im Fernsehen scheiße rüberkomme, gibt es diese typischen ätzenden Fragen: *Was ist in den letzten Jahren aus deinem Talent geworden? Wie fühlt man sich als ehemaliges Wunderkind? Hat das mit deiner Mutter zu tun? Was können wir noch sagen, um dir möglichst effektiv den Tag zu versauen …?*

Meine Laune hebt sich erst wieder, als es pünktlich um Viertel nach acht an der Tür klopft und Emilia davorsteht. Sie hat ein Foto von irgendeinem Hemsworth-Bruder an ihre Bluse gepinnt und grinst mich schelmisch an. »Der Auftrag lautet: in möglichst gut aussehender Gesellschaft. Ich versuche nur, mich an die Liste zu halten.«

»Das mit deinen Ohren ist klar, aber was stimmt nicht mit deinen Augen?«, gebe ich zurück und werfe mich in Pose, als wollte ich mich in vollem Glanz präsentieren. Eine Nanosekunde lang fürchte ich, damit zu weit gegangen zu sein, aber Emilia schiebt sich ungerührt an mir vorbei in mein Zimmer.

»Ich hab uns Popcorn mitgebracht«, verkündet sie und hält eine Papiertüte hoch. »Geht es denn schon los?«

»Im Moment gibt es bloß das übliche Eröffnungsgelaber«, antworte ich möglichst cool, obwohl mir gerade eine Riesenladung Adrenalin durch die Adern schießt. Natürlich steht heute noch nichts auf dem Spiel, weil meine Teilnahme am Halbfinale ja bereits feststeht – aber allein die Tatsache, dass so viele Leute mein Comeback mitverfolgen werden, treibt meinen Puls ganz schön in die Höhe.

Wenigstens muss ich die Sendung nicht alleine anschauen, und deswegen geht es mir auch nicht ganz so mies wie erwartet. Irgendwie freue ich mich sogar, Emilia meinen Auftritt zeigen zu können.

Wir setzen uns nebeneinander aufs Bett, vor uns meinen Laptop, mit dem wir die Sendung streamen. Ich hoffe nur, dass das Wohnheim-WIFI nicht im entscheidenden Moment wegbricht. Jetzt werden erst die Jury-Mitglieder vorgestellt – ein namhafter Komponist, eine Professorin von der Musik-Universität und ein junger Konzertpianist –, sodass es noch eine Weile dauern kann, bis ich an der Reihe bin. Um meine Nervosität in den Griff zu bekommen, drehe ich mich zu Emilia und genehmige mir eine Handvoll Popcorn.

»Hey, sorry für meinen plötzlichen Abgang gestern Abend. Ich war einfach hundemüde und wollte nicht bei dir einpennen«, erkläre ich mit vollem Mund, bevor mir dämmert, dass Emilia mich so ganz bestimmt nicht versteht. Also würge ich die trockenen Krümel hinunter und sage das Ganze noch mal – obwohl es eigentlich nicht komplett der Wahrheit entspricht. Klar war ich müde, das bin ich so gut wie immer, aber mit Emilia im Bett habe ich mich für kurze Zeit trotzdem hellwach gefühlt. Wie zur Hölle soll man denn ruhig schlafen, wenn man mit einem Mädchen zum ersten Mal auf derselben Matratze liegt? Auch wenn dieses Mädchen zufälligerweise nur ein Kumpel ist … Ja, es ist definitiv besser, ich bleibe bei der *Ich-wollte-nicht-bei-dir-pennen*-Story.

»Ist schon okay«, sagt Emilia und hebt die Schultern. »Allerdings wärst du gar nicht der einzige Übernachtungsgast gewesen. Am Morgen habe ich meine Mitbewohnerin peinlicherweise aus dem Badezimmer geklopft, weil ich nicht hören konnte, dass sie dadrin mit einem Typen zugange war.«

»Wieso sagst du ihr denn nicht endlich, dass du taub bist?«, frage ich, während ein paar Aufnahmen von Wien eingeblendet werden – die Stadt der Musik, blablabla – und dazu wahnsinnig originell der Donauwalzer aus den Lautsprechern dringt. »Das ständige Vortäuschen und Verheimlichen muss doch echt mühsam sein …«

Emilias Miene genügt, um mir klarzumachen, dass ich mir da gerade selbst ein Bein gestellt habe. »Natürlich würde ich Kris lieber nicht belügen, aber ich will auch nicht, dass sie glaubt, mich irgendwie anders behandeln zu müssen«, sagt sie und spendiert mir mal wieder einen Röntgenblick.

Okay, verstanden, Wing Girl. Du bist nicht die Einzige, die so tut, als wäre sie genau wie alle anderen.

In den folgenden Minuten mampfen wir gemeinschaftlich die Popcorntüte leer, während sich eine asiatische Cellistin das erste Ticket ins Halbfinale holt. Ich erinnere mich nicht an sie – entweder ich war am Tag der Aufnahme zu nervös, oder wir hatten unterschiedliche Drehtermine. Auch die nächste Bewerberin hat keinen bleibenden Eindruck bei mir hinterlassen, aber nach nur wenigen Sekunden ihres Auftritts wird mir klar, dass ich sie sowieso nicht wiedersehen werde: Die Töne, die sie ihrer Flöte entlockt, eignen sich höchstens zur Imitation eines wütenden Meerschweinchens. Zum Glück werden wir von dem schrillen Fiepen erlöst, als alle drei Jury-Mitglieder auf ihre roten Buzzer drücken.

»Hättest du mir die Flöte ins Ohr gesteckt, wäre es weniger schmerzhaft gewesen«, ätzt der Komponist, der hier anscheinend den Dieter Bohlen spielt. Die Musikuni-

Professorin wählt lieber die mitleidige Tour: »Sagen dir deine Freunde denn nicht, dass du dir ein anderes Hobby suchen solltest?«, und der Pianist macht kurzen Prozess: »Neeext!«

Plötzlich fällt mir auf, dass Emilias ungeniert lautes Popcorn-Geknusper schon vor einer Weile verstummt ist. Als ich zu ihr hinüberschaue, sitzt sie kerzengerade da, die Unterlippe zwischen die Zähne geklemmt. Sie spürt meinen Blick, wendet sich zu mir und legt die Stirn in Falten. »Warum müssen die Juroren denn so gemein sein?«, will sie wissen. Da erst erinnere ich mich wieder daran, dass sie ein völlig anderes Fernseherlebnis hat als ich.

»Oh Mann, du konntest ja nicht hören, wie beschissen die gespielt hat«, sage ich, während die Pseudo-Flötistin von der Bühne schleicht. »Das grenzte echt an Folter.«

»Aber sie war so glücklich«, wendet Emilia ein.

Verwirrt starre ich sie an. »Wann, beim Spielen? Woran hast du das bitte schön erkannt, während sie in ihre Flöte gepustet hat?«

»Ich weiß nicht. Vielleicht an ihren Augen«, antwortet Emilia und wirkt, als meinte sie das tatsächlich ernst.

»Hier suchen sie aber nicht Austrias Next Grinsebacke«, sage ich ein bisschen ungeduldig. »Es spielt keine Rolle, wie happy die Musiker rüberkommen. Wichtig ist nur, welches Ergebnis sie abliefern, verstehst du?«

Emilia gibt keine Antwort, sondern wendet den Blick zurück zum Bildschirm. Auch den nächsten Auftritt – eine schräge Tante mit einer singenden Säge, die wahrscheinlich extra als Lachnummer eingeladen wurde – kommentiert sie nicht. Erst zwei Acts später bemerke ich aus den Augenwinkeln, dass sie mir einen Blick zuwirft … aber jetzt bringe ich selber kein Wort mehr heraus.

Obwohl ich mich schon oft im TV gesehen habe, ist es immer noch ein verdammt merkwürdiges Gefühl. Mit zusammengekniffenen Augen beobachte ich meine um ein paar Wochen jüngere Version, die gerade die Bühne betritt. Nachdem ich mich der Jury vorgestellt habe, folgt ein kurzes Video über meine Vergangenheit: Bilder von mir und meiner Mom, eine Kamerafahrt über meine gewonnenen Preise und zum Schluss natürlich die entscheidenden Sekunden aus *Andreyevs letzter Auftritt.* Das Ganze wird von rührseliger Schmalzmusik untermalt, bei der mir fast das Popcorn hochkommt. Kaum ist das Video vorbei, sieht man mich wieder in Großaufnahme vor der Jury stehen. Im Gegensatz zu den anderen Bewerbern wurde ich nicht geschminkt, sodass mich die Scheinwerfer in einen bleichen Zombie verwandeln. Kein Zweifel, die wollten aus mir das gebrochene Ex-Wunderkind machen, einen traurigen Versager, am besten mit einem psychischen Knacks.

»Ist es schwer für dich, nach all diesen negativen Erlebnissen in die Öffentlichkeit zu treten?«, fragt die ach so einfühlsame Uni-Professorin.

Ich erinnere mich noch genau daran, was ich in diesem Moment gedacht, aber nicht ausgesprochen habe (immerhin sollte die Sendung jugendfrei bleiben). Stattdessen habe ich genau so reagiert, wie es mir von Volkov eingeschärft wurde. »Nein, ich konnte es kaum erwarten, wieder vor Publikum zu spielen. Sie wissen ja: hinfallen, aufstehen, Krönchen richten …«

Sofort brechen die Jurymitglieder in Gelächter aus, als hätte ich einen genialen Witz gemacht. Zum Glück sind diese Typen leicht zu erheitern, vermutlich genauso leicht, wie man sie gegen sich aufbringen kann. Die Kamera schwenkt vom einen zum anderen, und ich starre lieber in ihre offenen Münder, statt Emilia anzuschauen. Mir ist klar, was sie jetzt denken muss – von wegen »Krönchen richten«. Um mal bei dieser Metapher zu bleiben: Das verfluchte Ding hab ich vor zwei Jahren eher zertrampelt und weggeschmissen.

Danach werden endlich die Lichter gedimmt, Fernseh-Nick klemmt sich die Geige unter das Kinn und fängt an zu spielen. Für die erste Runde habe ich einen Auszug aus Vivaldis *Die vier Jahreszeiten* gewählt: schwer genug, um den Virtuosen rauszukehren, aber trotzdem problemlos zu schaffen. Ich nutze die Gelegenheit, um meine Haltung zu überprüfen, die Führung des Bogens und die Intonation, doch es ist alles korrekt. In den Wochen vor dem Drehtermin hatte ich so viel geübt, dass ich das Stück ganz automatisch abspulen konnte. Zwischendurch wird die künstlich gerührte Miene der Professorin gezeigt, das Grinsen des Pianisten und das leichte Kopfnicken, zu dem sich der Komponist hinreißen lässt. Noch bevor die drei ihre grünen Buzzer gedrückt haben, wusste ich, dass ich gut genug war. *Herzlichen Glückwunsch, wir sehen uns im Halbfinale.*

Als danach ein Werbeblock eingeschoben wird, drehe ich mich erwartungsvoll zu Emilia. »Na, wie hat es dir gefallen?«

Sie zögert mit ihrer Antwort, und ich glaube zuerst, dass ich zu schnell gesprochen habe. Dann fällt mir auf, dass sie mich nicht etwa fragend anschaut, sondern eher … unbehaglich. Irgendwie nervös.

»Keine Sorge, du musst es auch nicht unbedingt kommentieren«, beruhige ich sie. »Ich weiß ja, dass der Auftritt für dich eher lahm war, so ohne Ton.«

»Nein, das ist es nicht«, sagt Emilia, und ich verstehe sie

erst nach kurzem Überlegen, weil sie das CH verschluckt. »Weißt du, was, vergiss es. Du hast bestimmt toll gespielt.« Hastig greift sie wieder in die Popcorn-Tüte, bemerkt, dass nichts mehr drin ist, und klemmt dann ihre Hände zwischen die Knie. Ihren Blick hält sie dabei starr auf den Bildschirm gerichtet, bis ich mich vorbeuge und den Stream stoppe.

»Wing Girl, raus mit der Sprache«, sage ich möglichst locker, obwohl sich allmählich ein komisches Gefühl in mir breitmacht. »Wo liegt denn das Problem? War mein Hosenstall offen oder so?«

Emilia erwidert mein gefaktes Grinsen nicht, sondern wirkt immer noch seltsam ernst. »Ich hätte nicht damit anfangen sollen, tut mir leid. Es ist mir nur aufgefallen, weil ich nichts hören konnte und dich deshalb umso genauer beobachtet habe …«

»*Was* ist dir aufgefallen, verdammt noch mal?«

Obwohl Emilia nicht gemerkt haben kann, dass die Frage zu laut war, zuckt sie ein bisschen zusammen. »Dein Gesicht«, rutscht es ihr heraus, und es scheint, als würde sie es gleich danach bereuen. »Pass auf, ich – ich hab dich ja schon gestern im YouTube-Video spielen gesehen. Da war dein Gesicht die ganze Zeit über wie versteinert, und ich dachte, das hätte mit dem Unfall deiner Mutter zu tun gehabt. Aber genau so war es auch, als du beim Casting aufgetreten bist. Einfach … vollkommen leer.«

»Und?«, hake ich nach, als Emilia verstummt und ich immer noch keine Ahnung habe, worauf sie eigentlich hinauswill. »Wirfst du mir etwa vor, dass ich nicht so zufrieden gewirkt habe wie die sadistische Flötenspielerin?«

»Es ist kein Vorwurf, nur eine Feststellung. Dieses Mädchen hatte Freude am Spielen, und du bist …«

»… professionell«, falle ich ihr ins Wort. »Genau das ist der Unterschied zwischen uns beiden, und nur darauf kommt es an.«

»So sollte es aber nicht sein.« Emilia zieht den Kopf zwischen die Schultern, hält jedoch meinem Blick stand. »Nick, Leistung ist nicht alles. Wann hat dich das Geigespielen denn zuletzt wirklich glücklich gemacht?«

Ihre Worte scheinen einen Moment lang zwischen uns hängen zu bleiben wie eine grelle Leuchtreklame. In ihrem Licht wirkt die Erinnerung an die letzten Monate auf hässliche Art verzerrt, aber ich gebe mein Bestes, dieses Gefühl gleich wieder loszuwerden.

»Tja, das ist nicht besonders schwer zu beantworten«, sage ich. »Zum Beispiel war es echt cool, als die Jury mich in die nächste Runde gelassen hat. Willst du mir das jetzt ernsthaft kaputt machen?«

Abwehrend schüttelt sie den Kopf. »Blödsinn, natürlich nicht! Ich frage mich bloß, ob die Teilnahme an diesem Wettbewerb die richtige Entscheidung für dich war. Verstehst du – ob der Sieg und ein Comeback mit deiner Geige wirklich das ist, wovon du träumst …«

Unvermittelt schießt meine Hand nach vorne, und ich klappe den Laptop zu. Dann stehe ich auf, trage ihn zu meinem Schreibtisch hinüber und lasse ihn dort fallen. Wahrscheinlich sollte ich einen Gang runterschalten, aber mein Herzschlag dröhnt mir in den Ohren und jagt Hitze durch meinen ganzen Körper. »Du willst über Träume reden?«, frage ich, nachdem ich mich wieder zu Emilia umgedreht habe. »Okay, hier sind die Fakten: Ich reiße mir jeden Tag den Arsch dafür auf, mein Ziel zu erreichen. Du dagegen brauchst eine Liste, um herauszufinden, was du eigentlich willst! Fuck, du erzählst mir hier was von richtigen und falschen Entscheidungen, und dabei überlegst du, auf eine OP zu verzichten, nach der du *hören könntest!* Merkst du eigentlich, wie bescheuert das ist?«

Jetzt kommt auch Emilia mit einem Satz auf die Beine. »Diese Operation ist nicht ungefährlich, das hab ich dir doch schon erklärt!«, entgegnet sie heftig. »Und gerade du solltest wissen, wie es ist, wenn man die Familie nicht enttäuschen will!«

»Du meinst, deine Eltern sind dagegen, dass du dich operieren lässt?«, frage ich, nicht sicher, ob ich sie richtig verstanden habe. »Das kann doch wohl nicht dein Ernst sein!«

»Doch, ist es! Meine Mutter sagt, sie hätte sich nie hörende Kinder gewünscht, und …«

»Was?« Fassungslos starre ich Emilia an. »Scheiße, nur weil deine Eltern taub sind, müssen es ihre Kinder ebenfalls sein? Ich hab noch nie so was Egoistisches gehört!«

Blitzschnell macht Emilia eine Bewegung mit den Händen – eine Gebärde, die vielleicht *Warte* bedeutet oder *Lass mich erklären.* »Du verstehst das nicht«, stößt sie mit ziemlich starkem Akzent hervor, »die Gehörlosigkeit bestimmt ihre Kultur, ihre ganze Welt, und wenn ich mich davon entferne …«

»… dann müssen sie sich verdammt noch mal für dich freuen! Sollten Eltern für ihre Kinder nicht immer das Beste wollen?«

»Natürlich«, sagt Emilia etwas leiser als vorhin, doch in einem Tonfall, den ich von ihr noch gar nicht kenne. »Aber wie steht es denn mit deinen Eltern? Ist es das Beste für dich, wenn sie dich ermutigen, bis zur Erschöpfung zu üben? Ist *das hier* für dich am besten?« Sie zeigt auf meine linke Hand, und ich brauche ein paar Sekunden, um zu kapieren, dass sie den Schnitt an meiner Fingerkuppe meint. Dann richtet sie den Blick wieder auf meine Augen oder vielleicht eher auf die dunklen Ringe, die sich jeden Tag weiter auszubreiten scheinen. Ausgerechnet in diesem Moment beginnt der Muskel unter meinem rechten Auge, mal wieder zu zucken. Krampfhaft kneife ich die Lider zusammen, aber das hilft nicht, und als ich Emilia wieder anschaue, treibt sie mich mit ihrem langsamen Nicken zur Weißglut.

»Dachte ich auch nicht«, sagt sie, als hätte ich ihren Vorwurf bestätigt. »Ich habe Bilder von dir als kleinem Jungen gesehen. Mit deiner Geige in der Hand. *Da* warst du glücklich. Aber das hier … das alles hat mit der Liebe zur Musik überhaupt nichts zu tun.«

»Du hast doch keine Ahnung von Musik«, schieße ich zurück. »Andernfalls würdest du nicht deinen Eltern zuliebe behindert bleiben!«

Kaum ist der Satz draußen, erkenne ich, dass ich eine Grenze überschritten habe. Jetzt ist es allerdings zu spät, um einzulenken. Emilia gibt mir keine Antwort, sondern wendet sich stumm ab und geht mit schnellen Schritten zur Tür. Bevor ich mich dazu durchringen kann, ihr hinterherzurennen, sie festzuhalten, verdammt noch mal *irgendwas* zu tun, hat sie mein Zimmer auch schon verlassen.

Emilia

Die Gebärde für *Zweifel* sieht so aus: Die Handkante liegt auf dem Brustbein, Daumen nach vorne, Fingerspitzen nach oben, und dann bewegen sich die Finger ein paarmal nach rechts und links. Keine Geste könnte treffender beschreiben, wie ich mich gerade fühle. Es ist, als wäre ich innerlich zerrissen und als würde ein Teil von mir ständig zwischen diesen beiden Seiten hin und her schwanken.

Einerseits versuche ich, mir selbst weiszumachen, dass ich längst gegen Vorurteile abgehärtet bin – dass es egal ist, ob Nick mich für »behindert« hält, und mich unser Streit nicht weiter berührt –, doch andererseits kann ich nicht aufhören, an gestern Abend zu denken.

Am liebsten würde ich die Themen Musik und CI komplett meiden – trotzdem gehen sie mir ständig im Kopf herum.

Und als eine Nachricht von Adrian kommt, mache ich mich auf den Weg zur Uni, obwohl ich mich am liebsten einfach nur verkriechen würde.

Diesmal gelingt es der *Mondscheinsonate* nicht, alles Negative aus meinem Körper zu schwemmen. Nicks Worte sitzen wie Steine in meinem Magen, viel zu hart und schwer, um vom Schwingen der Töne fortgespült zu werden. Nachdem ich mich mehrmals durch den ersten Satz gequält habe und dabei nur immer mehr verkrampfe, stupst mich Adrian in die Seite. Erschrocken schaue ich ihn an – bestimmt will er mir sagen, dass ich doch ein hoffnungsloser Fall bin und wir das Elend jetzt beenden sollten –, aber er deutet bloß mit dem Kinn auf meine Hosentasche. »Willst du nicht mal auf dein Handy schauen?«, fragt er stirnrunzelnd.

Das Blut schießt mir in den Kopf und lässt meine Wangen ganz heiß werden. Natürlich habe ich die Vibration gespürt, doch mir war nicht klar, dass man sie auch hören kann. Hektisch ziehe ich mein Smartphone hervor und wische die WhatsApp-Nachricht ungelesen beiseite, so wie ich es seit gestern Abend immer wieder getan habe.

»Du kannst sie gerne beantworten, wenn du magst«, bietet Adrian an, aber ich stecke mein Handy kopfschüttelnd in die Tasche zurück.

»Nein danke. Ich bin auf den Absender gerade nicht besonders gut zu sprechen.« Mit zusammengebissenen Zähnen lege ich die Finger wieder auf die Tasten, doch ehe ich zu spielen beginnen kann, hält Adrian mich am Handgelenk fest.

»Dieser Nick … sorry, ich hab zufällig auf dein Display geschaut … ist das vielleicht Nikolai Andreyev?«

Überrascht starre ich ihn an. »Ja, allerdings. Woher weißt du das?«

»Komisch. Ich dachte, ihr wärt befreundet«, sagt Adrian ausweichend und wendet sich dem Notenpult zu. Erst nachdem ich ihn ein paar Sekunden lang fixiert habe, dreht er sich mit unbehaglicher Miene wieder zu mir. »Also, eigentlich hätte ich ja nichts sagen sollen. Das wollte er nämlich nicht«, murmelt er, und ich hänge verzweifelt an seinen Lippen, weil ich befürchte, dass mir von diesen rätselhaften Sätzen das Wichtigste entgeht.

»Du meinst, Nick wollte nicht, dass ich von einem Gespräch zwischen euch erfahre?«, bohre ich nach. »Was um alles in der Welt hat er denn mit dir ausgeheckt?«

Adrian bläst die Backen auf und lässt dann die Luft ganz langsam wieder entweichen, während er über seine Antwort nachdenkt. »Dass ich dich unterrichte«, sagt er endlich. »Er hat mich letzten Mittwoch angerufen und mir klargemacht, dass ich nicht zu entscheiden habe, ob Klavierspielen für eine taube Person sinnlos ist oder nicht. Na ja … genau genommen hat er sich ein klein wenig unhöflicher ausgedrückt. Hat mir unter anderem gesagt, wenn ich dich nicht ordentlich behandle, spielt er den Radetzky-Marsch auf meinen Zähnen, aber – aber das ist okay, immerhin ist er der Sohn von Lidia Andreyeva«, fügt Adrian schnell hinzu, weil er meinen Gesichtsausdruck offenbar falsch deutet. In seinen Augen liegt tiefe Bewunderung, und vielleicht zum allerersten Mal wird mir so richtig bewusst, dass Nicks Mutter – und Nick selbst – echte Berühmtheiten sind.

Immer noch liegen meine Finger schlaff auf den Tasten, aber nun stemme ich mich hoch und spüre das Schwirren der Töne an meinen Handflächen. Adrian zuckt zusammen, doch ich entschuldige mich nicht für den Lärm. Mit fahrigen Bewegungen krame ich zwei Geldscheine hervor und werfe sie auf den Flügel. Dann stammle ich einen Abschiedsgruß, bei dem ich garantiert die Hälfte der Buchstaben verschlucke, und stürme hinaus.

Ich lege den Weg zur U-Bahn im Laufschritt zurück, und während ich etwas später auf den Bus zum Wohnheim warte, klopft mir das Herz bis zum Hals. Dabei weiß ich gar nicht, was ich eigentlich vorhabe. Ich bin mir nicht sicher, ob ich Nick verzeihe, und was ich zu ihm sagen will. Aber wenn ich daran denke, dass er schon letzte Woche für mich eingetreten ist – nachdem ich aus dem Club gerannt bin wie eine Dramaqueen –, fühle ich ein seltsames Ziehen im Bauch. Es wird immer heftiger, je näher ich dem Wohnheim komme … und dann, nur wenige Schritte vom Tor entfernt, reißt es mit einem plötzlichen Schmerz ab.

Ich spüre gar nichts mehr, während ich auf die Gruppe wild gestikulierender Studenten zugehe. Sie stehen in einem Halbkreis vor dem Eingang, und ihre Lippen scheinen sich wie in Zeitlupe zu bewegen, aber ich erkenne trotzdem kein einziges Wort. Mein Blickfeld zieht sich zusammen, alles an seinen Rändern verschwimmt, und im Zentrum sehe ich messerscharf den zertrümmerten Koffer.

Einen Koffer mit Trageriemen, übersät von bunten Stickern.

Erst als mich eine der Schaulustigen versehentlich anrempelt, kann ich mich aus meiner Starre befreien. Ich packe das Mädchen am Arm und zerre es zu mir herum. »Was um Himmels willen ist denn hier passiert?«, bricht es aus mir hervor.

Sie starrt mich an, die Augen so weit aufgerissen, dass sie wie blaue Murmeln aussehen. »Jemand hat das Ding einfach aus dem Dachbodenfenster geworfen«, lese ich von ihren glänzenden Lippen ab. »Dabei hätte er doch jemanden treffen können! Und wer weiß, vielleicht plant der Irre ja, gleich hinterherzuspringen …«

Die Murmeln kullern fast aus ihren Höhlen, als ich mich rücksichtslos vorbeidränge. Nach einem letzten Blick auf den zerstörten Geigenkasten stürze ich durch das Tor und die Treppen hinauf, so schnell, dass meine Muskeln rebellieren. Trotzdem komme ich viel zu langsam voran. Oh Gott, warum gibt es hier keinen Aufzug – und warum, warum nur musste ich mich so in Nicks Leben einmischen? Ausgerechnet jetzt, da er sich endlich wieder in die Öffentlichkeit gewagt hat, bin ich mit meinen Vorwürfen auf ihn losgegangen und habe alles kaputt gemacht.

Mein Atem geht in schmerzhaften Stößen, als ich endlich die Brandschutztür vor dem Dachboden erreiche. Ich breche ins staubige Dämmerlicht ein, sehe eine Silhouette vor dem Fenster und schleudere ihr mit dem letzten bisschen Luft aus meinen Lungen entgegen: »Was treibst du denn bloß?«

Langsam dreht sich Nick zu mir um. Er wartet, bis ich nahe genug herangekommen bin, um seine Lippen zu lesen. Nahe genug, dass ich den Alkohol in seinem Atem riechen kann.

»Ich musste hier raufkommen«, erklärt er schleppend, und seine sarkastische Miene wirkt eigenartig verzerrt. »Wie du weißt, wohne ich im ersten Stock. Da hätte der Koffer höchstens 'ne Delle gekriegt.«

»Aber ... aber ...« Mein Stammeln verebbt, während mein Blick langsam von Nicks Mund zu seiner linken Faust wandert. Das Licht, das durch die kleine Fensterluke hereinsickert, verleiht der Geige einen kupfernen Glanz. »Du hast sie gar nicht zerstört«, sage ich, ein Kratzen tief in meinem Hals.

Nick schüttelt den Kopf. »Wollte nur wissen, wie es sich anfühlt ... wie es sein wird, wenn ich mich doch mal dazu durchringen kann.« Jetzt greift er auch mit seiner rechten Hand nach der Geige und hält sie einen Moment lang so vorsichtig, als wäre sie ein kleines Kind. Dann lässt er sich an der Wand entlang zu Boden gleiten, bis das Instrument in seinem Schoß landet. »Oh verdammt«, formen seine Lippen, und sein Kopf kippt nach hinten gegen die Mauer. »Ich hab's echt mal geliebt, weißt du? Das Geigespielen, meine ich …«

Ohne darüber nachzudenken, hocke ich mich vor ihn auf die staubigen Holzbretter. Mein Knie stößt gegen eine leere Flasche, die umfällt und davonrollt. Ich blicke ihr nach, doch als sie zum Stillstand kommt, weiß ich immer noch nicht, wie ich das Gespräch am besten beginnen soll.

»Mein Klavierlehrer hat mir erzählt, dass ich den Unterricht dir verdanke«, sage ich plump, als wäre das in diesem Augenblick von Bedeutung.

Nick richtet sich wieder ein bisschen auf. »War ja klar, dass der Idiot nichts für sich behalten kann.« Sein Mund bewegt sich anders als sonst, fast als wäre er betäubt, und seine Lider sind halb geschlossen. Er muss ziemlich betrunken sein.

»Wie hast du ihn überhaupt ausfindig gemacht?«, frage ich, hauptsächlich, um ihn am Einschlafen zu hindern.

»Das war keine besondere Kunst. Du hast mir ja seinen Namen verraten – und dass du seine Anzeige in einem Wiener Klassik-Forum entdeckt hast. Einmal kurz gegoogelt, schon hatte ich ihn und konnte ihm erklären, dass jeder für seine Freizeitgestaltung selber verantwortlich ist. Du willst Klavierspielen lernen, er will Räumlichkeiten der Universität für einen Ferienjob missbrauchen – wäre doch nett, wenn da niemand drüber urteilen würde. Das hat er erstaunlich schnell verstanden.«

Ich bleibe einen Moment lang stumm, während ich immer noch versuche, die ganze Geschichte zu verarbeiten. Nick als edler Ritter … ich weiß nicht, ob ich mir das so richtig vorstellen kann. »Nie im Leben wäre ich auf die

Idee gekommen, dass du dahintersteckst«, breche ich schließlich unser Schweigen. »Immerhin hast du mich ständig mit ihm aufgezogen.«

»Aber nur, weil du nach deiner ersten Klavierstunde so happy gewirkt hast«, entgegnet Nick und wirkt dabei erstaunlich verlegen. »Da wollte ich sichergehen, dass es bloß an der Musik lag und du nicht etwa auf diesen Kerl abfährst.«

»Tu ich nicht, keine Sorge«, kommt es so schnell aus mir heraus, dass es mich selbst überrascht. »Ich war einfach nur froh, endlich mal wieder ein Instrument spielen zu dürfen.«

»Zu *dürfen …*«, wiederholt Nick, und wie er beim letzten Wort hängen bleibt, verrät mir, dass er es auf besondere Weise betont. Er schüttelt den Kopf, kneift kurz die Augen zu, und als er mich dann wieder anschaut, ist sein Blick einen Moment lang völlig klar. »Ich hab Scheiße gebaut«, sagt er und fährt sich mit dem Handrücken über die Stirn. »Oh Mann, Wing Girl, hab ich heute Scheiße gebaut.« Abermals lehnt er sich gegen die Wand und scheint kurz davor, einfach wegzudösen, aber ich drücke seinen Unterarm, bis er mich wieder anschaut.

»Hey. Falls du mir davon erzählen willst … so komisch das auch klingen mag, ich bin eine ziemlich gute Zuhörerin.«

Nick zieht den rechten Mundwinkel hoch, aber es wird nur ein schwacher Abklatsch seines üblichen schiefen Grinsens. »Irgendwie ging es schon damit los, dass heute die ersten Presseleute wegen Interviews angerufen haben. Und natürlich waren die mit ihren Fragen wahnsinnig originell: *Haben Sie Angst vor Ihrem Comeback, wie geht es Ihrer Mutter, wie fühlt es sich an, Ihre Karriere ohne sie weiterzuführen* und so ein Müll. Später hatte ich meinen Termin bei Volkov, einem echt geilen Typen, der mich für den Wettbewerb fitmachen soll und mir immer die nettesten Spitznamen gibt. *Pridurok* zum Beispiel, wobei ich nie genau wusste, was das eigentlich heißt. Nachdem er mir mal wieder vorgebetet hat, dass ich der letzte Dreck bin, hatte ich plötzlich die Schnauze voll. Hab ihm gesagt, ich hätte in einem Russisch-Wörterbuch unter *pridurok* nachgesehen und ein Foto von ihm gefunden.«

Es fällt mir schwer, Nicks Redeschwall zu folgen, und ich muss einiges aus dem Zusammenhang erraten. »Das war doch witzig«, sage ich schließlich unsicher.

Nicks schiefes Lächeln wird zu einer Grimasse. »Ja? Fand er komischerweise gar nicht. Stattdessen hat er mir klargemacht, dass ich entweder das Maul halten und gehorchen oder mich verpissen soll.«

»Und du hast dich dafür entschieden ...«

»... auf schnellstem Weg hierherzukommen und meinen Geigenkoffer aus dem Fenster zu werfen. Ganz genau«, bestätigt Nick meine Vermutung. »Volkov nimmt mich nie im Leben zurück, nach allem, was ich ihm vor den Latz geknallt habe. Dabei war es sogar mit seiner Hilfe fraglich, ob ich das Stück fürs Finale rechtzeitig hinkriege. Ich denke, der Wettbewerb hat sich für mich erledigt. Wird echt klasse, meinen Eltern diese frohe Botschaft zu verkünden.« Sein Blick wandert nach unten, bleibt an der Geige hängen, und ich erkenne nur undeutlich, dass er weiterredet. Als ihm einfällt, dass ich ihn so nicht verstehen kann, hebt er ruckartig den Kopf. »Am liebsten würde ich einfach abhauen. So weit weg wie möglich von allem, was auch nur irgendwie mit Musik zu tun hat.«

Kaum habe ich die Bewegung seiner Lippen, das Zusammenspiel seiner Zunge und seiner Zähne entschlüsselt, taucht wie aus dem Nichts eine Idee in meinen Gedanken auf. Zuerst ist sie nur ein winziger Funke, eine spontane Laune, der ich ganz bestimmt nicht nachgeben werde. Das kommt alles so plötzlich und ist viel zu verrückt ... Aber noch während ich dabei bin, krampfhaft nach Einwänden zu suchen, hat sich der Funke längst zu einem Brand entwickelt. Nachdem mir die Wärme unter dem Dach bisher gar nicht aufgefallen ist, wird mir jetzt von einer Sekunde auf die andere ganz heiß.

»Meinst du das ernst?«, frage ich, anscheinend in einem derart merkwürdigen Tonfall, dass Nick die Stirn runzelt. »Also, dass du von allem weg willst?«

»Seh ich gerade besonders ulkig aus?«, fragt er zurück.

Wie ferngesteuert schnellt meine Hand in seine Richtung, die Fläche nach oben. »Okay, alles klar. Dann gib mir bitte mal dein Telefon.«

Ich weiß nicht, ob ich tatsächlich überzeugend geklungen habe oder ob Nick einfach nur zu betrunken ist, um zu protestieren. Vielleicht ist ihm auch schon alles egal. Auf jeden Fall reicht er mir anstandslos sein Smartphone, ich scrolle mit pochendem Herzen durch die Kontakte und tippe dann fieberhaft: FLOCKE, ICH BIN'S, EMILIA. DIESE FRAGE WÜRDE ICH DIR NICHT STELLEN, WENN ES NICHT EINE ART NOTFALL WÄRE, ABER – KANNST DU MIR BIS MORGEN ABEND DEIN AUTO LEIHEN?

Nick

Ich wache auf, weil mir ein Mistkerl irgendwas gegen den Schädel donnert. Fühlt sich so ähnlich an wie damals, als ich in einer Künstlergarderobe eingepennt bin und der Cellist beinahe seinen Koffer auf mir abgestellt hätte.

»Lass das bleiben«, knurre ich. Dann bekomme ich einen zweiten Stoß, reiße die Augen auf – und erkenne, dass ich mich geirrt habe. Es rempelt mich überhaupt niemand an, sondern ich habe meinen Kopf selbst gegen ein Hindernis geschlagen. Und zwar gegen die Innenseite eines total verdreckten Autofensters.

Einen Moment lang bin ich dermaßen verwirrt, dass ich nur sprachlos auf die vorbeiziehenden Bäume starren kann. Endlich drehe ich mich nach links, sehe einen blonden Lockenschopf vor dem Lenkrad und schnappe ungläubig nach Luft. »Wo zum Teufel sind wir hier?!«

Keine Antwort. Emilia hält den Blick weiterhin auf die Straße gerichtet und kriegt nicht einmal mit, dass ich aufgewacht bin. Ich stupse sie in die Seite, noch ehe mein Hirn wieder auf Touren gekommen ist. Natürlich zuckt sie deshalb zusammen, der Wagen macht einen Schlenker, und sie bringt ihn mit einem erschrockenen Keuchen wieder unter Kontrolle. »Warte, falls du etwas sagen willst – ich fahre rechts ran!«

Es knirscht unter den Reifen, dann holpert es, und

schließlich kommen wir zum Stillstand. Jetzt erst bemerke ich, dass wir uns auf einer einsamen Landstraße befinden, und Emilia hat am Rand eines Stoppelfelds gehalten. Ich schwöre, wenn sie nicht so putzig aussehen würde, käme sie mir jetzt wie die Kidnapperin aus einem Horrorfilm vor. Inzwischen hat sie das Lenkrad losgelassen, und sie durchleuchtet mich mal wieder mit ihrem Röntgenblick. »Also, was gibt's?«, fragt sie, als wäre es völlig normal, dass sie mich hier durch die Pampa kutschiert.

»Du hast einen Führerschein?«, platzt es aus mir heraus, obwohl das bei Weitem nicht meine dringendste Frage ist.

Emilia verdreht die Augen. »Oh nein, bitte nicht dieses Vorurteil! Wieso um alles in der Welt sollten Gehörlose nicht Auto fahren können? Braucht man dazu etwa funktionierende Ohren? Blaulicht sehe ich im Rückspiegel, und auch sonst achte ich viel genauer auf den Verkehr als Hörende, weil ich mich nicht vom Radio oder durch Gespräche ablenken lasse. Gefährlich ist es nur, wenn mich jemand ohne Vorwarnung in die Seite stößt und zu Tode erschreckt!«

»Okay, von mir aus«, sage ich, immer noch komplett verwirrt, »aber wo hast du mich denn hingefahren?«

»In die Nähe von München.«

»Wir sind in Bayern?! Das hab ich ja gar nicht gemerkt!«, japse ich, und mein Blick schnellt wieder zum Fenster. Als ich mir auf dem Dachboden die Kante gegeben habe, war es erst früher Nachmittag – jetzt hat sich der Himmel bereits rot verfärbt.

»Ehrlich? Du hast nicht das überwältigende Weißwurst-Aroma gerochen, das hier in der Luft hängt?«, fragt Emilia neckend, doch als sie merkt, dass ich knapp vorm Durchdrehen bin, legt sie mir kurz die Hand aufs Knie. »Reg dich nicht auf, du hast die letzten Stunden einfach verschlafen. Wir sind schon fast da.«

»Wo denn, verdammt noch mal?«

Damit habe ich es endlich geschafft, sie aus der Ruhe zu bringen. »O je, erzähl mir nicht, du hättest einen Filmriss«, sagt sie mit großen Augen. »Hier, trink erst mal was.« Sie reicht mir eine Wasserflasche, und ich stürze den Inhalt gierig hinunter, weil sich meine Kehle so anfühlt wie mit Filz ausgelegt.

Als ich die Flasche bis auf den letzten Tropfen geleert habe, stoße ich keuchend hervor: »Hättest du jetzt die Güte, mir zu verraten, wohin wir unterwegs sind?«

»Zu mir nach Hause«, antwortet Emilia, und sie hat Glück, dass ich bereits runtergeschluckt habe. Andernfalls hätte ich ihr wahrscheinlich eine Fontäne ins Gesicht gesprüht.

»Wie bitte?«

»Du wolltest so weit wie möglich von allem weg, das mit Musik zu tun hat, oder?«, meint sie achselzuckend, aber ich erkenne an ihrer Miene, dass sie selbst ganz schön angespannt ist. »Eine Familie aus lauter Gehörlosen schien mir da eine gute Wahl zu sein. Ich werde jetzt meiner Mutter eine Nachricht schicken, um sie vorzuwarnen.« Mit zusammengepressten Lippen tippt sie drauflos, und ich gebe mein Bestes, um inzwischen meine Gedanken zu ordnen. Als ich den Blick nach unten richte, entdecke ich einen Karton, den Emilia mit ihrem Pullover ausgepolstert hat. Darin liegt – wie ein aufgelesenes Straßenkätzchen – meine Geige und starrt aus den F-Löchern vorwurfsvoll zu mir hoch.

»Okay, sie weiß Bescheid«, meldet Emilia nach einer Weile. »Jedenfalls hat sie die Nachricht gelesen. Können wir weiterfahren?« Sie greift nach der Handbremse, aber ich beuge mich hastig vor und packe sie am Arm.

»Warte mal! Wie soll ich mich mit deiner Familie denn überhaupt verständigen? Können deine Eltern so gut lippenlesen und sprechen wie du?«

Emilia schüttelt den Kopf. »Meine Mutter hat zwar von Nana sprechen gelernt, aber sie hat es immer gehasst und sich seit über zwanzig Jahren fast nur noch aufs Gebärden konzentriert. Und die Eltern von meinem Papa konnten selbst nicht hören, deshalb spielte die Lautsprache in seiner Kindheit keine Rolle. Ich werde also für euch dolmetschen müssen.«

»Na toll«, stöhne ich und komme mir jetzt schon total aufgeschmissen vor. »Zeigst du mir dann wenigstens, wie ich sie begrüßen soll?«

Emilia dreht sich noch weiter zur mir, und nun spielt ein winziges Lächeln um ihre Mundwinkel. »Das geht so, pass auf: Zuerst klappst du beide Hände links und rechts von deinem Kopf auf und zu.«

»Verstanden«, sage ich und mache Schnapp-Bewegungen neben meinen Augen.

»Dann winkelst du die Arme an und wippst mit den Ellenbogen«, fährt Emilia fort.

»Äh …«

»Zum Schluss wackelst du mit den Hüften und klatschst viermal in die Hände. Et voilà, der perfekte Ententanz!« Kichernd weicht sie zur Seite aus, als ich mit meinen »Entenschnäbeln« nach ihren Haaren grapsche. *»Hallo* ist einfach nur ein Winken! Alles klar? Mach dir keine Sorgen, du wirst das schon schaffen.«

»Das hoffe ich«, sage ich düster. »Inzwischen hab ich mich echt schon oft genug vor einer Tauben zum Deppen gemacht.« Ich lehne mich zurück und warte darauf, dass wir weiterfahren, doch zu meiner Verwunderung schaut Emilia mich jetzt plötzlich ernster an.

»Nick, eine Sache noch ...«, beginnt sie zögernd. »Verwende vor meiner Mutter vielleicht nicht den Begriff *taub*. Mir macht das nichts aus, ich finde das Wort sogar praktisch, weil jeder gleich versteht, was damit gemeint ist. Aber Mama kann es nicht leiden. Sie befürchtet, dass die Hörenden dabei schnell an *stumm* denken oder sogar an *dumm*. Lieber ist ihr da noch *gehörlos*, auch wenn dieses *-los* stark danach klingt, als ob wir einen Mangel hätten.«

»Und was wäre besser, vielleicht *gehörfrei?«*, gebe ich zurück.

Emilia nickt langsam. »Ja, das würde ihr wahrscheinlich gefallen«, sagt sie, ohne zu erkennen, dass mein Vorschlag sarkastisch gemeint war. In Wirklichkeit finde ich das alles ganz schön übertrieben. Egal, wie gut jemand mit seinem Handicap zurechtkommt – ein fehlendes Gehör *ist* nun mal ein Mangel. Wozu also das ganze Theater?

Ich bleibe mit dieser Frage allein, weil Emilia nun den Motor startet. Im Licht der untergehenden Sonne fahren wir weiter über die Landstraße, und es ist ein merkwürdiges Gefühl, dass dabei keiner von uns etwas sagt. Normalerweise sitzt man ja nur dann zu zweit im Auto, ohne Musik zu hören oder sich zu unterhalten, wenn man sauer aufeinander ist. Instinktiv beginne ich, mit den Fingern auf das Handschuhfach zu trommeln, um die Stille irgendwie zu füllen. Ich bemerke es erst, als wir eine Kleinstadt erreicht haben und Emilia den Wagen vor einem Einfamilienhaus parkt.

»Dann wollen wir mal«, sagt sie, während sie den Zündschlüssel abzieht, und ihre Stimme klingt seltsam dünn.

Sofort schwappt ihre Nervosität auf mich über, und ich folge ihr nur widerwillig durch den Vorgarten, unter einem Arm den Karton mit meiner Geige. Auf einmal kommt mir mein Wunsch ziemlich bescheuert vor – möglichst weit weg von allem zu sein, was mit Musik zu tun hat. Das bedeutet für mich auch eine maximale Entfernung von allem, was ich kenne.

Wir haben die Veranda fast erreicht, als Emilia den Kopf in den Nacken legt und zu einem Fenster im ersten Stock hinaufschaut. Dort steht eine Frau, die nur Emilias Mutter sein kann: Mit den wirren blonden Locken, die sich aus ihrem Haarknoten befreit haben, sieht sie wie eine ältere, etwas stämmigere Version ihrer Tochter aus. Nachdem sie uns einen Moment lang reglos beobachtet hat, beginnt sie, in rasender Geschwindigkeit zu gebärden.

Emilia muss nicht mal stehen bleiben, um ganz genauso schnell zu antworten. Irre – die beiden unterhalten sich durch das geschlossene Fenster, und ich hab nicht den leisesten Schimmer, worum es geht. Schon jetzt fühle ich mich wie im falschen Film, und das wird noch schlimmer, als Emilia auf den Klingelknopf drückt. Obwohl ich keinen Ton gehört habe, fliegt nur wenige Sekunden später die Tür auf, und ein Typ – vielleicht drei oder vier Jahre älter als ich – fällt Emilia um den Hals. Eng umschlungen bleiben die beiden an der Türschwelle stehen, und zwar verflucht lange. So lange, dass ich inzwischen an unser Trinkspiel mit Flocke denken kann, an Emilias Ex und daran, ob das vielleicht …

Dann taucht wie aus dem Nichts ein weiteres Paar Arme auf, das sich von der anderen Seite um Emilia legt. Soweit ich das bei diesem Knäuel aus Gliedmaßen und blonden Locken erkennen kann, wirkt der zweite Typ wie ein Klon vom ersten. Unwillkürlich muss ich grinsen, als der Groschen bei mir fällt. Zwillinge, alles klar – das sind dann wohl Emilias Brüder. Während die beiden ihre kleine Schwester gemeinschaftlich zu Mus verarbeiten, kommen auch noch die Frau mit dem Haarknoten und ein Mann mit Halbglatze an die Tür. Ich schätze, nun ist die Familie komplett, und ich bin endgültig zum fünften Rad am Wagen mutiert. Kaum haben die Klone Emilia losgelassen, fliegen ihre Hände nur so durch die Luft. Dazwischen werfen sie mir immer wieder neugierige Blicke zu, und mir bleibt nichts anderes übrig, als mich an das Motto der Pinguine aus *Madagascar* zu halten: immer schön lächeln und winken.

Nach einer halben Ewigkeit scheint Emilia sich daran zu erinnern, dass meine Geige und ich neben ihr stehen wie bestellt und nicht abgeholt. Mit einem entschuldigenden Gesichtsausdruck wendet sie sich wieder zu mir. »Sie wollen alle wissen, wer du bist.«

»Wer bin ich denn?«, erkundige ich mich und ziehe eine Augenbraue hoch.

»Einfach jemand aus dem Wohnheim, dem ich mein Zuhause zeigen möchte«, meint Emilia ausweichend. »Nikolai Andreyev ist hier niemandem ein Begriff, keine Angst.«

»Ich hab keine Angst«, gebe ich zurück, und ich weiß auch nicht – irgendwie geht mir das Label *»Einfach jemand aus dem Wohnheim«* gegen den Strich. Bevor ich allerdings darüber nachdenken kann, schiebt sich Emilias Vater mit einem höflichen Lächeln zwischen uns.

»WILSCH DU MI UUN ESCHEN?«, ruft er mir heiser und viel zu laut entgegen. Ich kann mich gerade noch beherrschen, um nicht reflexartig einen Schritt nach hinten zu machen.

Oh Mann, darauf war ich nicht vorbereitet. Emilia hat mir zwar gesagt, dass ihr Dad erst spät sprechen gelernt hat, doch ich hätte nicht erwartet, dass er so ... na ja ... unnormal klingt. Kaum ist dieser Gedanke in meinem Kopf aufgetaucht, schaue ich automatisch zu Emilia hinüber. Sie steht hinter ihrem Vater, also konnte sie seine Lippen nicht lesen, aber dafür hat sie mich ganz genau im Blick. Aus leicht verengten Augen beobachtet sie mich, als wüsste sie, was in mir vorgeht. Zögernd wende ich mich wieder an ihren Dad – und dann, von einer Sekunde auf die andere, wird mir etwas klar.

Das gesprochene Deutsch ist eine Fremdsprache für ihn, aber er kann es immerhin gut genug, um mich zum Abendessen einzuladen. Ich dagegen bin absolut unfähig, ihm zu antworten.

Als ich diese Erkenntnis einigermaßen verarbeitet habe, winke ich Emilia zu. »Hey, sag deinen Eltern bitte, dass ich gern mit euch essen würde«, forme ich mit den Lippen, und ihre Miene hellt sich schlagartig auf.

»Und ob du das willst. Was du hier riechst, sind garantiert Mamas superleckere Spaghetti.«

Jetzt erst bemerke ich, dass der Duft von Tomaten, Zwiebeln und Kräutern durchs Haus zieht. Prompt beginnt mein Magen, abartig laut zu knurren, was vielleicht peinlich wäre – wenn das hier irgendjemand mitkriegen würde.

Ich folge Emilia, ihren Eltern und Geschwistern in eine Wohnküche, wo auf dem runden Esstisch schon eine riesige Schüssel voll Soße und ein noch größerer Topf mit Nudeln bereitstehen. Emilias Mutter holt Teller und Besteck für uns beide, und dann beginnt definitiv das merkwürdigste Familienessen, das ich je erlebt habe.

Okay, zugegeben: Bei meinen seltenen Besuchen zu Hause kommt es auch manchmal vor, dass bei Tisch niemand was sagt. Meine Mutter stochert an schlechten Tagen bloß im Essen herum, und wenn ihr das Messer aus der kaputten Hand rutscht, fängt sie leise an zu weinen. Dad und ich sitzen dann wie zwei Vollidioten daneben und haben keine Ahnung, was wir sagen sollen. Aber hier ist das ganz anders. Wie es aussieht, löchern Emilias Eltern sie gerade mit Fragen nach ihren Erlebnissen der letzten Zeit, die Zwillinge ziehen ihre kleine Schwester auf und reißen anscheinend einen Witz nach dem anderen – aber komplett ohne Ton. Wobei, so ganz stimmt das eigentlich nicht. Zwar gibt es hier keine gesprochenen Sätze, aber manchmal höre ich ein Schnaufen oder Lachen, die Finger klatschen beim Gebärden gegeneinander, und die Familie geht nicht gerade zimperlich mit ihrem Besteck um. Immer wieder werfen sie zwischendurch mit lautem Klirren Löffel und Gabeln auf ihre Teller, damit sie die Hände zum Gebärden freihaben.

Darin besteht wohl einer der Unterschiede zwischen hörenden und gehörlosen Familien: Die einen reden bei Tisch eher mit leerem, die anderen mit vollem Mund. Ich selbst komme eine Weile überhaupt nicht zum Essen, weil ich nur wie hypnotisiert das Geflatter der fünf Paar Hände mitverfolge. Wie zur Hölle soll man daraus bloß schlau werden, und das auch noch in diesem irren Tempo? Obwohl mir das absolut unmöglich erscheint, fällt mir auf, dass Emilia deutlich lockerer rüberkommt als sonst.

Erst jetzt wird mir bewusst, dass ihr »Röntgenblick« immer ein wenig angestrengt wirkt, als wäre das Lippenlesen für sie harte Arbeit. Scheiße, das *ist* es wahrscheinlich auch, und ich hab nie so richtig darüber nachgedacht.

Im Gegensatz dazu scheint sie sich hier endlich total entspannt unterhalten zu können …

Aber dann, von einer Sekunde auf die andere, verschwindet ihr fröhlicher Gesichtsausdruck. Hastig senkt sie den Kopf über ihren Teller, ohne allerdings noch eine Gabel voll Spaghetti zu nehmen. Verwirrt schaue ich zu ihr hinüber, bis mich ein Scheppern zusammenzucken lässt. Emilias Mutter hat auf die Tischplatte geschlagen und drängt Emilia durch die Erschütterung, den Kopf wieder zu heben. Als sie eine schnelle, irgendwie genervte Bewegung mit den Fingern macht, kann ich mir zum ersten Mal zusammenreimen, was die Gebärde bedeutet: *Jetzt sag schon!*

Ich winke in Emilias Blickfeld, damit sie mich anschaut. »Worum geht es gerade?«, frage ich mit gesenkter Stimme, obwohl das hier überhaupt keine Rolle spielt.

Emilia verzieht ein bisschen das Gesicht. »Sie möchte wissen, ob ich eingesehen habe, dass das mit dem Implantat eine dumme Idee war.«

Wieder klopft Frau Weber auf den Tisch, und das Geräusch beginnt schon jetzt, mir ganz gewaltig auf den Senkel zu gehen. »Sag ihr, dass es noch viel dümmer wäre, die OP nicht wenigstens in Erwägung zu ziehen«, fordere ich Emilia auf.

Die scheint mit jeder Sekunde weiter in sich zusammenzuschrumpfen. »Du musst nicht für mich sprechen«, murmelt sie.

»Das will ich auch gar nicht! Ich möchte mich einfach am Gespräch beteiligen, okay? Du hast doch gemeint, du würdest dolmetschen!«

Mit sichtlichem Widerwillen dreht sich Emilia zu ihrer Mutter und übersetzt, was ich gesagt habe. Kaum ist sie damit fertig, wendet sich Frau Weber ruckartig zu mir. Verdammt, sogar ihre Augen sind genau wie Emilias, und es ist echt ein komisches Gefühl, einen so zornigen Ausdruck darin zu sehen. Noch verrückter wird es, als Frau Weber zu gestikulieren beginnt und ich dazu Emilias Stimme höre: »Meinst du? Und wärst du auch dazu bereit, dir ein Loch in den Schädel bohren zu lassen, nur um die Gebärdensprache zu lernen?«

Verständnislos wende ich mich an Emilia. »Bitte was?«

Emilia kneift die Augen zusammen, hebt ein bisschen die Schultern und dreht fragend die Handflächen nach oben. Tja, das hätte ich eigentlich selbst hingekriegt. Dann dolmetscht sie wieder für ihre Mutter: »Dass sich Gehörlose ein Implantat einsetzen lassen, geschieht in erster Linie, um es den Hörenden einfacher zu machen. Sie ertragen Kosten, Mühen und Schmerzen, nur damit man weniger Rücksicht auf sie nehmen muss!«

»Das ist doch wohl nicht Ihr Ernst«, sage ich zu Frau Weber und erinnere mich erst danach, dass ich beim Sprechen Emilia anschauen muss. »Es gibt ganz bestimmt Leute, die einfach für sich selber den Wunsch haben, hören zu können!«

Frau Weber mustert mich einen Moment lang mit schief gelegtem Kopf. »Manche schon, da gebe ich dir recht«, gebärdet sie dann, und es kommt mir immer noch total schräg vor, dass ihre selbstbewussten Bewegungen von Emilias leiser Stimme begleitet werden. »Vor allem, wenn sie ihr Gehör erst später verloren haben – aber Emilia kennt es doch nicht anders. Hätte ihr meine Mutter …« Hier bricht Emilia ab, schluckt und redet dann ein bisschen zittrig weiter: »… hätte sie ihr nicht eingeredet, wie toll Musik ist, würde sie diese auch nicht vermissen. Emilia hat hier ihre Familie, ihren Freundeskreis, und überall auf der Welt könnte sie andere Gehörlose treffen, die sie mit offenen Armen aufnehmen. Außerdem hat sie eine wunderschöne Muttersprache mit ihrer ganz eigenen Grammatik, mit besonderen Redewendungen, unübersetzbaren Witzen und Poesie. Also sag mir bitte: Was genau fehlt ihr?«

Frau Webers Miene ist herausfordernd, beinahe angriffslustig, und ich verschränke aus einem Impuls heraus die Arme vor der Brust. »Sie können doch nicht bestreiten, dass Emilia es im Alltag oft schwerer hat als die Hörenden.«

»Und das ist ihre Schuld?«, gibt Frau Weber mit Emilias Stimme zurück. »Deshalb muss sie sich anpassen? Was wäre denn schon dabei, im Wartezimmer beim Arzt eine Anzeigetafel aufzuhängen, damit die Patienten nicht gerufen werden müssen – oder auch die Durchsagen am Bahnhof auf solchen Tafeln zu zeigen? Warum ist es ein solches Problem, alle TV-Sendungen mit Untertiteln auszustatten? In vielen Ländern werden amerikanische Filme und Serien *immer* mit Untertiteln gezeigt, weil es einfach keine synchronisierte Fassung in der jeweiligen Sprache gibt. Warum kann das nicht auch hier so gemacht werden?«

Während dieses ganzen Redeschwalls habe ich immer wieder versucht, etwas zu sagen, doch Emilias Augen waren konzentriert auf Frau Weber gerichtet. Jetzt schauen mich Mutter und Tochter endlich aufmerksam an, und verdammt, plötzlich ist mein Kopf wie leer gefegt. »Ich … weiß nicht. Vielleicht wäre es ein zu großer Aufwand …«

»Ein größerer Aufwand, als sämtliche Gehörlose am Schädel zu operieren?«, fragt Frau Weber und beugt sich über den Tisch hinweg ein bisschen näher zu mir. Ihre Bewegungen werden langsamer, irgendwie eindringlich. »Wir sind nicht kaputt, nur anders. Also müssen wir auch nicht repariert werden.«

Einen Moment lang starre ich nur abwechselnd in die zwei hellblauen Augenpaare, werde vom doppelten Röntgenblick durchleuchtet und werfe dann mit einem tiefen Atemzug die Arme hoch. »Na schön, okay!«, platzt es aus mir heraus.

Emilia formt aus der rechten Hand ein O und macht anschließend mit drei ausgestreckten Fingern ein Zeichen, das vermutlich K bedeutet.

Ihre Mutter wiederholt die Gebärde mit hochgezogenen Augenbrauen. »Okay?«

»Ja, ich schätze, ich hab mir das alles nicht so genau überlegt«, sage ich und fahre mir durch die Haare. »Muss wohl noch mal darüber nachdenken.«

Wieder bleibt es einige Sekunden lang still, und damit meine ich: Gesprächs- *und* Gebärdenpause. Niemand scheint sich auch nur zu bewegen. Dann explodiert das Standbild, als Emilias Brüder völlig synchron von ihren Plätzen aufspringen. Der eine reißt die Hand seiner Mutter hoch, als wäre er ein Ringrichter und sie die Siegerin bei einem Boxkampf, der andere überreicht mir eine weiße Serviette zur Kapitulation.

»Wir hätten dich warnen sollen«, übersetzt Emilia die Gebärden von Zwilling Nr. 2, sichtlich erleichtert über das Ende der Debatte. »Rita Weber ist nicht nur in der Küche, sondern auch beim Diskutieren unschlagbar.«

Frau Weber verzieht das Gesicht, aber ihr Mann bringt die Situation endgültig unter Kontrolle, indem er ihr den Arm um die Schultern legt. Danach widmen sich alle ihren

Tellern, verputzen die Spaghetti und zum Nachtisch eine absolut geile Torte. Obwohl die Stimmung jetzt wieder gelöst ist, merke ich, dass mir Emilias Mom einige misstrauische Blicke zuwirft. Es steckt auch bestimmt eine fiese Absicht dahinter, als sie Emilia nach dem Essen übersetzen lässt: »Also dann, wollt ihr für Nick das Gästezimmer herrichten … oder genügt euch ein Einzelbett?«

Emilia wird knallrot, während sie das fragt, und ich muss wirklich nicht die Gebärdensprache beherrschen, um die Gesten ihrer Brüder zu entschlüsseln.

Übertrieben freundlich grinse ich Frau Weber an. »So, wie ich mir jetzt den Bauch vollgeschlagen habe, klingt ein eigenes Bett wunderbar.« Ich blase die Backen auf, als hätte ich mich an ihrem leckeren Menü fett gefressen, und sie zeigt wenigstens die Andeutung eines Lächelns. Entweder das, oder sie kann sich gerade noch zurückhalten, die Zähne zu fletschen.

Gemeinsam räumen wir den Tisch ab, dann zeigt mir Emilia das kleine Gästebad, das direkt an mein Zimmer für diese Nacht angrenzt. Als ich nach dem Duschen und Zähneputzen zu ihr zurückkehre, hat sie gerade damit begonnen, das Bett zu überziehen. Beim Anblick ihrer Schlafklamotten kann ich mir ein Lachen nicht verkneifen.

»Hey!«, protestiert Emilia und zupft die schräge Kombi aus *Iron-Man*-Shirt und geblümter Pyjamahose zurecht. »Ich hatte ja keine Zeit zum Packen, und ich wollte nicht bloß in Unterwäsche schlafen, also musste ich mir was leihen. Das Oberteil gehört Leo, die Hose stammt von meiner Mutter.«

»Bin überrascht, dass es nicht umgekehrt ist«, sage ich und schnappe mir das Kopfkissen, um es in einen Bezug zu stopfen. »Deine Mom ist ganz schön tough, hm?«

Emilia zuckt mit den Schultern. »Ach, sie ist gar nicht so schlimm.«

»Wie bitte? Ich war kurz davor zu heulen!«

»Na ja, das ist eben ein sehr persönliches Thema für sie«, räumt Emilia ein, während sie die Bettdecke ordentlich auf der Matratze faltet. »Sie hat es noch immer nicht verkraftet, dass ich ihr an meinem achtzehnten Geburtstag von meinem Wunsch nach einem CI erzählt habe.«

»Deinem Wunsch?«, wiederhole ich und setze mich auf die Bettkante. »Soll das heißen, du weißt jetzt, dass du es willst?«

Seufzend lässt sich Emilia neben mich fallen. »Nein, ich bin mir immer noch nicht sicher. Wenn das Beratungsgespräch irgendetwas bewirkt hat, dann, dass meine Zweifel größer geworden sind. Und ich wollte doch meine Liste abarbeiten, ehe ich mich entscheide.«

»Was fehlt denn da noch?«, frage ich, aber anstatt gleich zu antworten, mustert mich Emilia eine Weile schweigend. Im Licht der Nachttischlampe wirken ihre Augen dunkler als sonst, und falls das überhaupt möglich ist, sogar noch größer.

»Mich nachts im Bett unterhalten, bis ich einschlafe«, sagt sie endlich, und ihre Stimme klingt ein bisschen heiser. Als ich mein Gewicht auf dem Bett verlagere, komme ich ihr unwillkürlich ein Stück näher. Vor dem Umziehen muss sie eine Bodylotion aufgetragen haben oder so, denn sie riecht ganz leicht nach Vanille. Ich atme noch einmal tief ein, dann hebe ich den Kopf.

»Alles klar, das wird jetzt erledigt«, verkünde ich. »Wir reden, bis dir die Augen zufallen. Während der Fahrt hab ich mehr als genug geschlafen, also halte ich garantiert länger durch als du.«

Emilia blinzelt ein paarmal, als müsste sie meinen Vorschlag erst verarbeiten. »Das ist keine so gute Idee«, wehrt sie nach einer kurzen Pause ab. »Erstens könnten meine Eltern es bemerken, wenn wir jetzt gemeinsam zu meinem Zimmer gehen …«

»Dann schläfst du eben hier«, unterbreche ich sie, und für den Fall, dass sie das so spontan nicht lesen konnte, gebe ich ihr kurzerhand einen Schubs. Mit einem leisen Quietschen kippt Emilia rücklings auf die Matratze. »Später kannst du dich ja immer noch in dein Zimmer verkrümeln, wenn es dir neben mir zu eng wird oder wenn ich schnarche«, rede ich über sie gebeugt weiter.

Emilia schaut vielsagend zu mir hoch, die Haare wie einen Heiligenschein um ihren Kopf ausgebreitet. Ich brauche noch ein paar Sekunden, um vom Schlauch zu steigen.

»Äh, vergiss das Letzte«, schicke ich hinterher, und Emilia stützt sich mit einem kleinen Grinsen auf die Unterarme.

»Zweitens ist mir noch keine Möglichkeit eingefallen, wie das funktionieren soll«, fährt sie fort. »Ich kann nicht einschlafen, solange das Licht brennt, und im Finstern kann ich weder Gebärden erkennen noch Lippen lesen.«

»Das lass mal meine Sorge sein«, entgegne ich, während ich es mir neben ihr bequem mache. Zur Seite gedreht, sodass sie mein Gesicht noch sehen kann, strecke ich die Hand nach der Nachttischlampe aus. »Okay, dann schieß los. Wieso genau hat mich deine Mom vorhin zum Staatsfeind Nr. 1 erklärt?«

»Es hat damit zu tun, wie sie aufgewachsen ist«, sagt Emilia und stößt ein nervöses Lachen aus, als ich auf den Knopf der Lampe drücke. Schlagartig wird es so finster, dass ich gerade noch Umrisse erahnen kann. »Jedenfalls …«, redet Emilia verunsichert weiter, »hat Nana meine Mutter alleine großgezogen, und sie war mit der starken Schwerhörigkeit ihrer Tochter komplett überfordert. Ein Arzt hatte ihr geraten, Mama bloß nie gebärden zu lassen, damit sie die Lautsprache richtig lernt – das wurde damals oft so gemacht. Bis zum Alter von siebzehn hat meine Mutter sich in der Welt der Hörenden abgeplagt, obwohl sie inzwischen so gut wie taub war. Dann hat sie meinen Vater getroffen und endlich die Gebärdensprache gelernt. Sie sagt immer, das war wie der Beginn eines neuen Lebens.«

Ich höre Emilia im Dunkeln schlucken, danach knarrt das Bett, als sie ein bisschen herumrutscht. »Bist du schon eingeschlafen?«

Auf gut Glück fasse ich zu ihr hinüber, erwische ihren Arm und drücke ihn kurz. Das genügt ihr als Antwort, und sie erzählt weiter.

»Meine Mutter hat Nana lange nicht verziehen, dass sie ihr die Gebärdensprache vorenthalten hat. Die beiden sind sich erst wieder nähergekommen, als ich auf der Welt war. Meine Eltern haben hier in der Stadt einen Gehörlosenverein gegründet und sich politisch viel engagiert, also hatten sie nicht besonders viel Zeit für mich. Nachmittags hat sich Nana oft um mich gekümmert, mir das Sprechen beigebracht und eine Sprachtherapie mit mir besucht. Das alles hat meine Mutter akzeptiert, bis … Okay, es ist echt merkwürdig, so ins Stockdunkle hineinzureden, ohne eine Reaktion von dir.« Emilia richtet sich auf und möchte wahrscheinlich das Licht einschalten, aber ich bin schneller. Schon habe ich mein Handy geschnappt, tippe etwas und halte es Emilia hin.

BIS … WAS?

Sie schnauft leise, und ich kann mir das kleine Lächeln dazu ganz genau vorstellen.

»Nicht schlecht. Also, Mama war damit einverstanden, bis sie mich eines Tages von Nana abgeholt und beim Klavierspielen ertappt hat. Damals war ich gerade dreizehn. Meine Mutter hat Nana angebrüllt – ich glaube, das war das erste und einzige Mal, dass ich erlebt habe, wie sie schreit. Sie meinte, Nana würde aus mir eine Art hörende Ersatztochter machen wollen, sie würde meine Taubheit nicht anerkennen, mir Flausen in den Kopf setzen und bewirken, dass ich mit mir selbst nicht mehr zufrieden bin.«

Ich berühre sie wieder am Arm und zeige ihr mein Smartphone. HATTE SIE RECHT?

»Keine Ahnung. Nein. Ich … weiß nicht genau.« Emilia schweigt einen Moment lang, dann meint sie: »Natürlich war ich traurig, dass ich Nana von da an nicht mehr sehen durfte, aber ansonsten bin ich mit meinem Leben eigentlich ganz gut zurechtgekommen. Das hat sich erst geändert, als Nana überraschend gestorben ist. Ich habe wieder daran gedacht, wie wir zusammen Musik gehört und Klavier gespielt haben und wie schön das immer war. Und ich habe gemerkt, dass mir etwas fehlt.«

JETZT FRAGST DU DICH, OB SICH DIESES GEFÜHL NUR AUF DEINE GROSSMUTTER BEZIEHT ODER VIELLEICHT DOCH AUF ETWAS ANDERES. STIMMT'S?

Ich reiche mein Handy zu Emilia hinüber und kann ihre Augen im Licht des Displays gerade noch erkennen. Lange starrt sie auf die Nachricht, viel länger, als es zum Lesen der paar Worte eigentlich notwendig wäre. Dann tastet sie nach meiner Handfläche und legt das Smartphone beinahe vorsichtig hinein.

»Ja, ganz genau. Ich hätte nicht erwartet, dass du das verstehst.«

UNFASSBAR, DASS JEMAND SO GUT AUSSEHEND UND SO CLEVER ZUGLEICH SEIN KANN, schreibe ich, und Emilias Kichern dringt durch die Dunkelheit zu mir.

»Nur die Bescheidenheit bleibt leider auf der Strecke«, entgegnet sie.

ACH, DIE. ICH WÜRDE DIE LEUTE DOCH NUR EINSCHÜCHTERN, WENN ICH RUNDHERUM PERFEKT WÄRE.

Kaum habe ich diese Nachricht an Emilia weitergegeben, fällt mir wieder ein, was sie über das Video meines *epic fails* gesagt hat: dass kein Mensch immer perfekt sein kann und dass ich das alles nicht so verbissen sehen sollte. Wahrscheinlich denkt sie auch gerade darüber nach, denn genau wie ich starrt sie nun reglos in die Schwärze, die uns umgibt.

Ich kann hören, wie ihre Eltern oder die Zwillinge durch den Flur poltern, dann knallen sie die Schlafzimmertüren zu. Dafür, dass es schon so spät ist, sind sie ganz schön laut – und mir wird klar, dass sie das auch immer sein können. Eine komische Vorstellung, sein Leben in beliebiger Lautstärke führen zu dürfen. Ich selbst habe quasi seit meiner Geburt immer zu hören bekommen: »Sei leise, sonst störst du deine Mutter beim Klavierspielen« oder: »Pst, deine Mutter ruht sich gerade aus«. Laut durfte ich eigentlich nur sein, wenn ich Geige geübt habe.

Als wieder Stille eingekehrt ist und ich unser Schweigen nicht länger aushalte, stupse ich Emilia in die Seite. Sie macht einen tiefen Atemzug, und nach dem Rascheln der Bettdecke zu urteilen, rollt sie sich noch etwas enger zusammen. »Allmählich werde ich echt müde«, murmelt sie. »Ich wusste gar nicht, dass dieses Gästebett so bequem ist. Hier könnte ich sofort einschlafen.«

Schnell lasse ich meinen Daumen über den Touchscreen gleiten und halte Emilia anschließend das Smartphone hin. Als ihre Reaktion auf sich warten lässt, glaube ich zuerst, sie wäre schon weggedöst. Dann höre ich sie gedehnt sagen: »Äh, Nick …?« Sie nimmt mein Handgelenk und dreht meinen Arm so, dass ich wieder auf das Display sehen kann.

OHNE KÜSSEN?, prangt in der grünen Sprechblase.

Ich klatsche mir eine Hand gegen die Stirn, während ich mit der anderen schon zu tippen anfange. DAMN YOU, AUTOCORRECT! ICH MEINTE, DASS HIER JA NUR EIN EINZIGES KISSEN IST UND ICH DA GERADE DRAUFLIEGE …

»Alles klar. Und ich dachte schon, deine Küsse hätten vielleicht eine besonders einschläfernde Wirkung«, sagt sie neckend, aber auch ganz undeutlich vor Müdigkeit.

Ich ziehe das Handy zurück, meinen Daumen startbereit erhoben. Mir fallen jede Menge gute Antworten ein, außerdem eine eindeutig-zweideutige Emoji-Kombination … doch aus irgendeinem Grund zögere ich, während ich Emilia beim Atmen zuhöre. Endlich beginne ich zu schreiben: HEY, ICH BIN FROH, DASS DU MICH HIERHER MITGENOMMEN HAST. DAS WAR ECHT COOL VON DIR.

Ich will Emilia das Handy reichen, aber sie greift nicht danach. Ihre Atemzüge gehen ganz regelmäßig weiter. Als ich ihren Arm anfasse, spüre ich nur ihre Wärme, keinen Widerstand – und für einen winzigen Moment spiele ich mit dem Gedanken, sie aufzuwecken. Ich muss regelrecht gegen den Impuls ankämpfen, das Licht einzuschalten, mich über sie zu beugen und … ich weiß nicht genau, *was* zu sagen. Stattdessen lege ich aber nur einen Finger in ihre Armbeuge und male ein Häkchen auf ihre schlafwarme Haut.

Emilia

Wer nicht hören kann, muss fühlen.

Dieser Spruch bedeutet für mich sicher etwas anderes als für die meisten Menschen. Meine Eltern hatten solche Drohungen nicht nötig, obwohl einige daran gezweifelt haben, dass sie meine Brüder und mich gut erziehen können. Zum Beispiel hat einmal die Verkäuferin in einer Bäckerei zu Nana gesagt: »Ein Glück, dass Sie sich viel um die Kleine kümmern. Ihre Eltern sind ja wohl kaum dazu in der Lage.«

Das war meine erste Begegnung mit den Vorurteilen, die tauben Eltern entgegenschlagen. Wie kann man bloß auf ein Kind aufpassen, wenn man es nicht weinen hört …? Die Leute wissen nichts von Babyphons mit Vibrationsalarm oder Lichtsignal, und sie haben keine Ahnung, wie behütet meine frühe Kindheit war. Gerade *weil* meine Eltern mich nicht hören konnten, behielten sie mich lange Zeit immer in ihrer Nähe. Und später, wenn ich nachts in ihr Schlafzimmer kam, weil ich krank war oder einen Albtraum gehabt hatte, saß meine Mutter sofort kerzengerade im Bett. Irgendwann habe ich sie gefragt, wovon sie denn aufgewacht war, obwohl ich sie doch gar nicht berührt hatte. Daraufhin meinte sie: »Ich habe einfach gefühlt, dass du da bist.«

Ganz ähnlich geht es mir jetzt, als ich aus tiefem Schlaf

hochschrecke. Nur, dass ich nicht die *Anwesenheit* einer Person fühlen kann – sondern ich weiß instinktiv, dass Nick verschwunden ist. Schlaftrunken taste ich über die leere Bettseite, dann schalte ich das Licht ein und bemerke, dass noch etwas anderes fehlt: Der Karton, den ich mit meinem Pullover ausgepolstert habe, ist leer. Nick hat seine Geige mitgenommen.

Immer noch etwas benommen steige ich aus dem Bett und tappe auf nackten Füßen zur Tür. Der Weg aus dem Gästezimmer ist ungewohnt für mich, und ich stoße im Vorbeigehen an eine Kommode, was mich vor Schreck innehalten lässt. Noch nie zuvor hatte ich in diesem Haus Angst, jemanden mit Lärm auf mich aufmerksam zu machen. Als ich weiter durch den dunklen Flur schleiche, bewege ich mich so vorsichtig wie möglich und denke dabei ständig an Nanas Trick: *Alles ist aus Glas, alles ist aus Glas …*

Dann erreiche ich mein Zimmer, an dem ich Nick nach dem Abendessen vorbeigeführt habe. Da stand die Tür noch offen – nun ist sie zu, und ich bin mir sicher, dass er nirgendwo anders sein kann. Behutsam lege ich meine Hand auf die Klinke und drücke sie Millimeter für Millimeter hinunter. Ganz kurz überlege ich, ob es dabei wohl ein Geräusch gibt … aber dann erhasche ich einen ersten Blick durch den Türspalt, und in meinem Kopf ist kein Platz mehr für irgendwelche Fragen.

Nick steht im Licht der Nachttischlampe, mit dem Gesicht zu mir, doch er hat die Augen geschlossen. Neben ihm wirken mein Bücherregal und das Bett mit der bunten Tagesdecke merkwürdig blass, und ich habe den Eindruck, als würde seine Anwesenheit die Atmosphäre des Raumes komplett verändern. Das hier ist nicht mehr mein vertrautes altes Kinderzimmer, sondern Nikolai Andreyevs Bühne.

Mit angehaltenem Atem öffne ich die Tür weiter, ohne Nick aus den Augen zu lassen. Ihn ... und seine Geige. Zum ersten Mal nehme ich das Instrument nicht nur als ein seltsames Ding wahr, dessen Wert ich vielleicht niemals verstehen werde – als rätselhaftes Stück Holz, das im Pappkarton fast schon lächerlich aussah. Zwischen Nicks Fingern erwacht die Geige zum Leben, oder besser gesagt: Sie scheint immer mehr mit ihm zu verschmelzen, während er beinahe zärtlich mit dem Bogen über ihre Saiten streicht. Getrennt werden die beiden nur durch ein weißes Tuch, das unter Nicks Kinn klemmt und einen harten Kontrast zu seinen wirren schwarzen Haaren bildet. Obwohl diese Szene einen absolut friedlichen Eindruck macht, lässt sie mich an meinen Schrei im Regen denken: Nick sieht genauso aus, wie ich mich gefühlt habe, als mit einem Mal alle Anspannung von mir abfiel. In diesem Augenblick will er niemanden beeindrucken, nichts beweisen, sondern wirkt endlich vollkommen frei.

Ich glaube, es ist mein Ausatmen, das mich verrät. Die Luft strömt warm zwischen meinen Lippen hervor, und im selben Moment stoppt der Bogen mitten in der Bewegung. Nick reißt die Augen auf, starrt mich an, ist ein paar Herzschläge lang noch ganz entrückt. Dann nimmt er die Geige so schnell von der Schulter, als hätte er sich daran verbrannt.

»Ich dachte, wenn ich hierherkomme, würde ich niemanden stören«, sagt er.

Kopfschüttelnd trete ich über die Schwelle, hinein in mein Zimmer, das mir immer noch ganz fremd erscheint. »Du hättest auch dann niemanden gestört, wenn du im

Flur auf und ab marschiert wärst«, entgegne ich und kann nur hoffen, dass Nick mich versteht. Ich habe nicht das Gefühl, gerade besonders deutlich zu sprechen. »War das … dieses schwierige Stück, das du im Finale spielen willst?«

»Die *Caprice*? Nein. Das hier war die *Allemande* aus der zweiten *Partita* von Bach, die ich schon vor Ewigkeiten gelernt habe. Sie ist mir ganz plötzlich eingefallen, und, keine Ahnung – ich hatte da einfach Bock drauf.« Beiläufig zuckt er mit den Achseln, aber ich kenne ihn mittlerweile zu gut, um mich von dieser gespielten Coolness täuschen zu lassen.

»Das Stück ist sehr schön, oder?«, frage ich leise.

Nicks gelangweilte Miene verschwindet, und als er kurz die Lippen zusammenpresst, sieht er beinahe verletzlich aus. »Ja, ist es«, gibt er zu. »Aber woher weißt du das? Kannst du davon irgendwas spüren oder so?«

Langsam schüttle ich den Kopf. »Ich habe es dir angesehen. Die Schwingungen einer Geige zu spüren, ist für mich sehr schwierig.«

Nick antwortet nicht, sondern hält mich nur mit einem unergründlichen Blick fest. Vermutlich ist ihm gerade klar geworden, wie weit wir beide voneinander entfernt sind, wenn ich seine Kunst überhaupt nicht wahrnehmen kann. Verunsichert beginne ich, von einem Fuß auf den anderen zu treten, und zwinge mich schließlich zu einem möglichst unbeschwerten Lächeln. »Nur gut, dass nichts von einer Geige auf meiner dummen Träumeliste steht, was?«

Unvermittelt streckt Nick die Hand nach mir aus. »Komm mal her.«

»Warum …«, setze ich an, aber da geht Nick auch schon mit schnellen Schritten auf mich zu, nimmt meinen Arm und führt mich weiter in den Raum hinein. Gegen meinen Willen denke ich daran, wie er mich in der Disco auf die Tanzfläche gezogen hat – als er in meinen Augen noch ein Kerl war, der sich für nichts so sehr interessiert wie für Mädels und Bier. Das scheint nicht nur einige Tage, sondern Monate her zu sein.

»Versuch mal, hier die Schnecke zu berühren, während ich spiele«, reißt er mich aus meinen Gedanken und platziert meine Finger auf dem eingedrehten Ende der Geige. Die Wärme seiner Hand wird von einem leichten Kribbeln abgelöst, als er mit ausladenden Bewegungen über eine Saite nach der anderen streicht. Nachdem er bei der dünnsten angekommen ist, lässt er den Bogen sinken und mustert mich aufmerksam. »Also? Konntest du das spüren?«

Verlegen ziehe ich die Schultern hoch. »Die tiefen Töne schon, ja. Aber die hohen sind sehr, sehr schwach.«

»Und wenn du das Holz zwischen die Zähne nimmst?«, erwidert Nick sofort.

Diese Idee wirkt auf mich so seltsam, dass sie mir zuerst die Sprache verschlägt. »Aber … vielleicht hinterlasse ich dann Abdrücke«, bringe ich endlich hervor.

Nick verdreht die Augen und ist für einen Moment wieder ganz der Alte. »Hey, solange du keine Stücke rausbeißt, ist alles in Butter.« Er klemmt die Geige unter sein Kinn und dreht sich ein wenig zur Seite, sodass die Schnecke direkt zu mir zeigt. Nervös fahre ich mir mit dem Handrücken über die Lippen, dann beiße ich so behutsam wie möglich auf das Holz. Der Geruch nach Politur und Harz kitzelt mich in der Nase. Ich hebe den Blick – aber dadurch sehe ich Nicks Augen aus nächster Nähe, falle geradezu in dieses dunkle Grün hinein, und mein Herzklopfen wird nur noch schlimmer. Also schließe ich hastig die Lider und halte den Atem an.

Der erste Ton ist ganz sanft, nicht mehr als ein zartes Summen in meinem Mund. Alles andere wirkt auf mich viel stärker: der Duft des Holzes, sein herber Geschmack und das dunkle Rot hinter meinen zusammengekniffenen Lidern. Dann streicht Nick allerdings nicht mehr nur gleichmäßig über die vier Saiten, sondern spielt lange und kurze Töne, eine richtige Melodie ... und meine übrigen Sinne verlieren ihre Bedeutung.

Auf einmal gibt es für mich nichts anderes als die Vibration, die von meinem Kopf durch meinen ganzen Körper zieht. Das Brummen ist derart intensiv, dass es sogar meine Knie zum Zittern bringt und in jedem meiner Knochen nachhallt. Nie zuvor habe ich einen Klang so stark empfunden, egal wie laut er war. Jetzt bin ich ein Teil der Geige, bestehe praktisch nur aus Musik.

Ich habe keine Worte und keine Gebärden dafür, wie sich das anfühlt.

Als das Schwirren in mir verstummt, brauche ich eine Weile, um in meine lautlose Welt zurückzufinden. Widerwillig lasse ich die Geige los, atme ein letztes Mal ihren Duft ein und öffne erst danach die Augen.

Nick sieht mich aus geweiteten Pupillen an. »Und, wie war das?«, fragt er, wobei er den Mund so wenig bewegt, dass ich die Worte kaum lesen kann. Dafür hebt und senkt sich sein Brustkorb umso heftiger.

»Das ... das war ...«, stammle ich und bin schon fast verzweifelt, weil mir in keiner meiner Sprachen die passende Beschreibung einfallen will, »so wie Tanzen im Schwarzlicht, Kettenkarussell und Sommerregen zusammen. Nein, noch viel mehr, aber ... Danke, dass du ...« Der Rest des

Satzes geht verloren, als Nick sich unvermittelt vorbeugt. Er überwindet die paar Zentimeter Entfernung zwischen uns, schaut mir noch einmal direkt in die Augen, und dann treffen seine Lippen auf meine.

Das alles passiert so plötzlich, dass ich mich zuerst überhaupt nicht rühren kann. Wie angewurzelt stehe ich da, während mein Herz scheinbar ohne mich davongaloppiert. Ich spüre ein Hämmern in jedem Winkel meines Körpers, sogar hinter den Lidern, die ich reflexartig wieder geschlossen habe. Für den Moment taub und blind zugleich, verliere ich mich im sanften Druck auf meinem Mund, dem warmen Atem auf meiner Haut, dem Glühen von Nicks Zungenspitze. Völlig reglos lasse ich mich küssen – von einem Jungen, mit dem ich bis vor Kurzem überhaupt nichts zu tun haben wollte. Einem Hörenden, der sich in meine Welt hineingewagt hat, um mit mir zusammen meinen Träumen hinterherzujagen.

Meinem besten Freund.

Sobald sich dieser Gedanke durch das heiße, flirrende Chaos in meinem Inneren gekämpft hat, stemme ich beide Hände gegen Nicks Brust und schiebe ihn ein Stück von mir weg. »Was tust du denn da?«, stoße ich atemlos hervor. Meine Wangen fühlen sich an, als müssten sie jeden Moment in Flammen aufgehen.

Nick zieht spöttisch die Augenbrauen hoch, aber auch er sieht irgendwie fiebrig aus. »Verdammt. Inzwischen sollte ich das gut genug können, um es nicht mehr erklären zu müssen.«

»Nein, ich meine – was ist denn mit Jessica?«, frage ich, obwohl ich das eigentlich überhaupt nicht wissen möchte. »Du kannst doch so etwas nicht machen, wenn du mit ihr zusammen bist!«

»Da stimme ich dir vollkommen zu.« Nick beugt sich wieder zu mir herunter, aber ich mache einen Satz nach hinten.

»Du triffst dich ja noch mit ihr«, beharre ich. »Was war zum Beispiel an dem Tag, als wir uns bei der Bushaltestelle begegnet sind und ich auf deinem Hals –«

»Wing Girl, allmählich sollte dir klar sein, dass dieser angebliche Knutschfleck von meiner Geige stammt«, unterbricht mich Nick, legt den Kopf zur Seite und zeigt mir die Stelle, an der sich die Kinnstütze in seine Haut gegraben hat. Sprachlos starre ich auf das dunkelrote Mal und frage mich, wie ich so schwer von Begriff sein konnte. Gerade noch rechtzeitig lenke ich den Blick wieder zu Nicks Mund, um den Satz aufzuschnappen: »Und PS: Jessica ist 'ne hohle Nuss.«

»Also tauschst du sie jetzt gegen eine *taube* Nuss ein?«, platzt es aus mir hervor, und die Reaktion ist ein ganz besonders schiefes Grinsen.

»Genau das ist der Plan«, stimmt Nick zu, legt Geige und Bogen auf meinem Nachttisch ab und streckt dann eine Hand nach mir aus.

»Aber ... aber das ergibt doch keinen Sinn«, rede ich angestrengt weiter, während sich seine Finger unter den Saum meines T-Shirts schieben. »Einerseits machst du dich gerade an ... Iron Man heran, aber andererseits bezeichnest du mich immer noch als dein Wing Girl!«

»Alte Gewohnheit«, sagt Nick, ohne mich loszulassen. »Emilia.«

Der Anblick seiner Lippen, die ganz weich meinen Namen formen, bringt meinen Widerstand beinahe zum Einsturz. Mittlerweile ist mein Puls so hoch, dass mir schwindelig wird und ich kaum noch einen richtigen Satz formulieren kann. »Wieso bist du dann neulich Nacht einfach aus meinem Zimmer verschwunden?«, zwinge ich mich trotzdem zu fragen.

»Du meinst, nachdem ich deinen Rücken berührt und dabei ganz zufällig mitgekriegt habe, dass du keinen BH anhattest? Tja, irgendwie ist es mir dann ein klein wenig schwergefallen, als Kumpel mit dir im Bett zu liegen.« Einen Moment lang hält er seine übliche selbstbewusste Fassade noch aufrecht, er wirkt locker, ironisch und beinahe so, als wäre das alles nur ein Spaß … Aber plötzlich zieht er die Hände unter dem *Iron-Man*-Shirt hervor und legt sie stattdessen auf meine glühenden Wangen.

»Hör zu«, beginnt er, dann schneidet er eine Grimasse. »Ah, fuck. Ich meine, schau mal, Emilia: Eigentlich hab ich es schon länger gewusst, aber als du das vorhin alles aufgezählt hast, ist es mir endgültig klar geworden. Ich wollte nicht dein Kumpel sein, während wir zusammen im Schwarzlicht getanzt haben und es richtig cool mit dir war, obwohl es wahrscheinlich total bescheuert ausgesehen hat. Genauso wenig wollte ich nur mit dir befreundet sein, als wir an diesem Karussell des Todes gehangen sind. Und während du im Regen geschrien hast wie eine Irre, hab ich mich eher wie der Kumpel von Faulbär gefühlt als von dir. Wenn das für dich anders ist, völlig okay. Möglicherweise bin ich ja immer noch nicht dein Typ, weil ich zu viele dämliche Witze reiße, seit zwei Jahren ziemlich kaputt bin und mir kein grauer Schnauzbart wächst. Oder weil ich nun mal hören kann und wir beide aus zwei verschiedenen Welten stammen. Aber vielleicht siehst du es ja doch so wie ich – nämlich, dass ein Kerl vom Mars und ein Mädchen von der Venus ein verdammt gutes Team sein könnten.«

Während er redet, hält er mein Gesicht die ganze Zeit zwischen seinen Händen. Der spöttische Zug um seine Lippen ist verschwunden, vielleicht zum allerersten Mal, seit ich ihn kenne. Als ich den Kopf bewege und dadurch Nicks Hände von meinen Wangen rutschen, wirkt er fast erschrocken – dann habe ich auch schon die Arme um seinen Hals gelegt, recke mich nach oben und presse meine Lippen auf seinen Mund.

Ich brauche kein funktionierendes Gehör, um sein überraschtes Stöhnen wahrzunehmen. Die feine Vibration läuft als Hitzeschauer durch meinen Körper, kribbelt meine Wirbelsäule entlang, weckt ein Ziehen in meinem Bauch. Am Anfang küssen wir uns noch zärtlich, beinahe vorsichtig. Gerade weil mir Nicks Berührungen und sein Duft so vertraut sind, fühlt sich das hier unglaublich neu, sogar irgendwie fremd an – doch je länger ich seine Körperwärme spüre, umso sicherer werden meine Bewegungen. Ich schmiege mich an Nicks feste Brust, bis sein Herz gegen meines trommelt, und es ist trotzdem nicht nahe genug.

Als hätten wir uns miteinander abgesprochen, arbeiten wir uns langsam zu meinem Bett vor, während Nick mit beiden Händen meine Locken nach hinten schiebt. Erst lässt er seine Fingerspitzen über die Biegung meines rechten Ohrs gleiten, dann seinen Mund, und zuletzt küsst er mich auf die empfindliche Stelle darunter. In diesem Moment haben sich auch noch meine allerletzten Zweifel in Luft aufgelöst.

Sobald ich mit den Kniekehlen gegen die Bettkante stoße, lasse ich mich nach hinten fallen, und Nick landet mit etwas zu viel Schwung auf mir. Am Zittern seines Brustkorbs erkenne ich, dass er über unser ungeschicktes Manöver lacht. Zu beiden Seiten meines Kopfes stemmt er sich in die Matratze und schaut auf mich herunter, die Haare zerzauster und die Augen wacher als jemals zuvor.

»Hey, ich will dich nicht zerquetschen«, formen seine Lippen, und mir fällt auf, dass sie ganz leicht geschwollen sind.

»Mach ruhig«, sage ich, ohne zu überlegen. Wieder läuft ein Zittern durch seine Brust, und ich will ihn gerade näher an mich heranziehen – da erstarrt er plötzlich in meinen Armen.

Erschrocken lasse ich ihn los und mache zuerst instinktiv eine Gebärde, ehe ich laut wiederhole: »Was ist passiert?«

Nick schiebt lauschend die Brauen zusammen. »Da draußen war jemand.«

»Wie bitte?«

»Jemand ist gerade von der Tür weggegangen und hat dann ein paar Meter weiter eine andere Tür geschlossen.«

»Wo denn?«, frage ich und schlucke verlegen, weil es sich irgendwie so anfühlt, als wäre meine Stimme gepresst. »Ich meine, kann man genau hören, wie weit ein Geräusch entfernt ist? Die Zimmer der Zwillinge sind ganz am anderen Ende des Flurs, das Schlafzimmer meiner Eltern in der Mitte.«

»Mitte, eindeutig«, sagt Nick, dann reibt er sich mit einer Hand über das Gesicht. Ich kann spüren, dass er etwas sagt, und bin mir sicher, dass es ein Fluch ist. Obwohl ich normalerweise wirklich nicht der Typ dafür bin, würde ich jetzt nur zu gerne mit einstimmen. Warum, *warum* nur habe ich die verflixte Tür nicht zugemacht, nachdem ich Nick hier gefunden habe? Das ist schließlich einer der Vorteile an einem Gehörlosen-Haushalt: Hinter verschlossenen Türen kann man tun, was auch immer man will. Ich möchte gar nicht wissen, wie oft Max und Leo schon geheimen Übernachtungsbesuch hatten. Auch ich habe meine zwei Exfreunde ein paarmal hier reingeschmuggelt, aber das waren Jungs aus der Gehörlosenschule – und es ist eine ganz andere Sache, dass ich soeben mit einem *Hearie* ertappt wurde, den ich meinen Eltern als »Bekannten aus dem Wohnheim« vorgestellt habe.

Wahrscheinlich beraten sich die beiden gerade, unter welchem Vorwand sie demnächst in mein Zimmer platzen könnten. Denn das ist der Nachteil an einem Gehörlosen-Haushalt: Hier fragt garantiert niemand, ob er reinkommen darf.

»Ich schätze, jetzt hab ich ein Problem«, meint Nick, nachdem er wieder hinter seiner Hand aufgetaucht ist. »Deine Mutter wird mir den Kopf abreißen. Wie sagt man das in Gebärdensprache?«

Ich zeige es ihm und lache dann über seine fehlerhafte Imitation, obwohl ich selbst ein ziemlich mulmiges Gefühl im Bauch habe. »Es ist wohl besser, wenn wir das verschieben«, schlage ich vor, während die Gedankenhände in meinem Kopf wie wild protestieren.

In der nächsten Sekunde ist Nick wieder über mir, und sein Gewicht drückt mich in die Matratze. Aus dieser Nähe muss ich ein wenig schielen, um seine Lippen zu erkennen. »Klüger ist es wahrscheinlich«, sagt er, und sein Mund gleitet ganz kurz über meinen, ehe er sich aufrichtet. »Aber besser finde ich es nicht.«

Ich bleibe mit einem Rest seiner Körperwärme und einem stolpernden Herzen im Bett zurück, während er zur Tür geht. Erst als er sie schon fast erreicht hat, bin ich wieder zu einem vernünftigen Gedanken fähig.

»Warte, deine Geige liegt noch hier!«

Mit beinahe verstörter Miene wirbelt Nick zu mir herum. »Oh Shit, die hab ich komplett vergessen. Was sagt das jetzt über mich aus? Entweder ich bin ein ganz ehrloser Musiker ...«

»... oder ein ganz normaler Mann«, sage ich, und mir gelingt sogar ein kleines Grinsen. »Mein Bruder hat schon mal was auf dem Herd vergessen und um ein Haar das Haus abgefackelt, während seine Freundin zu Besuch war. Was das betrifft, sind Taube und Hörende wohl gar nicht so verschieden.« Ich nehme Geige und Bogen vom Nachttisch und erschrecke fast darüber, wie leicht, ja zerbrechlich sie sich anfühlen. Unwillkürlich bewege ich mich so vorsichtig, als würde ich ein kleines Lebewesen tragen, während ich auf Nick zugehe. Ich halte ihm das Instrument entgegen, aber er zögert, ehe er danach greift. Auf einmal wirkt er seltsam konzentriert.

»Wie ist denn die Gebärde für *Freundin?«*, erkundigt er sich – und erst in diesem Moment wird mir klar, was ich da eigentlich gesagt habe. Mein Kopf, der inzwischen eine halbwegs normale Temperatur angenommen hatte, verwandelt sich schlagartig wieder in eine Glühbirne.

»Ich wollte damit nicht ... Also, das sollte nicht bedeuten, dass ich deine ...«, stottere ich, und weil mich Nick nur weiterhin fixiert, zeige ich ihm hastig die Gebärde: Ich forme die rechte Hand wie das »Papier« beim »Schere-Stein-Papier«-Spielen und führe sie mit den Fingerspitzen voran zu meiner rechten Achsel.

Nick wiederholt die Bewegung sorgfältig, während er links zugleich Geige und Bogen festhält. »Sieht das so gut für dich aus?«, fragt er irgendwie lauernd. Sein intensiver Blick kribbelt auf meiner Haut, und ich zwinge mich mühsam zu einer würdevollen Haltung.

»Ja, gefällt mir ganz gut«, sage ich mit erhobenem Kinn.

»Mir auch«, antwortet Nick ernst. »Ich muss wohl ein Naturtalent sein.«

»Noch besser würde es allerdings aussehen, wenn du doch einen Schnauzbart hättest.«

Die Spannung zwischen uns entlädt sich, als Nick lachend den Kopf in den Nacken wirft. »Ich werde sehen, was sich machen lässt«, sagt er dann, und für einen winzigen Augenblick spüre ich seine freie Hand an meiner Taille. In der nächsten Sekunde sind er und seine Geige auch schon durch die Tür verschwunden.

Nick

Es ist nicht so, als wäre ich nie zuvor in einem fremden Bett erwischt worden.

Beim letzten Mal war ich siebzehn, noch in New York, und die Eltern des Mädchens kamen früher als erwartet aus den Hamptons zurück. Ich hab mich schon im Zickzack zwischen gelben Taxis davonrennen gesehen, verfolgt von einem typisch amerikanischen Dad mit Baseballschläger … aber wie sich herausstellte, waren die Eltern Klassik-Fans. Alles, was sie von mir wollten, war ein Autogramm.

Diesmal kann ich allerdings nicht auf so ein Ass im Ärmel hoffen. Nicht nur, dass Emilias Mom keine Ahnung hat, wer ich bin – sie hält mich außerdem für einen ignoranten Mistkerl. Einen Mistkerl, der ihre Tochter erst zu einer lebensverändernden OP überreden und dann auch noch flachlegen wollte … Ja, ich bin auf jeden Fall geliefert.

Nachdem ich von der Morgensonne geweckt wurde, spiele ich mit dem Gedanken, mich einfach so lange wie möglich im Gästezimmer zu verschanzen. Irgendwann werden Emilias Eltern schon aus dem Haus gehen, und dann komme ich vielleicht von hier weg, ohne dass mir jemand mit erstaunlich flinken Fingern die Gedärme rausreißt. Aber während ich unschlüssig auf dem Bett hocke, fällt mir eine ganze Reihe von Argumenten ein, die gegen diesen genialen Plan sprechen: Erstens hab ich Hunger. Zweitens ist meine Blase kurz vorm Explodieren. Und drittens kann ich doch nicht ernsthaft vor einer kleinen Blondine Schiss haben (es sei denn, sie stammt aus *Game of Thrones* und hat zufällig ein paar Drachen in petto).

Widerwillig verlasse ich also das Gästezimmer, mache einen kurzen Abstecher ins Bad und schleiche dann – überflüssigerweise – die Treppe hinunter. Die Geräusche, die aus der Wohnküche dringen, sind nicht gerade beruhigend. Immer wieder scheppert Porzellan gegeneinander, jemand pfeffert Besteck auf einen Teller, ansonsten herrscht eisige Stille.

Wenn meine Mom so einen Krach mit dem Geschirr veranstaltet und dazu kein Wort sagt, bedeutet das immer Alarmstufe Rot. Hier bietet sich mir allerdings ein total friedliches Bild, als ich das Zimmer betrete: Die Familie ist um den Tisch versammelt, frühstückt und lässt dazu die Hände tanzen. Nur Emilia sitzt wie ein Häufchen Elend auf ihrem Platz. Bei meinem Anblick springt sie auf und zieht mich zur Küchenzeile hinüber, als bräuchte ich bei der Auswahl meiner Cornflakes moralische Unterstützung. Dann sagt sie in normaler Lautstärke, jedoch mit dem Rücken zum Esstisch: »Meine Eltern haben die letzte Nacht noch nicht kommentiert, aber Mama benimmt sich merkwürdig.«

»So merkwürdig wie jemand, der den perfekten Mord plant?«

»Keine Ahnung. Sie ist einfach sehr still«, murmelt Emilia und merkt gar nicht, wie schräg das klingt. Still sind sie schließlich alle.

Während ich mich mit einer Schüssel voll Schokopops

dem Tisch nähere, fällt mir allerdings auf, dass Emilias Mom nur ab und zu eine Gebärde einwirft, obwohl die anderen keine Sekunde die Finger ruhig halten. Als ich mich setze, erstarrt sie komplett und durchbohrt mich einen Moment lang mit ihrem Blick. Dann stellt sie lautstark ihre Tasse ab – mal ehrlich, das Geschirr kann einem hier echt leidtun – und schiebt ihren Stuhl zurück. Ohne auch nur eine erklärende Handbewegung in Richtung ihrer Familie zu machen, geht sie mit schnellen Schritten hinaus.

»Okay, das war tatsächlich merkwürdig«, sage ich, und Emilia verzieht gequält den Mund. Eine Weile hocken wir ratlos da, während die Zwillinge neugierig zwischen uns hin- und herschauen. Schließlich klopft einer von ihnen auf den Tisch, damit wir uns zu ihm wenden, und macht die fragende Gebärde, die ich gestern schon kennengelernt habe: *»Was …?«*

Aber bevor Emilia antworten kann, wandert der Blick ihres Bruders an ihr vorbei, und seine Augen weiten sich. Mit einer dunklen Vorahnung drehe ich mich zur Tür. Dort steht Frau Weber, einen grimmigen Ausdruck im Gesicht – und als ich sehe, was sie in den Händen hält, fahre ich wie elektrisiert von meinem Stuhl hoch. Braune Pampe, formerly known as Schokopops, ergießt sich über den Fußboden.

Beinahe wäre Emilia darauf ausgerutscht, als sie zu ihrer Mutter stürmt und diese mit hektischen Gebärden bombardiert. Frau Weber lässt sich davon allerdings nicht beirren. Wie ein menschgewordener Bulldozer steuert sie auf mich zu, den rechten Arm drohend erhoben.

Scheiße, es sieht aus, als wollte sie meine Geige jeden Moment zerschmettern. Während ich sie entgeistert anstarre, muss ich daran denken, wie ich den Koffer aus dem

Fenster geworfen habe und was für ein gutes Gefühl das war. Ich habe geglaubt, ich wäre kurz davor, meiner Geige dasselbe anzutun – aber jetzt, wo ich sie in einer fremden Faust sehe, ist es ein verdammter Albtraum.

»Woah, immer mit der Ruhe«, bringe ich endlich heraus und mache panisch das Zeichen für *Timeout.* »Sie wollen doch nicht ... Hey, Emilia, sag ihr, dass sie das lassen soll!«

Dann hat Frau Weber mich erreicht. Ihr Arm schießt nach vorne, wie um mir die Geige mit Schwung vor die Füße zu pfeffern, ich strecke reflexartig die Hände aus ... und spüre glattes, geschwungenes Holz an meinen Fingerspitzen. Ungläubig japse ich nach Luft, während mir mein Herzschlag in den Ohren dröhnt. Emilias Mutter hat mir die Geige geradezu behutsam überreicht. Sie wartet, bis ich den kleinen Körper sicher im Griff habe, ehe sie einen Schritt nach hinten macht. Ohne auch nur zu blinzeln, sieht sie mich einige Sekunden lang reglos an und sagt schließlich: »Spiel.«

Es ist ein bisschen schrill, einen Tick zu laut, aber sonst klar verständlich. Mir ploppen fast die Augen aus den Höhlen, und als ich zu Emilia hinüberschaue, finde ich bei ihr dieselbe Fassungslosigkeit.

»Sie wollen, dass ich etwas für Sie auf der Geige spiele?«, frage ich. Emilia ist anscheinend zu perplex, um zu dolmetschen, aber das macht nichts. Ihre Mom hat auch so begriffen, was ich meine.

»Für uns«, sagt sie mit einer schnellen Geste zu ihrer restlichen Familie, wobei sie immer noch irgendwie grimmig wirkt. »Bitte.«

Ich bin nicht so dämlich, weitere Fragen zu stellen. Obwohl ich das Gefühl habe, geradewegs in eine Falle zu tappen, klemme ich mir gehorsam die Geige unters Kinn und stimme die Saiten. Inzwischen haben auch Herr Weber und die Zwillinge mitbekommen, dass das Frühstück eine eigenartige Wendung nimmt. Gespannt schauen sie vom Tisch zu mir herüber, während Emilia eher so wirkt, als wollte sie im Boden versinken.

»Du musst das nicht tun«, sagt sie piepsig.

»Ich schätze schon, wenn ich meinen Kopf behalten will«, antworte ich und kümmere mich nicht darum, dass Emilias Mom diesen Satz möglicherweise auch von meinen Lippen ablesen kann. Während ich den Bogen nachspanne, überlege ich, ob ich der *Caprice* noch eine Chance geben soll – doch als ich die linke Hand zum Griffbrett hebe, weigern sich meine Finger, die richtige Position einzunehmen. Instinktiv arrangieren sie sich genau wie gestern Nacht, und dann schweben die Anfangstöne der *Allemande* von Bachs *Partita Nr. 2* durch den Raum.

Kaum zu glauben, aber ich bin tatsächlich nervös. Eigentlich müsste das hier total easy sein, weil es zur Abwechslung mal keine Rolle spielt, ob ich danebengreife. Ernsthaft, ich könnte hier *Alle meine Entchen* fiedeln, und es wäre komplett egal. Trotzdem geht mein Puls während der ersten paar Takte ziemlich schnell, ich fühle mich von den Blicken der fünf regelrecht durchbohrt und frage mich, was zur Hölle Emilias Mom eigentlich bezweckt.

Aber mit dem guten alten Bach ist das so eine Sache: Du kannst seine Stücke nicht richtig spielen und dir dabei immer noch über Kleinscheiß Sorgen machen. Klar verschafft er einem nicht solche Adrenalinstöße wie Paganini, und im Gegensatz zu den *Capricen* ist diese *Partita* auch ganz bestimmt nicht das musikalische Äquivalent eines Bungee-Sprungs. Man fühlt sich dabei eher wie in einer Kathedrale oder auf einem Berggipfel, die Sonne geht auf, man ist ganz alleine, seltsam leer und ausgefüllt zugleich und … es ist auf seine eigene Weise einfach nur genial.

Ich bemerke kaum, dass Emilia von ihrem Platz aufsteht, um sich an meine Seite zu stellen. Ihre Hand ist ganz plötzlich da, verharrt erst zögernd in der Luft und landet dann auf dem Korpus meiner Geige. Sie lächelt, als sie meinem Blick begegnet. Wahrscheinlich denkt sie wie ich an gestern Nacht, und einen Moment lang vergesse ich, dass es in diesem Raum noch eine dritte Person gibt, die genau dasselbe tut. Die letzten Zeilen spiele ich nicht für Emilias Mom, um ihr irgendwas zu beweisen, sondern nur noch für uns zwei.

Nachdem ich den Bogen von den Saiten genommen habe, herrscht absolute Stille. Keine Reaktion – das ist entweder ein echt gutes oder ein verdammt schlechtes Zeichen. Als ich den Blick hebe, sehe ich allerdings, dass die Zwillinge und Herr Weber sehr wohl reagieren, wenn auch vollkommen lautlos. Ich kann nur hoffen, dass das Hin- und Herdrehen ihrer geöffneten Hände die Gebärde für Applaus ist und nicht etwa für Buh-Rufe.

Die Einzige, die sich wirklich überhaupt nicht rührt, ist – welch große Überraschung – Emilias Mutter. Erst, als Emilia die Geige wieder loslässt und, immer noch strahlend, an ihren Platz zurückkehrt, nickt Frau Weber, als würde ihr etwas bestätigt.

Sie macht ein paar schnelle Gebärden, die Emilia mir sofort übersetzt: »Brecht lieber gleich auf, damit ihr die Mittagshitze nicht im Auto verbringen müsst.« Anschließend marschiert sie zur Küchenzeile hinüber und beginnt, unter lautem Scheppern den Geschirrspüler einzuräumen. Der Einzige, der deswegen zusammenzuckt, bin natürlich ich. Emilia zieht nur ratlos die Schultern hoch.

»Okay, dann packe ich uns mal ein bisschen Proviant ein«, sagt sie, nimmt zwei Äpfel und Gebäck vom Frühstückstisch und geht in die Diele, wo ihre Tasche an der Garderobe hängt. Am liebsten würde ich ihr folgen, aber ein ziemlich bescheuertes Stimmchen in meinem Kopf macht mir einen anderen Vorschlag. Obwohl ich normalerweise nicht lebensmüde bin, nähere ich mich allen Ernstes der Küchenzeile. Verdammt, wenn ich hier schon vorgeführt wurde wie ein dressierter Affe, will ich wenigstens wissen, wozu das Ganze überhaupt gut war.

Ich halte die Geige ein bisschen höher, lege fragend den Kopf schief und kann Frau Weber ansehen, dass sie mich verstanden hat. Trotzdem wendet sie mir abrupt den Rücken zu und kramt in einer Schublade, als wäre ich für sie nur verpestete Luft. Ich bin schon kurz davor, den Rückzug anzutreten – aber dann dreht sie sich wieder um, ein kleines Notizbuch und einen Kugelschreiber in den Händen.

Hastig kritzelt sie ein paar Zeilen und reicht mir danach das Buch, damit ich ihre Botschaft lesen kann: *Wenn Musik etwas ist, das meine Tochter so glücklich aussehen lässt wie letzte Nacht, dann soll sie nicht darauf verzichten müssen.*

Als ich den Kopf hebe, begegnet sie mir mit einem seltsam traurigen Blick. Es vergehen noch einige Sekunden, bis ich begreife: Das hier ist die Auflösung unseres Streits um das Implantat. Frau Weber hat erkannt, wie sehr Emilia Musik liebt, obwohl sie sie noch nicht einmal hören kann … und sie will den Träumen ihrer Tochter nicht länger im Weg stehen. Plötzlich erinnert mich ihr Gesichtsausdruck daran, wie meine eigene Mom ausgesehen hat, als ich zu meinem Studium in New York aufgebrochen bin. Sie muss geahnt haben, wie viel sich dadurch zwischen uns verändern würde. Für mich war das der Beginn von etwas Aufregendem, Neuem – für sie war es vor allem ein Abschied.

Jetzt hebt Frau Weber die Schultern, als wollte sie sagen: *Tja, was soll man machen.* Sie möchte an mir vorbei, aber ich stoppe sie und suche in meinem Gedächtnis nach der Gebärde, die Emilia Flocke im Prater beigebracht hat. Ohne Frau Weber aus den Augen zu lassen, bewege ich den Handteller vor meinem Kinn schräg nach unten. *Danke.*

Sie nickt, die Mundwinkel ein kleines bisschen erhoben. Dann wirbelt sie unvermittelt zur Spüle, greift sich ein Wischtuch und klatscht es mir vor die Brust. Als sie in Richtung der Stelle gestikuliert, wo ich meine Schokopops ausgekippt habe, kommt sie mir abermals unheimlich bekannt vor: Auch der *Keine-Widerrede*-Blick ist bei hörenden und tauben Müttern anscheinend ganz genau gleich.

Nachdem ich die Sauerei beseitigt habe, trage ich meine Geige zur Haustür, wo Emilia auf mich wartet. Bei meinem Anblick hellt sich ihre Miene schlagartig auf. »Na bitte, ist noch alles dran«, sagt sie und berührt meinen Nacken, als wollte sie sich davon überzeugen, dass ich von ihrer Mom nicht in den Fast Kopflosen Nick verwandelt wurde.

Ich weiß nicht, ob ich verraten soll, was Frau Weber mir geschrieben hat – schließlich hat sie dabei nicht umsonst auf einen Dolmetscher verzichtet. Irgendwie fällt es mir jetzt auch schwer, mich auf dieses Problem zu konzentrieren. Im Moment weiß ich eigentlich nur, dass Emilias Finger auf meiner Haut sehr warm sind, dass sie noch ein bisschen Zahnpasta im Mundwinkel hat und dass ich sie verdammt gerne küssen würde. Gerade beuge ich mich zu ihr hinunter, da taucht einer der Zwillinge neben uns auf.

Ich bin mir nicht sicher, ob Emilia ihr enttäuschtes Grummeln überhaupt selber wahrnimmt. Widerwillig dreht sie sich zu ihrem Bruder, der feixend an der Wand lehnt.

»Jetzt bist du also doch bei einem *Hearie* gelandet. Na, wenigstens ist er nicht hässlich«, dolmetscht sie, und der Zwilling fuchtelt wie wild mit beiden Händen.

»Übersetz das doch nicht«, übersetzt Emilia mit einem schelmischen Grinsen. »Und das auch nicht! – Im Ernst, das ist voll peinlich!«

»Sag ihm bitte, dass ich ihn auch sehr hübsch finde«, werfe ich ein und bekomme dafür einen beinahe brüderlichen Rippenstoß, ehe auch der andere Zwilling und die Eltern in den Vorraum drängen. Sekunden später stehe ich schon wieder in einem Wald aus flatternden Händen, und die Familie erweckt nicht den Eindruck, als wollte sie uns demnächst in die Freiheit entlassen. Ich mache mich schon darauf gefasst, eine weitere Nacht hier zu verbringen, da erreicht die Abschiedszeremonie schließlich doch ihren Höhepunkt. Ein letztes Mal wird Emilia von ihren Brüdern halb zerquetscht, die Eltern winken, dann entwischen wir in den Vorgarten.

Bei Flockes Auto angekommen, stupse ich Emilia in die Seite. »Wie war das noch gleich mit der Mittagshitze?«, frage ich und deute auf die Luft, die über der Kühlerhaube flimmert.

Mit einem kleinen Lächeln hebt Emilia die Schultern. »Tut mir leid, Gehörlose finden einfach nie ein Ende. Da siehst du, wie verkehrt es ist, uns als taub*stumm* zu bezeichnen.« Ihr Blick huscht an mir vorbei, und als ich hinter mich schaue, erkenne ich Frau Weber am Fenster im ersten Stock. Genau wie bei unserer Ankunft »ruft« sie irgendetwas durch die Scheibe.

Misstrauisch warte ich ab, bis Emilia sich wieder zu mir wendet. »Hat sie dich daran erinnert, mir beizeiten einen Arschtritt zu verpassen?«

»Im Gegenteil. Sie hat gesagt, dass ich bald wiederkommen soll und dich dann gerne mitbringen darf.«

Mir klappt die Kinnlade herunter. »Im Ernst? Was davon stand denn für *Nick?* Sonst hast du meinen Namen doch immer so buchstabiert ...« Ich wackle mit den Fingern und komme mir dämlich vor, weil mir nicht mal das Zeichen für N einfallen will.

»Schon, aber das wäre auf die Dauer viel zu umständlich. Stattdessen bekommt jeder eine Gebärde, die für ein hervorstechendes Merkmal oder eine Eigenschaft steht. Ein bisschen wie ein Indianername, zum Beispiel ›Der-mit-den-roten-Haaren‹, ›Die-viel-redet‹ und so weiter.«

»Alles klar. Ich bin dann wohl der Geigenspieler, nehme ich an.«

Zu meiner Verblüffung schüttelt Emilia den Kopf. »Rate noch mal.«

Ich grüble weiter, aber sosehr ich mich auch anstrenge, es fällt mir erstaunlich schwer, eine andere hervorstechende Eigenschaft an mir zu finden. »Argh, keine Ahnung. Jetzt sag schon!«

»Deine Namensgebärde ist das hier«, antwortet Emilia und führt zwei Finger an ihren Mund. »Das steht für dein schiefes Lächeln ... und genau so hast du auch dreingeschaut, als du vorhin für uns gespielt hast.«

Ihr Blick brennt sich in mich hinein, und einen Moment lang weiß ich nicht, was ich erwidern soll. »Wie sieht denn deine Namensgebärde aus?«, frage ich schließlich.

Emilia macht eine gedrehte Bewegung neben ihrer rechten Schläfe.

»Das bedeutet *Locken,* hab ich recht?«
»Nein, falsch.«
»Äh … Wirrkopf?«
Sie lacht. »Nahe dran.«
»Die-mich-gleich-in-den-Wahnsinn-treibt?«
»Träumerin«, sagt sie, und diesmal gelingt ihr das R perfekt. »Könnte also sein, dass noch viele weitere Listen folgen werden.«
»Okay, ich bin bereit«, antworte ich, ohne zu überlegen. Kaum habe ich es ausgesprochen, streckt sich Emilia nach oben und drückt ihre Lippen auf meinen Mund. Ganz kurz spüre ich ihre Zungenspitze, schmecke ein bisschen Pfefferminz-Zahnpasta und beuge mich vor, um den Kuss zu vertiefen – da macht sie sich schon wieder von mir los.
»Lass uns jetzt lieber abhauen, bevor ich dir verrate, welche Gebärde für meine Mutter steht«, meint sie mit blitzenden Augen.
»Wieso das denn?«, frage ich etwas benebelt, ehe Emilia ins Auto schlüpft. Ich öffne die Beifahrertür, zögere aber noch einzusteigen.
Emilia schaut unschuldig zu mir hoch. »Karate. Das ist seit ihrer Kindheit ihr liebstes Hobby«, erklärt sie und prustet los, als ich mich auf den Beifahrersitz werfe.
»Das sagst du mir erst jetzt? Oh Mann, fahr schon, um Himmels willen!«, rufe ich übertrieben panisch in ihr Lachen hinein. Tatsächlich gibt sie Gas, als wäre Flockes Schrottkarre der Fluchtwagen bei einem Banküberfall, und mit dröhnendem Motor nehmen wir Abschied von einer Welt der Stille.

Emilia

Einen Vorteil hat es, dass Gespräche für mich unmöglich sind, während ich am Steuer sitze: So kann ich beim Autofahren in aller Ruhe nachdenken.

Als wir im Wohnheim ankommen, bin ich noch derart versunken, dass ich Nick ganz automatisch zu seinem Zimmer folge. Ich bemerke es erst, als wir vor der Tür stehen und er in seinen Hosentaschen zu wühlen beginnt.

»Was ist los, hast du deinen Schlüssel vergessen?«, frage ich und hoffe sehr, dass er nicht nach einer Ausrede sucht, um mich loszuwerden.

»Ich wollte dir zehn Cent für deine Gedanken bieten, aber ich bin pleite«, antwortet Nick trocken, ehe er die Tür aufsperrt, zu seinem Schrank geht und die Geige hineinlegt. Dann dreht er sich wieder zu mir um. »Also?«

Langsam betrete ich ebenfalls das Zimmer, die Hände tief in den Taschen meiner Jeans vergraben. »Also ... Ich habe beschlossen, dass ich es tun möchte.«

Nick mustert mich mit undurchdringlicher Miene. »Und *es* steht in diesem Fall wofür?«, hakt er nach.

Ich hole einmal tief Luft, dann straffe ich meine Schultern. »Die Operation. Ich habe mich für das Implantat entschieden.«

Nachdem Nicks Gesicht eben noch bemüht neutral war, spiegelt es jetzt eine ganze Reihe von Emotionen: Überraschung, ungläubige Freude, Begeisterung und dazwischen einen Schimmer Sorge um mich – ich kann die ganze Palette mitverfolgen und merke, dass mein Puls dabei immer schneller wird. »Eigentlich habe ich ja alle Punkte auf meiner Liste geschafft, obwohl ich taub bin«, rede ich weiter, weil Nick zur Abwechslung mal sprachlos zu sein scheint. »Es ist genau, wie meine Mutter immer sagt: Wir können alles, nur nicht hören … aber ich will trotzdem mehr. Auch wenn die Gefahr besteht, dass ich Musik niemals richtig wahrnehmen werde, möchte ich es wenigstens versuchen. Wie findest du das?«

»Wie ich das finde?«, wiederholt Nick und fährt sich durch die zerzausten Haare. »Ich – ich finde das großartig! Im Ernst, Emilia, das ist verdammt mutig von dir!« Er macht eine Bewegung, als wollte er mich umarmen, zögert dann aber und wischt sich erneut ein paar Strähnen aus der Stirn. So unbeholfen habe ich ihn noch nie erlebt, und bei diesem Anblick zieht sich irgendetwas ganz tief in mir zusammen.

»Ich weiß«, sage ich und versuche zu lächeln. »Das hier ist noch ein ganzes Stück angsteinflößender als das Jack-the-Ripper-Haus.«

»Oder an ein paar lächerlichen Ketten in der Luft zu baumeln.«

»Oder Frühstück mit meiner Mutter.«

»Wir wollen aber nicht übertreiben.« Endlich legt Nick doch die Arme um mich, so fest, dass es beinahe wehtut, und er schwingt mich einmal im Kreis. Dabei spüre ich, dass sein Herzschlag ganz genauso heftig ist wie mein eigener. Am liebsten würde ich mich noch länger an ihn drücken, aber er setzt mich wieder ab, damit ich von seinen Lippen lesen kann: »Vielleicht macht es dir ja die Sache ein kleines bisschen leichter, wenn ich dir sage, dass deine Mom einverstanden ist.«

Jetzt bin ich diejenige, der einen Moment lang die Worte fehlen. »Mit der OP? Aber … woher willst du das wissen?«, bringe ich schließlich hervor.

»Tja, Rita und ich verstehen einander auf einer ganz besonderen Ebene«, behauptet Nick ein bisschen spöttisch, doch er wird gleich wieder ernst. »Ich weiß es einfach«, sagt er und sieht mich eindringlich an. »Okay? Lass dich von deiner Familie nicht aufhalten, wenn du das Implantat wirklich willst. Wenigstens hast du noch einen Traum, im Gegensatz zu mir.« Er macht eine abfällige Handbewegung, als wollte er das Thema beiseiteschieben, aber das lasse ich nicht zu.

Inzwischen ist mein Körper so voller Adrenalin, dass ich mich einfach nicht beherrschen kann und ohne zu überlegen hervorsprudle: »Oh doch, du träumst davon, ein Musiker zu sein. So richtig, meine ich, also vor Publikum. Das hat man dir heute ganz deutlich angesehen, und es tut mir leid, dass ich daran gezweifelt habe. Du liebst die Geige, so viel steht fest – nur nicht die Art, wie du sie momentan spielen musst.«

Sofort merke ich, wie Nick sich versteift. »Lass gut sein, das ist doch jetzt auch schon egal. Gleich morgen früh werde ich meine Teilnahme am Wettbewerb zurückziehen und damit allen zeigen, dass ich's einfach nicht mehr bringe.«

»Aber was, wenn du *nicht* zurückziehst?«, beharre ich, obwohl meine Aufregung allmählich in Nervosität umschlägt. Vielleicht ist es dumm von mir, Nick unbedingt mit meinem Tatendrang anstecken zu wollen, doch diese Zweifel kommen nun zu spät. »Was, wenn du im Finale nichts präsentierst, wofür dich ein schrecklicher Lehrer drillen müsste – sondern das Stück, das du meiner Familie und mir vorgespielt hast?«, füge ich hinzu.

»Die *Allemande?*«, fragt Nick, und seine Augenbrauen schnellen in die Höhe. »Vergiss es. Die ist viel zu einfach. Damit entlocke ich keinem von diesen Jury-Idioten auch nur ein schwaches Lächeln.«

»Aber *du* lächelst, wenn du sie spielst!«, rufe ich, ohne darauf zu achten, ob ich zu laut bin. »Schon klar, das klingt für dich jetzt hoffnungslos naiv, aber: Solltest du bei deinem Comeback wirklich etwas so Schwieriges vorführen, wie es alle von dir erwarten, obwohl du gar keinen Bezug dazu hast? Warum nicht lieber ein Stück, das dich glücklich macht?«

»Vielleicht macht es mich ja gar nicht glücklich. Möglicherweise musste ich bloß das Lachen zurückhalten, weil es so schräg war, einer Familie von Gehörlosen was vorzuspielen.« Nicks Miene verhärtet sich, und ich spüre, wie mir die Situation entgleitet. Wenn ich nicht aufpasse, wird zwischen uns beiden ein Fallgitter hinunterrasseln, ich werde in meiner Welt stehen und er in seiner, und ich komme nicht mehr an ihn heran. Dabei sind Nick und ich längst nicht so verschieden, wie er denkt. Ich muss es ihm nur beweisen.

»Soll ich dir erzählen, warum mir die *Mondscheinsonate* so viel bedeutet?«, frage ich übergangslos. »Das war Nanas Geheimwaffe, wenn ich nicht schlafen konnte. Sie hat mein Bettzeug direkt neben dem Klavier auf den Teppich gelegt, und dann hat sie gespielt, bis mir die Augen zugefallen sind. Wenn ich heute die Schwingungen der Sonate wahrnehme, dann rieche ich auch die frisch gewaschenen Laken, sehe das Mondlicht, das durchs Fenster scheint, und Nanas offene graue Haare. Manche Musikstücke sind wie … wie Lesezeichen in der Vergangenheit, Erinnerungsanker, und man hört sie nicht nur mit den Ohren. Es geht dir doch mit dieser *Allemande* genauso, hab ich recht? Das ist ein Stück, zu dem du dich flüchtest, wenn du nachts nicht schlafen kannst … ein Stück, das du einer Gruppe von Gehörlosen vorführst, weil sie dabei wahrscheinlich am meisten empfinden.«

Nick öffnet den Mund, um mich zu unterbrechen, aber das lasse ich nicht zu. Ruckartig drehe ich den Kopf zur Seite, sodass ich seine Lippen nicht mehr sehen kann. Meine nächsten Worte spreche ich ins Nichts, den Blick starr auf die Wand geheftet, aber ich hoffe trotzdem, dass sie ihr Ziel erreichen: »Kann sein, dass ich mich irre und von alldem keine Ahnung habe. Aber wenn ich richtigliege, solltest du genau diesen Erinnerungsanker zum Finale mitbringen – auch auf die Gefahr hin, dass du damit die Erwartungen von deinen Eltern, den Journalisten oder sonst irgendjemandem enttäuschst. Um mir meinen größten Wunsch zu erfüllen, werde ich eine Operation und viele, viele Therapiestunden auf mich nehmen. Was riskierst *du* für das, wovon du träumst?«

Schwer atmend verstumme ich und richte die Augen wieder auf Nick. Der drückt seine Lippen aufeinander, sodass sie schmaler und blasser wirken als sonst. Quälend lange muss ich auf seine Antwort warten, und dann, als sich sein versteinertes Gesicht endlich bewegt, lässt die Reaktion mein Herz nach unten sacken.

»Das ist doch verrückt«, formt sein Mund.

Steifbeinig trete ich einen Schritt nach hinten. »Verstehe. Na ja, wahrscheinlich sollte ich mir kein Urteil erlauben, weil ich von Musik überhaupt nichts …«, setze ich an, doch Nick hebt eine Hand, und die restlichen Worte bleiben mir in der Kehle hängen.

»Es ist verrückt, dass eine Gehörlose mehr Ahnung von mir und meiner Geige hat als ich selbst«, vollendet Nick seinen Satz. In der nächsten Sekunde ist er auch schon bei mir und schiebt mit allen zehn Fingern meine Haare zurück. »Also gut, abgemacht. Wir werden es tun«, murmelt er so nahe an meinem Gesicht, dass ich seine Lippen nur noch verschwommen wahrnehmen kann.

»Und *es* steht in diesem Fall wofür?«, zitiere ich ihn, aber so locker das auch wirken sollte, meine Stimme zittert garantiert dabei.

»Eigentlich für deine OP und meinen Auftritt«, sagt Nick, »aber wenn ich's mir recht überlege …«

Dann zieht er mich an sich heran, und mein Herzschlag scheint zu explodieren. Unser Kuss ist nachdrücklich, fest, wie ein Versprechen: dass wir zusammen mutig sein werden, um unsere Träume zu verwirklichen. In diesem Moment habe ich aber sowieso keine Angst mehr. Die Operation, die Therapie und wie es danach mit mir weitergeht … das alles rückt in den Hintergrund, während ich mich an Nick festhalte. Etwas vibriert in meiner Kehle, als er leicht an meiner Unterlippe saugt, und dann noch einmal, als er mich ohne Vorwarnung auf sein Bett drückt.

Ich weiß nicht, welchen Laut ich von mir gegeben habe, und es ist mir auch egal. Das hier ist ein Moment, in dem ich ein Gehör überhaupt nicht vermisse. Schließlich liefern mir meine funktionierenden Sinne schon Eindrücke genug: den leicht salzigen Geschmack, als meine Zungenspitze über Nicks Pulsader gleitet. Die goldenen Streifen, mit denen das Sonnenlicht durch die Jalousien auf unsere Körper fällt. Den Duft von Duschgel und ein bisschen

Schweiß und irgendetwas anderem, das einfach zu Nick gehört. Und dann die Wärme seines Atems, seine weichen Lippen, das Kratzen seines Dreitagebarts, als er meine Küsse erwidert.

Während er mein Oberteil hochschiebt, ziehen seine schwieligen Fingerkuppen eine kribbelnde Spur wie den Schweif eines Kometen hinter sich her. Ich habe längst eine Gänsehaut, als Nick meinen BH öffnet und ihn mir kurzerhand zusammen mit meinem Top abstreift. Sein eigenes T-Shirt wird er sogar noch schneller los, und dann liegen wir nebeneinander in der gedämpften Nachmittagssonne, jeder von uns zur Hälfte aus Schatten und Gold.

»Was ist?«, flüstere ich, als Nick keine Anstalten macht, mich wieder zu berühren. Ich atme die Frage nur aus und bin nicht sicher, ob man sie überhaupt hören kann – aber diesmal schafft es auch Nick, von den Lippen zu lesen.

»Ich stehe vor einem Dilemma«, sagt er, und sein Mund bewegt sich ganz langsam, beinahe träge. »Wenn ich keinen Blickkontakt mit dir halte, kannst du mich nicht mehr verstehen. Und glaub mir: Im Moment fällt mir das mit dem Blickkontakt verdammt schwer.«

»Dann verzichtest du eben zur Abwechslung auf Dirty Talk«, gebe ich zurück, weil ich das mal in irgendeinem Buch gelesen habe … aber vor allem, weil mir nichts Besseres einfällt und ich ganz schön nervös bin. Vielleicht zum ersten Mal steigt Nick jedoch nicht auf mein scherzhaftes Gerede ein.

»Das ist es nicht, was ich dir sagen will«, antwortet er, streckt die Hand aus und folgt einem Sonnenstreifen von der Kuhle zwischen meinen Schlüsselbeinen bis hinunter zu meiner Taille. Danach gleiten seine Finger wieder zurück und springen auf die goldene Bahn daneben. Federleicht streichen sie über mein rasendes Herz und setzen meine Haut Zentimeter für Zentimeter unter Strom.

Die Art, wie Nick mich dabei ansieht, macht jedes Kompliment überflüssig. Ich kann nicht glauben, dass wir uns bis gestern noch eingebildet haben, zwischen uns gäbe es nur Freundschaft – und dass wir Angst hatten, wir würden durch eine Mauer aus Lärm und Stille voneinander getrennt. Jetzt verbinden uns bloß seine Fingerspitzen und sein smaragdgrüner Blick, aber wir könnten einander wohl kaum noch näher sein.

Zitternd ringe ich nach Luft, während das Prickeln auf meiner Haut zu einem Brennen anwächst. »Dann zeig es mir«, bringe ich mühsam hervor. »Zeig es mir einfach. Du glaubst nicht, wie oft man gar keine Worte braucht.«

Nick reagiert prompt, indem er sich über mich rollt und seinen bloßen Oberkörper gegen meinen presst. Unsere Finger verschränken sich auf der Matratze miteinander. Während Nick meinen Hals, meine Schultern und dann immer weiter abwärts küsst, hält er die ganze Zeit meine linke Hand, und seine Botschaft ist völlig klar: *Ich hab dich. Und ich lasse dich so schnell nicht wieder los.*

Die Verbindung zwischen uns bricht nur für ein paar Sekunden ab, als Nick sich ein wenig hochstemmt, um die Schublade seines Nachttischs zu öffnen. Dann ist er wieder bei mir, und seine Finger finden augenblicklich zurück zwischen meine. Irgendwie gelingt es uns, mit jeweils nur einer Hand unsere Jeans loszuwerden, ich strample mir die Hosenbeine ungeschickt von den Knöcheln und stoße ein atemloses kleines Lachen aus. Als ich wieder in Nicks Gesicht schaue, erkenne ich, dass auch seine Mundwinkel nach oben zucken. Sein Blick ist allerdings ernst, konzentriert – und so intensiv, dass ich ihn körperlich spüren kann. Einen Moment lang bin ich davon wie gebannt, dann schließe ich aus einem Impuls heraus die Augen: noch ein Sinn weniger, noch mehr Gefühl. Nicks raue Finger streichen über meine Oberschenkel, schieben sie auseinander, und ich halte den Atem an. Mein ganzes Fühlen richtet sich jetzt auf den Druck, der immer stärker wird, während Nick sich zu mir herunterbeugt. Wenige Sekunden später lasse ich die gesammelte Atemluft in einem lang gezogenen Seufzer aus mir herausströmen, und Nick stoppt sofort. Auch ohne die Augen zu öffnen, weiß ich, dass er mich fragend ansieht.

Möchtest du das?

Schnell lege ich ihm meine freie Hand auf den Rücken, und da beginnt er endlich, sich zu bewegen. Instinktiv spanne ich meine Muskeln an und biege die Wirbelsäule durch, bis sich Nicks Brustkorb gegen meinen schmiegt. Ich muss sein Stöhnen gar nicht hören, um mich davon mitreißen zu lassen. Hitze fließt aus allen Winkeln meines Körpers, pulsiert zwischen meinen Beinen und tief in meinem Bauch. Als ich kurz davor bin, es nicht mehr auszuhalten, zieht sich ein letztes Mal alles in mir zusammen. Ich werde von einer glühenden Woge mitgerissen, ringe nach Luft, klammere mich krampfhaft an Nicks rechte Hand. Ein paar Sekunden bewegt er sich noch weiter, dann läuft auch durch seinen Körper ein Zittern, und er wird ganz still.

Lange Zeit liegen wir einfach nur da, völlig ineinander versunken, und atmen im Takt. Ich habe nicht die geringste Lust, aus dieser warmen Müdigkeit wieder aufzutauchen. Auch als ich spüren kann, dass Nick etwas sagt, drücke ich mein Gesicht nur weiterhin an seine Brust. Sein Herz schlägt stark und doch irgendwie dumpf gegen meine

Wange, ungefähr so, wie ich mir den Klang einer Trommel vorstelle. Irgendwann löst er behutsam seine Hand aus meinem Klammergriff und legt mir eine Fingerspitze auf die Schulter. Vorsichtig malt er ein Fragezeichen auf meine Haut, und ich weiß ganz genau, was er damit sagen will.

Alles okay?

Tief in mir drin beginnt es zu blubbern, vielleicht schlüpft mir sogar ein Kichern über die Lippen, als ich spontan mit einem Ausrufezeichen antworte.

Nein, es ist nicht okay. Es ist eine Million Mal besser als das.

Nick

Die Tage bis zur ersten Live-Show sind genau so, wie ich sie mir vorgestellt habe: Ich schlafe wenig, übe viel und schiebe zwischendurch ein bisschen Panik. Aber manches ist doch ganz anders als erwartet – und das liegt an Emilia.

Emilia, die jeden Abend in mein Zimmer platzt und eine atemberaubende Passage aus dem Saint-Saëns-Konzert zum Beispiel mit der Frage übertönt: »Ich hab Hunger, wollen wir Pizza bestellen?« Die mir auf die Finger haut, wenn ich beim Essen ein paar schnelle Läufe auf der Tischkante übe. Und die später so tief neben mir schläft, dass sich auch mein rasender Puls irgendwann beruhigt.

Nur in der letzten Nacht vor dem Wettbewerb gelingt es mir einfach nicht runterzukommen. In meinem Kopf schwirren die Töne durcheinander, sie vermischen sich mit dem Echo von Volkovs Befehlen: *»Dynamik! Intonation! Was ist das für eine beschissene Haltung?«*, und der wütenden Stimme meines Vaters: *»Derjenige, der weggebrochen ist, warst du!«* Dazwischen höre ich unsaubere Griffe, zu enges Vibrato, das Kratzen des Bogens auf den Saiten – lauter Fehler, die ich im Laufe der letzten Wochen gemacht habe und die ich mir morgen auf gar keinen Fall erlauben darf. Das alles steigert sich mit jeder schlaflosen Stunde, bis ich den Lärm fast nicht mehr aushalte.

Ich drehe mich zur Seite und schaue zu Emilia, deren

Brustkorb sich im Mondlicht ganz regelmäßig hebt und senkt. Es könnte eine Horde betrunkener Hooligans durchs Zimmer stürmen, gefolgt von einer Blaskapelle und ein paar rolligen Katzen, und sie würde trotzdem nicht aufwachen. Noch nie im Leben hab ich etwas dermaßen Friedliches gesehen. Ohne darüber nachzudenken, rutsche ich näher an sie heran und drehe den Kopf so, dass mein Ohr gegen ihre Rippen drückt. Sie macht einen tiefen Atemzug, dann gibt sie ein schläfriges, irgendwie belustigtes Schnurren von sich. »Keine Sorge, ich lebe noch«, murmelt sie. »Lauschst du gerade meinem Herzschlag?«

Ich bewege den Kopf keinen Millimeter, während ich nach meinem Handy taste. NEIN. DER STILLE IN DIR.

Sie antwortet nicht, sondern atmet einfach nur ruhig weiter. Und dann – ich hab echt keine Ahnung, wie das passiert ist – geht die Nacht tatsächlich vorüber.

Am nächsten Tag übe ich nicht mehr für den Wettbewerb. »Was du jetzt noch nicht kannst, lernst du sowieso nicht mehr«, sagt Emilia, und damit hat sie verdammt recht. Also ziehen wir uns irgendeinen dämlichen Film rein, über den ich nachher nicht einmal sagen könnte, ob er von verliebten Zombies, Engeln oder Vampiren gehandelt hat, anschließend brauen wir uns in der Gemeinschaftsküche aus verschiedenen Resten einen halbwegs genießbaren Eintopf zusammen, und dann ist es auch schon Zeit zum Aufbruch.

»Werden deine Eltern kommen?«, fragt Emilia, die wieder ihr silbergraues Blusenkleid trägt, rote Flecken auf den Wangen hat und offensichtlich versucht, so gelassen wie möglich zu wirken.

»Nein, denen hab ich gesagt, dass sie erst zum Finale aus Salzburg anreisen sollen. Und zwar nicht, weil ich so wahnsinnig optimistisch bin, sondern weil ich sie nicht sehen will, falls ich es heute verbocke.«

»Wenn du willst, kann ich stellvertretend für dich optimistisch sein«, bietet Emilia an und wischt einen Faden von meiner schwarzen Anzugjacke. »Du wirst das heute bestimmt super machen.«

Zweifelnd lege ich den Kopf schief.

»… und dabei phänomenal aussehen«, fügt Emilia hinzu.

Ich runzle die Stirn, als wäre das immer noch nicht genug.

»… und danach spendiert dir auch noch jemand ein Eis!«

»Mit Sahne?«, frage ich und strahle sie übertrieben freudig an.

»Sogar mit Schirmchen, ist das zu fassen?«

Hand in Hand machen wir uns auf den Weg, und ich lasse sie nicht mehr los, bis wir das Rundfunkzentrum erreicht haben. Ich weise mich aus, und Emilia zeigt einen der VIP-Pässe vor, die man mir eigentlich für meine Familienmitglieder zur Verfügung gestellt hat – aber sie darf mich trotzdem nicht begleiten.

»Für die Angehörigen gibt es einen eigenen Warteraum, wo Interviews geführt werden«, erklärt eine dürre Tante in giftgrünem Kostüm, die neben den zwei Securities aussieht wie das Salatblatt in einem Burger. »Die Künstler müssen erst zum Soundcheck und dann in die Maske.«

Emilia hat wahrscheinlich ganz schöne Schwierigkeiten, die Lippen der grünen Tante an deren Headset vorbei zu lesen. »Interviews?«, wiederholt sie verunsichert. »Nein, so etwas möchte ich nicht.«

»Dann wartest du einfach, bis das Publikum ins Studio darf. Alles klar? Und jetzt zack, zack!« Sie klatscht ihre manikürten Flossen zusammen, und ich hätte nicht übel Lust, ihr das dämliche Mikro abzurupfen.

Zögernd schaue ich zu Emilia hinüber, die sich zu einem Lächeln zwingt. Ohne den Arm zu heben, formt sie unauffällig mit ihren Fingern ein O und ein K. Ich ahne zwar, dass das hier überhaupt nicht *okay* für sie ist – im Augenblick muss sie sich mindestens so aufgeschmissen fühlen wie vor zwei Wochen im Konzerthaus –, aber ich habe keine Möglichkeit, ihr zu helfen. Wohl oder übel lasse ich mich in Richtung Studiosaal treiben, und bei einem Blick über die Schulter kommt mir Emilia verdammt winzig vor.

Mit einem flauen Gefühl im Magen stehe ich etwas später auf der Bühne, werde von einem Rudel Tontechniker begrapscht und bekomme ununterbrochen eingetrichtert, dass ich auf gar keinen Fall die Markierung verlassen darf. Anschließend gehe ich meinen Beitrag ein einziges Mal mit dem Studio-Orchester durch, für eine Wiederholung ist nicht genug Zeit. Dabei darf ich sowieso nur den ersten Satz spielen – anscheinend befürchtet man hier, mehr als ein paar Minuten Klassik am Stück würden das Publikum überfordern. Außerdem gibt es zusätzlich zu jedem Auftritt irgendeine Show auf der Bühne, wie mir der Regieassistent erklärt: Tanz, Sandmalerei, Akrobatik, alles Mögliche, um nur ja keine Langeweile aufkommen zu lassen. Neben mir klettern ein paar Mädels in Glitzerkostümchen an langen Stoffbahnen herum, und ich komme mir allmählich so vor wie die Hintergrundbeschallung bei *Das Supertalent.*

Die Probe ist so schnell vorbei, dass ich erst wieder aus meiner Trance auftauche, als ich bereits in der Maske sitze. Wieder fummeln fremde Hände an mir herum, während ich mich vergeblich frage, wie es eigentlich gelaufen ist. Ich habe keinen Fehler gemacht, und das Orchester hat funktioniert wie ein Schweizer Uhrwerk. Aber war ich *gut?* Ist dabei irgendein Gefühl rübergekommen? Schwer vorstellbar, wenn ich selbst nicht viel mehr empfinde als eine schockgefrostete Kartoffel.

Teilnahmslos lasse ich mir Anzugjacke und Krawatte abnehmen, das Hemd wird mir am Kragen aufgeknöpft, und ich bekomme einen lächerlichen Nietengürtel umgeschnallt. Ich schätze, das soll meinen Auftritt irgendwie *rockiger* machen. Wenigstens verpasst mir die Stylistin keine Smokey Eyes, sondern nur eine kamerataugliche Gesichtsfarbe, dann werde ich endlich zur Künstlergarderobe gebracht.

»Die Reihenfolge, in der ihr performt, kannst du dort drin von einem Monitor ablesen«, redet unterwegs ein Typ mit Klemmbrett auf mich ein. »Und ich hole euch kurz vor eurem Auftritt ab. Wenn du dran bist, musst du wirklich bereit sein, immerhin sind wir live. Dann darfst du nicht gerade essen. Nicht trinken. Nicht auf dem Klo hocken. Verstanden?«

»Darf ich ein kleines Schläfchen halten?«, frage ich und ernte einen gequälten Blick. Mit schlechtem Humor als Stressventil hat dieser Typ sicher mehr als genug zu tun. Er öffnet die Tür zur Garderobe, und mir schlägt eine Wolke aus verschiedenstem Parfum, Bogenharz und Angstschweiß entgegen. Im Ernst, ich kann das Lampenfieber hier geradezu riechen. Auf knallroten Ledersofas und einer Klavierbank sitzen meine Konkurrenten, alle so um die zwanzig Jahre alt, und dünsten ihre Panik aus wie Hunde beim Tierarzt.

»Also, ich übe ungefähr sieben Stunden«, höre ich die

asiatische Cellistin, die vergangene Woche beim Casting als Erste gezeigt wurde, zu einem dürren Rotschopf sagen.

Der schaut sie nur ausdruckslos an.

»Also, mindestens«, fügt die Cellistin mit etwas schriller Stimme hinzu.

Der Rotschopf hüllt sich in hoheitsvolles Schweigen.

»Also, an schlechten Tagen«, behauptet die Cellistin mit hörbarer Verzweiflung, woraufhin der Rotschopf sich erhebt und davonstolziert.

Ein paar Minuten später begegne ich ihm auf dem Klo. Jetzt wirkt er gar nicht mehr arrogant, sondern ist käseweiß im Gesicht. »Hast du dich schon übergeben?«, fragt er mich in einem Tonfall, als würde er dabei denken: *Bitte sag Ja.*

»Äh, nein. Du?«

»Geh lieber nicht in die zweite Kabine von links«, stöhnt er, wirft sich irgendeine Tablette in den Mund und schlurft hinaus. Dabei öffnet und schließt er ununterbrochen die Fäuste, genau wie ich. Wenn man ein Instrument spielt, sollten die Finger möglichst warm und beweglich sein, aber die Nervosität lässt sie mit jeder Minute kälter und starrer werden. Als ich wieder im Warteraum sitze, fällt es mir schon schwer, mein Smartphone hervorzuziehen, das in meiner Tasche vibriert.

Emilia hat mir eine Nachricht bei WhatsApp geschrieben: BIN JETZT IM STUDIO, UND GERADE HABEN ALLE UM MICH HERUM IHRE HANDYS AUSGESCHALTET. WAHRSCHEINLICH GAB ES DAZU EINE DURCHSAGE. WIR SEHEN UNS NACH DER SHOW, UND DENK IMMER AN DAS EIS MIT SCHIRMCHEN!

Irgendwie finde ich es gut, dass sie mir kein Glück gewünscht hat – mit Glück hat das alles nämlich überhaupt nichts zu tun. Inzwischen hat sich der Rotschopf abholbereit an der Tür positioniert, und zwar ohne Instrument. Demnach muss er Simon Riegler sein, Pianist und genau über mir auf der Liste. Seine Fäuste pumpen jetzt schon unvernünftig schnell, immerhin dürfen die Hände ja auch nicht zu müde werden, und zwischendurch genehmigt er sich eine weitere Tablette.

Ich denke, dass ich ihn vielleicht mal fragen sollte, was er da nimmt.

Ich denke, dass wir hier alle ziemlich abgefuckt sind.

Ich denke: dreißig Minuten. Zwanzig. Fünfzehn.

Scheiße, was sind schon fünfzehn Minuten? Irgendwo auf der Welt schiebt jemand gerade eine Tiefkühlpizza in den Ofen und stellt sich den Timer auf seinem Handy. Er freut sich darauf, dass der Alarm losgeht, und würde die Zeit gerne vorspulen, während mir die letzten paar Minuten Galgenfrist wie Sand durch die Finger rieseln. In einer halben Stunde wird er satt und zufrieden auf der Couch hocken, während meine Laufbahn als Musiker vielleicht für immer vorbei ist.

Oder erst so richtig beginnt. Wer weiß.

Simon wird von Mr Klemmbrett abgeholt und folgt ihm so schwankend wie ein Zombie. In diesem Moment tut er mir noch leid, aber ich weiß, dass ich ihn bald hassen werde: nämlich wenn er freudestrahlend von der Bühne marschiert und diese Scheiße im Gegensatz zu mir bereits hinter sich gebracht hat.

Mit eisigen Fingern drehe ich an der Schraube meines Bogens, um das Pferdehaar zu spannen, dann stelle ich mich zur Tür. Diesmal bin ich derjenige, den alle mitleidig anschauen, als Mr Klemmbrett erscheint. Auf komplett gefühllosen Beinen folge ich ihm zum Bühnenaufgang, und kaum sind wir dort angelangt, kommt Simon hinter den Vorhang gestolpert. Von einem Strahlen ist er allerdings weit entfernt. »Es war schrecklich«, flüstert er, und sein Atem riecht nach der zweiten Kabine von links. »Viel Erfolg.«

Ich antworte nicht, sondern hefte den Blick an einen kleinen Monitor, auf dem mal wieder mein Leben im Schnelldurchlauf gezeigt wird. Ein schwarz gekleideter Mann mit Kopfhörern verfolgt das Geschehen genauso aufmerksam wie ich, dann hält er einen Finger in meine Richtung. »Uuund ... *los*«, zischt er mir zu. Da umklammere ich den Hals meiner Geige so fest, dass sich die Saiten in meine Haut graben, und betrete die Bühne.

Das Licht der Scheinwerfer trifft mich wie eine Ohrfeige. Beinahe hätte es mich zum Stolpern gebracht, aber tief in mir drin springt der Autopilot an und lässt mich einfach weiterlaufen.

Ich kenne das alles ja so gut: die blendende Helligkeit, den Applaus, auch die Kameras und die erwartungsvollen Gesichter einer Jury. Allerdings stand bei meinen früheren Wettbewerben immer ganz klar die Musik im Mittelpunkt. Hier messen mich die Juroren mit ihren Blicken, als wären wir bei *Germany's Next Topmodel,* und sie machen trotz ihrer eindrucksvollen Berufe nicht gerade einen seriösen Eindruck auf mich. Der Starpianist trägt ein Baseball-Cap mit dem Schirm nach hinten, der Komponist hat sich in Schale geworfen wie sein Vorbild Dieter Bohlen, und die Professorin der Musikuniversität scheint heute ernsthaft in die Rolle des sexy Vamps geschlüpft zu sein.

»Was hast du uns denn Schönes mitgebracht?«, schnurrt sie, nachdem ich mich vorgestellt habe.

»Eine Geige«, sage ich knapp, und das Publikum lacht über meine trockene Antwort.

Schmunzelnd dreht die Jurorin eine Strähne ihrer blondierten Haare um den Zeigefinger. »Ich meinte, welches Stück du uns vortragen möchtest.«

»Den ersten Satz des Violinkonzerts in b-Moll von Camille Saint-Saëns.«

»Mmmh, Camille Saint-Saëns«, wiederholt sie mit affektiertem französischen Akzent, als ob ihr dieser Name ernsthaft nicht geläufig wäre. »Gefällt mir, wie das bei dir klingt. Wenn du so etwas mit dem Mund anstellen kannst, wozu sind dann erst deine Hände fähig?«

Mühsam verkneife ich mir ein Augenrollen. »Zum Geigespielen«, sage ich und ernte wieder Gelächter.

»Jetzt, da wir geklärt hätten, dass du nicht mit meiner Kollegin flirten willst«, mischt sich der Pianist belustigt ein, »verrate uns doch mal, warum du überhaupt Geige spielst …?«

Noch so eine dämliche Frage. »Ist weniger sperrig als ein Kontrabass«, versuche ich es mit einem Flachwitz, und dieses Ausweichmanöver würde vielleicht sogar funktionieren, hätte der dritte Juror nicht die Rollenbeschreibung *»Strenger Oberarsch«* in seinem Vertrag stehen.

»Kannst du das auch ernsthaft beantworten?«, hakt er mit versteinerter Miene nach.

Ich beiße mir auf die Unterlippe, und mein Blick wandert über das Jurypult hinweg zum Publikum. Die Scheinwerfer machen es nahezu unmöglich, einzelne Personen zu erkennen, und normalerweise ist das auch gut so – vor einer gesichtslosen Masse hat man viel weniger Schiss als vor lauter individuellen Kritikern. Jetzt scanne ich die Reihen aber ganz genau, um Emilia zu finden. Ist sie das, dieser goldene Lockenschopf in der Mitte? Kann sie meine Lippen auf der großen Leinwand hinter mir lesen?

»Weil …«, beginne ich mit halb gesenktem Kopf, stocke dann und zwinge mich, direkt in die Kamera zu sehen, »weil Geigespielen mich einerseits total fertig und andererseits verdammt glücklich macht. Weil es mich herausfordert, antreibt und belohnt, weil es ein Teil von mir ist und … und das Zweitbeste, wofür ich mich jemals entschieden habe.«

Die letzten Worte sind mir einfach so herausgerutscht, und ich befürchte einen Moment lang, sie könnten übertrieben oder irgendwie fake klingen, obwohl ich sie genau so gemeint habe. Dann kommt aus dem Publikum ein *awww,* und die Professorin legt sich die rechte Hand auf die Brust. »Also, leg los«, säuselt sie. »Und ich hoffe, du gibst jetzt nicht dein Zweitbestes, sondern absolut alles.«

Ich nicke nur, weil das der erste halbwegs vernünftige Satz war, den diese Frau von sich gegeben hat. Während ich schnell die Stimmung der Saiten überprüfe und die Akrobatinnen sich neben mir bereit machen, überlege ich, was *alles* bei diesem Stück eigentlich bedeutet. Saint-Saëns' drittes Violinkonzert ist technisch nicht wahnsinnig anspruchsvoll, jedenfalls ist es einfacher als seine anderen Konzerte. Volkov hat es extra fürs Halbfinale ausgewählt, weil ich mich dann im Finale mit dem virtuoseren Paganini deutlich hätte steigern können. Trotzdem hält das Konzert einige fiese Lagenwechsel bereit, man braucht flinke Finger, und die größte Schwierigkeit liegt in der richtigen Interpretation.

»Nicht einfach spielen. Denken! Fühlen! Gestalten!«, hat mich Volkov angebellt, als ob ich normalerweise hirnlos vor mich hin fiedeln würde. Aber vielleicht war dieser Rat doch nicht so überflüssig, wie er mir vorgekommen ist. Ich habe den Saint-Saëns immer sehr glatt gespielt –

nur nicht anecken, bloß keinen Fehler riskieren –, und ich wette, Emilia hätte dabei nicht sonderlich viel von meinem Gesicht ablesen können.

Der Dirigent hebt den Taktstock und durchbohrt mich mit seinem Blick, doch anstatt den Bogen auf die Saiten zu legen, schließe ich noch einmal kurz die Augen. Für einen Moment befinde ich mich nicht vor einem Publikum, das Musik nur in Kombination mit hübschen Mädels und einem bescheuerten Rocker-Outfit verträgt, sondern in einem kleinen Schlafzimmer, zwischen einem Bücherregal und einem Bett mit bunter Tagesdecke. Tief durchatmend öffne ich die Augen wieder und nicke dem Dirigenten zu. Der gibt mit erleichterter Miene den Einsatz, und ich fange endlich an, zu spielen.

Das Konzert hat keine sanfte Einleitung, sondern beginnt gleich sehr stark, sehr dunkel und intensiv. Ich lege mich in jeden einzelnen Ton hinein, lasse ihn durch meinen Körper schwingen und stelle mir vor, wie die Geige gegen Emilias Handfläche zittern würde.

Anders als bei der Probe verfalle ich nicht in Trance, und mein innerer Autopilot ist jetzt ausgeschaltet. Auch während meine Finger bei schnellen Läufen über das Griffbrett fliegen, lasse ich mich nicht von den vertrauten Abfolgen mitreißen. Ich bleibe ganz bei der Melodie und spiele sie so, als wäre sie neu für mich. Dabei weiß ich genau, wie gefährlich das ist: Wenn man eine Treppe hinaufsteigt, als wäre es das allererste Mal, wird man mit hoher Wahrscheinlichkeit stolpern. Aber dieses Risiko gehe ich ein, und ich stolpere nicht. Stufe für Stufe tragen mich die Töne nach oben, sie lassen meinen Puls rasen, pumpen meinen Körper voll Adrenalin, und an der Spitze ist das Gefühl heftiger, als es bei jedem noch so genialen Ausblick sein könnte. Meine letzte Note schwirrt über den Köpfen der Jury davon, wird gerade noch vom Orchester eingefangen, dann ist es vorbei.

Einige Sekunden lang bilde ich mir tatsächlich ein, den Wind hoch in der Luft hören zu können. In Wirklichkeit ist es nur das Blut, das in meinen Ohren rauscht. Gleich darauf wird es von donnerndem Applaus übertönt, und das Publikum scheint näher an mich heranzurücken. Ich kapiere erst nach einem Blinzeln, dass die Leute von ihren Plätzen aufgesprungen sind.

Standing Ovations, genau wie früher. Obwohl meine Sicht jetzt wieder klar wird, kann ich das alles nicht richtig glauben: dass mir jeder der drei Juroren ein fettes Grinsen schenkt, sogar der Dieter Bohlen für Arme. Dass ich etwas später mit den anderen Teilnehmern wieder auf der Bühne stehe und mich Simon viel zu fest – und viel zu lange – umarmt, weil sein Name neben meinem und dem der asiatischen Cellistin auf der Leinwand erschienen ist.

Dass ich es tatsächlich ins Finale geschafft habe.

Als ich danach im Foyer auf Emilia warte, kehre ich allerdings schlagartig wieder auf den Boden der Tatsachen zurück. Anstelle eines dünnen blonden Mädchens kommt ein hochgewachsener Mann auf mich zu und liefert mir einen klaren Beweis dafür, dass ich mir das alles nicht bloß zusammenfantasiere: Wenn nämlich jemand in meinem Wunschtraum definitiv nichts zu suchen hätte, dann sind das Justin Bieber, mein Zahnarzt … und Vladimir Volkov.

Es ist verdammt merkwürdig, meinen ehemaligen Lehrer zum ersten Mal live in einem Anzug zu sehen. Bisher kannte ich ihn so nur von den Schwarz-Weiß-Fotos in seinem Apartment, und da standen ihm Hemd und Anzugjacke perfekt. Jetzt schlagen seine Klamotten überall

Falten, weil er wegen seiner kaputten Wirbelsäule gebückt geht, und er erinnert mich trotz seiner breiten Schultern weniger an James Bond als an einen griesgrämigen Kellner. Das ändert allerdings nichts daran, dass ich unwillkürlich all meine Muskeln anspanne, sobald er mich erreicht hat.

»Was suchst du denn hier?«, frage ich mit gelangweilter Miene, vergesse aber, den feindseligen Ton in meiner Stimme zu unterdrücken. Um das wieder auszugleichen, lehne ich mich mit locker verschränkten Armen neben der Eingangstür an die Wand.

Volkov verzieht die Lippen zu etwas, das nur entfernt an ein Lächeln erinnert. »Ich wollte die Früchte meiner Arbeit sehen, was denn sonst? Endlich hast du den Saint-Saëns genau so gespielt, wie ich es immer von dir wollte.«

»Bitte, gern geschehen«, antworte ich so sarkastisch wie möglich. »War's das?«

»Das hoffe ich nicht«, entgegnet Volkov, immer noch mit dieser Grimasse, die offenbar freundlich wirken soll. »Nikolai, ich bin hier, weil ich das Kriegsbeil zwischen uns begraben möchte. Du hast ein paar Dinge gesagt, ich hab ein paar Dinge gesagt – mein Gott, wir sind doch keine kleinen Mädchen. Was wir zusammen schaffen könnten, ist so viel wichtiger als irgendwelche Befindlichkeiten.«

»Okay, warte mal«, sage ich, die Faust mittlerweile so hart um den Träger meines Geigenkoffers geballt, dass meine Knöchel schmerzen. »Erstens: Falls das eine Entschuldigung sein sollte, war es vermutlich die lahmste aller Zeiten. Und zweitens hab ich keine Ahnung, was du überhaupt meinst. Ich könnte vielleicht mit einem Haufen Glück diesen Wettbewerb gewinnen, aber was zur Hölle bringt dir das? Siehst du deinen Namen in den Zeitungsartikeln direkt neben meinem? Oder erwartest du sogar, dass du mich auch noch in den nächsten Monaten als eine Art Mentor begleiten darfst?«

Jetzt gehen Volkovs Mundwinkel wieder nach unten, und er hört endlich auf, einen auf besten Kumpel zu machen. »Ich will dich nicht anlügen, Nikolai«, sagt er, die stahlgrauen Augen ein bisschen verengt. »Sollte ich durch diese ganze Geschichte wieder aus der Versenkung auftauchen, wäre das ein schöner Nebeneffekt. Es gibt nichts Schlimmeres, als nach einem unglaublichen Höhenflug in absoluter Bedeutungslosigkeit zu verschwinden – diese bittere Medizin durftest du in den vergangenen zwei Jahren selbst schon probieren, nicht wahr? Aber wenn du mein Angebot annimmst, wirst du ein glänzendes Comeback feiern. Ich helfe dir dabei, den Paganini nächste Woche so brillant zu spielen, dass du sicher gewinnst.«

Abrupt streckt er mir seine Hand entgegen, und ich starre darauf, während seine letzten Worte in meinem Gedächtnis nachhallen. Scheiße, der Mann ist gut. Er weiß genau, was ich hören will, und verkauft es mir überzeugender als jeder Werbetexter. Wahrscheinlich braucht man wirklich einen berechnenden Mistkerl wie ihn an seiner Seite, um beim Fernsehen irgendwas zu erreichen.

»Tja, das hättest du dir früher überlegen müssen«, zwinge ich mich trotzdem zu sagen. »Ich will das jetzt alleine schaffen, und zwar mit einer *Allemande* von Bach.«

Volkovs spöttisches Gelächter wirkt tausendmal echter als die schmierige Freundlichkeit, die er eben noch an den Tag gelegt hat. »Das ist das Dümmste, was ich seit Langem gehört habe«, sagt er und zieht endlich die Hand zurück. »Glaubst du wirklich, ein solches Stück verhilft dir zum Sieg – in einer Sendung, bei der es nur um Action und Spektakel geht?« Einmal lacht er noch heiser auf, dann wird seine Miene plötzlich ernst. »Komm schon, du darfst jetzt nicht so kurzsichtig sein«, fährt er eindringlich fort. »Bisher habe ich dich doch auch immer gut beraten, oder etwa nicht? Ich habe den Saint-Saëns für dich ausgesucht. Ich habe dir gesagt, wie du vorm Publikum wirken musst. Du hast dich auch nur meinetwegen um diese Behinderte gekümmert, damit sie dir nicht dein Image versaut! Wieso um alles in der Welt bildest du dir ein, du wärst auf meine Unterstützung nicht angewiesen?«

Wahrscheinlich ist es die Erwähnung von Emilia, die mich endlich aus seinem Sog herausreißt. »Ich kann das jetzt nicht entscheiden«, sage ich kalt. »Am besten, ich melde mich bei dir, sobald ich darüber nachgedacht habe.«

Volkov sieht aus, als wollte er mir mal wieder einen netten Spitznamen verpassen, doch stattdessen nickt er ruhig. »Überleg aber nicht zu lange, schließlich bleiben dir nur noch sieben Tage Zeit«, meint er. »Und ich nehme an, dass deine Eltern zum Finale anreisen werden – das heißt, deine Mutter würde dich scheitern sehen. Dabei ist sie gerade absolut nicht in der richtigen Verfassung, um einen weiteren Tiefschlag zu verkraften, nicht wahr? Wer weiß schon, was das in ihrem Zustand bei ihr auslöst …« Mit diesen Worten schiebt er sich an mir vorbei, ich höre, wie er die Tür aufdrückt, und dann noch einmal seine heisere Stimme: »Könnten Sie bitte beiseitegehen, Fräulein?!«

Krachend fällt die Tür hinter ihm ins Schloss, und ich habe keine Ahnung, wieso ich genau in diesem Moment herumfahre. Vielleicht wollte ich Volkov noch irgendwas hinterherrufen, ihm möglicherweise sogar folgen, aber dazu komme ich nicht mehr.

Direkt vor der gläsernen Eingangstür, ein tropfendes Eis in jeder Hand, steht Emilia und starrt mich an.

Emilia

Das Erste, was ich empfinde, ist nicht etwa Entsetzen oder Wut – sondern einfach nur Scham.

Als ich auf dem Weg zum Studio diesen kleinen Kiosk entdeckt habe, hielt ich es noch für eine gute Idee, nach der Show auf meinen Scherz mit dem Eis zurückzukommen. Natürlich gab es dort keine Eisbecher zu kaufen, nichts mit Schirmchen oder Sahne, und so stehe ich jetzt mit zwei Eis am Stiel da und fühle mich wie ein kleines Kind.

Ein Kind, das naiv genug war, um an Märchen zu glauben.

Nick erreicht mich, als ich die beiden Eislutscher gerade in den nächsten Mülleimer werfe. Er dreht mich an der Schulter herum, und die unbändige Freude, die sein Gesicht auf der Leinwand zum Leuchten gebracht hat, ist restlos verschwunden.

»Emilia, lass mich das erklären«, sagt er, doch ich schüttle seine Hand unsanft ab.

»Nicht nötig. Deine Lippen konnte ich zwar nicht sehen, aber was dein Lehrer gesagt hat, war deutlich genug.« Hektisch wische ich an den bunten Streifen herum, die das schmelzende Eis auf meinen Fingern hinterlassen hat, und könnte heulen, weil ich mir so unsagbar lächerlich vorkomme. »Jedenfalls nehme ich an, dass das dein Lehrer war«, füge ich hinzu. »Der Mann, der dich immer beschimpft und gedemütigt hat und mit dem du jetzt anscheinend wieder gemeinsame Sache machen willst.«

Nick fährt sich mit beiden Händen über das Gesicht, und ich weiß nicht, ob er gerade flucht, stöhnt oder schweigend nach Worten ringt. Als er mich wieder ansieht, fällt es mir schwer, seine Miene zu deuten. »Das ist kompliziert«, sagt er, und mein Magen krampft sich zusammen. »Volkov ist nun mal der beste Coach, den ich kriegen kann.«

»Oh ja, natürlich«, stoße ich hervor. »Der Mann ist ohne Zweifel ein Genie. Immerhin hatte er die Idee, dass du dich *um diese Behinderte kümmerst.«*

Meine Worte lassen Nick zusammenzucken, als hätte ich ihm eine Ohrfeige verpasst. Dann beginnt er, auf mich einzureden – so schnell, dass ich überhaupt nichts entziffern kann. Ein paar Sekunden lang hefte ich den Blick vergeblich auf seine Lippen, ehe es aus mir herausplatzt: »Ich verstehe dich nicht! Du musst langsamer reden! Ich hab keine Ahnung, was du sagst!«

Jetzt schießen mir doch die Tränen in die Augen, und ich blinzle verzweifelt dagegen an. In diesem Moment fühle ich mich hilfloser als im Konzerthaus oder verloren in der Schwärze der Geisterbahn. Mein Gott, ich bin nicht einmal in der Lage, mich mit meinem Freund zu streiten ... falls das überhaupt die richtige Bezeichnung für Nick ist.

»Scheiße, du glaubst das doch nicht wirklich, oder?«, artikuliert er nun deutlicher. »Ich hab ja wohl nicht all die Zeit mit dir verbracht, nur weil mein Lehrer mir das aufgetragen hat!«

»Aber hast du deshalb angeboten, mir mit meiner Liste zu helfen?«

Der Muskel unter Nicks rechtem Auge zuckt. »Das spielt doch jetzt keine Rolle mehr«, weicht er aus.

»Ja oder nein?«

Wir messen einander mit unseren Blicken, und nach einer gefühlten Ewigkeit kneift Nick kurz die Lider zusammen, während er sichtbar nach Atem ringt. »Okay, ja!«, bricht es aus ihm hervor. »Ich wollte keinen Ärger riskieren, weil ich dein verdammtes Hörgerät auf dem Gewissen hatte. Das war egoistisch und oberflächlich von mir, aber es ist auch schon längst wieder vorbei! Inzwischen geht es mir nur noch um dich, und anstatt solche bescheuerten Fragen zu stellen, könntest du mir auch ganz einfach vertrauen!«

Wieder schweigen wir einen Moment lang, und ich denke daran, wie er mir unter der Beethoven-Statue seine Hilfe angeboten hat.

Ich muss ihm einfach glauben, dass alles danach nicht bloß vorgetäuscht war. Das hier ist Nick, der in den vergangenen Nächten mit mir zusammen dem Regen gelauscht, für mich auf der Geige gespielt oder meine Hand gehalten hat. Er würde mich nicht benutzen, nur um vor irgendwem besser dazustehen.

Obwohl die Enttäuschung immer noch in meinen Augen brennt, zwinge ich mich schließlich zu einem Nicken. »Gut, ich vertraue dir«, sage ich und hoffe, dass meine Stimme nicht nach unterdrückten Tränen klingt. »Aber du solltest mir im Gegenzug auch vertrauen, wenn ich dir sage, dass dieser Lehrer das Allerletzte ist! Er manipuliert dich und verwandelt dich in … in eine Art Roboter, der nur nach seinen eigenen Wünschen funktioniert. Ich wette, was *du* möchtest und ob dich das alles überhaupt glücklich macht, ist ihm vollkommen egal!«

»Denkst du, das weiß ich nicht?«, gibt Nick zurück. »Mir ist natürlich klar, dass er mich nur unterstützt, um selbst wieder in den Vordergrund zu rücken. Er macht ja nicht mal ein Geheimnis daraus, dass er neben mir in der Zeitung stehen und mich auf die Tournee begleiten will! Aber was ändert das, wenn ich den Paganini mit seiner Hilfe wirklich hinkriegen könnte?«

Die Kälte fährt ganz plötzlich in mich hinein und raubt mir für einen Moment den Atem. Dann dringt durch meinen Schock der hoffnungsvolle Gedanke, dass ich mich einfach nur verlesen habe. Wie oft musste ich in meinem Leben schon mit solchen Missverständnissen kämpfen? Bestimmt habe ich die Bewegungen von Nicks Lippen falsch gedeutet, es kann gar nicht anders sein. »Wie bitte?«, frage ich, und Nick runzelt über meine ängstliche Miene die Stirn.

»Schon klar, du wolltest gerne, dass ich beim Finale mein Lieblingsstück spiele. Aber Volkov hat schon recht – damit habe ich einfach keine Chance …«

»Das meine ich nicht«, unterbreche ich ihn. »Hast du vorhin was von einer Tournee gesagt?«

Jetzt ist Nick an der Reihe, mich verunsichert anzustarren. »Das wusstest du doch«, entgegnet er. »Der Sieger dieses Wettbewerbs gewinnt nicht nur Geld, sondern auch eine Welttournee. Das wurde zu Beginn jeder Sendung erklärt.«

Noch während er redet, wird ihm offensichtlich klar, warum diese Sache neu für mich ist. Ich konnte alles verstehen, was die Juroren und die Teilnehmer vor der Kamera gesagt haben, aber keine Erklärungen aus dem Off.

»Eine Welttournee«, wiederhole ich, und vermutlich gelingt mir nicht viel mehr als ein Flüstern. »Wow. Ich schätze, dann wirst du eine ganze Weile unterwegs sein.«

»Ungefähr ein Jahr«, sagt Nick, und die kleine Silbe, die für so einen langen Zeitraum steht, lastet auf uns beiden wie Blei. Das ist das Jahr, in dem ich mich operieren lassen wollte. Ein Jahr voller Schmerzen, Therapiestunden und zum ersten Mal gehörten Stimmen. Das Jahr, in dem ich Nick dringender gebraucht hätte als irgendjemanden sonst.

»Emilia, es tut mir leid«, sehe ich ihn wie durch einen Nebel sagen. »Ich dachte immer, wir lassen das Thema beide aus, weil mein Sieg ja noch gar nicht sicher ist. Und weil ich es einfach nicht ändern kann! Schau mal, so eine Tournee ist wie eine Karriere auf dem Silbertablett, und ... ich hab das mit uns beiden doch nicht geplant ...« Er scheint noch weiterreden zu wollen, aber dazu kommt er nicht mehr.

Irgendein Geräusch zieht seinen Blick an mir vorbei, und als ich herumfahre, sehe ich eine kleine Gruppe von Leuten in unsere Richtung eilen. Instinktiv weiche ich zurück, weil ich die Situation überhaupt nicht einordnen kann. Erst als die Frau und die beiden Männer uns so gut wie erreicht haben, bemerke ich die Mikrofone und Aufnahmegeräte in ihren Händen.

»Nikolai, wie fühlen Sie sich nach Ihrem Einzug ins Finale?«, fragt die Frau und hält Nick ihr Mikrofon so dicht vor den Mund, dass ich seine Antwort nicht lesen kann. Ich sehe nur, wie er sich zu einem Lächeln zwingt, das seine Augen nicht erreicht. Dann drängt sich ein anderer Reporter dazwischen, doch ich verpasse seine Frage, weil mein Blick zu lange an Nicks Lippen hängt. Da hätten wir es wieder, dieses Pingpongspiel aus Worten, das mich heillos überfordert. Nach ein paar sinnlosen Versuchen gebe ich es auf, mich zwischendurch immer wieder zu Nick umzudrehen, und achte nur noch auf die drei Journalisten. Trotzdem kommen ihre Sätze lückenhaft bei mir an, weil sie sich gegenseitig ins Wort fallen und Nick geradezu mit ihren Fragen bombardieren:

»… Eltern nicht hier?«

»… Verhältnis zu Lidia …?«

»… wahr, dass … Depressionen hat?«

Immer schneller bewegen sich ihre Lippen, immer näher rücken sie an Nick heran. Der packt mich unvermittelt am Arm, und als ich mich doch wieder zu ihm wende, sieht er genauso aus wie bei seinem Auftritt vor zwei Jahren: Sein Gesicht gleicht einer Maske, ist starr und ausdruckslos.

»Darf ich Ihnen vielleicht meine Freundin vorstellen?«, sagt er. »Das ist Emilia. Bitte sprechen Sie langsam, denn sie ist taub.«

Mit diesen Worten zieht er mich ruckartig an seine Seite, direkt in die Schusslinie neugieriger, staunender und vor allem mitleidiger Blicke. Mir ist völlig klar, was er vorhat: Ich bin für ihn so etwas wie ein Schutzschild. Nun wird ihn niemand mehr nach seiner Vergangenheit ausfragen, und er mutiert in den Augen der Reporter zu einer rührenden Sensation – einem Stargeiger, der sich dazu herablässt, etwas mit einer Tauben anzufangen.

Schon werde ich vom Blitzlicht einer Kamera geblendet, ein Mikrofon stößt beinahe gegen meine Nase, und der Mund der Reporterin klappt übertrieben auf und zu. »Sie können nicht hören?«, schreit sie mich an, die Augen vor Anteilnahme geweitet. »Überhaupt nichts? Es ist doch bestimmt schwer …«

Danach löse ich meinen Blick von ihren Lippen, und der restliche Satz verläuft im Nichts. Auch so hat sie mir bereits das passende Stichwort geliefert: Es ist wirklich schwer, mich von Nick loszureißen, ihm den Rücken zuzukehren und davonzugehen. Vielleicht ist es das Schwerste, was ich seit Langem tun musste. Aber ich schaffe es, und ich sehe mich kein einziges Mal nach ihm um.

Nick

Es gibt Menschen, die keine Musik wahrnehmen, obwohl sie hören können. Die Töne verbinden sich in ihren Köpfen nicht zu einer Melodie, sondern stehen einfach nur bedeutungslos nebeneinander. Irgendwann lief im Fernsehen mal eine Doku über dieses Phänomen – Amusie –, und ich hab sie mir reingezogen wie einen Horrorfilm: Das war gruselig und schräg und hatte nicht das Geringste mit mir zu tun.

In der Woche vor dem Finale habe ich allerdings das Gefühl, von einer ganz ähnlichen Störung befallen zu sein. Um mich herum geht das Leben weiter, füllt meinen Kopf mit Lärm, aber nichts davon ergibt für mich irgendeinen Sinn.

Volkovs russisches Fluchen – *kritin, debil, idiot* – und später sein bellendes Lachen, als mir die *Caprice* endlich perfekt gelingt.

Die Stimme von Emilias Mitbewohnerin: »Sie ist zu ihrer Familie gefahren und kommt wohl erst in ein paar Tagen zurück.«

Glassplittertöne rund um die Uhr.

Nur einmal ist es ganz still: als ich auf dem Dachboden stehe, die Geige in der linken Hand, und aus dem Fenster nach unten schaue. Das Wohnheim scheint sich zu drehen wie ein Karussell. Ich spüre, wie sich meine Finger lösen …

… aber dann holt mich der Lärm wieder ein, mein Handy läutet, und die Stimme meines Vaters kriecht mir ins Ohr: »Mach uns stolz, Nikolai. Bring deine Mutter zum Lächeln.«

Da kehre ich in mein Zimmer zurück und übe weiter, während ich ununterbrochen an Volkovs Warnung denken muss. Ich darf nicht aufgeben, darf nicht versagen und Mom noch mehr enttäuschen, als ich es in den letzten zwei Jahren bereits getan habe. *»Wer weiß schon, was das in ihrem Zustand bei ihr auslöst … wer weiß …«*

Also trainiere ich Doppelgriffe, Sprünge, Läufe, bis meine Finger taub werden. Und irgendwie … obwohl ich viel zu viel hören kann … bin ich das auch.

Emilia

Als Flocke mir die Tür öffnet, hätte ich beinahe zum ersten Mal seit einer Woche gelacht.

»Entschuldigen Sie, Madame. Könnte ich wohl mit Ihrem Enkelsohn sprechen?«, frage ich, und meine Mundwinkel zucken nach oben – aber zu mehr reicht es nicht.

»Das ist gar nicht mein Handtuch!«, erklärt Flocke eilig und zupft an dem rosa Turban auf seinem Kopf herum. »Das hat die Freundin von meinem Kumpel hier vergessen!«

»Und du trägst es, damit es sich nicht einsam fühlt?«

Flocke rollt mit den Augen. »Ach was! Dadrunter lass ich das Pflegeöl einwirken.«

»Wie bitte?« Ich beuge mich ein bisschen vor, als müsste ich seine Lippen genauer unter die Lupe nehmen. »Gerade hab ich was gelesen, das fing mit *Pflege* an und hörte mit *ichbingarkeinrichtigerPunk* auf.«

»Ja ja, mach dich nur lustig«, sagt Flocke und öffnet die Tür weiter, um mich in sein Apartment zu lassen. »Aber hast du eine Ahnung, wie schädlich dieses ganze Sprayen und Färben für die Haarstruktur ist? Irgendwann werdet ihr alle nur noch Stroh auf'm Kopf haben, und ich erstrahle dann immer noch in voller Pracht!« Beim letzten Wort reißt er sich theatralisch das Handtuch ab, und es ringelt sich etwas darunter hervor, das entfernt an ein paar orangefarbene Rattenschwänze erinnert. Jetzt gluckert mir tatsächlich ein Kichern durch die Kehle, und dabei war das ungefähr das Letzte, womit ich heute gerechnet hätte.

»Danke«, sage ich aus einem Impuls heraus, und Flocke zieht verwirrt die Augenbrauen hoch.

»Wofür denn?«

»Dafür, dass ... du mir wieder dein Auto geliehen hast«, antworte ich, während ich ihm den Schlüssel entgegenstrecke. »Ich wollte einfach nur so schnell wie möglich von hier weg, aber das war jetzt das letzte Mal, versprochen. Heute fahre ich mit der Bahn zurück, die Tickets sind schon gekauft.«

Flocke bläst die Backen auf, und ich nehme an, dass er einen Seufzer ausstößt. »Oh Mann, ich wünschte, du würdest nicht wegziehen. War doch verdammt cool, wie wir zu dritt die Stadt unsicher gemacht haben!«

»Unsicher? Du meinst durch das Futtern von Popcorn und Wackelpudding?«

»Ja, Mann. Wie eine richtige Gang.« Er lächelt schwach, und nicht nur sein Gesichtsausdruck, sondern auch seine Worte versetzen mir ganz tief drin einen Stich.

»Uns drei gibt es aber nicht mehr«, sage ich, während ich den Blick durch das Vorzimmer voll Pizzakartons und Umzugskisten schweifen lasse. »Oder jedenfalls nicht Nick und mich.«

Gerade noch rechtzeitig schaue ich wieder zu Flocke, um seine Antwort zu lesen. »Ach, dieser Vollidiot! Ich glaub immer noch, dass du super zu ihm gepasst hättest.«

»Also ...«

»Im Ernst! Das hätte ’ne ganz große, glückliche Liebe zwischen euch beiden werden können. Wie bei Romeo und Julia!«

Ich verkneife mir einen Kommentar, drücke Flocke stattdessen den Autoschlüssel in die Hand und öffne ein zweites Mal meine Umhängetasche. »Tust du mir noch einen allerletzten Gefallen?«, frage ich und ziehe ein Briefkuvert hervor. »Würdest du Nick das hier geben? Aber bitte erst nach der Show heute Abend. Ich will nicht schuld sein, wenn er sich sonst beim Finale schlechter konzentrieren kann.«

Flocke greift mit spitzen Fingern nach dem Umschlag, als könnte das Papier jeden Augenblick in Flammen aufgehen. »Was steht dadrin?«, erkundigt er sich misstrauisch.

»Nur dass ich zurück nach Bayern ziehe, um Gebärdensprachdolmetschen zu studieren. Und dass ich ihm viel Erfolg bei der Tournee wünsche«, sage ich ausweichend.

Mit sichtlichem Widerwillen verstaut Flocke den Brief in der hinteren Tasche seiner Jeans. »Klar, mach ich. Wer überbringt denn nicht gerne schlechte Nachrichten?«

Ich beiße mir auf die Unterlippe, während ich mich insgeheim frage, ob Nick sich überhaupt für meinen Abschiedsbrief interessiert. Vielleicht war ich am Ende für ihn ja doch nicht mehr als das, wozu er mich vor diesen Reportern gemacht hat: eine herzzerreißende Story für seine Fans, die vor Mitleid mit dem armen tauben Mädchen dahinschmelzen. Ich habe einen der Artikel gelesen, die nach dem Halbfinale erschienen sind –, *Stargeiger liebt Gehörlose* – und kann mir lebhaft vorstellen, wie begeistert die Juroren über diese Art von Publicity sind. Vermutlich werden sie Nick schon allein deshalb nur zu gerne gewinnen lassen.

»Tja dann«, murmle ich und strecke Flocke etwas steif meine Hand entgegen. Der zieht mich jedoch mit einem

Ruck in eine Umarmung, bei der ich spüren kann, wie sein Brustkorb vibriert.

»Was hast du gesagt?«, frage ich, nachdem ich mich wieder von ihm gelöst habe.

»Ich habe geflucht«, erklärt Flocke mir treuherzig. »Hey, wenn du hierbleibst, darfst du dir mein Auto ausleihen, sooft du willst.«

»Lieb von dir. Aber wenn ich hierbleibe, brauche ich dein Auto ja gar nicht.«

»Oh … stimmt. Dann verrate ich dir eben das Geheimnis meiner Haarpflege!«

Ich wische mit dem Handrücken über die glitschige Spur, die er bei unserer Umarmung auf meiner Stirn hinterlassen hat. »Riecht für mich nach Olivenöl.«

»Verdammt.«

»Komm mich bald mal besuchen«, stoße ich noch schnell hervor, dann wirble ich herum und laufe los.

Auf der Busfahrt zum Wohnheim muss ich die ganze Zeit daran denken, dass ich diesen Weg wahrscheinlich zum letzten Mal zurücklege. Ich habe sogar ein fast wehmütiges Gefühl, als mir im Eingangsbereich Faulbär begegnet, ein Blättchen Petersilie im Schnauzbart und einen allzu vertrauten Putzeimer in der Hand. Auf einmal bekomme ich Lust, zum Abschied ein bisschen mit ihm zu plaudern, aber diesen merkwürdigen Gedanken verwerfe ich gleich wieder. Erstens ist der Heimleiter nicht besonders gut auf mich zu sprechen, weil ich so kurzfristig gekündigt habe, und zweitens sollte ich mich nicht länger als notwendig außerhalb meines Zimmers aufhalten. Nick hat keine Ahnung, dass ich wieder zurück bin – wenn auch nur, um meine Sachen abzuholen –, und ich will ihm jetzt auf keinen Fall über den Weg laufen.

Im Apartment angelangt, klopfe ich zuerst bei Kris. »Kannst du kurz rauskommen, um zu reden?!«, rufe ich, aber da rührt sich nichts. Während ich langsam durch den Vorraum hinüber zu meinem Zimmer gehe, fällt mir auf, dass Kris' gepunktete Chucks nicht an der Eingangstür stehen. Wenn sie in den nächsten Stunden nicht auftaucht, wie soll ich mich dann bloß von ihr verabschieden? Ich will ihr nicht einfach per WhatsApp meinen Auszug mitteilen, auch wenn sie nur wenige Wochen lang meine Zimmernachbarin war. Nachdenklich räume ich meine Kleider und Bücher in meinen großen Rollkoffer, und erst, als ich fast alles verstaut habe, kommt mir eine Idee.

»Für Kristina. Meine Pläne haben sich geändert, aber der Lärmpegel kann derselbe bleiben«, kritzle ich auf ein Stück Papier und lege es neben meine Stereoanlage. Dann scharre ich noch schnell die letzten Stifte und Zettel auf dem Schreibtisch zusammen ... und gerade als ich meinen Koffer zuklappen will, springen mir ein paar große, windschiefe Buchstaben ins Auge.

ACHTUNG, ICH BIN EIN IDIOT.

Wahrscheinlich ist es albern, dass sich bei diesem Anblick mein Herz zusammenkrampft und dass ich mich zwingen muss, den nächsten Atemzug zu nehmen. »Du hattest mich gewarnt«, murmle ich so leise, dass es in meiner Kehle kaum vibriert. Dann lasse ich den Zettel in den Papierkorb segeln, und es kommt mir ziemlich passend vor, dass mir nun von der Rückseite die Worte *REST IN PEACE* entgegenleuchten.

Anschließend sitze ich eine Weile einfach nur so da, während es allmählich dämmrig wird. Ich habe einen Platz im Nachtzug nach München reserviert, und mein Vater wird mich morgen früh mit dem Auto abholen. Eigentlich könnte ich es mir noch gemütlich machen, vielleicht einen Film auf dem Laptop schauen oder etwas lesen – aber irgendwie halte ich es hier nicht länger aus. Das ist meine Vorstellung von »quälender Stille«, wie sie oft in Büchern beschrieben wird: bei Sonnenuntergang in einem leer geräumten Zimmer zu hocken, nur in Gesellschaft eines Koffers. Lieber verbringe ich die nächsten Stunden zwischen möglichst vielen Menschen am Bahnhof, sodass ich wenigstens ein bisschen abgelenkt werde.

Tief durchatmend erhebe ich mich von der abgezogenen Matratze, werfe noch einen letzten Blick auf die Stereoanlage und mache mich dann auf den Weg zum Ausgang. Vor dem Wohnheim stelle ich mich an den Straßenrand und richte die Augen starr auf den Verkehr, in der Hoffnung, einen Wagen mit gelbem Schild zu entdecken. Taxiruf per SMS, das wäre doch mal was. Auto für Auto braust an mir vorüber – und dann taucht endlich doch etwas Gelbes vor mir auf. Allerdings ist es keine Tafel auf dem Dach eines Taxis, sondern ein Bild von Spongebob Schwammkopf auf einem T-Shirt.

»Emilia, du bist wieder da!«, ruft Kris, die sich mit ein paar Leinwänden unterm Arm in mein Blickfeld geschoben hat. »… und willst anscheinend gleich wieder weg.« Stirnrunzelnd mustert sie den Koffer, in dem sie selbst – ein bisschen zusammengerollt – vermutlich locker Platz fände. »Sag mal, ist da zufällig alles drin, was du besitzt?«

Verlegen zupfe ich mir ein paar Locken über die Ohren. »Ich fahre wieder nach Hause. Eigentlich wollte ich mich ja von dir verabschieden, aber du warst nicht da«, murmle ich mit einem plötzlichen Anflug von schlechtem Gewissen.

»Jetzt bin ich es aber!« Ohne Umschweife lädt Kris ihre Leinwände auf dem Bürgersteig ab und mustert mich aus ihren schräg stehenden Augen. »Ich hab noch ein paar Minuten Zeit, ehe ich weitermuss. Erklärst du mir bitte einfach, was los ist?«

»Das Studium, das ich hier beginnen wollte, wäre nicht das Richtige für mich gewesen«, sage ich ausweichend. »Und während der letzten Tage ist mir klar geworden, wie sehr mir meine Familie gefehlt hat.«

»Das verstehe ich. Meine Eltern bedeuten mir auch viel«, antwortet Kris, wirkt aber trotzdem nicht ganz überzeugt. Eine Weile spielt sie mit dem Piercing an ihrem Ohr herum und mustert mich, als wartete sie darauf, dass ich noch etwas sage. Dann fallen ihre Schultern nach vorne, und ich ahne, dass sie laut ausgeatmet hat. »Echt schade, Emilia. Soll ich dir vielleicht ein Taxi rufen?«

Vermutlich fahren gleich mehrere Taxis ungesehen an mir vorüber, während ich Kris sprachlos anstarre. Sie schaut zurück, den Kopf leicht zur Seite gelegt, und wartet geduldig auf meine Reaktion.

»Aber woher weißt du, dass ich ... also, dass ich nicht ...«, stammle ich und breche wieder ab.

»Dass du nicht telefonieren kannst?«, ergänzt Kris. »Na ja, das war so: Während du weg warst, hab ich ein paar Farben ausprobiert, und der chemische Gestank war so schlimm, dass ich meine Zimmertür und die Tür zum Apartment offen gelassen habe. Irgendwann am Abend ist mir aufgefallen, dass das Licht im Vorraum geflackert hat. Am nächsten Abend dasselbe, und dann wieder ... bis ich schon eine neue Glühbirne besorgen wollte. Aber beim vierten Mal war es erst Nachmittag, und die Lampe ist nicht zweimal kurz *aus*gegangen, sondern *an.* Da bin ich nach draußen geflitzt und hab dein *Nicht-Date* auf frischer Tat ertappt.«

»Nick?«, flüstere ich.

»Stand im Vorraum und hat genau so geklopft, wie meine Schwester und ich es bei meinem schwerhörigen Opa immer gemacht haben.« Kris nickt langsam, und ihr Blick wandert zu der Stelle, wo sich unter meinen Locken mein rechtes Ohr verbirgt.

Zum allerersten Mal in ihrer Gegenwart bemühe ich mich nicht, das Hörgerät möglichst gut zu verstecken, sondern streiche mir sogar die Haare zurück. »Ich höre allerdings nicht nur schlecht, sondern nahezu gar nichts«, antworte ich, wahrscheinlich fast ebenso leise wie vorhin, und mein Blickfeld beginnt zu verschwimmen.

»Warum hast du denn nicht einfach was gesagt?«

»Keine Ahnung. Ich schätze, ich hatte irgendwie Angst vor deiner Reaktion.«

»Angst? Hey, ich bin längst nicht so gefährlich, wie ich aussehe.« Kris streckt die Hände zur Seite, wie um mir den grinsenden Schwamm auf ihrem Oberteil zu präsentieren – und dann, als meine Augen gerade überzulaufen drohen, schlingt sie genau wie Flocke die Arme um mich. Anders als er denkt sie allerdings daran, mich loszulassen, ehe sie wieder etwas sagt.

»Bei deinem Auszug geht es gar nicht nur um deine Familie, hab ich recht?«

Stumm schüttle ich den Kopf.

»Dachte ich mir schon. Und du hast bestimmt gute Gründe dafür, von hier wegzuwollen … aber meinst du nicht, du und Nick solltet noch einmal miteinander sprechen?«

Ich schlucke, und mit dem dicken Kloß in meiner Kehle

tut es richtig weh. »Das hat keinen Sinn. Wir sind in einer Sackgasse gelandet.«

Kris schaut mich noch einen Moment lang bekümmert an, dann wendet sie den Blick zur Straße und reißt plötzlich den rechten Arm hoch. »Taxi!«, lese ich von ihren Lippen, und schon stoppt ein Wagen direkt neben uns. Widerwillig klettert der Fahrer heraus, um meinen Koffer zu verstauen, und seine Laune scheint noch schlechter zu werden, als ihm die kleine, zierliche Kris tatkräftig zur Hand geht. Anschließend drückt sie einmal kurz meine Schulter.

»Schreib mir, wenn du gut nach Hause gekommen bist. Und dein Lärm wird mir echt fehlen!«

»Was das angeht – schau gleich mal in mein Schlafzimmer«, antworte ich und rutsche auf die Sitzbank. Kris will gerade die Autotür für mich schließen, da rufe ich schnell: »Also du meinst, Nick hat an vier Tagen hintereinander versucht, mit mir zu reden?«

Kris zieht die Schultern hoch. »Wenn ich ihm nicht gesagt hätte, dass du verreist bist, hätte er wohl die ganze Woche den Blinker gespielt«, meint sie und schenkt mir noch ein etwas trauriges Lächeln. Dann spüre ich ein Zittern, als die Wagentür zufällt.

»Zum Bahnhof, bitte«, bringe ich mühsam hervor, während ich mich anschnalle.

Nichts passiert. Mehrere Sekunden lang schaue ich Kris hinterher, dann dreht sich der Fahrer mit genervter Miene zu mir um. »Welchen Bahnhof du meinst, hab ich gefragt! Sag mal, bist du taub?!«

»Ja, genau«, bestätige ich, obwohl ich mir eigentlich geschworen habe, niemals so auf diese Frage zu reagieren. Wie erwartet starrt mich der Fahrer nun mit offenem

Mund an, und seine Kinnlade sackt sogar noch weiter nach unten, als ich beide Hände in die Luft werfe.

»Halt, warten Sie!«, rufe ich – garantiert zu laut, aber das ist nun auch schon egal. »Bringen Sie mich lieber zum Rundfunkzentrum. Ich möchte gerne zu einem Konzert, bevor ich abreise.«

Der Fahrer starrt immer noch. »Aber … das ist absurd.«

»Ja, das ist es wohl«, stimme ich ihm ein zweites Mal zu, und mein Herz beginnt, heftig zu schlagen. *Absurd* trifft es ganz genau. Wieso um Himmels willen tue ich mir das an? Muss ich Nick wirklich dabei beobachten, wie er mit seinem heutigen Auftritt in eine Welt abtaucht, in die ich ihm unmöglich folgen kann? Noch dazu ist es fast ausgeschlossen, dass ich es noch rechtzeitig zum Studio schaffe.

Mit hektisch wippenden Knien fixiere ich die Uhr auf meinem Handy und kann nicht glauben, wie schnell die Zeit verrinnt. Als wir uns endlich durch den zähen Abendverkehr bis zum Rundfunkzentrum gequält haben, bin ich mir sicher, dass man mich nicht mehr ins Studio lassen wird. Es ist zu spät, das war's.

Besser so, versuchen mir meine Gedankenhände einzureden. *Und jetzt verschwinde von hier, anstatt es dir nur noch schwerer zu machen!*

Aber natürlich achte ich nicht auf meine innere Gouvernante. Wie ferngesteuert springe ich ins Freie, hieve meinen Koffer aus dem Wagen und zerre ihn keuchend hinter mir her. Das Gebäude kann ich ohne Probleme betreten, und eine unvernünftige Hoffnung keimt in mir auf, während ich in Richtung des Studiosaals stürme. Bereits im Laufen krame ich den VIP-Pass aus meiner Umhängetasche, strecke ihn einem bulligen Security-Mann entgegen – und werde von einer fast pfannengroßen Hand gestoppt.

»Du kannst da nicht mehr rein«, lese ich entsetzt von einem Mund ab, der so aussieht, als könnte er Nüsse zerknacken. »Schon gar nicht mit einem Koffer.«

»Dann lasse ich den eben hier! Okay? Von mir aus dürfen Sie ihn auch gerne durchsuchen, bitte sehr …« Schwungvoll klappe ich den Koffer auf, und natürlich – als gäbe es dafür irgendein physikalisches Gesetz – flattern zuerst meine Slips mit den Schleifchen am Bund heraus. Der vernünftige Teil in mir scheint inzwischen so überfordert, dass er mich nicht mehr zu bremsen versucht. *Besorg dir endlich neue Unterwäsche,* rät er mir noch schwach, dann lässt er mich mit dem Security-Mann alleine.

Der schaut nun bedrohlich auf mich herunter. »Einlass war eine Stunde vor Sendungsbeginn«, sagt er, die buschigen Augenbrauen dicht zusammengeschoben. »Jetzt ist schon der Anheizer drin und übt mit dem Publikum den Applaus.«

»Den Applaus?«, wiederhole ich fassungslos. »Glauben Sie mir, ich *kann* applaudieren! Ich kann das sogar in zwei verschiedenen Sprachen, also …« Hilflos breche ich ab, weil mich der Security-Typ mehr und mehr an einen übellaunigen Gorilla erinnert. Das hat doch alles keinen Zweck, und ich benehme mich hier ganz umsonst wie eine Irre. Resigniert schließe ich meinen Koffer wieder, richte mich auf, streiche mir seufzend die Haare aus dem Gesicht.

Dann bemerke ich, dass sich die Miene des Mannes verändert hat.

»Wie war das bitte?«, frage ich, weil mir sicher irgendetwas entgangen ist.

»Du bist doch mit diesem Geiger zusammen, stimmt's?«, fragt er, und da erst wird mir klar, dass er das Hörgerät hinter meinem rechten Ohr entdeckt haben muss. »Ich hab einen Artikel über euch beide gelesen. Echt sweete Story.«

»Ja, ähm ... *noch* bin ich mit ihm zusammen«, behaupte ich, während ich mich bemühe, meine Gedanken so schnell wie möglich zu ordnen. »Aber das wird sich wohl ändern, wenn ich seinen Auftritt verpasse. Was das betrifft, versteht er wirklich keinen Spaß.«

Der Security verzieht das Gesicht. »Scheiß Künstlertypen.«

»Wem sagen Sie das.«

Einen Moment lang scheint der schrankbreite Kerl noch zu überlegen, dann nickt er mir zu. »Na schön, von mir aus. Lass den Koffer bei mir und setz dich auf einen der Plätze direkt neben dem Notausgang. Die werden meistens freigelassen, weil dort die Kamera nie hinkommt.«

Er öffnet die Tür, und ich bin immer noch so verdattert, dass ich ganz vergesse, ihm zu danken. Auf wackligen Beinen stolpere ich ins Studio, während ein aufgekratzter Typ mit Mikrofon dem Publikum beibringt, auf Kommando in Jubel auszubrechen. Dann betreten auch schon die Juroren die Bühne, und das Getrampel der Zuschauer bringt den Fußboden zum Beben. Nachdem sich die drei an ihrem Pult niedergelassen haben, wird auf der Leinwand hinter ihnen ein kurzes Video abgespielt: 10.000 Euro als fette, tanzende Ziffern – und Bilder von Konzerthäusern rund um die Welt. Dasselbe haben sie schon bei den letzten zwei Sendungen gezeigt, und ich kann nicht fassen, dass mir dieser Hinweis auf die Tournee komplett entgangen ist. Meine Kehle zieht sich zusammen, während ich auf ein Foto der berühmten Oper in Sydney starre.

Nick hat absolut recht: Das hier wäre eine Karriere auf dem Silbertablett, und für mich ist dabei eben kein Platz. Ich hätte mich einfach aus dem Staub machen sollen, wie ich es geplant hatte. Stattdessen werde ich jetzt dabei zusehen, wie etwas, das erst Freundschaft und dann vielleicht eine Beziehung war, vor laufender Kamera in die Brüche geht.

So richtig bereue ich meine spontane Entscheidung allerdings erst, als die drei Finalisten im Scheinwerferlicht auftauchen. Der Rothaarige und die Asiatin sind mottogetreu wie Rockstars gekleidet – einzig und allein Nick scheint sich der Stylistin diesmal widersetzt zu haben. Anstelle von Leder, Nieten und Silberketten trägt er einen Anzug, der jedoch heillos zerknittert ist, und dazu seine graue Wollmütze. Es sieht aus, als wollte er mit diesem Outfit sagen: *Leute, hier geht es um klassische Musik. Aber eigentlich ist die Kleidung auch scheißegal.*

Als die Kamera sein Gesicht einfängt, spüre ich, wie ich trotz der Hitze im Studio eine Gänsehaut bekomme. Nicht einmal das professionelle Make-up kann verbergen, wie erschöpft Nick sein muss. Obwohl bestimmt auch seine Mitstreiter furchtbar nervös sind, wirkt keiner von ihnen derartig blass oder hat einen so starren Blick.

Auch im Laufe der Show wird Nicks Miene kein bisschen entspannter. Weil es diesmal nur so wenige Teilnehmer gibt, haben sich die Produzenten jede Menge Aufgaben überlegt, die vor dem einstudierten Solo-Auftritt bewältigt werden müssen: auf Zuruf des Publikums einen populären Song nachspielen, irgendein sehr schnelles

Stück um die Wette vortragen, aus dem Stehgreif eine kleine Melodie zu einem bestimmten Thema komponieren und so weiter. Ich bekomme davon nicht viel mehr mit, als dass Nick jede dieser Hürden mit Leichtigkeit nimmt, während er immer wieder Blicke ins Publikum wirft und der Muskel unter seinem rechten Auge heftig zuckt. Auf der Leinwand ist das nicht zu übersehen, aber man scheint es hier für ein charmantes Zwinkern zu halten. Prompt beginnt die weibliche Jurorin wieder, mit ihm zu flirten, und das Publikum lacht sich über seine einsilbigen Antworten kaputt.

Sie lieben ihn alle, das kann ich ganz genau erkennen. Offenbar hat man ihm die Rolle des finsteren Bad Boys zugewiesen, sein rothaariger Konkurrent ist der schüchterne Underdog – und die Cellistin, die sich nicht so leicht in eine Schublade stecken lässt, fliegt schon vor dem Finalkonzert raus. Hoch erhobenen Hauptes marschiert sie von der Bühne, ihr großes Instrument wie einen Schutzschild vor dem Körper, aber ich bilde mir ein, Tränen in ihren Augen glitzern zu sehen.

Plötzlich erinnere ich mich daran, was Nick in der Nacht des Regens zu mir gesagt hat: »Wenn ich mich nach so langer Zeit hervorwage und dann wieder Scheiße baue, hab ich meinen Namen endgültig verbrannt.«

Mein Herz scheint zu stolpern, als die Lichter gedimmt werden und sich die Atmosphäre spürbar auflädt. Die Kamera zoomt ganz nahe an das Jurypult heran und zeigt das wölfische Grinsen des Komponisten in Großaufnahme. »Na? Seid ihr bereit weiterzumachen?«, fragt er, die Fingerspitzen aufeinandergelegt.

»Solange wir jetzt nicht durch einen brennenden Reifen springen müssen oder so«, sagt Nick, und er kann von

Glück reden, dass sich alle bloß darüber amüsieren. Ich dagegen erkenne seinen ätzenden Tonfall, obwohl ich ihn gar nicht höre. Dieses ganze Spektakel muss unendlich weit von den Konzerten entfernt sein, die er früher geben durfte.

»Brenzlig wird es auf jeden Fall«, mischt sich die Jurorin ein. Weil immer derjenige frontal auf der Leinwand zu sehen ist, der gerade spricht, kann ich die Unterhaltung ohne Schwierigkeiten mitverfolgen. »Ihr habt euch bisher wacker geschlagen, aber nun geht es ans Eingemachte. Jeder von euch hat ein Solo-Stück vorbereitet, mit dem er sein gesamtes künstlerisches Spektrum unter Beweis stellen kann. Wir werden uns diese Beiträge kommentarlos anhören und danach den Sieger von *Klassik rockt* verkünden. Das Los entscheidet, wer den Anfang macht. Also: Kopf oder Zahl?«

»Zahl!«, platzt der rothaarige Pianist heraus, als könnte er das Ergebnis tatsächlich erraten. Seine sommersprossige Haut ist von einem Schweißfilm bedeckt, und er fährt sich mehrmals nervös mit der Zunge über die Lippen. Die Kamera zeigt, wie eine Münze glitzernd durch die Luft fliegt ... und mit der Rückseite nach unten auf der Hand der Jurorin landet.

»Ich bitte um einen kräftigen Applaus«, formen grell geschminkte Lippen, »für Simoooon Riegler!«

Der Rotschopf wirkt fast, als stünde er unter Schock, als sein Gesicht auf der Leinwand erscheint. Ich sehe, wie sein Adamsapfel hüpft, ehe er verkündet: »Mein Beitrag ist eine Etüde von Franz Liszt, nach der *Caprice Nr. 24* von Niccolò Paganini.«

Ungläubig starre ich auf den Titel, der nur wenige Sekunden später am unteren Bildrand eingeblendet wird.

Das ist es – dasselbe Stück, mit dem sich Nick so sehr gequält hat. Ob die Wahl der Kompositionen irgendwie von den Produzenten beeinflusst wurde? Wenn die Finalisten je eine Version desselben Stücks vorführen, ergibt sich daraus ein perfektes Kopf-an-Kopf-Rennen, und sogar der unmusikalischste Zuschauer wird es schaffen, die beiden Auftritte miteinander zu vergleichen.

Inzwischen hat Simon auf der Klavierbank Platz genommen, und der wuchtige Konzertflügel lässt ihn noch ein wenig schmaler aussehen. Als er jedoch zu spielen beginnt, fällt die Unsicherheit auf magische Weise von ihm ab. Seine Hände fliegen nur so über die Tasten, und ich ahne, dass er wahnsinnig gut spielt. Die Bestätigung dafür bekomme ich, sobald er das Stück beendet hat: Augenblicklich springen alle von ihren Plätzen hoch, und die Kamera schwenkt über jubelnd aufgerissene Münder. Die Juroren halten sich allerdings an ihre Ankündigung, die Leistung vorerst unkommentiert zu lassen. Stoisch warten sie darauf, dass der Applaus abflaut; dann macht der Komponist eine Geste in Nicks Richtung.

Sogar ich kann mir vorstellen, dass die Stille einen geradezu unheimlichen Effekt haben muss. Der Weg bis zur Mitte der Bühne scheint sich unendlich auszudehnen, und als Nick endlich dort im Scheinwerferlicht steht, halte ich unwillkürlich den Atem an. Mechanisch legt er sich die Geige auf die Schulter, zupft ganz kurz an den Saiten und dreht an einer Schraube, ehe er den Blick wieder auf die Kamera richtet. Einen Moment lang habe ich das Gefühl, er würde mich von der Leinwand aus direkt anschauen. Mit einer fahrigen Bewegung schiebt er seine Mütze ein Stück nach hinten, wischt sich eine Haarsträhne aus der Stirn, scheint tief durchzuatmen. Und dann sagt er: »Ich spiele die *Allemande* aus der zweiten *Partita* von Johann Sebastian Bach.«

Geistesgegenwärtig presse ich die Lippen zusammen, damit mir kein Laut entschlüpfen kann. Was um Himmels willen ist das – eine spontane Entscheidung, vielleicht sogar ein Versehen? Dann aber erscheinen die passenden Worte auf der Leinwand, und mir wird klar, dass Nick diese Sache spätestens seit der heutigen Probe geplant haben muss.

Ich kämpfe noch darum, mir einen Weg aus meinem Gefühlschaos zu bahnen, als er bereits zu spielen beginnt. Genau wie bei dem Konzert vor meiner Familie verschwindet nach wenigen Sekunden die Anspannung aus seinem Gesicht, seine Lippen werden weicher, auch der Muskel unter seinem rechten Auge zuckt nicht mehr. Mit geradezu traumwandlerischer Sicherheit führt er den Bogen über die Saiten, und der Tanz seiner linken Hand lässt mich an die Poesie meiner Muttersprache denken: Alle Bewegungen sind federleicht und kompliziert, kraftvoll und zart zugleich. Das Ganze sieht einfach nur wunderschön aus – und dass es auch so klingt, erkenne ich an den Mienen der Zuhörer, die zwischendurch immer wieder von der Kamera eingefangen werden. Darin spiegeln sich Entzücken, Staunen, Begeisterung … nur ich selbst spüre eine seltsame Mischung aus Freude und Traurigkeit.

Diesmal fängt das Publikum nicht an zu jubeln, kaum dass das Stück zu Ende ist. Nick lässt den Bogen sinken, aber die Menschen sitzen immer noch wie erstarrt auf ihren Plätzen. Für die Dauer einiger Herzschläge scheint die Zeit stillzustehen – dann wandert ein Zittern durch die Reihen, als endlich der Applaus losbricht. Auch ich schlage meine

Handflächen gegeneinander, um nicht aufzufallen, aber natürlich beachtet mich sowieso niemand. Die Zuschauer klatschen sogar dann noch weiter, nachdem sich Nick bereits zweimal flüchtig verbeugt hat. Erst als die Jurorin ihre Arme hebt, kehrt allmählich wieder Ruhe ein.

»Vielen, vielen Dank!«, ruft sie, als hätte der Beifall ihr gegolten. »Das war großartig, aber leider steht uns nun eine schwierige Entscheidung bevor. Darf ich meine Kollegen bitten, mir ihren Favoriten mitzuteilen?«

Die beiden Männer reichen ihr je eine Karte, und die Jurorin quittiert das Ergebnis der Abstimmung mit der gelassenen Miene einer Sphinx. Inzwischen stehen die beiden Kandidaten reglos nebeneinander auf der Bühne, fast als erwarteten sie das Urteil einer Gerichtsverhandlung.

Simon, der sich im Gegensatz zu Nick an keinem Instrument festhalten kann, hat die Finger wie im Gebet miteinander verschränkt. In seinen Augen lese ich nackte Panik, bei Nick erkenne ich … gar nichts. Offenbar hat er sich mal wieder ganz tief in sich selbst verkrochen, sodass sein Gesicht keine Regung zeigt.

»Also, ich muss schon sagen, ihr habt es uns wirklich nicht leicht gemacht«, verkündet die Jurorin und fächert sich geziert mit den Abstimmkärtchen Luft zu. »Auf der einen Seite haben wir technische Brillanz, auf der anderen Seite wunderbaren Ausdruck. Ihr beide habt zweifellos Hervorragendes geleistet, aber dennoch mussten wir uns entscheiden: Braucht der neue Superstar der Klassik eher atemberaubende virtuose Fähigkeiten oder ganz viel Gefühl?«

Ein paar Sekunden lang bleibt die Frage in der Luft hängen, als wäre es die Aufgabe des Publikums, darüber zu urteilen. Aus den Augenwinkeln sehe ich, dass einige Zuschauer von ihren Plätzen aufspringen, wild gestikulieren oder Schilder hochhalten. Die Jurorin scheint sich an der allgemeinen Aufregung zu weiden, während ich das Gefühl habe, mein Herz könnte sich jeden Moment aus meinem Brustkorb befreien. Stocksteif sitze ich da und starre auf die gekräuselten grellroten Lippen, die mir von der Leinwand entgegenleuchten. Endlich beginnen sie wieder, sich zu bewegen, runden sich weich für einen Zischlaut und werden dann spitzer für ein O.

»Schon gut, schon gut, ich möchte euch nicht länger auf die Folter spannen«, fährt die Jurorin fort und winkt beschwichtigend mit beiden Händen. »Zwei von uns dreien waren sich bei der Antwort einig, und so habe ich nun die Ehre, den Sieger von *Klassik rockt* zu verkünden. Gewinner von zehntausend Euro sowie einer unglaublichen Welttournee iiiist – Simon Riegler!«

Die Reaktion des Publikums trifft mich wie die Druckwelle nach einer Explosion. Hunderte Füße trommeln auf den Boden und lassen die Stuhlreihen erzittern, während ein Regen aus Glitzerkonfetti über der Bühne niedergeht. Irgendwo in diesem goldenen Flirren sehe ich ganz kurz Nicks Gesicht, ehe die Kamera zum fassungslos strahlenden Simon wechselt und zuletzt das Jurypult in den Fokus nimmt. Die Jurorin sagt noch ein paar abschließende Worte in die Kamera, alle drei winken, dann wird die Aufnahme beendet.

Während sich die ersten Reporter um die Bühne drängen, sickert die Gewissheit langsam in mich hinein: Wäre Nick bei der *Caprice* geblieben, hätte er eine gute Chance auf den Sieg gehabt. Ich musste mich ja unbedingt in sein Leben einmischen und ihn dazu bringen, seinen Beitrag zu ändern. In den letzten Wochen hat er mir dabei geholfen, eine ganze Reihe von Träumen zu verwirklichen – und nun ist meinetwegen sein einziger Traum geplatzt.

Sobald ich das begriffen habe, fällt die Starre von mir ab, und ich fahre von meinem Stuhl hoch. Angestrengt versuche ich, Nick aus der Ferne zu erkennen, aber nun erheben sich auch die anderen Zuschauer und versperren mir die Sicht. Fröhliche und enttäuscht dreinblickende Menschen drängen an mir vorbei, rempeln mich an, strömen unaufhaltsam zum Ausgang. Obwohl ich mich mit aller Kraft in die entgegengesetzte Richtung schiebe, komme ich nur Zentimeter für Zentimeter voran. Hektisch scanne ich die Personen vor mir, suche verzweifelt nach einem Durchschlupf und weiß mir nicht anders zu helfen, als über ein paar Stuhlreihen zu klettern. Schließlich habe ich die Bühne doch erreicht und stelle mich davor auf die Zehenspitzen. Um mich herum flackern die Blitzlichter der Journalisten, aber alle scheinen nur Simon fotografieren zu wollen, und nur ihm recken sie ihre Mikrofone entgegen. Sosehr ich mir auch den Hals verrenke, ich kann Nick einfach nicht entdecken.

»Wo ist denn Nikolai Andreyev?!«, rufe ich einem der Reporter zu, und es muss wohl an meinem Tonfall liegen, dass er trotz des allgemeinen Tumults auf mich eingeht.

»Hat schon das Feld geräumt«, sagt er mit einem Schulterzucken. »Aber wen interessiert schon der zweite Platz?«

Kaum habe ich das letzte Wort von seinen abschätzig verzogenen Lippen gelesen, werfe ich mich herum und haste wieder zum Ausgang. Inzwischen hat sich der Saal beinahe geleert, sodass ich den Weg im Laufschritt zurücklegen kann. Keuchend stürze ich auf den Flur und am Security-Mann vorbei, der mir ganz bestimmt irgendetwas hinterherbrüllt.

Ohne auf ihn oder meinen Koffer zu achten, renne ich weiter und hoffe verzweifelt, dass ich Nick noch nicht verpasst habe. Ich weiß nicht genau, was ich zu ihm sagen will, und ganz bestimmt möchte er auch nichts von mir hören –, aber ich kann jetzt nicht einfach das Land verlassen, ohne noch einmal mit ihm zu reden. Worte und Gebärden tanzen in meinem Kopf um die Wette, ich formuliere nutzlose Entschuldigungen und verwerfe sie wieder. Das geht so lange, bis ich in der Eingangshalle angekommen bin. Dort hält mein Gedankenkarussell ganz plötzlich inne, und mein Herz lässt einen Schlag aus.

Nick steht mitten im Foyer, seinen Geigenkoffer auf dem Rücken. Auch er hat mich entdeckt, und er schaut mir reglos entgegen.

Von einer Sekunde auf die andere wird meine Kehle so eng, dass ich kaum noch atmen kann. Mit zitternden Knien stolpere ich auf Nick zu, während ich einige meiner zurechtgelegten Sätze stammle: »Das tut mir alles so leid … Bitte glaub mir, ich wollte das nicht, auf gar keinen Fall! Ich dachte wirklich – ich dachte, du könntest es mit deinem Lieblingsstück schaffen …«

Endlich stehe ich direkt vor ihm und verstumme, den Blick ängstlich auf seinen Mund gerichtet. Mit angehaltenem Atem warte ich darauf, einen Fluch zu lesen, einen Vorwurf, vielleicht einen Abschied. Stattdessen formen Nicks Lippen nur zwei kleine Worte: »Ich nicht.«

Mühsam ringe ich nach Luft. »Was meinst du damit?«

»Simon hat mir schon vor der Show verraten, was er spielen wird. Ich habe nicht damit gerechnet, ihn mit der *Allemande* schlagen zu können.«

In diesem Augenblick wünsche ich mir stärker als während der gesamten Sendung, etwas hören zu können –

nicht raten zu müssen, mir keine falschen Hoffnungen zu machen, sondern ganz sicher zu sein.

»Soll das bedeuten, du hast absichtlich …«, setze ich an, aber weiter komme ich nicht. Nick hat bereits seine Arme um mich gelegt und zieht mich an seine Brust.

Nick

Emilias Herz flattert wie verrückt gegen meine Rippen. Ich halte sie noch ein klein wenig fester und wünsche mir einen Moment lang, überhaupt nichts anderes wahrnehmen zu müssen: nicht die Schritte der vorbeigehenden Menschen, nicht ihr Gerede über die Show und schon gar nicht die Stimme eines Typen, der aus irgendeinem Grund »Hier hast du deinen Koffer« zu uns sagt. Ich will einfach nur dastehen, mit Emilia im Arm, und atmen. Es fühlt sich so an, als hätte ich das schon verdammt lange nicht mehr gemacht – als würde ich seit zwei Jahren zum ersten Mal wieder richtig Luft bekommen.

Schließlich drückt mich Emilia aber doch ein bisschen von sich weg und schaut aus riesigen Augen zu mir hoch. »Ich begreife das nicht«, sagt sie, vor Aufregung ohne richtiges CH, aber ich kann sie problemlos verstehen. »Du hast wirklich mit voller Absicht verloren?«

»Doch nur diesen bescheuerten Wettbewerb«, sage ich und denke daran, dass diese Worte noch vor einem Monat nie über meine Lippen gekommen wären. Damals habe ich ernsthaft geglaubt, nichts wäre wichtiger als der Sieg, als Scheinwerfer und täglich neue Hürden und das Zittern vor irgendwelchen Zeitungsartikeln.

Oh Mann, was war ich nur für ein Idiot.

»Wenn ich der Sieger geworden wäre, hätte ich das kommende Jahr hauptsächlich in Gesellschaft von Reportern und von Volkov verbracht. Dabei hätte ich garantiert meinen Verstand verloren und das letzte bisschen Spaß am Geigespielen«, fahre ich fort. Dann fasse ich aus einem Impuls heraus nach Emilias Taille und ziehe sie wieder näher an mich heran. »Außerdem konnte ich doch nicht zulassen, dass du dich ohne mich nach Deutschland verkrümelst.«

Diesen Satz muss sie erst mal verarbeiten, ehe ihr der Mund aufklappt. »Hat dir Flocke meinen Abschiedsbrief etwa schon gegeben?!«

»Heute Nachmittag«, bestätige ich. »Er hat gemeint, das wäre jetzt meine letzte Chance, und … wir sollen bitte mindestens so glücklich miteinander werden wie Romeo und Julia.«

Es vergehen nur wenige Sekunden, dann platzt es aus Emilia heraus: ihr unfassbar niedliches, einen Tick zu lautes, herrlich zerkratztes Lachen. Sie wird davon richtig geschüttelt, muss zwischendurch nach Luft japsen und wischt sich dann mit beiden Händen die Tränen vom Gesicht.

»Ich glaube fast, das kriegen wir hin«, sagt sie, noch ein bisschen außer Atem. »Aber ich hab meinen Eltern schon versprochen, dass ich nach Bayern zurückkomme. Außerdem hab ich mein Zimmer im Wohnheim gekündigt, und …«

»Du vergisst, dass ich jetzt nicht zu einer Tournee verpflichtet bin und rund um die Welt gekarrt werde wie ein Zirkuspferd. Ich kann sein, wo auch immer ich will.«

Kaum habe ich das ausgesprochen, stellt sich Emilia auf die Zehenspitzen und schmiegt sich an mich. Sie umarmt mich nicht einfach, sondern kriecht geradezu in mich hinein, und dann spüre ich ihre Lippen auf meinem Mund. Es ist, als wollten wir mit diesem Kuss all die Gelegenheiten wettmachen, die wir in der vergangenen Woche meinetwegen verpasst haben. Ich schiebe die Finger unter Emilias Locken, streichle ihren Hals, spüre ihr leichtes Zittern. Nun wünsche ich mir umso mehr, nicht von Hintergrundgeräuschen gestört zu werden – ganz besonders, als in unserer Nähe ein Knurren ertönt: »Nikolai! Kannst du mir das erklären?«

Natürlich bekommt Emilia davon nichts mit. Ausgerechnet jetzt lässt sie ihre Zungenspitze zwischen meine Lippen gleiten, und ich fluche innerlich darüber, dass ich mich von ihr lösen muss.

»Mein Vater«, flüstere ich, dann schaue ich an Emilias erschrockenem Gesicht vorbei zu dem Mann, der wie ein wütender Stier quer durchs Foyer auf uns zustürmt. Komischerweise fällt mir in diesem Moment zum ersten Mal auf, dass Dad Volkov ein kleines bisschen ähnelt. Jedenfalls hat er dieselbe breite Statur wie mein Ex-Geigenlehrer, aber vielleicht kommt mir das auch nur so vor, weil meine Mutter im Vergleich zu ihm furchtbar zerbrechlich aussieht. Mühsam trippelt sie auf hohen Absätzen hinter ihm her, und das dunkelgrüne Kleid, das sie früher oft auf der Bühne getragen hat, flattert um ihren abgemagerten Körper.

»Aber klar doch«, sage ich locker, obwohl mir der Puls nur so in den Ohren dröhnt. Diese Sache könnte verflucht hässlich werden, aber da muss ich jetzt durch. »Darf ich vorstellen: Emilia. Emilia, meine Eltern.«

Ich füge nicht hinzu, dass sie gehörlos ist. Nachdem ich letzte Woche an meinem persönlichen Tiefpunkt angekommen bin – und ja, das schließt auch gewisse Kotze-und-Scherben-Fotos mit ein –, will ich diese Information nie wieder benutzen, um die Aufmerksamkeit von mir selbst abzulenken.

Dad macht sowieso nicht den Eindruck, als könnte man ihn irgendwie bremsen. »Ich brauche keine Vorstellungsrunde, sondern ich will mit dir über das Desaster auf der Bühne reden!«, poltert er. »Hattest du etwa Angst, der Paganini wäre zu hoch für dich?«

Mom steht verschreckt hinter ihm, sodass ich ihr Gesicht nicht sehen kann, und Emilia klammert sich an meine Hand. Nur den beiden zuliebe versuche ich, ganz ruhig zu bleiben. »Nein, daran lag es nicht. Am Ende hatte ich die *Caprice* ziemlich gut drauf.«

»Und wieso um alles in der Welt hast du dann unsere Pläne geändert?«

»Ich habe nicht *unsere* Pläne geändert«, entgegne ich langsam, »sondern meine. Wenn du unbedingt einen Sieg bei *Klassik rockt* brauchst, schnapp dir einen Nietengürtel und ein Tamburin und versuch es beim nächsten Mal selber.«

Das Gesicht meines Vaters wird dunkelrot, und er zerrt an seiner Krawatte, als würde sie ihm die Luft abschnüren. »Sag mal, wie redest du eigentlich mit mir?«, fährt er mich an. »Willst du dich so bei mir für all die Unterstützung bedanken – und bei deiner Mutter?«

Abrupt macht er einen Schritt zur Seite, und nun fällt mein Blick direkt auf die hohlen Wangen, die zerzausten schwarzen Haare und die zusammengepressten Lippen von Mom. Sie scheint noch zu überlegen, was sie sagen soll, und mein Magen zieht sich immer enger zusammen. Es ist eine Sache, die Erwartungen meines Dads nicht zu erfüllen – der wird schon irgendwie drüber wegkommen –, doch eine ganz andere, meine Mutter zu enttäuschen. Mir ist klar geworden, dass ich mich nicht ihr zuliebe total kaputtmachen kann, aber trotzdem habe ich vor ihrer Reaktion wirklich Angst …

… und deshalb traue ich meinen Ohren nicht, als sie mit leiser Stimme sagt: »Du hast wunderschön gespielt, Kolya.«

Fassungslos starre ich sie an, während Emilias Hand in meiner zuckt. Offenbar hat sie die Lippen meiner Mutter gelesen, und ich schätze, sie ist ähnlich verblüfft wie ich.

Nur meinem Vater hat es nicht die Sprache verschlagen, sodass er unser Schweigen gleich wieder durchbricht: »Lidia, du kannst dieses Benehmen doch nicht gutheißen! Dein Sohn hat gerade aus einer Laune heraus seine Karriere ruiniert!«

Mom hebt die Schultern, wobei ihre knochigen Schlüsselbeine noch etwas stärker hervortreten. »Glaube ich nicht«, antwortet sie, und das ist echt ein Wunder – ich kann mich nämlich nicht erinnern, wann sie meinem Vater zuletzt widersprochen hat. »Kolya hat zwar diesen Wettbewerb nicht gewonnen, aber jeder, der etwas von Musik versteht, wird seine Leistung zu schätzen wissen.«

Damit hat sie es tatsächlich geschafft, Dad zum Schweigen zu bringen. Bevor er sich von dem Treffer erholen kann, sagt sie zu mir: »Ich freue mich, dass ich dir dabei zuhören durfte, wie du dieses Stück spielst … und dass ich dich überhaupt mal wieder sehe. Du warst sehr lange weg …«

Und da, endlich, fällt es mir wie Schuppen von den Augen. Schlagartig ergibt das alles einen Sinn: Moms ständiges Gerede über unsere gemeinsamen Auftritte, ihr Gesichtsausdruck, als ich das Stipendium der Juilliard angenommen habe, und ihr Drängen darauf, mich beim Finale der Show sehen zu dürfen. Nachdem wir jahrelang jeden Tag zusammengearbeitet haben, bin ich nach New York abgehauen, habe mich nur noch alle paar Monate blicken lassen und mir ganz offensichtlich einen Teil meines

Gehirns weggesoffen. Ansonsten hätte ich doch nicht so verdammt lange gebraucht, um das zu begreifen: Meine Mutter leidet nicht nur unter ihrer Unfähigkeit, Klavier zu spielen – sie hat mich auch ganz einfach vermisst.

Wieder verändert sich der Druck um meine Hand, und nun fühlt er sich wie eine Aufforderung an.

»Wenn du sagst, dass auch andere meine Leistung zu schätzen wissen …«, beginne ich tastend, »fällt dir da vielleicht jemand Bestimmtes ein? Der Leiter eines Orchesters in München, zum Beispiel? Es sei denn, ihr hättet was dagegen, wenn ich am Wochenende öfter mal zum Mittagessen bei euch hereinschneie.«

»Mir fallen sogar mehrere mögliche Interessenten ein«, sagt meine Mutter – und dann gibt es das zweite Wunder an diesem Abend. Ein Wunder, für das ich mich in den letzten Wochen fast zu Tode geschuftet habe, ohne zu kapieren, wodurch ich es eigentlich erreichen könnte: Über Moms Gesicht huscht tatsächlich ein winziges Lächeln. »Vielleicht besprechen wir das alles lieber im Hotel, in dem dein Vater und ich übernachten. Dort sind übrigens noch Zimmer frei, Emilia«, fügt sie unerwartet hinzu. »Nach Ihrem Koffer zu urteilen, sind Sie wohl gerade erst hier angekommen?«

»Nein, ich … ich muss heute eigentlich noch einen Zug erwischen«, antwortet Emilia verdattert.

»Morgen fahren auch Züge.« Mom schüttelt sich die Haare aus dem Gesicht, und für einen kurzen Moment wirkt sie beinahe so divenhaft wie früher. »Komm, *moj dorogoj«*, sagt sie und hakt sich bei meinem Vater ein. »Wir lassen die beiden das unter sich ausmachen. Hat mich auf jeden Fall gefreut, Emilia!« Dann schleift sie Dad mehr oder weniger hinter sich her zum Ausgang.

Es dauert eine Weile, bis ich wieder in der Lage bin, einen vernünftigen Satz zu bilden. Was ich danach von mir gebe, strotzt allerdings auch nicht gerade vor Cleverness: »Scheiße, da steht ja wirklich ein Koffer.« Etwas benebelt schaue ich auf das Ungetüm, das der Typ von vorhin anscheinend neben uns abgestellt hat.

»Allerdings, und wenn ich mich sehr beeile, schaffe ich es vielleicht noch rechtzeitig zum Bahnhof!« Emilia versucht, ihre Hand aus meiner zu ziehen, aber ich lasse ihr nicht die geringste Chance.

»Meine Mom hat recht, du kannst doch auch morgen fahren. Heute übernachten wir im Hotel und bestellen uns einen gigantischen Eisbecher. Der ist seit einer Woche überfällig!«

Mit blitzenden Augen schaut Emilia zu mir hoch. »Meinetwegen, wenn ich hinterher das Schirmchen haben darf.«

»Mich interessiert sowieso nur das Schlumpfeis.«

»Ist das dein Ernst? Von all den herrlichen Eissorten auf dieser Welt magst du ausgerechnet die, die gar keiner echten Geschmacksrichtung entspricht?«

»Wieso, die schmeckt doch nach Schlumpf«, entgegne ich. »Und wenn du willst, können wir den Eisbecher ja mit einer Ladung Popcorn aufpeppen. Wie findest du das?«

»Absolut widerlich«, sagt Emilia vergnügt. »Das passt doch überhaupt nicht zusammen.«

»Stimmt wohl. Aber manchmal sind es gerade die schrägsten Kombinationen, die am besten funktionieren«, sage ich.

Und danach ziehen wir zusammen los – ich mit meiner Geige, sie mit ihrem Hörgerät –, um uns gemeinschaftlich den Magen zu verderben.

Ein Jahr später

Emilia

Können Taube besser sehen als Hörende?

Diese Frage ist mir in meinem Leben schon so oft gestellt worden, und ich wusste nie genau, was ich darauf antworten sollte. Fest steht, dass man nicht automatisch so scharfsichtig wird wie ein Adler, nur weil man taub ist. Meine Mutter braucht zum Beispiel seit Kurzem eine Lesebrille – aber sie kann meinen Brüdern ohne Probleme folgen, während die beiden in wahnsinnigem Tempo gebärden, und sie erkennt auf einen Blick, wenn ich traurig bin. Vielleicht schauen Gehörlose ganz einfach genauer hin. Sie lassen sich nicht so leicht ablenken, und deshalb bemerken sie auch Details, die anderen verborgen bleiben.

So wie die zwei dunklen Haarsträhnen, die Nick in die Stirn fallen.

Die kleine Falte zwischen seinen Augenbrauen.

Die Schramme vom Rasieren an seinem Kinn.

Das alles registriere ich sofort, nachdem er vor mir aufgetaucht ist. Automatisch hebe ich die Hand, doch er schaut an mir vorbei, als würde er mich nicht erkennen. Dann sieht er mir endlich in die Augen, und mein Herz beginnt, schneller zu schlagen. Beim Anblick seines vertrauten schiefen Lächelns würde ich ihn gerne berühren – aber das ist ausgeschlossen. Es kommt mir so vor, als wären wir unendlich weit voneinander entfernt.

»Wie geht es dir?«, erkundige ich mich schließlich, als ich unser Schweigen nicht länger ertrage. Die Frage ist viel zu einfach, zu banal, und natürlich lässt er sie mir nicht durchgehen.

»Wirklich? Das ist alles, was dir jetzt einfällt?«, gibt er zurück, und sein einstudiertes Bühnenlächeln verändert sich. Auf einmal finde ich etwas Herausforderndes in seinem Blick.

»Glaub mir, ich möchte gerne noch viel mehr sagen«, entgegne ich, »aber du würdest es ja doch nicht verstehen.«

»Wenn das stimmt, dann ist es ganz allein deine Schuld.«

»Ich habe echt alles gegeben!«, kontere ich. »Vielleicht bist du einfach ein hoffnungsloser Fall.«

»Wie bitte?!«

Ich mache eine abwehrende Handbewegung. »Vergiss es.«

Eine Weile schauen wir einander wieder reglos an, während sich Nick bestimmt darüber den Kopf zerbricht, was er antworten könnte. Es fällt ihm schwer, sich mit mir zu unterhalten, das merke ich genau. Wahrscheinlich hätte er wirklich noch mehr Zeit gebraucht …

Und dann überrascht er mich wie aus heiterem Himmel mit einem Geständnis. »Ich würde dich jetzt gerne in den Arm nehmen.«

Es dauert einige Sekunden, bis ich mich von meiner Verblüffung erholt habe. »Dafür gibt es wohl keinen schlechteren Zeitpunkt«, schaffe ich es dann endlich zu erwidern.

»Ich weiß. Aber …«

»Mooooment mal, Leute«, schaltet sich Flocke unvermittelt dazwischen, und ich falle vor Schreck beinahe von meinem Stuhl. »Was soll das werden, wenn es fertig ist?«

»Nick kritisiert unverschämterweise meine Fähigkeiten als Lehrerin«, sage ich augenrollend. »Er behauptet, es wäre meine Schuld, dass er fast keinen geraden Satz zustande bringt.«

»Stimmt ja gar nicht! Ihr redet darüber, dass ihr knutschen wollt, und das mitten in einem Konzertsaal!«

»Das war nicht die Gebärde für *knutschen,* sondern für *umarmen«,* sage ich und muss trotz meiner Nervosität lachen. »Ich hatte keine Ahnung, dass Nick die beherrscht. Beigebracht hab ich sie ihm jedenfalls nicht.«

»Du meinst, er hat hinter deinem Rücken vielleicht noch einen anderen Kurs in Gebärdensprache belegt?«, fragt Flocke, als wäre er einem skandalösen Verbrechen auf der Spur.

Mit gespielter Strenge recke ich die Nase in die Luft. »Das will ich ihm nicht geraten haben! Er muss schön weiter mein Versuchskaninchen bleiben, bis ich genug andere Schüler gefunden habe, um mir mein Studium zu finanzieren.«

Nick wirft mir vom Bühnenrand eine fragende Geste zu, und ich winke grinsend ab. Auf diese Entfernung kann er das Gespräch zwischen Flocke und mir unmöglich mitverfolgen, schließlich liegen zwei Sitzreihen und mehrere Meter Bühne zwischen uns. Mittlerweile ist wohl einem Großteil des Publikums aufgefallen, dass Nick gebärdend im Spalt zwischen den roten Vorhängen steht, und einige Menschen spähen auch mit neugierigen Gesichtern zu mir.

Flocke rammt vor lauter Begeisterung die Faust gegen meinen Oberarm. »Jetzt check ich's! Ich check's!«, ruft er aus. »Ihr macht gerade Werbung für deinen Kurs!«

»Guerilla-Marketing«, bestätige ich vergnügt und ziehe ein paar Flyer aus meiner Umhängetasche, die ich nach der

Vorstellung verteilen will. »Aber es geht nicht nur darum, Schüler für meinen Kurs zu finden. So kommen auch ganz einfach Leute mit der Gebärdensprache in Kontakt, die vorher noch nie damit zu tun hatten.« Bei diesen Worten werfe ich einen Blick nach rechts und fange das Lächeln meiner Mutter auf. Ich habe sie schon gestern in unseren Plan eingeweiht, und ihr gefällt meine Idee, auf diese Weise eine Brücke zwischen den Welten der Hörenden und der Gehörlosen zu bauen. Wahrscheinlich hat sie sich auch aus Neugier bereit erklärt, hierher mitzukommen – aber das ist bei Weitem nicht der einzige Grund. Vor allem möchte sie mir heute beistehen, genau wie Flocke und der Rest meiner Familie.

Sobald mein Bruder Leo bemerkt, dass ich gerade in seine Richtung schaue, lässt er seine Finger durch die Luft sausen. »Dauert es noch lange?«, fragt er, und als ich den Kopf schüttle, ziehen er und Max seelenruhig ihre Sneakers aus. Sie wissen, dass sie am meisten vom Konzert mitbekommen werden, wenn sie die Schwingungen über den Fußboden aufnehmen. Was die anderen Besucher über ihr Verhalten denken, ist ihnen herzlich egal. Ganz kurz erinnere ich mich daran, wie ich damals im Wiener Konzerthaus vor Scham fast gestorben wäre, nur weil ich auf meine gewohnte Art applaudiert habe. Davon bin ich heute unendlich weit entfernt.

Mit einem Kribbeln im Bauch wende ich mich von den Zwillingen ab und blicke wieder nach vorne. Soeben wurden die Lichter gedimmt, und Nick ist von seinem verbotenen Posten verschwunden. Ein paar Sekunden vergehen, in denen ich unwillkürlich den Atem anhalte … dann betritt das Orchester die Bühne. Während die schwarz-weiß gekleideten Männer und Frauen ihre Positionen einnehmen, verändert sich die Stimmung im Raum spürbar. Jetzt bin ich sicher nicht mehr die Einzige, die vor Aufregung kaum still sitzen kann.

Mit geballten Fäusten suche ich auf der Bühne nach Nick, finde ihn allerdings nicht sofort. Automatisch habe ich den Blick zuerst ganz nach vorne gerichtet – genauer gesagt dorthin, wo gerade der Solist sein Instrument stimmt, nachdem er zusammen mit dem Dirigenten einen Extra-Applaus genossen hat. Dabei weiß ich doch, dass Nicks Platz weiter hinten ist, inmitten der anderen ersten Geiger.

Ja, Nikolai Andreyev steht heutzutage nicht mehr direkt im Rampenlicht. Er hat eine Festanstellung in einem Münchner Orchester bekommen und genießt die Zusammenarbeit mit seinen Kollegen, ohne sich mit Lampenfieber, Drill und unüberwindbaren Hürden kaputtzumachen. Jetzt geht es nur noch um die Musik, nicht darum, als »Ex-Wunderkind« zu glänzen. Seitdem ist er auch vor penetranten Reportern und Paparazzi in Sicherheit …

… oder jedenfalls beinahe.

Genau in diesem Moment nehme ich links von mir ein grelles Licht wahr, und ich ertappe Nicks Vater dabei, wie er einen Fotoapparat in die Luft streckt. Offensichtlich hat er vergessen, vor dem Konzert die Blitzfunktion auszuschalten. Neben ihm verdrehen sich zwei smaragdgrüne Augen, und Lidia Andreyeva macht eine schnelle Geste mit ihrer gesunden Hand. Obwohl sie natürlich keine Gebärde benutzt, verstehe ich sie ganz genau: *Mein Ehemann, wie peinlich.*

Danach nimmt sie Nicks Vater erstaunlich resolut den Fotoapparat weg, verstaut ihn in ihrer Handtasche und zwinkert mir zu. In Momenten wie diesem ähnelt sie ihrem Sohn noch viel mehr als sonst, und ich bin froh, dass ich so etwas nun häufiger miterleben darf – bei Weitem nicht jedes Mal, wenn Nick und ich übers Wochenende nach Salzburg fahren, aber immer öfter. Seit einigen Monaten gibt mir Lidia zum Spaß Klavierunterricht, und bei unserer letzten Einheit hat Nick so getan, als würde er sich wie eine verführerische Sängerin auf dem Flügel rekeln. Da hat seine Mutter sogar richtig gelacht.

Als hätte Nick den Fauxpas seines Vaters mitbekommen, schaut er plötzlich zu unserer Sitzreihe hinüber. Der Dirigent hält gerade eine Eröffnungsrede, und ich wette, alle anderen hängen nur so an seinen Lippen. Deshalb bemerke wohl auch nur ich, wie Nick den Bogen auf seinen Knien ablegt, seine rechte Faust hebt und dann den Daumen, Zeigefinger und kleinen Finger ausstreckt. Sollte ihn dabei doch noch jemand anderer ertappen, wird er vermutlich glauben, Nick wollte eine Anspielung auf das lange zurückliegende *Klassik rockt* machen.

In Wirklichkeit hat diese Geste nichts mit Rockmusik zu tun, sondern Nick formt dabei drei Zeichen des Fingeralphabets auf einmal: I-L-U. *I love you.* Auch das habe ich ihm nicht beigebracht, er scheint also tatsächlich außerhalb meines Unterrichts heimlich Gebärden zu lernen. Als angehende Lehrerin bin ich fast ein bisschen beleidigt … aber als Mädchen, das niemals etwas mit einem *Hearie* anfangen wollte, bekomme ich Herzrasen und wahrscheinlich auch einen knallroten Kopf.

Meine Wangen werden sogar noch heißer, als ich die Gebärde gerade erwidert habe und erst danach erkenne, dass auch die Augen meiner Brüder auf mich gerichtet sind. Natürlich können sich die beiden eine spöttische Bemerkung nicht verkneifen.

»Nehmt euch ein Zimmer«, wird nicht gerade geistreicher, wenn man es gebärdet statt ruft, aber heute sehe ich ausnahmsweise über solche Sprüche hinweg. Immerhin sind Max und Leo nur deshalb hier, weil sie genau wissen, was dieser Konzertbesuch für mich bedeutet. So wie die meisten anderen in unserer Sitzreihe haben sie mich in den vergangenen Monaten durch sehr viel Mühe und Frust und sogar durch Momente begleitet, in denen ich am liebsten aufgeben wollte.

Instinktiv tasten meine Finger nach der Spule, die seitlich an meinem Kopf haftet – ein winzig kleines Ding, das ich schon unzählige Male verflucht habe. Britta lag absolut richtig, als sie meinte, mit dem Cochlea-Implantat würde ich mir jede Menge Arbeit einhandeln. Ich weiß noch, wie enttäuscht ich trotz aller Vorwarnungen war, als ich kurz nach der Operation ein Lachen nicht von Tellergeklapper und die *Mondscheinsonate* nicht von bloßem Lärm unterscheiden konnte. Aber ganz langsam, beinahe unmerklich, hat sich das geändert.

Vor ein paar Monaten konnten mich Flocke oder Nick zum ersten Mal aus einem anderen Zimmer rufen, und ich wusste, wer von den beiden es war.

Vor ein paar Wochen habe ich mein erstes Telefonat geführt.

Und heute, endlich, erlebe ich mein erstes Konzert mit Implantat.

Vermutlich werde ich Musik trotzdem niemals auf dieselbe Art wahrnehmen können wie die meisten hier im Publikum, aber das ist schon in Ordnung. Dass ich heute ein völlig anderes Leben führe als noch vor einem Jahr, hängt weniger mit dem Implantat zusammen als mit den Menschen um mich herum – einer bunten Gruppe aus hörenden und gehörlosen, gebärdenden und sprechenden Personen, in die ich mich einfüge wie ein Puzzleteil. Ich bin nicht ganz hörend, aber auch nicht ganz taub. Nicht verloren zwischen den Welten, sondern einfach mittendrin.

Während der Dirigent die Arme hebt, streife ich meine Sandalen ab und stelle beide Füße fest auf den Parkettboden. Meine Brüder grinsen mich an, Flocke drückt meine Hand, Nick winkt mir fast unmerklich mit dem Bogen zu.

Ich atme noch einmal tief durch und schließe die Augen.

Dann erklingt der erste Ton.

Nachwort und Danksagung

Liebe Leserinnen, liebe Leser,

vor dem Schreiben habe ich mich sehr lange mit dem Thema Gehörlosigkeit befasst und so viel wie möglich dazu recherchiert. Trotzdem erzähle ich diese Geschichte natürlich basierend auf der Weltsicht und den Erfahrungen einer Hörenden. Sollten mir deshalb Fehler unterlaufen sein, bitte ich dafür um Entschuldigung.

Wie meine anderen Romane wäre auch dieser niemals entstanden, wenn ich nicht genau die richtigen Menschen um mich herum hätte.

Allen voran danke ich meiner Mutter, die mich unzählige Male am Klavier begleitet hat – und die stolz auf mich sein konnte, obwohl ich absolut kein Wunderkind war!

Danke auch an Claudia für die Hilfe beim Gebärden, an meine großartigen, argusäugigen Testleser und an das liebste und beste Baby der Welt, das so oft geschlafen oder sich konzentriert seinen Händchen gewidmet hat, damit Mama schreiben konnte.

Vor allem danke ich M. für die monatelange Geduld. Kaum zu glauben, aber nun habe ich es endlich geschafft … was wird nun aus unserer Party am Pool?

Zuletzt gebührt ein großes Dankeschön euch, weil ihr mir und meinen Figuren »Gehör schenkt«. Dass fremde Menschen meine Bücher lesen, Rezensionen darüber schreiben und mir Nachrichten dazu schicken, ist für mich immer noch ziemlich verrückt – und genau das, wovon ich sehr lange geträumt habe.

Alles Liebe und bis bald!

Eure Kira

(kira_gembri@hotmail.com)

PS: Ich möchte euch herzlich einladen, meine Facebook-Seite (www.facebook.com/kira.gembri) zu besuchen. Dort veröffentliche ich Leseproben, poste Bilder zu meinen Protagonisten, veranstalte Gewinnspiele und halte euch über meine aktuellen Projekte auf dem Laufenden.

Wer sich in meinen Newsletter einträgt, verpasst keine meiner Neuerscheinungen mehr und bekommt alle paar Monate eine E-Mail mit Hintergrundinformationen, Klatsch und Tratsch :)

Hier geht es zum Anmeldeformular:

http://eepurl.com/cx4Mgf

Isabel Abedi

Whisper

Eine unwirkliche Stille liegt über Whisper, dem alten Haus, in dem Noa ihre Ferien verbringen soll. Das alte Gebäude birgt ein Geheimnis, über das niemand im Dorf spricht. Gemeinsam mit David nähert sich Noa der Wahrheit eines nie geklärten Mordes.

Meisterhaft und unwiderstehlich versetzt Isabel Abedi den Leser in eine psychologisch dichte, knisternd spannende Stimmung.

280 Seiten • Klappenbroschur • ISBN 978-3-401-50891-7
Auch als E-Book erhältlich • www.arena-verlag.de

Isabel Abedi

Imago

Wanja liebt sie – diese Minuten vor Mitternacht, kurz bevor auf ihrem Radiowecker alle vier Ziffern auf einmal wegkippen und eine ganz neue Zeit erscheint. Doch heute um Mitternacht verändert sich nicht nur das Datum für Wanja. Sie bekommt eine geheimnisvolle Einladung zu der Ausstellung »Vaterbilder«. Und damit einen Schlüssel, der die Tür zu einer anderen Welt öffnet: in das Land Imago.

Isabel Abedi

Die längste Nacht

Es sind nur ein paar Sätze in einem noch unveröffentlichten Manuskript, das Vita im Arbeitszimmer ihres Vaters findet – aber etwas an ihnen verzaubert und verstört die Siebzehnjährige gleichzeitig. Wenig später bricht sie mit ihren Freunden zu einer Fahrt quer durch Europa auf und stößt in Italien durch Zufall auf den Schauplatz des Manuskripts: Viagello, ein malerisches kleines Dorf. Der Ort strahlt für Vita eine merkwürdige Anziehungskraft aus, die noch stärker wird, als ihr der Seiltänzer Luca buchstäblich vor die Füße fällt. Auf den ersten Blick ist Luca für Vita etwas Besonderes, doch etwas an ihm und seiner Familie kann sie nicht fassen. Noch ahnt sie nicht, dass er sie auf eine Reise tief in ihre Erinnerungen führen wird, an deren Ende etwas steht, was einst in Viagello geschah – in jener längsten Nacht …

408 Seiten • Arena Taschenbuch • ISBN 978-3-401-51193-1
Auch als E-Book erhältlich • www.arena-verlag.de